U0445525

Unicorn
独角兽书系

Hugh Howey

尘土记

[美]休·豪伊 —— 著
李镭 —— 译

重庆出版集团 重庆出版社

DUST

Copyright © 2013 by Hugh Howey

Published by arrangement with Nelson Literary Agency,LLC through The Grayhawk Agency Ltd.

Simplified Chinese translation copyright © 2024 by Chongqing Publishing House Co., Ltd.

All rights reserved.

版贸核渝字(2022)第026号

图书在版编目(CIP)数据

尘土记/(美)休·豪伊著;李镭译.—重庆:重庆出版社,2024.9

书名原文:Dust

ISBN 978-7-229-16974-9

Ⅰ.①尘… Ⅱ.①休… ②李… Ⅲ.①幻想小说—美国—现代 Ⅳ.①I712.45

中国版本图书馆CIP数据核字(2022)第130639号

尘土记
CHENTU JI

[美]休·豪伊　著

李镭　译

责任编辑:魏雯　崔明睿
装帧设计:文子
插图:刘婷麟
责任校对:刘小燕

重庆出版集团
重庆出版社　出版

重庆市南岸区南滨路162号1幢　邮政编码:400061　http://www.cqph.com
重庆出版社艺术设计有限公司 制版
重庆市国丰印务有限责任公司 印刷
重庆出版集团图书发行有限公司 发行
E-MAIL:fxchu@cqph.com　邮购电话:023-61520646
全国新华书店经销

开本:890mm×1230mm　1/32　印张:14.625　字数:370千
2024年9月第1版　2024年9月第1次印刷
ISBN 978-7-229-16974-9
定价:86.00元

如有印装质量问题,请向本集团图书发行有限公司调换:023-61520678

版权所有　侵权必究

致幸存者

目录 / Contents

001	休·豪伊的成功，不仅来自自出版
001	序章
005	**第一部　挖掘**
006	第一章
010	第二章
014	第三章
020	第四章
028	第五章
032	第六章
036	第七章
041	第八章
049	第九章
057	第十章
065	第十一章
073	第十二章
079	第十三章
086	第十四章
093	第十五章

102	第十六章
107	第十七章
115	第十八章

121	**第二部　外界**
122	第十九章
130	第二十章
135	第二十一章
141	第二十二章
149	第二十三章
154	第二十四章
168	第二十五章
175	第二十六章
182	第二十七章
187	第二十八章
195	第二十九章
201	第三十章
204	第三十一章
215	第三十二章
222	第三十三章
226	第三十四章
232	第三十五章

239	**第三部　家园**
240	第三十六章
246	第三十七章
254	第三十八章
260	第三十九章
266	第四十章

272	第四十一章
280	第四十二章
286	第四十三章
291	第四十四章
296	第四十五章
302	第四十六章
315	第四十七章
322	第四十八章
328	第四十九章
334	第五十章
341	**第四部　尘土**
342	第五十一章
352	第五十二章
366	第五十三章
372	第五十四章
379	第五十五章
387	第五十六章
394	第五十七章
402	第五十八章
412	第五十九章
419	第六十章
427	第六十一章
437	第六十二章
443	第六十三章
448	尾声
454	致读者
455	译后记

休·豪伊的成功，不仅来自自出版

2011年，亚马逊自出版栏目下悄然出现一本短篇小说，售价很便宜，只要0.99美元，不过故事本身非常精彩，所以短短几个月里就卖出了几千份，当然也给本职是书店员工的作者休·豪伊（Hugh Howey）带去了几千美元的额外收入。这个小小的成功鼓励了作者，在随后的几个月间，作者又用同样的自出版方式发表了几篇故事，和第一篇共同组成了系列作品，并且最终成为一本长篇小说，这就是《羊毛战记》①的诞生。

实际上《羊毛战记》并不是休·豪伊的第一部小说。在此之前，他曾经在一家小出版社出版过小说集，并且拿到了第二本书的出版合同。但是豪伊认为可以自己完成出版工作——时代和技术都已经做好了准备，于是他没有签署那份合同，而是选择了亚马逊的自出版系统来实现自己的目标。在他成名之后，类似的一幕又上演了一次。2012年，豪伊拒绝了西蒙·舒斯特（Simon & Schuster）出版公司提供的7位数报价，宁肯选择6位数报价的合同，以便保留自己发行电子书的权利。

---

① 曾译作《羊毛记》，为与电视剧《羊毛战记》（英文名为 *SILO*）中文译名保持一致，此处译作《羊毛战记》。

也许是因为休·豪伊在自出版上的成功太过耀眼,虽然很多媒体对他做了采访,但大部分访谈并没有太关注小说本身的内容,而都集中在自出版的话题上。很难统计休·豪伊的成功给了后来者多少启示和激励,但确实可以举出一些受到激励的例子,比如弗雷德里克·谢尔诺夫(Fredric Shernoff)出版了《大西洋岛》(Atlantic Island),杰森·葛尔莱(Jason Gurley)出版了《埃莉诺》(Eleanor),迈克尔·邦克(Michael Bunker)出版了《宾夕法尼亚》,等等。不过这些后继者都没有达到休·豪伊那样的高度,再没有人能够像他一样凭借着自出版,在科幻小说创作领域大放异彩。

这其实揭示了一个事实:休·豪伊的成功不仅仅在于自出版这种新颖的出版方式,也与《羊毛战记》的精彩密不可分。就像休·豪伊拒绝西蒙·舒斯特,坚持使用自由度更高的权力分配形式一样,《羊毛战记》和他接下来的作品中都贯穿了休·豪伊式的对权力系统的反抗。

《羊毛战记》是反乌托邦题材的小说。"乌托邦"(utopia)一词来源于英国的空想社会主义者托马斯·莫尔(Thomas More)在1516年的创造,取自希腊语"ou-"(οὐ)和topos(τόπος)的组合,意思是不存在的地方。More的本意是想创造一个完美的理想国度,远离社会上的一切贫穷和苦难,生活于其中的人们自发自觉地为社会做出各种贡献,人人拥有富足的生活和积极的精神。然而随着各种空想社会主义试验的失败,人们开始倾向于认为这样的完美国度不可能存在,理想主义的初衷将会不可避免地走向反人类的极权主义,大多数人都在高压下挣扎求生……这便是反乌托邦概念的由来。

反乌托邦题材中诞生过许多著名作品。早期有《1984》《美丽新世界》,晚近的有《华氏451》《使女的故事》,甚至还有很多跨界的作品,比如动漫《进击的巨人》、游戏《辐射》等等。休·豪伊就曾在(少数几个提及了作品内容的)访谈中坦承,《羊毛战记》中的筒仓设定受到了《辐射》系列游戏中避难所的启发。不过同样很显然的是,如果只是单纯借鉴已有的设定,《羊毛战记》不可能取得那么大的成功。反乌托邦题材的核心,是对权力结构的反思。休·豪伊会选择这样的题材框架进行创作,既是他创作来源、他的思考的反映,也是他为自己的故事找到的一个绝好的容器。

在《羊毛战记》的世界中,地面环境已经不再适合人类生存,人类只能生活在名为"筒仓"的庇护所里。筒仓是位于地下的竖状结构,中间有一个巨大的螺旋楼梯,居住在不同地层的人们之间有着地位的差异,大体与所住的楼层挂钩。人们安于这种地位的差异,就像《美丽新世界》中"阿尔法(α)""贝塔(β)""伽马(γ)""德尔塔(δ)""爱普西隆(ε)"之类的标签。你生在第几层,就有第几层的地位。它既是命运,也是不容抗拒的指令,更是超越个人和自我的庞然大物。

这样的设定,就像是《1984》中的纸条,以及《使女的故事》中的日记一样,让读者除了有追求真相的原始冲动,也期望循着真相释放压抑的自我。当主角勇敢打破层级的桎梏,爬出筒仓时,读者也随之冲出故事的海面,发现权力的虚妄与全新的自我。

这种个人对抗系统、个体意志凌驾于利维坦之上的叙事,不仅是在讲述反叛精神,更是可以上溯至卢梭与柏克的天赋人权思想在文学叙事上的体现。可以说,所谓的反乌托邦,在其科幻性的外表之下,凝练的终究是对近现代道德观念的致敬。

当然,反乌托邦终究只是一个容器和框架,至于故事是不是好看,更在于作者的叙事能力。这就像是做饭烧菜一样,同样的食材,有人做得味同嚼蜡，有人做得色香味俱佳。而说到故事情节，休·豪伊毫无疑问就是悬念设计的大师了。

《羊毛战记》问世时，作者还没有多少创作经验，但彼时的叙事技巧已经隐隐有了类型文学大家的风范。他非常了解读者的心理，也非常善于设置悬念，所以一旦拿起书本就很难放下。

在《羊毛战记》的世界里，由于地面上充满了有毒的空气，所以筒仓与外界毫无连通，唯一能查看外界情况的只有竖在地表的摄像头，但这个摄像头很容易被地表肆虐的沙尘暴弄脏，需要不时派人出去擦拭，而每个出去的人又都必死无疑，所以出去擦镜头便成了筒仓世界的极刑，唯有犯下弥天大罪才会被赶出去擦镜头。但是，只有犯人一个人出去，没有人看押他们，怎么保证他们一定会乖乖去擦镜头？然而最令人诧异的就在这里：每个被放逐的犯人真的都会把镜头擦得干干净净，然后迎来自己的死亡……

源自俄国形式主义的故事论将故事与情节做了严格的区分。前者是按时间顺序把发生的事情按部就班讲述出来，但后者则是以更具戏剧性效果的方式对发生的事情进行重组。休·豪伊显然是个中好手，他将故事切成无数碎片，紧紧攫住读者的好奇心，让读者不得不追随情节的发展，就像《1984》中的纸条与《使女的故事》中的日记所起的作用一样。

在《羊毛战记》之后，豪伊又写了前传《星移记》和后传《尘土记》，分别讲述了筒仓世界的由来和最终的结局。在写完"羊毛记"系列的大故事之后，休·豪伊继续丰富着自己的幻想宇宙，陆续写作了《异星记》《信标记》《潜沙记》《离沙记》。故事发生在空渺宇宙中航行的飞船里，发生在完全陌生的异星世界中，发生在熟悉又疏离的未来地球上……这些故事各有各的精彩，不过总的来说，对权力的反思和反抗始终是所有故事的思想基调，悬念设置和细节塑造也显示出叙事技巧的高妙。

休·豪伊受惠于亚马逊，但在这个科技与权力密不可分的时代，他并没有停止对权力的反思。他的个人博客最后一篇更新是在2022年4月，对于伊隆·马斯克收购推特一事的评论。他在文章里说"通过掌控话语而获得权力，历史中充斥着这样的例子""所有人都在试图向世界广播，操控众人的注意力，为自己聚集更多的追随者，获取，获取，获取，布道，布道，布道。这是无度的时代，而我们是其中的居民"。从出版至今，11年过去，他仍旧在用自己的方式反思，他的博客中，仍然有着如第一本《羊毛战记》般蓬勃的愤怒和挣扎。这是很不容易的事情，或许这也是他的创作动力所在。

这次，重庆出版社的独角兽书系一次性出版七部作品，基本上算是将他的代表作一网打尽了。

2021年，Apple TV宣布启动《羊毛战记》的改编计划，并于2022年5月完成拍摄。该剧于2023年上映后取得了巨大成功，广受好评，最终获得了续订的机会。这意味着观众有望继续在屏幕上看到筒仓世界的故事。在此之前，就让我们先通过文字领略作者讲述故事的神奇能力吧。

——丁丁虫

序章

"有人吗？"

"喂？有的,我在。"

"啊,卢卡斯,你刚才一句话都不说。有那么一会儿工夫,我还以为你……你不是卢卡斯。"

"不,是我。我只是调整了一下耳机。今天上午我一直都在忙。"

"哦？"

"是的,都是一些无聊的东西。委员会开会。我们现在有点缺人手。有许多工作要重新分配。"

"但事情正在步入正轨？没有暴动需要报告？"

"没有,没有,一切正在恢复正常。人们早上起床去上班,晚上瘫在床上。我们这个星期有一次大规模生育抽奖,让许多人都很高兴。"

"不错,非常不错。6号服务器的工作情况如何？"

"很好,谢谢。你的所有密码都有效。到目前为止,我们只收到了更多相同的数据。不过我不明白为什么这件事这么重要。"

"继续找,那边的一切都很重要。如果它在那里,就一定有一个理由。"

"对于那些书里的条目,你也是这么说的。但它们之中有许多在我看来根本就是胡扯。我倒是很想知道,那里面有没有什么真东西。"

"怎么?你正在读哪一部分?"

"我就要读到卷C了。今天早晨我看到了……一种真菌。等一下。让我找找,就是这里——冬虫夏草(Cordyceps)。"

"这是一种真菌?从没有听说过。"

"这上面说,它对蚂蚁的大脑动了手脚,重新给它的大脑编程,就好像处理一台机器,让蚂蚁爬到一棵植物的顶端,死在那里……"

"一台看不见的机器给大脑重新编程?我敢肯定,这一条绝不是随便编进去的。"

"是吗?那么它有什么深意?"

"它的意思是……它的意思是我们并不自由。我们没有一个人是自由的。"

"听起来很令人振奋。能看出来,为什么她要让我负责这些通话。"

"你的市长?所以她才……?她已经有一段时间没有上过线了。"

"是的,她不在这里。她在忙别的事情。"

"忙什么?"

"我可不愿意说。我觉得你听了肯定不高兴。"

"你怎么会这么认为?"

"因为我就很不高兴。我一直在努力说服她不要那么干。但她有时候会有一点……固执。"

"如果这会造成麻烦,我就应该知道。我来是为了帮忙。我完全可以不管你们……"

"只是……她不信任你。她甚至不相信每次通话的时候,你是同一个人。"

"我就是我。是这台机器改变了我的声音。"

"我只是把她的想法告诉你。"

"真希望她能好好和我谈谈。我真的想帮你们。"

"我相信你。只是我认为,你现在能为我们做的大概也只有交叉手指①、真诚祈祷了。"

"为什么这么说?"

"因为我有一种感觉,这事不会有什么好结果。"

---

①两根手指交叉成十字架形状,表示希望和祝福的祷告。

第一部
挖掘

Silo 18

THE DIG

第一章

机械部大厅里尘土飞扬。整座大厅都在大规模挖掘作业中颤抖。头顶上被捆在一起的电线微微晃动着。各种管道"嘎嘎"作响。在发电机室里,断断续续的撞击声充满整个空间,反复震荡周围的墙壁,让人们想起发电机主轴调校之前,那些剧烈震动从不间断的危险日子。

朱丽叶·尼科尔斯站在这片可怕的喧嚣中,连体工作服的拉链一直拉开到腰际,两只袖子在腰上打了个结。灰尘和汗水让她的背心上全是污泥。她把体重压在挖掘机上,随着挖掘机沉重的金属撞锤一下又一下地砸进18号筒仓的混凝土墙壁中,她细瘦又结实的双臂也在不断晃动。

她的牙齿都能感觉到这台机器的震动,浑身每一根骨头和每一处关节都不停地颤抖着,许多旧伤全在隐隐作痛。在她身旁,通常负责驾驶挖掘机的矿工们都闷闷不乐地看着她。朱丽叶从被粉碎的混凝土上转过头,看到那些壮汉双臂交叉在宽阔的胸膛上,下巴紧绷、眉头紧皱。不知道他们生气是因为她占用了他们的机器,还是打破了不许向侧面挖掘的禁忌。

朱丽叶咽下堆积在嘴里的砂砾和白垩粉,重新将注意力集中在摇摇欲坠的混凝土墙壁上。这些人的愤怒还存在另一种可能,一种她禁不住要去考虑的可能。优秀的机械师和矿工曾经因为她而死去。当她拒绝完成清洁工作的时候，这里爆发了残酷的战争。看着她挖掘的这些男男女女之中，有多少失去了自己珍爱的人？失去了挚友和亲人？他们之中有多少正在心中责备她？不可能只有她自己一个人认为这是她的错。

挖掘机狠狠震了一下，发出金属相互撞击的声音。朱丽叶控制撞锤向旁边挪动，又有几根钢筋骨架出现在白色的混凝土中。她已经在筒仓的外壁上凿出了一个名副其实的大坑。第一排钢筋参差不齐地悬在她的头顶上方，被打断的钢筋末端就像融化的蜡烛头一样光滑。那是因为它们是被她用喷枪割开的。处理好第一排钢筋之后，她又在混凝土中凿进了两英尺[①]。筒仓的外壁比她想象的要厚。她用麻木的四肢和疲惫的神经继续控制机器向前。楔形撞锤啃咬着钢棍之间的石头。如果不是她亲眼见到了地图，如果她不知道外面的确还有其他筒仓，她可能早就放弃了。她觉得自己仿佛是在用牙齿一点点啃穿这块石头。她的手臂在哆嗦，双手渐渐失去了知觉。但她依然在攻击这堵筒仓的墙壁，下定决心要将这该死的石头刺穿，打出一个通向外面的孔道。

矿工们都不安地在双脚之间来回挪动身体重心。朱丽叶看了他们一眼，再次盯住前方。撞锤又砸到了钢筋。她将注意力集中在钢筋之间的白垩石水泥上，一脚踢中操纵杆，身子压住机器，挖掘机在锈迹斑斑的履带上又艰难地前进了一英寸[②]。她早就应该再次休息。她嘴里的白垩粉快要把她噎死了，这让她非常想喝一口水。她的手臂也急需离开这堆震动的钢铁，好好缓一缓。碎石堆积在挖掘

[①] 一英尺约 0.3 米。

[②] 一英寸约 2.5 厘米。

机的基座上，埋住了她的双脚。她将几块大一些的石头踢开，继续挖下去。

她很害怕，如果再停下一次，也许她就没办法说服这些矿工，让她继续完成这个任务。无论她是市长还是工头，许多她曾经以为是无所畏惧的人都已经皱着眉头离开了发电机室。他们似乎很害怕她会戳破一个神圣的封印，把能够杀人的污浊毒气放进来。朱丽叶知道他们在用怎样的眼光看她，知道自己离开这座筒仓的经历让她像是变成了某种鬼魂。现在许多人都对她敬而远之，仿佛她的身上带着传染病。

她咬紧牙关，嚼碎了味道糟糕的砂砾，又抬脚踢了一下油门。挖掘机履带再次向前滚动了一英寸，又一英寸。朱丽叶骂了一句这台机器，还有酸痛难忍的手腕。该死的战争，她的许多朋友都死了。她想到了梭罗和那些孩子。他们孤单地待在另一座筒仓里，距离这里隔着无穷无尽的石头。该死！这个无聊的市长更是该死。人们都在看着她，仿佛她突然就掌管了每一层的每一班工作，仿佛她知道自己到底在干什么，仿佛他们必须服从她，即使他们害怕她……

挖掘机向前冲了一下，这次前进的距离不止一英寸。撞锤发出刺耳的"吱嘎"声。朱丽叶一只手脱离了握柄。整部机器在疯狂地旋转，仿佛要爆炸一样。矿工们全都像被吓坏的跳蚤朝远处窜去，学徒们缩在一起，不过还是有几个人朝她跑过来。朱丽叶拍下红色的停止键——这个按钮完全被白色的烟尘遮住，用眼睛几乎无法找到。挖掘机跌跌撞撞地从危险的暴走状态中停了下来。

"你打穿了！你打穿了！"

拉夫将她向后面拽过去，他那双白色的手臂因为常年从事采矿工作变得格外粗壮有力，轻易就抱起了朱丽叶麻木的身体。其他人都在向朱丽叶大声讲述她做了什么——完成了。挖掘机又发出一声巨响,似乎有一根连接杆断了。强大的发动机发出危险的轰鸣——现在它没有了水泥的阻力,也没有了连接杆的制动。朱丽叶放开握柄,倒进拉夫的怀里。一阵焦急又从她的心头涌起,她想到了那些朋友。他们还被活埋在一个空筒仓里。那是一座坟墓,而她却还是无法救出他们。

"你打穿了……快回来!"

一只散发着机油和汗水气味的大手捂住了她的嘴,保护她不要吸到外面的空气。朱丽叶无法呼吸。混凝土尘雾渐渐散开,她的面前出现了一片黑色的空间。

从两根钢筋之间,朱丽叶能看到一个非常大的黑暗空间。在两层监狱栅栏一样的钢筋后面,应该是环绕整座筒仓的一大片空间,从机械部一直延伸到筒仓上层。

她穿透了筒仓——真的穿透了。现在她看到的是另一个世界,一个不同的世界,外面的世界。

"焊枪。"朱丽叶"唔唔"地说着,将拉夫满是老茧的手从嘴上掰开,不顾危险吸了一大口空气,"把气焊给我,再给我一支手电筒。"

第二章

"该死的,这里简直都锈到底了。"

"看起来像是液压管。"

"一定是一千年以前的东西了。"

最后这一句是菲茨嘟囔的。这名石油工人的牙齿上有豁口,说起话来总是"咝咝"地漏气。刚刚凿开墙壁时躲在一旁的矿工和机械师们现在都凑到朱丽叶背后,看着她打开手电筒。手电光穿透依然会遮蔽视线的水泥粉尘,照进幽暗的空间里。拉夫站在她身旁,白化病的面孔就像四处乱飞的白垩粉一样白。他们两个挤在从五六尺厚的水泥墙上凿出来的圆锥形洞口里,拉夫的眼睛大睁着,几乎是半透明的面颊鼓起来,抿起的嘴唇上也看不到半点血色。

"你可以呼吸,拉夫。"朱丽叶告诉他,"这只是另一个房间。"

这名白皮肤的矿工终于重重松了一口气,开始朝后面吆喝,要大家别再挤了。朱丽叶将手电筒递给菲茨,在她凿开的洞口前转过身,从拥挤的人群中挤了出去。她刚才已经瞥到墙外面有一些机器,这让她的脉搏一下子快了很多。她的发现很快就被其他人证实了,大家都在嘀咕,为这个筒仓外的地洞里堆积的各种东西感到惊讶:支柱、螺栓、管线,还有各种油漆剥落、锈迹斑斑的钢板——一台机器巨兽出现在众人眼前,仿佛是一堵高墙。微弱的手电光甚至无法照清楚它的顶部和左右两端。

有人往朱丽叶颤抖的手里塞了一只白铁皮水杯。朱丽叶急忙猛灌了一口水。她实在是累坏了，但她的脑子还在飞速旋转。她现在只想赶快跑回技术部，和梭罗通话，把这里的发现告诉卢卡斯。她在这里找到了一点被埋没的希望。

"现在该怎么办？"道森问。

道森是第三班——也就是晚班的新工头。正是他给朱丽叶拿来了水。现在他正警觉地注视着朱丽叶。道森应该还不到四十岁，但夜班工作让他看上去老了不少。他的一双大手显得格外凹凸不平，关节和手指都有骨折的痕迹，其中一些来自于工作，另一些来自于打架。朱丽叶将杯子递还给他。道森朝杯子里瞥了一眼，悄悄将剩在杯底的水倒进嘴里。

"我们要把洞扩大。"朱丽叶对他说，"然后进去，看看那些东西还能不能用。"

朱丽叶察觉到"嗡嗡"作响的主发电机顶上有人影在晃动，便抬头朝那里瞥了一眼，发现雪莉正紧皱双眉盯着她。两人目光刚一接触，雪莉就转过了身。

朱丽叶捏了一下道森的胳膊，"扩大这个洞需要很长时间。我们需要做的是再打出几十个小洞，将这一整面墙壁都扯下来。把另一台挖掘机也弄过来。那些拿镐头的人，就让他们都离开吧。如果能做到，就尽量让这里的烟尘小一点。"

第三班工头点点头，用手指敲着空杯子问："不能爆破？"

"不能。"朱丽叶说，"我不想损坏这里的任何东西。"

道森又点点头。朱丽叶将挖掘工作全都交给他，自己向发电机走去。雪莉像她一样，将连体工作服的上半身绑在腰上，袖子扎在一起。辛苦工作的汗水在她的背心上浸出一片深色的倒三角。她的两只手各拿着一块抹布，正在发电机顶上忙着擦去旧的油脂和这一整天挖掘工作新落下的一层灰尘。

朱丽叶解开腰间的连体服袖子，把手臂插进袖子里，遮住上面的疤痕。然后她从发电机的侧面爬上去。她知道该抓住什么地方，哪里会很烫、哪里只是略有发热。"要帮忙吗？"一到发电机顶上，她就问道。她很喜欢这台机器的热量，喜欢让这台机器轻轻震颤她酸痛的肌肉。

雪莉用背心底襟擦了擦脸，摇摇头。"我这边没事。"

"抱歉弄得都是灰。"朱丽叶在巨大活塞上下转动的"嗡嗡"声中提高了嗓门。就在不久之前，如果她站在这台机器上，猛烈的机器震动会把她的牙磕掉。那时失去平衡的主轴随时可以把这里送进地狱。

雪莉转身将沾满油泥的白色抹布丢给她的学徒卡莉。卡莉开始在一桶脏水里清洗它们。看到新任的机械部主管在亲自干擦洗发电机这样的小事，无论是谁都会感到奇怪。朱丽叶不由得开始在脑海里描绘诺克斯爬上来干这个活的样子。随后，她突然第一百次意识到，她是市长。看看她在怎样使用自己的时间——敲墙、割钢筋。卡莉把抹布扔上来，雪莉一把将它们接住，溅起一片肥皂沫。然后朱丽叶的这位老朋友就弯下腰继续这份擦洗工作。她的沉默已经说明了很多问题。

朱丽叶转过身，审视着她召集的挖掘队伍。现在那些人有些在清理碎石，有些在努力扩大洞口。雪莉的许多人手都被抽走了，这当然不会让她高兴，打破筒仓的禁忌说不定会让她更不高兴。机械部已经有许多人死在不久之前的暴动中，眼下正在招募新人。雪莉的丈夫也牺牲在那场暴动里。她是不是认为丈夫的死应该由朱丽叶负责,已经不重要了。朱丽叶认为那就是自己的错。于是她们之间总像是卡着一块怎么也抹不掉的油泥,让两个人都在感到紧张。

没过多久,水泥墙上再次响起敲击声。朱丽叶看见鲍比正在控制挖掘机,一双肌肉发达的手臂随着飞快转动的钻头不停地颤动。大家看到了墙外那些从未见过的机器——筒仓外面还有人工造物,这在那些本来还不愿意打破禁忌的人心中撒了一把火花。恐惧和疑虑立刻变成了决心。一名搬运工送来食物。朱丽叶注意到这名挽起裤腿和袖子的年轻人看着凿开墙壁的工作,神情格外专注,随后,他留下一大包水果和热午餐,带走了亲眼看到的谈资。

朱丽叶站在"嗡嗡"作响的发电机上,压抑下自己的顾虑,告诉自己,他们正在做对的事情。她曾经亲眼目睹这个世界有多么辽阔,曾经站在山顶,眺望无垠的大地。现在她要做的就是让其他人知道,外面都有些什么。然后人们都会投身于这项事业,而不是心怀畏惧。

第三章

他们终于挖出一个可以让人钻过去的洞。朱丽叶得到了第一个穿过这个洞的荣誉。她拿着手电动,从碎石瓦砾和被割断掰弯的钢筋中间爬过去。墙外的空气很凉,像在是深层矿井中。她用拳头捂住嘴,咳嗽了几下。破墙造成的灰尘刺激着她的喉咙和鼻子。终于,她跳到了筒仓外的地面上。

"小心。"她叮嘱身后跟过来的人,"这里的地面不平。"

许多被砸开的水泥块掉在外面,而且这里的地面本身就不平整,仿佛是被巨人用爪子刨过一遍。

朱丽叶用手电光照了照脚下,又转向昏暗的洞顶,最后开始端详面前这台巨大的机器。和它相比,就算是主发电机和抽油泵也小了很多。她想象不出这种规模的巨兽是怎样建造的,更不懂得该如何修理它。这让她的心又沉了下去,让这台被埋葬的机器重新醒来的希望也黯淡了许多。

随着又一阵碎石落地的声音,拉夫来到她身边,和她一同站在这个阴冷黑暗的空间里。拉夫的白化病遗传隔了好几代人。他的眼眉和睫毛都显得格外纤细,几乎无法看见;皮肤就像猪奶一样白。但是在矿井里,这些像烟灰一样让别人变得面皮黝黑的阴影却让他的肤色显得健康了许多。朱丽叶当然明白他为什么会从小就离开农场,在这个黑暗的地方工作。

拉夫将手电光扫过这一整台机器,吹了一声口哨。片刻之后,口哨的回音才飘过来,就像是遥远的黑影中有一只鸟正在向他们发出嘲讽的鸣叫。

"这真是神留下的东西。"他惊讶地高声说道。

朱丽叶没有回话。她从来不认为拉夫是那种会听牧师讲故事的人。不过,毫无疑问,这台机器足以激起人们的敬畏之心。她看过梭罗的书,所以她猜想就是建造了这台机器的古老人类同样建造了山丘对面那些摇摇欲坠、却又直耸云霄的高楼。当然,这座筒仓也是那些人类的作品,仅仅是这一点,就让朱丽叶觉得自己格外渺小。她伸出手,抚过这堆已经有许多个世纪不曾被碰触、甚至不曾被看到过一眼的金属,惊叹古代人类非凡的能力。也许那些牧师的故事终究不是空穴来风……

"众神在上。"道森带着碎石掉落的响动爬过来,嘟囔道,"我们要拿这东西怎么办?"

"是啊,朱莉。"拉夫在这片深沉的阴影和更为深远的时光中满怀敬意地悄声说道,"我们该怎么把这东西挖出来?"

"我们用不着挖它。"朱丽叶朝巨型机器的一边走去,"这东西应该能自己挖出一条路来。"

"你是说,我们能让它运转起来。"道森说。

发电机室的工人们全都拥挤在洞口前,把光都挡住了。朱丽叶将手电光指向水泥墙和机器之间的空隙,在黑暗中沿着向上倾斜的地面走过去,想要找路绕到机器的另一边。

"我们要让它运转起来。"她充满信心地向道森说道,"我们只需要搞清楚它是如何工作的。"

"小心。"拉夫看见一块被朱丽叶踢落的石头朝自己滚过来。现在朱丽叶的位置已经比他和道森的头还要高了。她确认了,这个空间没有死角,前方没有墙壁,而是环绕筒仓一直延伸过去。

"这是一个很大的环形空间。"她的喊声回荡在岩石和金属之间,"我觉得这里不是它的尽头。"

"这上面有门。"道森高声说。

朱丽叶从斜坡上滑下来,回到他和拉夫身边。又一道手电光穿过探头探脑的人群,从发电机室中照过来,和朱丽叶的手电一起照亮了机器后面一道用插销合页固定的门。道森抓住门上的握柄,用力扭动。随着他吃力的哼哧声,金属也发出一阵尖叫,不情愿地屈服于人类的肌肉。

他们钻进这道门,看见机器里面的空间远比想象中要大得多。在惊愕之余,朱丽叶想起自己在梭罗的密室中看到的那些图纸。现在她明白了,那些是按照筒仓比例缩小的挖掘机。那些机械部底层的小蠕虫实际上足有筒仓的一层那么高,长度更是高度的两倍。它们是钢铁的巨型圆柱体。这一部挖掘机躺在这个环形的洞穴中,几乎就像是它自己挖了个洞,把自己埋起来。朱丽叶告诫大家,在这台机器内部行走的时候一定要小心。现在有十来个人跟着她。他们说话的声音混杂在一起,回荡在迷宫一样的机器内部。禁忌被好奇和惊讶驱散。人们一时间把挖洞的事情都忘了。

"这里用来传送挖出的渣土。"有人说道。几道手电光在一道金属槽上来回跳动。组成这道金属槽的是许多块连锁在一起的钢板,下面是滑轮和齿轮,更下面又是相互连锁的钢板,就像一条蛇的鳞片。朱丽叶立刻就看出这个传送槽是如何运行的。钢板在传送槽末端转下去,回到起点之后再转上来。石块渣土随同钢板一起被运走。传送槽两侧一英寸厚的护板可以防止石块滚落。被挖掘机啃下来的岩石会通过这里传送到尾部去,再从尾部被车辆运走。

"这全都是锈。"有人嘟囔着。

"不比预料中更糟。"朱丽叶说。这台机器埋在这里至少有几百年时间。朱丽叶本以为它会是一堆锈烂掉的废铁,但能看出,这里的钢材在不少地方还是闪亮的。"我觉得这个空间应该一直是密闭的,原先没有多少氧气。"她说出了自己的推测,同时回忆起刚刚将水泥墙凿穿时,从颈后吹向洞口的一阵微风,同时还有灰尘被吸进凿出的洞里。

"才全都是液压的。"鲍比说道。他的声音里带着明显的失望,仿佛是刚刚才知道众神原来也用水洗屁股。朱丽叶则有了更多希望。她看到的是能够修理的东西。只要供能部分是完整的就行。他们能让这东西动起来。这台机器在制造时就尽量追求结构的简化,仿佛众神知道,以后发现它的人不会掌握那么多复杂的知识,不会那么有能力。这台机器的履带板就像挖掘机上的一样,只不过数量更多,沿着长长的机器一直延伸出去,轮轴上裹满了机油。在机器的侧面和顶上也有同样的履带板,它们的作用一定是在掘进时将土石推向后面。朱丽叶不明白的是这台机器该如何开始掘进。他们走过传送槽和所有那些将碎石渣土送到机器尾部的设施,来到机器最前面,看见机器头部仿佛一堵垂直的钢铁高墙,越过他们站立的步道和一根根钢梁,顶部消失在高处的黑影中。

"这看上去完全不合理。"拉夫伸手摸了摸这道钢铁墙壁,"看看嵌在这上面的车轮,它们要往哪个方向走?"

"这些不是车轮。"朱丽叶用手电光指着这台机器的头部,"前面这一整片都是可以旋转的,这里是主轴。"手电光指向了钢墙中央足有两个男人那么粗的转轴说道,"这些圆盘子凸出在另一面,应该是切割岩石用的。"

鲍比难以置信地吁了一口气。"能挖穿石头?"

朱丽叶试着转动嵌在钢墙上的一个圆盘。盘子几乎没有动一下。要让它转起来,估计需要一桶机油。

"我认为她是对的。"拉夫在旁边掀起一只箱盖——这只箱子差不多有一张双层床那么大。他用自己的手电朝箱子里照进去。"看这里面的传动装置,应该是个变速箱。"

朱丽叶也凑过来。这只箱子里的螺旋齿轮足有一个人的腰那么粗,上面也是一层干结的机油。和这个齿轮咬合的构件应该可以带动机器前端这面钢墙旋转。这套传动装置就像主发电机的传动装置一样巨大而牢固——甚至更大。

"坏消息,"鲍比说,"看看这根传动轴通向哪里。"

三道手电光汇聚在一起,沿着传动轴朝机器尾部方向照去,看到那里一片空旷。在这台巨型机器洞窟一样的内部空间里,有一大块地方空空如也,什么都没有。但那里本应该安装着这头巨兽的心脏。

"它哪里也去不了。"拉夫喃喃地说道。

朱丽叶跑到机器尾部那个空旷的地方。看到几根短而牢固的支柱。它们应该支撑着这台机器的引擎,只是引擎已经不见了。她和其他机械师在这里转了几圈。至少,她现在知道了要找什么。她仔细查看这些基座——一共是八个八英寸宽的螺纹柱头,上面是一层已经硬化的陈旧机油。每根柱头对应的螺母都挂在支柱下面的钩子上。众神在和她沟通,告诉她线索。古代人类留下了一条信息，懂得机械的人都能看明白这个遗言。他们跨过巨大的时间深渊对她说："从这里开始，遵循步骤。"

石油工人菲茨跪在朱丽叶身旁，一只手按住朱丽叶的手臂。"我为你的朋友感到难过。"他说的是梭罗和那些孩子，但朱丽叶觉得他的语气更像是在为其他人感到高兴。朱丽叶瞥了一眼这个金属洞窟的尾部，看见更多矿工和机械师正在门外张望，不知道是否应该进来。如果这项工程就此结束，她不会再挖下去，每个人都会高兴。但朱丽叶的心情却愈发急迫。她开始感到有了目标。这台机器并没有被刻意隐藏起来。它只是被妥善收藏，一切拆解和布置都是为了更好地保护它。所以它的关键位置才会涂上厚厚的油脂以隔绝空气。至于这样做是为什么，已经没有人知道了。

"我们要把它重新封存吗？"道森问。就连这位头发花白的老机械师似乎也不想再挖下去了。

"它在等待着什么。"朱丽叶从挂钩上扳下一只大螺母，放在被机油封住的螺栓柱头上。这个基座的尺寸让她感到熟悉。她想起了自己对主发电机进行的那次调节，那仿佛已经是上辈子的事了。"它就是要被开动的。"朱丽叶说道，"它的肚子就是要被打开的。到后面去，看看我们进来的那个地方。那里应该是分开的，好让渣土被送出去，也能让一些东西被运进来。它的引擎没有丢。"

拉夫站在朱丽叶身边，手电光束照在朱丽叶胸前，这样他就能看清朱丽叶的脸。

"我知道他们为什么要把这东西放在这里。"当其他人去机器后部查看时，朱丽叶告诉他，"我知道为什么他们要把这东西放在发电机室的旁边。"

第四章

朱丽叶从巨型挖掘机的肚子里钻出来的时候,雪莉和卡莉还在清理主发电机。鲍比在向其他人说明该如何打开这台挖掘机的后门,要如何拆卸那些传送槽上的钢板,应该抽走哪些螺栓。朱丽叶让他们测量了那六根螺栓基座之间的距离,又测量了备用发电机的基座。不过这只是在确认她已经知道的事实。他们发现的机器是一份活的示意图,是古老时代留存下来的信息。一个发现引出了一连串其他的发现。

朱丽叶看着卡莉拧干一块抹布上的泥水,又将抹布放进另一桶不那么脏的水里,脑子里忽然闪过一个事实:一台引擎放上一千年肯定会烂掉。只有不断使用,一直有一队人用自己的生命来照顾它,它才会不断唱出"嗡嗡"的歌声。蒸汽从光滑灼热的排气管中喷出来。雪莉还在擦抹"嗡嗡"作响的主发电机。朱丽叶仿佛看到他们这么多年以来付出的无数努力,直到这一刻才有了结果。雪莉是朱丽叶的老朋友,现在是机械部主管。她一直不喜欢这个项目,但她一直在帮忙。主发电厂另一边那台小一些的发电机,它有另外一个任务,一个更加伟大的任务。

"看样子,基座对得上。"拉夫告诉朱丽叶。他的手中还拿着测量线。"你认为他们就是用那台机器把发电机运过来的?"

雪莉扔下手中满是油泥的抹布,一块干净些的抹布又被扔给她。这对师父和学徒之间有一种特别的韵律,就像两只"嗡嗡"作响的联动活塞。

"我觉得备用发电机就是为了让那台挖掘机能够开动。"朱丽叶对拉夫说。她不明白的是,为什么非得要让筒仓放弃自己的备用电源,哪怕只是暂时的。这会让整座筒仓随时都有断电的风险。他们还是有可能在墙外面找到一台已经锈成废铁的引擎。很难想象筒仓里会有谁同意正在她的脑海中成型的计划。

一块抹布划着弧线越过半空,"噗通"一声落在一桶褐色的水里。卡莉却没有把另一块抹布扔上去。她正盯着发电机室门口。朱丽叶顺着那名学徒的目光看过去,心中立刻涌起一股热流。在满身污泥、黑黢黢的男女机械师中间,站着一个身穿灿烂的银色衣服、全身上下毫无瑕疵的年轻人,看上去正在向别人问路。一个人为他指了方向,他立刻就向朱丽叶走来。他就是卢卡斯·凯尔,技术部主管,朱丽叶的爱人。

"去把备用发电机准备好。"朱丽叶对拉夫说。后者的表情一下子僵住了——他显然知道朱丽叶的打算。"我们需要把备用发电机放进那台挖掘机里,至少看看那台机器能干什么。我们要把它从基座上拆下来,并对排气管进行清理。"

拉夫点点头,腮边的肌肉不停地绷紧又松开。朱丽叶拍拍他的脊背,不敢再去看雪莉,直接大步朝卢卡斯走去。

"你来这里做什么?"她问卢卡斯。她昨天和卢卡斯说过话,那时卢卡斯完全没有提起自己要来找她。他显然不打算让朱丽叶有什么准备。

卢卡斯停下脚步,皱起眉头。朱丽叶也能感觉到自己的语气很糟糕。他们没有拥抱,没有欢迎的握手。今天的发现让朱丽叶太紧张、太心神不宁了。

"这话应该由我来问。"卢卡斯说道。他的目光飘向远处筒仓外壁上凿出来的锥形洞口。"你在下面挖洞,技术部的主管就得担负起市长的工作。"

"那不是什么都没有变?"朱丽叶笑了两声,想让气氛轻松一些。但卢卡斯没有笑。朱丽叶握住他的手臂,牵着他走出发电机室,来到走廊里。"抱歉,"她对卢卡斯说,"我刚见到你的时候有些吃惊。你应该告诉我要下来。听着……见到你,我很高兴。如果你要我上去签什么东西,我乐意效劳。如果你需要我做一场演讲,亲吻一个婴儿,我也会做。但我上个星期就告诉过你,我要想办法把我的朋友们救出来。既然你禁止我走回到山那边……"

这种轻率的异端邪说让卢卡斯一下子瞪大了眼睛。他朝走廊环顾一周,仿佛是要确认周围有没有其他人。"朱莉,你为屈指可数的几个人担心,但现在筒仓里的其他人都在越来越不安。上层到处都有人在悄声反对你。上一次因你而起的暴动还没有真正平息下去,只不过现在有些人正把我们当作目标。"

朱丽叶感觉到自己皮肤在发热。她的手松开卢卡斯的手臂,落了下去。"我不想参与那场争斗。暴动发生的时候,我甚至都不在这里。"

"但你眼下正在这里,正在干着这种事,这会挑起新的暴动。"卢卡斯的眼睛里没有恼怒,只是充满哀伤。朱丽叶意识到,他在上面的日子一定很不好过。自己待在下面的机械部,却把责任都推给了他。在过去的一个星期里,他们说话的时间比她在17号筒仓的时候还要少。现在他们更加靠近彼此,却仿佛有着渐行渐远的危险。

"你要我做什么?"朱丽叶问。

"首先,不要再挖了。求你。比林斯已经接到十几起投诉,都来自于你的邻居。他们都很担心最终到底会发生什么事。他们之中有人说,外面的毒气会漏进来。中层的一个牧师每周会主持两次礼拜。他一直在宣扬会有危险发生,说他预见到灰尘将充满整座筒仓,会有几千人死亡……"

"牧师……"朱丽叶啐了一口。

"是的,牧师,住在上层和下层的人们都去参加他的礼拜。等到他每周必须主持三次礼拜的时候,我们就要应付暴动了。"

朱丽叶用手指捋了捋头发,清理掉发丝间的碎石和砂砾,不无内疚地看着随之漾开的一片尘埃烟雾。"人们怎么看我在这座筒仓外面遇到的事情?我的清洁?他们是怎么说的?"

"有人几乎无法相信这种事。"卢卡斯回答,"这实在是太传奇了。哦,在技术部,我们知道发生了什么,但有些人怀疑你根本没有被送出去进行清洁。我听到有一个谣言说,这只是一个竞选噱头。"

朱丽叶悄声骂了一句。"那么关于其他筒仓的消息呢?"

"这么多年里,我一直在告诉其他人,天上的星星都和我们的太阳一样。有些事情太大了,人们还无法理解。我不认为把你的朋友救过来就能够改变人们的看法。你还不如带着你那位精通无线电的朋友到集市去,说他来自于另一个筒仓,说不定相信你的人还可能更多一点。"

"沃克尔呢?"朱丽叶摇摇头,但她知道,卢卡斯是对的,"卢克,我不是要让我的朋友们证明在我身上发生的事情。这和我没有关系。是他们正住在那个全都是死人的地方。那里只有鬼魂。"

"我们这里不是么?难道我们吃的东西不是用我们的死者当肥

料种出来的?朱莉,我求你,你想要救几个人,却会有几百个人因为你而死。也许还是把他们留在那边会比较好。"

朱丽叶深吸一口气,又屏住呼吸,努力让自己不感到愤怒。"卢卡斯,他们留在那里并不好。我要救的那个人这么多年都在孤独地生活,已经因此变得半疯。那些孩子自己也生了小孩。他们需要我们的医生,需要我们的帮助。而且……我答应过他们。"

对朱丽叶的恳求,卢卡斯的回应只有哀伤的眼神。这没有用。不可能让一个人去关心他从没有见过的人。朱丽叶对他抱有的期望是不切实际的,而且这件事朱丽叶自己也有责任。她真的关心那些每周两次在礼拜中被毒害的人们吗?还有那些她从没有见过面的人呢?他们推选她作为市长,是为了要她来领导他们。

"我不想要这份工作。"她对卢卡斯说。要让自己的语气中没有责备的意思实在是太难了。想要她当市长的是其他人,不是她。而且看样子,现在这种人已经没有那么多了。

"我原来也不知道自己到底是市长学徒,还是技术主管学徒。"卢卡斯显然不赞同朱丽叶的想法。他还想说些什么,却又闭住了嘴——这时一群矿工正走出发电机室。他们的靴子带出了一片灰尘。

"你要说什么?"朱丽叶问。

"我本想求你,如果一定要挖,就悄悄干。或者把这件事交给这些人,你……"

他又闭住了嘴。

"如果你想要我回家,这就是我的家。难道我们真的不能比之前管理这座筒仓的人做得更好一些?我们还要向我们的人民说谎?合谋欺骗他们?"

"恐怕我们做得更糟。"卢卡斯回答,"之前那些人的一切努力只是为了让我们活下去。"

朱丽叶大笑起来。"我们？他们决定让你和我去死。"

卢卡斯呼出一口气。"我指的是每一个人。他们在努力让其他所有人活下来。"但说到这里,他也终于忍不住笑了起来。朱丽叶则一直在大笑,流出眼眶的泪水把她脸上的灰变成一片污泥。

"让我在这里再留几天。"朱丽叶说道。她不是在询问,而是在表达让步。"让我看看,我们有没有办法进行挖掘。然后我会去亲吻你的婴儿,埋葬你的死者。当然,不是必须按照这个顺序。"

她毫无顾忌的话语让卢卡斯皱起眉头。"你会把这些冒犯禁忌的话都收起来吗？"

朱丽叶点点头。"我们挖掘的时候也会尽量保持安静。"说实话,她也不知道那样一部机器怎么可能在工作的时候不发出巨大的吼声,"不过,我正在考虑,我们可以进行一次节电假日。我希望主发电机能够暂时避免满负荷运转。只是以防万一。"

卢卡斯点点头。这让朱丽叶意识到说谎是多么容易和有必要。她立刻就想要将自己的另一个想法告诉卢卡斯。一件她已经考虑了几个星期的事。刚有这个想法的时候,她还在医院,烧伤还没有完全恢复。她需要在上层做些什么,但她看得出,现在不应该进一步激怒卢卡斯。于是她只是将自己计划的一部分告诉了他——她相信这一部分应该能让卢卡斯感到高兴。

"只要这里的事情走上正轨,我打算上去待一段时间。"她握住卢卡斯的手,"在家里住一段时间。"

卢卡斯露出微笑。

"但听我说,"她还是觉得有必要提醒一下卢卡斯,"卢克,我见到过外面的世界。那时我会整晚醒着,听沃克尔的无线电。这里还有很多像我们一样的人,生活在恐惧中,分别居住在不同的筒仓里,对彼此的存在一无所知。我要做的不只是拯救我的朋友。我希望你明白这一点。我要彻底搞清楚,在这座筒仓的围墙外面,到底有些什么。"

卢卡斯的喉结上下蠕动着。他的笑容消失了,声音变得有气无力。"你的目标太遥远了。"

朱丽叶微微一笑,捏了一下爱人的手。"这是看星星的人说的话吗?"

17号筒仓

SILO 17

第五章

"梭罗！梭罗先生！"

一个小孩子的微弱声音冲进这个培育园圃的最深处，一直传到那片冷却的泥土种植槽中间。这里的种植灯早已熄灭，没有任何东西能够生长。在这里，吉米·帕克一个人坐在失去生命的土地上，身边就是他对一位老朋友最后的思念。

他无聊地抓起一抔又一抔黏土，将它们捏成粉末。只有用力去想象，他才能感觉到尖细的爪子刺穿身上的连体服，听见小影的小肚子像水泵一样"咕咕"作响。那个年轻的声音在呼喊他的名字，距离他越来越近，也让他的想象变得越来越困难。一道手电光穿过离他最近的一丛植物。那些年轻人管这些植物叫"野东西"。

"你在这里！"

小伊莉斯发出一大串和她矮小的身材完全不相称的响亮脚步声，朝吉米跑过来——她的靴子实在是太大了。吉米看着她跑过来，想起自己很久以前希望小影能够说话。在他无数个梦里，小影都是一个男孩，全身黑毛，声音低沉。吉米现在已经不做这种梦了。不过在这些日子里，他依旧会感谢他的老朋友陪伴他度过那些无言的岁月。

伊莉斯扭动着身子钻过栅栏，抱住吉米的胳膊，一只手把手电筒灯头朝上杵在吉米的胸口上，手电光差一点晃瞎了吉米。

"该走了，"伊莉斯扯着他说，"时间到了，梭罗先生。"

梭罗在刺目的手电光中眨眨眼，知道伊莉斯是对的。小伊莉斯是孩子之中最年幼的一个，但被她平息的争执总要多过她挑起的争执。吉米又碾碎手中的一块黏土，把土撒在地上，在大腿上把手掌擦了擦。他不想离开，但他知道，他们不能留在这里。他提醒自己，这只是暂时的。朱丽叶是这样说的。她说过，他可以回到这里，和所有过来的人继续居住在这里。这里会有一段时间不需要生育彩票。这里会有许多人。他们会让他的老筒仓再次变得完美。

想到这里会有那么多人，吉米打了个哆嗦。伊莉斯继续揪扯他的胳膊，催促他："我们走，我们走。"

吉米明白自己在害怕什么——不是终有一天会离开，那还要再等一段时间；不是在深层安家，那里的积水几乎已经被抽干，已经不再让他感到害怕；让他害怕的是回到过去。他的家越空旷，他才会越安全。上一次他的家中又挤满了人的时候，他就遭到过攻击。他心中的一部分只想被单独留下来，成为梭罗。

他站起身，让伊莉斯将自己带回到楼梯口。伊莉斯拉着他满是老茧的手，精神百倍地向前走去。来到楼梯上，她收拾好放在台阶上的东西。他们能听到下面传来里克森和其他人的声音。孩子们的话语回荡在寂静的混凝土竖井中。那一层的一个应急灯熄灭了，在一连串的幽暗绿光中留下一片黑斑。伊莉斯调整了一下装着她记忆书册的书包肩带，扣好了书包顶盖。食物和水、换洗衣服、电池、一只褪色的娃娃、她的梳子——这只小书包里装着她的所有东西。吉米为她撑起肩带，方便她把手臂穿进去。然后吉米拿起自己的背包。其他人的声音变小了。他们向下走去，楼梯微微摇晃着，脚步声随之响起。要出去却要向下,这真是一个奇怪的方向。

"珠珠再过多久才会来找我们?"伊莉斯问。她握着吉米的手。他们肩并肩地沿着螺旋楼梯向下走。

"不会太久了。"吉米说——这是他回答"我不知道"的方式,"她正在努力。她要走很长一段路。你知道让这里的积水消失用了多长时间吧?"

伊莉斯点点头。"是我数的台阶。"

"是的,是你数的。实际上,他们必须在坚硬的岩石上打穿一条隧道才能找到我们。这可不容易。"

"汉娜说,珠珠来了以后,这里会有好几十个又好几十个人。"

吉米咽了一口唾沫,声音有些沙哑地说:"会有好几百。甚至好几千。"

伊莉斯捏了一下吉米的手。两个人又默默地走了十几级台阶,一边走一边数数。要数这么多级台阶,他们都觉得很困难。

"里克森说,他们不会来救我们,他们只是想要我们的筒仓。"

"是的,嗯,他看到了人类坏的一面。"吉米回应道,"就像你看到了他们好的一面。"

伊莉斯抬头看向吉米。他们两个都数错了。吉米不知道伊莉斯能不能想象出几千人会是什么样子。他自己几乎都不记得了。

"我希望他也能像我一样,看到人类好的一面。"小女孩说。

吉米在下一个楼梯平台前停下脚步。伊莉斯抓着他的手,另一只手抓住摇晃的小书包,和他一起停下来。吉米跪下去,让自己能平视伊莉斯的眼睛。伊莉斯噘起嘴的时候,他能看到女孩掉牙之后露出的空隙。

"每个人身上都有善良的部分。"吉米捏了捏伊莉斯的肩膀,同时感觉到自己有一些哽咽,"但也有邪恶。有时候,也许里克森是对的。"

他不喜欢这样说。吉米不想在伊莉斯的脑子里装满这种事情。但他爱这个女孩,就像爱自己的女儿。当这座筒仓再次被人类充满的时候,他想要给伊莉斯一道钢铁大门——他觉得伊莉斯有可能会需要这样的保护。所以他允许伊莉斯把锡盒中的书剪开,拿走喜欢的书页。他还会帮助伊莉斯选择哪些书页是重要的。他挑选的都是能够帮助伊莉斯活下来的文字。

"你需要开始用里克森的眼睛来看这个世界了。"吉米依旧对自己说的话充满厌恶。他站起身。这一次轮到他牵着伊莉斯走下去。他们也不再数台阶。他抹了抹眼睛,不让伊莉斯看出他在哭。那样伊莉斯难免会问他问题。她很喜欢提问,但有些问题很难回答。

第六章

明亮的灯光和舒适的老家实在是令人不舍,但吉米已经同意搬到下层农场去。孩子们觉得那里更舒适。他们很快就开始了在那些种植槽间的工作。那里距离积水最后退去的地方也更近。

吉米走下光滑的台阶,注意到台阶上有新的锈迹,听见水滴落进水洼和敲击钢铁的声音。那些声音形成了一种连绵不绝的韵律。有许多绿色的应急灯因为被水淹而熄灭。就算是那些还能发光的,也因为被水泡过而昏暗了许多。吉米想到那些曾经在积水中游动的鱼。现在这里只剩下了空气。随着水位下降,他们又发现了几条鱼。吉米还以为他早已将这里的鱼都钓光了。那些鱼被困在浅池塘里,很容易钓起来。他教了伊莉斯如何钓鱼,但伊莉斯一直都不懂得该如何将鱼从鱼钩上摘下来,结果总是让那些滑溜溜的生物落回到水里去。吉米开玩笑地指责她在故意这样做。伊莉斯也承认,她喜欢钓鱼,而不是吃鱼。于是吉米就任由她一遍又一遍地将最后那几条鱼钓起来。直到吉米开始为那几个可怜的小家伙感到难过,认为不应该再这样继续下去。里克森、汉娜和那对双胞胎便高兴地让这些无处可逃的幸存者摆脱掉悲惨的命运,进了他们的肚子。

吉米抬头看了一眼头顶上的栏杆,想象他浮飘在半空中晃动的样子;想象小影向下窥看,用爪子拍打他,仿佛他现在变成了一条鱼,被困在浅水里。他试着吹泡泡,却什么都没有吹出来,只有鼻子下面的胡须有点痒。

继续向下走,楼梯底部有一片水洼。这里的地面是平的,没有倾斜的角度来排水。筒仓里肯定不应该有那么高的积水。吉米打开手电筒。光束穿透了机械部深处的重重黑影。一根电线蜿蜒穿过排光积水的通道,搭在机械部门口的安全闸上。电线旁边是一根纠缠折叠的软管。沿着电线和软管向前走,就能到达水泵。这些都是朱丽叶留下的。

吉米沿着它们走进去。第一次来到螺旋楼梯的底部时,他找到了朱丽叶戴过的球形塑料头盔。那顶头盔落在一片垃圾、残骸和污泥中。这些东西在水退以后都堆积在筒仓底层。他曾经尽其所能地做了一些清理工作,还找到了他的那些小金属垫圈——那些纸降落伞的配重——它们散落在各种破烂碎片中,就像是一些小硬币。积水留下来的许多废物还在原地。唯一被他回收起来的只有朱丽叶的球形头盔。

电线和软管沿着一段直角台阶继续向下延伸。吉米跟着它们,每一步都走得小心翼翼,以免被绊倒。水滴不时从头顶上方的管道、电线上落下来,砸在他的肩膀和头顶上。穿过手电光的水滴就会亮起星星点点的光彩。除此之外,这里只有一片黑暗。他试着去想象这里充满水的时候是什么样子,但他想不出来。没有水的时候,这里已经非常可怕了。

一股流水正好落在他的头顶上,又流进他的胡须中间,让他感到一阵痒痒。"我的意思是,差不多没有水了。"吉米向天花板说道。终于走完了这段台阶,现在只有电线在给他引路。这么细的线实在是很难看清楚。他朝大厅走去,脚下溅起一朵朵细小的水花。朱丽叶说过，积水排光之后一定要下来一趟，这很重要。必须有人来这里开关水泵。水还会不断渗进来。水泵需要继续工作，但让水泵空转是很糟糕的。朱丽叶告诉过他，那样会把一个被称作"叶轮"的零部件烧坏。

吉米找到了水泵。现在它正不高兴地"嘎嘎"响着。看上去，它就是从一个井口里伸出的一根大弯管——朱丽叶叮嘱过他，千万不能掉进这个井口。深井中传出一阵阵吸气声和汩汩流水声。吉米用手电筒照下去，看到这口井几乎已经空了，只有大约一英尺深的水，被粗大的管道不断抽走，形成不停翻滚的湍流。

他从胸前的口袋里拿出剪刀，又从仅剩的一点积水中捞起电线。水泵在恼怒地吼叫，金属相互撞击，空气中弥漫着电器过热的气味，蒸汽从提供动力的圆柱形外壳表面袅袅飘起。吉米将缠在一起的两根电线拆开，剪断其中一根。水泵继续运转了片刻，慢慢停下来。朱丽叶告诉过他该怎样做。他剥掉被剪断的电线头部的绝缘皮，把松散的金属丝拧到一起。等井里的水重新涨满的时候，他就必须将电线重新连到开关上，就像朱丽叶几个星期以前做的那样。他和孩子们可以轮流来做这件事。他们会住在被积水冲毁的楼层上方，照顾一下种植槽里的那些野东西，想办法让它们重新结出果子，并保持筒仓干燥，直到朱丽叶来找他们。

18号筒仓

SILO 18

第七章

关于发电机,朱丽叶和雪莉之间的争论变得糟糕。朱丽叶得到了她想要的,却没有半点胜利的感觉。她看着自己的老朋友跺着脚大步离开,试着去想象自己处在雪莉的位置上会是什么样子。雪莉的丈夫马克去世刚刚两个月。朱丽叶在失去乔治以后曾经颓废了整整一年。现在,一个市长告诉机械部主管,要把备用发电机拿走另作他用。这是不折不扣的偷窃。整座筒仓都会因此面临危险。一切责任还要由机械部来承担。哪怕一只齿轮断了一个齿,所有楼层都会陷入黑暗,一切泵机都会停转,除非故障能够得到及时修复。

朱丽叶不需要听雪莉争辩。这些问题她都非常清楚。现在,她一个人站在昏暗的走廊中。朋友的脚步声已经听不见了。她不知道自己到底在干什么。就连身边最亲近的人都失去了对她的信任。为什么?因为一个承诺,还是她的确太固执了?

她挠了挠手臂。连体服下面的一道伤疤又开始刺痒。她想起和父亲的谈话,那时她已经硬着心肠躲避了父亲几乎二十年。他们两个都不承认自己有多么愚蠢,但他们的愚蠢真是再明显不过,就像一幅挂在房间里的家传拼布被子[①]那样明显。这是他们的弱点,

---

[①]家庭主妇制作华丽的拼布被子,传给自己的女儿甚至孙女,这是美国家庭的一个传统。

这个弱点驱使他们在生活中取得许多成就,同时又让他们经常受到各种伤害——这种伤人的骄傲。

朱丽叶转过身,让自己回到发电机室。远处水泥墙那里传来"叮叮咣咣"的撞击声,让她回忆起那段……发电机主轴有问题的日子。身边一直有挖掘机在轰鸣,这似乎和失衡的主发电机伴随她度过的岁月没有什么不同:年轻、热烈而且危险。

转移备用发电机的工作已经开始。道森和他的团队刚刚拆下排气联管。拉夫正在用一把巨大的扳手拧开基座前端的一只大螺母,准备把发电机从它古老的支架上搬下来。朱丽叶终于意识到,自己真的在这么干。雪莉完全有权利为此而生气。

她走过发电机室,钻过水泥墙上的一个窟窿。刚刚低头躲过割开的钢筋,她就看见鲍比正站在巨型挖掘机的尾部,挠着他的胡子。鲍比是个大块头,将一头长发扎成在矿工中间很流行的那种细辫子,炭黑色的皮肤让人根本看不出辛苦挖掘给他留下的满身汗水和污泥。他和他的朋友拉夫在所有方面仿佛都是相反的两极。他的女儿——也是他的学徒——伊拉静静地站在他身旁。

"情况怎么样?"朱丽叶问。

"情况怎么样?还是这台机器怎么样?"鲍比转过身,盯着朱丽叶看了一会儿,"我可以告诉你这个生锈的大铁桶怎么样了。它根本不能拐弯,做不了你要做的事情。它只能像一根棍子一样向前走直线,完全不可能被操控。"

朱丽叶向伊拉打了个招呼,评估起巨型挖掘机的维修进展。这台机器已经被清理干净,状态看上去很不错。她抬手按住鲍比的胳膊,向他保证:"它能够转向。我们会把铁楔子插在右手边的岩壁上。"她指了指自己预估的位置。从矿井取来的泛光灯挂在他们头

DUST / 037

顶,照亮了那块黑色的岩石。"等机器后端压到楔子上的时候,就会推动头部朝这边走。"她用自己的一只手代表挖掘机,另一只手推动手腕,翘起自己的手,演示该如何让挖掘机转向。

鲍比勉强"哼"了一声表示同意。"这样会很慢,但也许能行。"他打开一张做工很好的纸,上面画着所有筒仓的位置,还有朱丽叶绘制的挖掘机行进路线。朱丽叶从卢卡斯的秘密办公室里偷出了这张图纸。她的方案是让挖掘机沿一条弧线从18号筒仓到达17号筒仓,从一个发电机室到达另一个发电机室,"我们还必须用楔子强迫它向下走,"鲍比一边端详这张图一边说,"它在一个斜坡上,会一点点向上走。"

"这样很好。支撑柱的情况如何?"

伊拉端详着这两个大人,一只手转着一根炭笔,另一只手端住写字板。鲍比抬头瞥了一眼洞顶,皱皱眉。

"埃里克不太想借出他的物资。他说他能让给我们一千码的支架。我告诉他,你想要的大概是那点量的五倍到十倍。"

"那我们就必须从矿井中调一些出来。"朱丽叶向伊拉和她的写字板点点头,建议她把这一条记下来。

"你是要在这里挑起一场战争吗?"鲍比扯着自己的胡子,显然是被激怒了。伊拉停下手中的炭笔,目光在这两位上司之间来回睃巡,不知道该怎么做。

"我会去和埃里克谈谈。"朱丽叶对鲍比说,"等我告诉他,我们会在另一座筒仓里找到成堆的钢架,他就会听我的。"

鲍比挑起一道眼眉。"那就是我用词不当了。"

说完,他又紧张地笑了两声。朱丽叶则示意他的女儿继续记录:"我们需要三十六根横梁和七十二根立柱。"

伊拉有些愧疚地向鲍比看了一眼，记下这句话。

"如果这东西动起来，一定会制造大量灰土。"鲍比又说道，"将渣土从这里运到矿井中的粉碎机那里去，一定是一件相当麻烦的任务，会需要和挖掘工作同样多的人手。"

想到矿渣被送进粉碎室，变成粉末，再被送进通风口排走，痛苦的回忆又被搅起。朱丽叶将手电光指向鲍比脚下，努力不去回忆过去。"我们不会把尾渣排走。"她告诉鲍比，"六号竖井差不多就在我们正下方。如果我们直接挖过去，就会遇到它。"

"你的意思是，我们把六号井填满？"鲍比带着怀疑的语气问。

"六号井反正也快采光了。等我们到达另一个竖井，我们的矿石储量就能翻倍。"

"埃里克一定会疯的。你真是谁也不会落下，对不对？"

朱丽叶审视着她的老朋友。"谁也不会落下？"

"你要把每一个人都气得疯掉。"

朱丽叶没有理会他的嘲讽，转头看向伊拉，"给柯特妮送个信过去，说我希望备用发电机在安装之前能够得到彻底的维修。挖掘机里没有空间让我们把脑袋探进去检查它的密封性是否完好。那里的顶棚太低了。"

鲍比跟着朱丽叶，继续对挖掘机进行检查。"一切就绪之后，你会在这里吧？"他问道，"你会在这里把发电机和这个怪物连接在一起，对不对？"

朱丽叶摇摇头。"恐怕不行。道森会负责这件事。卢卡斯是对的，我需要上去看一下……"

"胡说！朱莉，这算怎么回事？我从没有见过你这样中途离开一个项目。以前哪怕是要上午、下午、夜里三班连着干，你也要把一件事做完。"

朱丽叶转头看了伊拉一眼——所有孩子和学徒都明白这种眼神的意思。伊拉躲到了听不见他们说话的地方，让这两位老朋友可以私下里说几句话。

"我一直待在这里，让上面的很多人都感到不安。"朱丽叶的声音很低，完全被周围巨大的机器噪声盖了过去，"卢卡斯来找我是对的。"她看向这位老矿工的眼神变得格外冰冷，"要是他知道了，我会把你打得不省人事。"

鲍比笑着抬起双手，让两只掌心朝向朱丽叶。"你用不着提醒我这个，我结婚了。"

朱丽叶点点头。"我不在的时候，你们最好能卖力挖通这个洞。如果我必须去吸引上面那些人的注意力，那我就只能把他们的注意力好好吸引住。"这时他们来到了那个很快将被备用发电机填满的空间。这种安排真是巧妙。精致的机器一直放在被使用和维修的位置上。挖掘机其余部分只有简单的钢铁框架和凿齿。而且所有齿轮都被机油严密地封裹。

"你的那些朋友，"鲍比又问道，"他们真值得我们付出这么多？"

"值得。"朱丽叶注视着她的老朋友，"但这不只是为了他们。这也是为了我们。"

鲍比嚼着自己的胡须，沉默片刻之后说道："我不明白。"

"我们需要证明这样是可行的。"朱丽叶告诉他，"这只是一个开始。"

鲍比向她眯起眼睛。"好吧，不管这是不是一件事的开始，我敢说，这将导致另一件事的结束。"

第八章

朱丽叶在沃克尔的工作室外面停下脚步。进去之前,她先敲了敲门。她已经听说了,这位老工匠在起义期间竟然走出了他的房间——这个消息就像是一个前所未见的齿轮,完全对不上她脑子里的任何槽口。在朱丽叶看来,这肯定是一个传奇,她没能亲眼看到,也就始终无法相信。不过,她估计自己在两座筒仓之间的旅行对于绝大多数人来说一定也同样难以置信,只可能是一个谣言,一个神话。这个自称见到过另一片土地的机械师会是什么人?这样的故事只会遭到否认,或者变成传说的种子,最终生根发芽成为宗教。

"朱莉!"沃克尔从工作台上抬起头,一只眼睛透过单目放大镜,变得足有西红柿那么大。他将目镜挪到一旁,才让眼睛恢复成正常大小。"太好了,太好了,真高兴你能来。"他挥手让朱丽叶过去。房间里弥漫着一股头发烧焦的气味,似乎是这位老人一直在低头进行焊接,没有注意到他灰色的长卷发碰到了烙铁。

"我只是要和梭罗说几句话。"朱丽叶对他说,"还要告诉你,我打算离开几天。"

"哦?"沃克尔皱了皱眉,把几件小工具塞进他的皮围裙里,又把烙铁放到一块湿海绵上。烙铁的"咝咝"声让朱丽叶想起一只坏脾气的猫。那只猫曾经就住在泵房里,总是在黑暗中向朱丽叶大呼小叫。"那个叫卢卡斯的家伙要把你拐走了?"沃克尔问。

朱丽叶想起沃克尔对开阔空间里的人从来都没什么好意,但他对搬运工一直都很友善。搬运工也对他的硬币很友善。

"这是一部分原因。"朱丽叶承认。她拖出一个凳子,一屁股坐了上去,又端详了一下自己的双手——那双手上全是刮痕和油泥。"另一个原因是,挖掘工作还要持续一段时间。你知道我如果坐着不动会怎样。我一直在思考另外一个项目。那要比这里的这件事更不讨人喜欢。"

沃克尔将她端详了片刻,又抬头看看天花板,然后突然瞪大了眼睛。不知为什么,他一下子就猜到了朱丽叶在动什么念头。"你真像是一碗柯特妮的辣椒。"他悄声说道,"两头都是麻烦。"

朱丽叶笑出了声,但也感到有些失望。她原来这么容易就能被一眼看穿,被猜到心思。

"我还没有告诉卢卡斯。"她警告沃克尔,"也没有告诉彼得。"

听到第二个名字,沃克尔的脸又皱了起来。

"比林斯。"朱丽叶提醒他,"那位新警长。"

"是的。"老工匠拔掉烙铁的插头,又在海绵上把烙铁擦了擦,"我都忘了,那已经不是你的工作了。"

从来都不是,朱丽叶想要这样说。

"我只想告诉梭罗,我们马上就要开始挖掘了。我需要确保那里的积水已经得到了控制。"她朝沃克尔的无线电指了指。这部无线电能做的事情远远不止把信号传遍一整个筒仓。就像在技术部服务器房下面房间里的那台无线电一样,经过沃克尔加工的这部无线电能够将信号传给其他筒仓。

"没问题。真可惜,你不能再留上一两天。我差不多已经要把这台便携式的无线电做好了。"他给朱丽叶看了一只塑料盒子——它比朱丽叶和那些副警长常常带在腰间的旧步话机要大一点,现在还有一些电线挂在外面,另外还带着一大块外置电池。"等我把这个做好,你就能用一个表盘转换频道了。它能够接通两个筒仓里的所有中继器。"

朱丽叶小心翼翼地拿起这部设备,并不太清楚老工匠的话是什么意思。沃克尔指了指表盘,上面有三十二个数字。朱丽叶这才明白过来。

"我正要把原来的充电电池装好。下一步是调节电压。"

"你真是天才。"朱丽叶悄声说。

沃克尔的脸上焕发出光彩。"真正的天才是把这东西制造出来的人。我完全想象不出,几百年前的人类都能做些什么。那时候的人类并不像你以为的那样愚蠢。"

朱丽叶想要把自己看过的书告诉沃克尔。她想让沃克尔知道,那时候的人类看上去更像是来自未来,而不是过去。

沃克尔在一块旧抹布上擦了擦手。"我早就警告过鲍比和其他人,我认为你也应该知道,这部无线电在他们深挖的地洞里不会有多好的工作状态,除非他们能挖到另一边。"

朱丽叶点点头。"我听说了。柯特妮说,他们会用信使传递消息,就像在矿井里一样。我让她管理挖掘工作。她把一切都考虑好了。"

沃克尔皱起眉。"我听说,她还想从这边向挖出的隧道里鼓风,以免在半路上遭遇毒气。"

"这是雪莉想到的。她只想找个理由阻止挖掘。不过你了解柯特妮,只要她打定了主意,就一定要把事情做好。"

沃克尔挠了挠自己的胡子。"只要她不会忘了给我带饭,就一切都好。"

朱丽叶笑了。"我相信她不会的。"

"好吧,祝你一切顺利。"

"谢谢。"朱丽叶又指着放在工作台上的大无线电台说,"你能帮我接通梭罗吗?"

"当然,当然,17号筒仓。我都忘了,你下来不是为了和我聊天。我们呼叫一下你的朋友。"他又摇摇头,"我必须告诉你,听他说话,我觉得他是个怪人。"

朱丽叶看着自己的这位老朋友,莞尔一笑,又等了一会儿,看他是不是在开玩笑。确认了沃克尔绝对是认真的,她忍不住大笑起来。

"怎么了?"沃克尔一边问,一边打开无线电,将话筒递给朱丽叶,"我说了什么?"

·····|||···········|||·······||·····

梭罗的最新消息让人喜忧参半。机械部的积水已经排干,这是好事。但朱丽叶其实还希望抽干积水的时间能够更长一些。就算是从现在开始挖掘,他们也要过几个星期甚至几个月才能到达那里,去确认还有哪些机器可以回收利用。但那些钢铁家伙很快就会开始生锈。朱丽叶只能先将这种遥远的问题赶出脑海,把注意力集中在她能够着手解决的事情上。

她将前往上层所需要的东西都放进一只小背包里:她几乎没有穿过的银色连体服;刚刚在洗衣槽里洗过,还没有晾干的袜子和内衣;带着凹痕和机油渍的工作水壶;还有一个小工具套装盒。她在衣兜里放上了自己的多用途小刀和二十块钱点券,尽管自从她成为市长之后,几乎没有人在为她服务的时候收过她的钱。她现在觉得自己只缺一只好用的步话机,但沃克尔拆开了两只功能完好的步话机,正在制作一只新的,现在还没有完全做好。

带着这几样东西和一种抛弃朋友的心情,她离开了机械部。远远传来的挖掘机噪声跟随着她经过走廊,来到主楼梯。通过安全闸的时候,她觉得就像是跨过了一道心中的门槛,让她想起自己在数个星期以前走出气闸舱的情景。这就像是一个单向阀,只能从一个方向通过。她不知道自己要过多久才能回来——这个念头让她害怕,让她难以呼吸。

她一步步向上走去,开始超过楼梯上的其他人。她能感觉到人们在看她。她领教过这样的目光,就像是山丘上吹向她的风。不信任的目光席卷而来,又迅速闪到一旁。

没过多久,她就看到了卢卡斯所说的景象。无论她回来的时候得到过怎样的善意;无论人们曾经怎样惊奇于她拒绝清洁,却又在外面的世界里活了下来——现在这些都已经像下面被挖掘机敲凿的混凝土一样摇摇欲坠。她从外面回来,给筒仓带来了希望,但她向外挖掘隧道的计划却引发了另一些东西。店铺老板在躲避她的注视;母亲伸手护住自己的孩子;窃窃私语不时传进她的耳中,又突然消失。她能够从所有这些反常中看到自己的计划产生的影响。朱丽叶正在制造与希望相反的东西。她在播撒恐慌。

也有几个和她在楼梯上擦身而过的人点头向她致意,会叫她一声"市长"。她认识的一名年轻搬运工还和她握了手,应该是真的很高兴能见到她。但是当她在第126层的农场略作停顿、获取食物的时候,当她又上了3层、去洗手间的时候,她都感觉自己好像一个满

DUST / 045

身油泥的人闯进了高层，被所有人嫌弃。不过她就是她，是他们的市长，虽然不受爱戴。

人们对她的反应让她对于和汉克的见面有了新的想法。汉克是底层的副警长，曾经在起义中战斗过，亲眼见过双方优秀的男男女女献出生命。当朱丽叶走进第120层的底层警署时，她开始有些担心在这里停下是不是一个错误，她是否应该继续前进。但她又想起年轻的自己是如何害怕见到父亲，如何埋头工作，只为了躲避这个世界。她不能再成为那个人。她对这座筒仓和这里的人民负有责任。和汉克见面是应当的。她挠了挠手背上的伤疤，勇敢地大步走进汉克的警署，同时提醒自己——她是市长，不是要被送去进行清洁的囚犯。

朱丽叶走进门的时候，汉克从办公桌上抬头瞥了一眼，在认出她以后立刻瞪大了眼睛。朱丽叶回来以后，他们还没有说过话，也没有见过面。他从椅子上站起身，朝朱丽叶走了两步，又停下来。朱丽叶看见副警长脸上混杂着紧张和兴奋的表情——就和她自己的心情一样。这让她感觉并意识到，自己不应该为这次见面感到害怕。她更不应该一直躲着汉克，直到现在。汉克有些胆怯地伸出手，仿佛在担心朱丽叶有可能会拒绝和他握手，甚至准备随时把手抽回去，仿佛这是对市长的冒犯。无论朱丽叶给他带来过怎样的灾难，他似乎依然在为服从命令、送朱丽叶去进行清洁而感到痛苦。

朱丽叶握住副警长的手，把他拉过来，拥抱了他。

"我很抱歉。"汉克声音微弱，仿佛已经没有了说话的力气。

"别这样。"朱丽叶放开这名执法者，后退一步，看了看他的肩膀，"我才是应该道歉的人。你的手臂怎么样了？"

汉克用肩膀画了一个圆圈。"还有些痛。如果你敢向我道歉，我就逮捕你。"

"那我们就算是打平了。"

汉克露出笑容。"打平了。但我真的很想说……"

"你是在执行任务。而我也只是在尽力而为。这个咱们就都放下吧。"

汉克点点头,低头盯住自己的靴子。

"这里情况如何?卢卡斯说,下层有不少人在抱怨我的工作。"

"发生了一些事。都不太严重。我想,大多数人都正在忙着修补创伤。不过,是的,我听到了一些议论。说实话,许多人都要求调离这里,到中层或者上层去。嗯,我收到的这种申请是平时的十倍。恐怕人们不想靠近你干活的地方。"

朱丽叶咬住了嘴唇。

"有一部分问题是大家缺乏指示。"汉克又说道,"我不想把这件事推给你,但我和下面的小子们都不清楚现在该怎么做。我们已经不再像过去那样收到安全部的公文了。而你的办公室……"

"也一直悄无声息。"朱丽叶说。

汉克挠了挠后脑勺。"没错。你自己也是一句话都不说。我们只能偶尔在楼梯平台上听到你在下面弄出来的各种机器轰鸣。"

"这正是我过来的原因。"朱丽叶告诉他,"我想要你知道,你们关心的事情也是我关心的。我要上去,在我的办公室里待上一两个星期。我也会去访问其他副警长的警署。现在这里的情况在很多方面都有不错的进展。"

汉克皱起眉头。"你知道,我信任你,但如果你对这里的人们说,情况有进展,他们听到的就是情况要发生改变。对于那些还能呼吸,并且将呼吸看作是一种祝福的人来说,他们会认为这种改变意味着一件事,而且只意味着一件事。"

朱丽叶想到了自己的计划——不只是在底层的,还有在顶层,即将开展的计划。"只要像你这样诚实的人还相信我,我们就能把事情做好。现在,我想请你帮我一个忙。"

"你需要一个过夜的地方。"汉克一边猜,一边朝拘留室摆摆手,"我还为你留着房间。我可以把那张小床给你摆好……"

朱丽叶笑出了声。她很高兴——刚刚他们之间还那样尴尬,现在已经可以开这种玩笑了。"不用,"她说道,"不过谢谢你。我要在熄灯之前赶到中层,必须在一片刚刚翻好的新土上种下第一粒种子。"她在半空中挥挥手,"还有一大堆这种事情。"

汉克微笑着点点头。

"我想请你为我盯着螺旋楼梯。卢卡斯告诉我,现在有许多议论在那里流传。我正要上去安抚人心,但我想要你提高警惕,以免出现反常。我们在下面很缺人手,而且大家都很紧张。"

"你认为会有麻烦?"汉克问。

朱丽叶考虑了一下这个问题。"是的,如果你需要一两个学徒,我会编列相应的预算。"

汉克皱起眉头。"如果有钱丢过来,我通常都会很高兴。但为什么这一次,我只是感到不安?"

"正是出于同样的原因,我很高兴能给你这笔钱。"朱丽叶说,"我们全都知道,在这笔交易里你是吃亏的。"

第九章

离开警署,朱丽叶爬上经历过残酷战争的那一段楼层,再一次注意到了战争给筒仓带来的伤害。这场她离开时爆发的战争,在古老的油漆上留下锯齿状的亮银色刻痕;烧黑的水泥上能看到坑坑洼洼的缺损,甚至还有断裂的钢筋暴露在外,就像折断的骨头穿透皮肉。越向上走,这些痕迹就越发严重。

她一生中大部分时间都在全力以赴维护这座筒仓,让它能够正常运转。而筒仓也给了她充满好意的回报,让她的肺叶充满空气,让庄稼生长,让死者的尸体归于泥土。他们在为彼此负责。如果没有人,这座筒仓就会像梭罗的家园那样,锈迹斑斑,被渐渐淹没。没有筒仓,她只会是山丘上的一具骷髅,用空洞的眼窝看着乌云翻滚的天空。他们需要彼此。

她的手在栏杆上滑动,感觉到刚刚焊上的接口。她自己的手也像这些焊口一样疤痕累累。在她大部分的人生中,她和这座筒仓都在彼此扶持,相依为命,却又在不久前差一点杀死彼此。她曾经一心只想修理好机械部的各种小毛病——发出刺耳声音的泵机、泄漏的管道、不再密封的排气管。但和她的离开造成的这场浩劫相比,那些根本就算不上什么。就像她身上在不经意间留下的那些伤痕,只让她想起自己年轻时摔的跟头,现在已经全都被这些丑陋的烧伤遮住了。看起来，一个巨大的错误就能掩埋所有的小错误。

她一步一台阶，来到了炸弹将楼梯炸出缺口的地方。楼梯的废墟被一块块钢板重新拼补起来。楼梯平台窄了许多。防护栏杆还是用收拾起来的碎片残骸勉强拼凑的。爆炸中丧生者的名字被用木炭写在这里不同的位置上。朱丽叶小心地走过这段残破的道路，再向上走，她看见物资部的大门已经被更换。这里的战斗格外激烈。穿黄色连体服的人因为与穿蓝色连体服的人同仇敌忾而付出了惨重的代价。

当朱丽叶接近第99层的神堂时，一场礼拜刚刚结束。洪水一样的人群沿着楼梯朝她刚刚经过的安静集市涌去。在过去几个小时的严肃讲话中，他们的嘴一直紧绷着，关节就像他们熨烫过的连体服一样僵硬。朱丽叶从他们身边经过，注意到许多充满敌意又迅速回避的目光。

当她走到楼梯平台上的时候，人群变得稀疏了。这个小神堂位于曾经为深层区服务的旧水培农场和工人宿舍之间。它在朱丽叶出生前就有了。诺克斯曾经告诉过朱丽叶，第99层怎么就会冒出一个神堂来。那时诺克斯的父亲也还只是一个男孩。当时人们举行抗议，反对礼拜日集市上的音乐和戏剧表演。当抗议者麇集在集市外扎营久住的时候，安全部只是睁一只眼闭一只眼。人们睡在台阶上，堵住了主楼梯，直到再没有一个人能够通过。上面一层的农场在给这些示威者提供食物的时候遭到了劫掠。最终，示威者又占据了水培层的很大一部分。第28层的神堂在那里建立了一个附属办公室。现在第99层的这间附属办公室变得比它的本部神堂还要大。

朱丽叶绕过最后一道螺旋楼梯的拐弯，看见文德尔神父正站在楼梯平台上,在楼层门口旁边和每一名参加完礼拜的教众握手,短暂地说上几句话。他的雪白长袍本身就能发光,就像他的秃头一样闪亮耀眼——可能是因为卖力向教徒布道的关系,现在那个秃头上还有不少亮晶晶的汗珠。从头到脚,文德尔都显得光彩焕发。尤其是和朱丽叶相比——后者刚刚从布满了尘土和机油的地方爬上来。看到那样一尘不染的衣服,她立刻感到自己真是够脏的。

"谢谢您,神父。"一个女人微微鞠躬,同神父握手。她背后还背着一个孩子。那个小家伙的头靠在母亲的肩膀上,睡得正香。文德尔将一只手放在孩子的头顶上,说了几个字。女人再次感谢他,然后离开。文德尔又继续和后面的人握手。

朱丽叶贴着栏杆,尽量把自己藏起来,看着最后几名礼拜者鱼贯而出。一个男人停下来,将几枚闪亮的硬币塞进文德尔神父张开的手掌里。"谢谢您,神父。"他的告别真有点像是唱诵圣歌。这位老者从朱丽叶身边经过,沿着螺旋楼梯向上走去。朱丽叶闻到他身上有一股特殊的气味——她觉得那应该是山羊味。也许老者是要返回羊圈。他是最后一个离开的。文德尔神父转过身,面带微笑看向朱丽叶,让朱丽叶知道,她没有逃过这位神父的眼睛。

"市长,"神父摊开双手,"你的到来让我们感到荣幸。你是要来参加十一点的礼拜吗?"

朱丽叶看了一下手腕上的小手表。"这不是十一点的礼拜吗?"她上来的速度很快。

"这是十点钟的。我们又加了一场礼拜。顶层的人可以下来参加稍晚的这一场。"

朱丽叶不明白,为什么住在顶层的人要走这么远,到这里来参加礼拜。她早就计算好了时间,好完全错过这里的宗教仪式。不过这样做也许是错的，也许听听这位吸引了这么多教徒的神父说些什么才是更聪明的选择。

"恐怕我现在还没有足够的时间。"朱丽叶说道，"我可以在下次下来的时候参加一次礼拜吗？"

文德尔皱起眉头。"那会是什么时候？我听说你回来是要履行神明和他的民众指派给你的职责。"

"也许一两个星期。我应该有足够的时间参加礼拜。"

一名侍僧捧着一只华丽的木碗来到楼梯平台上，让文德尔看碗中的东西。朱丽叶能听到硬币相互碰撞的声音。那个男孩披着褐色的斗篷。当他向文德尔鞠躬的时候，朱丽叶看见他的头顶心被剃光了。侍僧起身准备离开，却被文德尔抓住了胳膊。

"向市长致敬。"神父说道。

"女士。"侍僧又鞠了一躬，脸上毫无表情。在他浓密的黑眉毛下面有一双黑色的眼睛，嘴唇苍白无色。朱丽叶觉察到这个年轻人应该很少走出神堂。

"不必叫我女士。"她礼貌地对侍僧伸出一只手，"叫朱丽叶就好。"

"我叫雷米。"男孩说道。一只手从他的长袍下面伸出来。朱丽叶握住了那只手。

"去把长椅摆好。"文德尔说，"我们还要进行下一场礼拜。"

雷米再次向两个人鞠躬，缓步离开。朱丽叶为这个男孩感到可惜，却又不知道为什么会有这种感觉。文德尔朝楼梯平台对面望去，仿佛在倾听是否有脚步声到来，然后扶着楼梯门向朱丽叶招招手："来吧，把你的水壶加满。我会为你的旅途祝福。"

朱丽叶晃晃水壶，里面的水差不多要空了。"谢谢。"她跟随神父向门内走去。

文德尔领着她走过门厅,挥手请她进入下层神堂。几年以前,朱丽叶曾经在这里参加过几次礼拜。雷米正在一排排长椅和独椅之间忙碌,更换椅垫,摆放手写在长条形廉价纸片上的公告。朱丽叶发现这个男孩一边工作,一边还在看她。

"众神在想念你。"文德尔神父用这句话让朱丽叶知道,他还记得朱丽叶上一次参加礼拜是在什么时候。和朱丽叶记忆中相比,这座神堂又扩张了不少。这里有一种令人陶醉的昂贵木屑的气味——是用旧门板和其他古老木材重新塑形合成的材料。朱丽叶伸手按在一张长椅上。光是这张椅子肯定就值一大笔钱。

"呃,众神知道能在哪里找到我。"朱丽叶的手离开长椅,一边说话一边露出笑容,想要让气氛轻松一些,但她在神父的脸上看到了一丝失望。

"有时候我在想,你是不是在尽全力躲避众神。"文德尔神父朝祭坛后面的彩绘玻璃点点头。那片玻璃背面的灯光非常明亮,将五彩斑斓的光斑投射在地面和天花板上。"我在讲坛上朗读你为每一名新生者和逝世者写的公告。我从中看到,你相信一切荣耀都归于众神。"

朱丽叶想要说,那些公告甚至不是她写的,是别人替她写的。

"但有时候,我也很想知道,你是否相信众神,为什么你会对他们的规则如此轻视。"

"我相信众神。"朱丽叶被这种指责激起了火气,"我相信创造了这座筒仓的众神,是的,还有全部其他筒仓……"

文德尔后退了一步,悄声说道:"亵渎。"他瞪大了眼睛,仿佛朱丽叶的言语能够杀人。他向雷米瞥了一眼。后者一鞠躬,朝门外

DUST / 053

走去。

"是的,是亵渎。"朱丽叶说,"但我相信,众神建造了山丘对面的那些高楼,并且为我们留下了一条路,让我们能够发现,能够走出这里。我们已经在筒仓深处找到了一件工具,文德尔神父。一部挖掘机器,能够带我们去新的地方。我知道你不同意这样做,但我相信那件工具是众神给我们的。我要使用它。"

"你的那个挖掘机是恶魔的作品。它躺在恶魔的深渊中。"文德尔脸上再没有半点和善可言。他用一块方巾轻轻拍拭前额。"根本没有你所说的那些众神,你说的只是魔鬼。"

朱丽叶明白了,这就是他的布道。她正在参加他的十一点布道。人们从远方来到这里,就是为了听这个。

朱丽叶向文德尔迈出一步。她的身体因为愤怒而发热。"也许在我的众神之间有恶魔存在。"她使用了神父的言辞,因为她同意这一点,"我相信的众神……我崇拜的众神是那些建造了这个地方的人们。他们建造这个地方,是为了保护我们,让我们不会在他们摧毁世界的时候一同被毁灭。他们是神明,也是魔鬼。但他们给我们留下了救赎的空间。神父,他们想让我们重获自由,而且他们给了我们重获自由的方法。"朱丽叶指着自己的太阳穴说,"他们给我的方法就在这里。他们还给我们留下了一台挖掘机。他们就是这样做的。使用那台挖掘机不是亵渎。无论你怎样怀疑,我亲眼见到过其他筒仓。我去过那里。"

文德尔又后退了一步,一只手不停地揉捏着挂在脖子上的十字架。朱丽叶看见雷米从门后面探出头,朝神堂里观望。黑色的眉毛将一片阴影投在他的黑眼睛上。

"我们应该使用众神留给我们的所有工具,"朱丽叶继续说道,

"只有你手上的那件工具除外。那种力量只会让其他人恐惧。"

"我?"文德尔神父将一只手掌按在胸前,另一只手指向朱丽叶,"是你在散播恐惧。"他朝一排排长椅和各式各样的椅子、板条箱以及木桶指了指,那些座位一直挤到了神堂最后面,"他们蜷缩在这里,每天要进行三场礼拜。都因为你正在进行的恶魔工作,他们全都害怕得不住地绞拧手指,孩子们晚上都无法入睡,就是因为害怕你把我们全都杀死。"

朱丽叶张开嘴,却没有说出一个字。她想到了在螺旋楼梯上看到的那些人,想到那个把孩子拽到身边的母亲。她认识的人已经不再向她问好了。"我可以让你看一些书。"她想到存放遗产典籍的那些架子,"我可以给你看一些书,然后你就明白了。"

"只有一本书值得读。"文德尔的目光射向放在讲坛上的那本边缘鎏金、装帧华美的大书。那本书放在一只圆弧形的钢制笼罩下面。朱丽叶还记得那本书中的内容。她看过那本书的内页。那上面其实有许多文字都被涂黑了。只有一道道遮蔽书中内容的黑色之间偶尔还会露出一些意象模糊的句子。她还注意到,那只钢笼子焊接在放书的讲台上,焊接工艺非常不专业,显然是唯恐焊得不牢固,以至于造成了许多粗大的褶皱。众神被寄以期望保护众人安全,却无法保护好一本书。

"我就不打扰你准备十一点的礼拜了。"朱丽叶因为自己的冲动而感到有些抱歉。

文德尔松开抱在胸前的双臂。朱丽叶能感觉到,他俩的行为都有些过分,而且双方都明白这一点。她本来希望能够减轻彼此的疑虑,却让情况变得更恶劣。

"我希望你能留下来。"文德尔对她说,"至少把你的水壶装满吧。"

朱丽叶伸手到背后,解下水壶。雷米跑回来。沉重的褐色斗篷飘在他身后,头顶被剃光的那一片圆形皮肤上闪烁着汗珠。"好吧,神父。"朱丽叶应道,"谢谢。"

文德尔点点头,又向雷米一摆手,再没有说话。他的侍僧在神堂喷泉里灌满水壶。三个人保持着沉默。神父曾经允诺为朱丽叶的旅途祝福,现在他把这件事也忘了。

第十章

朱丽叶在中层农场参加了一个种植仪式,吃了一顿很晚的午餐,继续以迅捷的步伐向上迈进。到达三十几层的时候,灯光开始变暗。她发现自己在期盼一张熟悉的床。

卢卡斯正在楼梯平台上等她。他微笑迎上朱丽叶,坚持要拿过她的背包,虽然那只背包并不沉。

"你不用等我。"朱丽叶说道。不过她心里觉得很甜。

"我刚到这里。"卢卡斯坚持说,"一个搬运工告诉我,你快到了。"

朱丽叶记得那个穿浅蓝色连体服的年轻女孩。她在四十几层的时候超过了朱丽叶。卢卡斯到处都有眼线——但这一点实在是很容易被忘记。他为朱丽叶打开楼层门。朱丽叶走进这个对她而言充满了许多记忆和感情的楼层——许多充满了矛盾的记忆和感情。诺克斯就死在这里;扬斯市长在这里被下毒;她在这里被判决要去进行清洁,也是在这里被医生们修补好了伤口。

她向会议室瞥了一眼,记起自己是在那里被告知成为了市长。她也是在那里向彼得和卢卡斯提出建议,将真相公之于众:他们在这个世界上并不孤单。现在她仍然认为这是一个好主意,无论他们怎样反对。但也许更好的办法是让人们看到,而不只是让他们知道。她想象一个又一个家庭经过长途旅行,前往底层去观看他们的工作,就像来到顶层观赏墙上的屏幕。他们会亲眼看到她的世界。数千个从没有去过那里的人,不知道机械部在如何保障他们的生活。他们会在机械部穿过一条隧道,看看另一座筒仓。在这趟旅程中,他们会为主发电机现在的轻声鸣唱感到惊叹。那代表着那台巨型机器处于完美的平衡状态。他们还会赞叹她的朋友在大地上开凿出的隧洞。然后他们就能够认真思考,该如何将一个和他们的世界非常相似的空旷世界填满,以他们认为最合适的方式重新塑造它,那会是一件多么激动人心的事情。

卢卡斯在安全闸门上扫描了他的证件。一声蜂鸣将朱丽叶从她的白日梦中拽回来。门后的警卫向她挥手致意。朱丽叶也挥手还礼。警卫身后,技术部的走廊安静而空旷。大多数技师都下班回家了。在一片寂静中,朱丽叶想起了17号筒仓。她想象梭罗从拐角后面走出来,手里拿着半块面包,胡子里还有面包屑,一看到她,脸上就露出快乐的笑容。这条走廊和那条走廊简直一模一样,只是17号筒仓里的走廊有一盏挂在电线上的破碎顶灯。

朱丽叶跟随卢卡斯向他的私人住所走去,这两种记忆在她的脑海中混淆成为一体。两个世界有着相同的模样,却存在着两种人生,两者大相径庭。和梭罗一起度过的那几个星期感觉就像是一辈子——那也是一种非同寻常的纽带,产生于人们在极度压力下的共同生活。伊莉斯也许会突然从办公室冲出来,抱住朱丽叶的大腿。孩子们已经在那里建立了自己的家。那对双胞胎会在走廊转角后面为了刚刚捡到的战利品而争吵。里克森和汉娜会在黑暗中偷偷接吻,还有另一个孩子会悄声嘟囔。

"……但必须得到你的同意。"

朱丽叶转向卢卡斯。"什么？哦，是的，这样很好。"

"你一个字都没有听，对不对？"他们来到门口，卢卡斯再次扫描他的证件，"看样子，你有时候会去另一个世界。"

朱丽叶听得出卢卡斯的声音中只有关切，没有气恼。她从卢卡斯手里拿过自己的背包，走进房间。卢卡斯打开电灯，将身份证扔在床边的梳妆台上，问朱丽叶："感觉还好吗？"

"只是爬楼有些累。"朱丽叶坐到床边上，解开鞋带，脱下靴子，放在通常的位置上。卢卡斯的公寓对她而言就像是第二个家，熟悉而且舒适。她自己的公寓在第六层，对她来说却是一个陌生的地方。她去过那里两次，但从没有在那里过夜——那样就相当于她完全接受了自己作为市长的角色。

"我一直在想，应该让晚餐晚一点送过来。"卢卡斯在柜子里翻了翻，拿出朱丽叶洗完热水澡以后喜欢穿的软布长袍，把它挂在浴室门口的钩子上。"你想要我给你放洗澡水吗？"

朱丽叶深深地吸了一口气。"我的身上很臭，对不对？"她闻了闻自己的手背，想要找到机油味。她的手上有气焊枪的酸味，有挖掘机废气的辛辣味。这些气味一直留在她的皮肤上，就像一种刺青——那种石油工人割开手臂皮肤，又用墨水渲染伤口后留下的图案。她在离开机械部之前洗浴过，但这些都洗不掉。

"不……"卢卡斯流露出受伤的表情，"我只是觉得，洗个澡能让你舒服一些。"

"也许等明天早晨吧。我也不用吃晚餐。我一整天都在吃各种东西。"朱丽叶把身边的床单抚平。卢卡斯微微一笑，坐到她身边，脸上的笑容中充满期待。朱丽叶看到过他眼睛里闪动的光彩——在他们做爱以后。但随着朱丽叶说出的下一句话，那种光彩就荡然

DUST / 059

无存了。"我们需要谈谈。"

卢卡斯的脸沉了下来,肩膀也稍稍下垂。"我们不会去登记,对吗?"

朱丽叶握住他的手。"不,我不是这个意思。我们当然要去登记,当然。"她将卢卡斯的手按在自己胸前,回忆过去那一份必须向《法案》隐瞒的爱,还有那份爱如何将她撕成两半。她绝对不会再犯这样的错误。"我说的是挖掘。"她说道。

卢卡斯深吸一口气,屏住呼吸,然后笑了。"只是这件事而已。我真是让我自己吃惊,竟然觉得你的挖掘相比较而言还不算是太大的问题。"

"我还想做另一件事,你应该也不会喜欢。"

卢卡斯挑起一道眼眉。"如果你说的是告诉人们关于其他筒仓的消息,外面都有些什么,你知道彼得和我的立场。我不认为这些消息是安全的。人们也不会相信你。而那些相信的人一定想要制造麻烦。"

朱丽叶想到文德尔神父;那些信徒怎么能相信只凭文字编造的奇迹?信仰怎么可能只建立在书本上?但也许他们不得不想要相信那些事。也许卢卡斯是对的,并非每一个人都想要相信事实。

"我什么都不会告诉他们。"她对卢卡斯说,"我想要让他们亲眼看到。我想在顶层做一些事,但那需要你和你部门的帮助。我需要你的一些人。"

卢卡斯皱起眉头。"我不喜欢你这样说。"他摩挲着朱丽叶的手臂,"为什么我们不等到明天再讨论这件事?今晚我只想享受你和我在一起的时光。只是一个晚上,不需要工作。我可以装作我只是一名服务器技工,你可以……不是市长。"

朱丽叶捏了一下他的手,"你是对的。当然。也许我真应该赶快去洗个澡……"

"不,留下来。"卢卡斯亲吻了她的脖颈,"这就是你的气味。明天早晨再洗吧。"

朱丽叶不再反对。卢卡斯再次亲吻她的脖颈。但是,当他解开她的连体服拉链时,她让他把灯关上。这一次,他没有像往常那样抱怨没办法看见她。不过他没有关浴室灯,同时让门虚掩着,只让一点最微弱的光透进来。朱丽叶喜欢在他身边脱下衣服,但不想被看到。修补过的伤疤像是花岗岩矿洞的石壁:一片白色的岩石网纹在上面。

虽然看上去一点也不性感,但它们被触摸的时候却格外敏感。每一条伤疤都像是一条从皮肤底层延伸出来的神经末梢。卢卡斯用指尖沿着它们滑动,像电工在临摹线路图——被他碰到的地方感觉就像是接通了电池两极。他们在黑暗中拥抱,电流便在她的身体内流窜。他用双手探索她。朱丽叶能感觉到自己的皮肤在慢慢变烫。今晚,他们不会很快入睡。她精心设计的危险计划开始在他轻柔的触碰中渐渐隐去。这是一个重返青春的夜晚,她需要的是感觉,而不是思考,回到那些简单的岁月里……

"这真奇怪。"卢卡斯停下了手中的动作。

朱丽叶没有问他是什么奇怪。她希望他能忘记。但她太骄傲,没办法要他继续这样抚摸自己。

"我最喜欢的小疤痕不见了。"卢卡斯揉搓着朱丽叶手臂上的一个地方。

朱丽叶的情绪飞升。她回到气闸舱时感受到的就是这种热度。静静地碰触她的伤口是一回事,但说出它们就是另一回事了。她收回手臂,转了个身,心想今晚终于可以好好睡一觉了。

"不,过来,让我看看。"他乞求道。

"你的心可真狠。"朱丽叶对他说。

卢卡斯摩挲着她的脊背。"我发誓,我不是狠心。求你,我能看看你的手臂吗?"

朱丽叶在床上坐起身,让被单落在膝盖上,双臂环抱住身体。"我不喜欢你提起伤疤,你不应该有那样的喜好。"她朝露出微弱灯光的浴室门点点头,"求你,我们能不能把它关上,或者把灯关上?"

"朱莉,我向你发誓,我爱你,就是爱你现在的样子。我从没有见到过你其他的样子。"

朱丽叶觉得他的意思是,他从没有见过自己受伤以前赤裸的样子,而不是他一直觉得自己很美丽。朱丽叶下了床,自己动手把浴室灯关了,然后拽起被单裹住身子,留卢卡斯一个人光着身子躺在床上。

"它就在你右臂的臂弯里。"卢卡斯说,"三条细痕组成了一颗小星星。我亲吻过它一百次。"

关了灯以后,朱丽叶一个人站在黑暗中。她依然能感觉到卢卡斯在凝视她。就算全身都被包裹在衣服里,她还是能感觉到人们在盯着那些伤疤。她想到乔治也会这样看她,便觉得喉咙里堵了一块东西。

卢卡斯在黑暗中来到她身边,手臂环抱住她。一个吻轻轻落在她的肩膀上。"回床上去吧。我很抱歉。我们不开灯了。"

朱丽叶犹豫了一下。"我不喜欢你那么了解它们。我不想成为你星图上的一颗星星。"

"我知道。我只是情不自禁。它们是你的一部分。我唯一知道的你。也许我们应该见见你父亲……?"

朱丽叶从他身边退开,重新打开了灯,开始在镜子里仔细审视臂弯,先是右臂,然后是左臂,她觉得卢卡斯一定是错了。

"你确定它就在这里?"她在网状的伤疤之间寻找平坦的地方,就像在寻找晴朗的天空。

卢卡斯温柔地握住她的手腕和臂肘,将她的手臂举到嘴边,吻了一下。

"就在这里。我吻过它一百遍。"

朱丽叶抹去眼睛里的泪水,冲着在伤心中又是叹息又是喘气的卢卡斯"噗嗤"一笑。她找到一处看上去格外令人反感的肉结,一道环绕小臂的伤痕,把它指给卢卡斯,算是原谅了他,尽管还没办法完全相信他。

"下次就吻这个吧。"朱丽叶告诉他。

1号筒仓

SILO 1

第十一章

无人机使用的碳硅电池有烤箱那么大。夏洛特估计每一块电池有三十到四十磅重。他们拆下了另外两架无人机上的电池,又在物资箱子里找出足够结实的绳网,将电池装进去。夏洛特一只手拖着一块电池,绕着仓库慢慢转圈。她双腿微曲,绷紧的大腿肌肉颤抖着,不停地向她发出抗议。她的手臂早就麻木了。

一滴滴落在地上的汗水标志着她的进步,但她还有很长的路要走。她怎么会让自己变成这种样子?现在她只能进行最基本的跑步和锻炼,只是为了能够坐在控制台前驾驶无人机,能够坐在地图前进行战争游戏,能够坐在自助餐厅里吃一顿半流质的餐食,能够好好坐下来看看书。

她以前甚至有过超重的经历。但在她从这场噩梦中醒来之前,她的身体从没有对她造成过这样的困扰。她也从没有像现在这样急切地想要站起来,开始行动。她被冻结了几百年。现在她想要让自己的身体恢复成记忆中的样子。双腿力量十足,手臂不会只因为刷牙就感到酸痛。她想要回到过去,做回曾经的自己,返回那个记忆中的世界。也许这种想法非常愚蠢。也许她只是对自己的恢复缺乏耐心。毕竟这是需要时间的。

她又这样绕着无人机慢跑了一圈。现在她能够完整地绕这座仓库慢跑一圈了。这意味着进步。她的哥哥在几个星期以前叫醒了她。现在吃饭、锻炼和操作无人机已经逐渐形成了她的规律生活。她醒来的这个疯狂世界开始让她感觉真实,也让她感到害怕。

她将电池放在地上,做了一连串深呼吸以及屏住呼吸的耐力训练。这和军旅生活很相似。所以她可以算是早就为这种生活做好了准备。也正因为如此,她才没有发疯。被限制活动范围不是什么新鲜事。生活在荒漠中、外面是不安全的世界也早已司空见惯。被她应该畏惧的男人包围同样属于她生活经历的一部分。夏洛特在第二次伊拉克战争中驻扎在伊拉克,那时她就习惯了这些事——不能离开基地、不想离开她的铺位和淋浴隔间。她已经习惯了这种保持理智的努力。精神上的锻炼和身体锻炼一样重要。

她在无人机营房的一个淋浴隔间里洗过澡,擦干身子,闻了闻自己的三套连体服,知道又要让唐尼洗衣服了。然后她穿上三套衣服里味道最不刺鼻子的一套,将毛巾挂在一张双层床上铺的床脚边上晾干,按照空军条例把自己的床整理好。唐纳德曾经住在这座仓库另一端的会议室里,但夏洛特更适应这个军营,和这里的幽灵相处得很好。这里让她有家的感觉。

沿着营房的走廊,就能走到无人机站大厅。大多数无人机操作台都被塑料布盖着。一面墙上镶满了大显示器,下面贴墙放着一张长桌子。唐纳德的无线电就是在这里组装出来的。她的哥哥在下层的储藏室里一件一件地收集零件。可能要过几十年,甚至几个世纪,才会有人注意到这些零件不翼而飞。

夏洛特打开她安装在桌子正上方的灯泡,然后是无线电的电源。她已经颇能收到几个电台的信号了。她转动旋钮,在听见静电噪声以后就停下,等待说话声的出现。那些静电噪声都被她设想成拍打沙滩的海浪,有时又是打在茂密树叶上的雨滴,或者一群人在黑暗的电影院里低声交谈。她翻遍了唐纳德的零件箱,想要找一副好一点的扬声器。这台无线电还需要一只麦克风或者其他能够发出信号的装置。她希望自己在机械方面能有更多知识。现在她只懂得把零件拼在一起,就像组装一支步枪或一台电脑,把匹配的插口插好,然后打开电源。她装电脑的时候只冒过一次烟。这种事最需要的是耐心。她一直都没有多少耐心,也没有多少时间。现在时间她倒是有一大把。

走廊里传来的脚步声代表早餐送到了。夏洛特调小无线电的音量,清理了一下桌面。唐尼走进来,手中端着托盘。

"早上好。"夏洛特迎上去,接过托盘。她的两条腿还在因为刚才的锻炼而有些晃动。挂在天花板上的灯泡照亮了哥哥的面容。她注意到唐纳德皱着眉头,便问道:"一切都还好吗?"

唐尼摇摇头。"我们也许遇到问题了。"

夏洛特放下托盘。"什么问题?"

"我遇到了一个人。我在第一次值班的时候认识的他。我和他一起在一个电梯里待过。他是一个工人。"

"这可不好。"夏洛特掀开一只食碟上带凹痕的金属盖子。食碟里是一块电路板和一卷电线,还有她要的小螺丝刀。

"你的蛋在另一只碟子里。"

夏洛特将盖子放到一旁,拿起餐叉。"他认出你了么?"

"我不知道。我一直低着头,直到他走远。但我和他打过交道,就像和这里的所有人打交道一样。那感觉就仿佛昨天我刚向他借过工具,请他为我换灯泡。谁知道他是怎么想的。可能是昨天,也可能是十几年以前。记忆在这个地方总是变得很奇怪。"

夏洛特咬了一口鸡蛋。唐尼放的盐有点太多了。她想象哥哥拿着盐瓶子,手在控制不住地打哆嗦。"就算他真的认出了你,"她一边嚼着鸡蛋一边说,"他也可能认为你还是你,只不过是又在值班。有多少人把你认作是瑟曼?"

唐纳德摇摇头。"不是很多。不过这还是可能随时给我们造成大麻烦。我要从食品室里拿更多的食物过来——更多干制食物。还有,我更改了你的证件授权,这样你就能进电梯了。我确认过,没有人能到这里来。如果我出了事,我不希望你被困住。"

夏洛特拨弄着食碟里的鸡蛋。"我不喜欢想这种事。"

"还有一个小问题。这座筒仓的主管一个星期以后就要结束值班。这会让情况变得有一点复杂。我要靠他向下一任主管确认我的身份。到目前为止,事情进行得都有一点太顺利了……"

夏洛特笑了一声,又吃了一口鸡蛋。"太顺利了。"她摇摇头,"我可不喜欢见到麻烦。你最喜欢的那个筒仓最近怎么样了?"

"今天我和它的技术部主管通了话。那个卢卡斯。"

夏洛特觉得哥哥似乎有些失望。"然后呢?有没有什么新闻?"

"他又黑进了一台服务器。还是同样的数据,关于居民的一切信息,他们的每一份工作,血缘关系,从生到死。我不明白,这些机器怎么能从这种信息里得出排名的。这些信息看起来只是噪声,重要的应该是别的一些什么东西。"

他拿出一张折叠起来的纸,上面是新打印的筒仓排名。夏洛特在工作台上清理出一片地方,唐纳德把纸平铺在上面。

"看到了吗?次序又变了。但这到底是由什么决定的?"

夏洛特一边吃饭,一边仔细研究这份报告。唐纳德拿起一个塞满笔记的文件夹。他的很多工作时间都是在会议室度过的。在那里，他能把各种文件摊开来，自己在会议桌旁边来回踱步。但夏洛特更喜欢和哥哥一起坐在无人机站。唐尼有时候会在这里一连坐上几个小时，不断翻阅笔记。夏洛特负责使用无线电。他们两个一起倾听各种带着无线电噪声的对话。

"6号筒仓又回到顶上了。"夏洛特喃喃地说。这很像是一边吃麦片，一边阅读麦片盒侧面的说明书。所有这些数字看上去都没什么意义。其中一列标记着"设施"，唐纳德说，那是他们曾经对这些筒仓的称呼。每一个筒仓的旁边都有一个百分比数字，就像每日维生素的最大摄取量：99.992%、99.989%、99.987%、99.984%。筒仓中最后一个有读数的是99.974%。它下面的筒仓旁边就只有一个N/A——这个类别里包括40号、12号、17号和其他几个筒仓。

"你依然认为只有最顶上的筒仓最后能幸存下来？"夏洛特问。

"是的。"

"你有没有把这件事告诉和你通话的那些人？他们排名很靠后。"

唐尼只是看着妹妹，皱起眉头。

"你没有。你只是在利用他们，想要把这件事彻底搞清楚。"

"我没有利用他们。天哪，我救了那个筒仓。我每天都在拯救他们，因为我没有把那里发生的事情告诉别人。"

"好吧。"夏洛特又开始吃她的鸡蛋。

"而且，也许他们应该认为他们是在利用我。天哪，我觉得我们的谈话让他们得到了更多情报。卢卡斯，就是他们的技术部主管，他不停地问我这个世界过去是什么样子……"

"那位市长呢？"夏洛特转过身，注视着她的哥哥，"她又得到了什么？"

"朱丽叶？"唐纳德翻阅着一个文件夹，"她就喜欢威胁我。"

夏洛特笑了。"我倒是很想听听。"

"如果你能找到那个无线电频道，你就能听见了。"

"那么，你会用更多时间在这里工作吗？那应该是好事，可以减少你被认出来的风险。"她用叉子刮着食碟，不愿意承认自己希望哥哥在这里，因为他不在的时候，这里实在是太空旷了。

"当然。"她的哥哥揉搓了一下面颊。夏洛特能看出他有多累，便继续嚼着鸡蛋，又将目光落回到那些数字上。

"你的结论是不是太武断了？"她说出了心中的好奇，"如果这些数字像你想的那样，它们可实在是太接近了。"

"我怀疑策划这一切的人可不会这么看。他们只需要一个筒仓。是哪一个并不重要。这就像是盒子里有一堆备件。你从里面拿出一个，只会关心它是不是能用。就是这样。他们只想确保一切到最后都能百分之百完美。"

夏洛特无法相信最初制定这个计划的人真是这样想的。但唐尼让她看了那份法案，还有足够多的笔记，让她不得不信。所有筒仓最终只会留下一个，其余的都会被彻底毁灭，包括他们自己的筒仓。

"下一架无人机什么时候能准备好？"唐尼问。

夏洛特喝了一口果汁。"再过一两天，也许三天。我对它进行了大幅度减重，但我现在甚至不确定它能不能飞起来。"之前的两架无人机飞得还没有第一架远。她真的有些着急了。

"好的。"唐尼又揉了一把脸，他的手掌捂住了说话的声音，"我们要赶快做出决定，好采取下一步行动。如果我们什么都不做，这场噩梦就会再延续两百年。你和我都坚持不到那时候。"他笑出了声,结果却变成一阵咳嗽。夏洛特看见哥哥伸手到连体服里去掏手帕,便将目光转开,去端详那些黑色的屏幕,却还是能听到唐纳德激烈的呛咳声。

她不想向兄长承认,但她的确倾向于放任事情继续发展下去。看样子,现在人类的命运正由一堆精密的机器控制着。她更愿意相信计算机,而不是她的哥哥。她曾经用好几年时间驾驶无人机——这些无人机完全可以自己飞行,自行决定攻击哪个目标,控制导弹精准命中。她经常觉得自己不像一名飞行员,而是更像骑师,一个骑在野兽背上的人。这头野兽可以自己奔跑,只需要有人偶尔拽一下缰绳、吆喝两声。

她又把报告上的数字看了一遍。十万分位上数字的差别就能决定谁生谁死。而且绝大多数人会死。在最终时刻到来时,她和她的兄长或者在沉睡,或者早已经死亡。这些数字让这场必然会到来的大屠杀看上去是那样蛮不讲理,那样……可憎。

唐纳德用手里的文件夹指了一下筒仓排名的报告。"你有没有注意到?18号筒仓向上移了两位。"

夏洛特注意到了。"你不觉得你有些太……感情用事了?"

唐纳德将目光转开。"我和这个筒仓有一段故事。仅此而已。"

夏洛特犹豫片刻。她不想继续逼哥哥,但她还是没有忍住。"我不是说这个筒仓。你似乎……每一次和她说话的时候都不一样。"

唐纳德深吸一口气,又缓缓将这口气呼出去。"她被送出去清洁。她曾经到过筒仓外面。"

一时间,夏洛特以为哥哥要说的只有这些。似乎这就已经足够解释所有事情。唐纳德的确沉默了一会儿,目光闪烁不定。

"没有人应该在出去之后还能回来。我认为电脑无法考虑这种情况。她不仅还活着,而且18号筒仓也坚持了下来。无论怎样计算,都不应该有这种结果。如果他们过了这一关……你难道不会好奇,他们是否能给我们一个最好的希望?"

"是你在好奇。"夏洛特纠正了兄长,又挥了挥那张纸,"哥哥,我们不可能比电脑更聪明。"

唐纳德流露出哀伤的神情。"我们可以比它们更有同情心。"

夏洛特强忍住争辩的冲动。她想向她的哥哥指出,他关心这个筒仓是因为他们的个人接触。如果他认识了其他筒仓里的人——如果他知道了他们的故事,他会不会同样支持他们?但说明这一点实在很残忍,无论这有多么真实。

唐纳德用手帕捂住嘴,又咳嗽了一阵。他发现夏洛特开始盯着他,便瞥了一眼染血的手帕,把它收起来。

"我很害怕。"夏洛特对他说。

唐纳德摇摇头。"我没事。我不担心这个。我不畏惧死亡。"

"我知道你不怕。这很明显,否则你就去找医生了。但你一定会害怕某件事。"

"是的,我害怕很多事,害怕被活埋,害怕做错事。"

"那就什么都不要做。"夏洛特坚持道。她几乎要恳求兄长停止这种疯狂的行为,停止这种一意孤行。他们可以返回长眠,将这些事留给计算机去解决。就让其他人那些恐怖的计划继续下去。"我们不要再做任何事了。"她恳求道。

她的兄长从椅子里站起身,捏了一下她的胳膊,转身离开,同时低声说道:"这也许是最坏的选择。"

第十二章

当天晚上，夏洛特从一场与飞行有关的噩梦中醒来，从小床上坐起身。床垫的弹簧就像一窝小鸟一样尖叫个不停。她还能感觉到自己穿过云层，向下俯冲，强风直接吹在她的脸上。

她总是会做飞行的梦、坠落的梦、没有翅膀的梦，她在梦中无法操控飞机，无法拉升。一颗坠落的炸弹对准了一个男人和他的家庭。一个男人在最后一刻转过身，抬手遮住正午的阳光。夏洛特在刹那间看到自己的父亲、母亲和兄长，还有她自己。炸弹落地，信号丢失……

屁股下面的小鸟终于安静了。夏洛特松开紧攥住被单的拳头。被子很潮湿，浸透了从被吓坏的身体中挤出来的梦。整个房间只让人觉得昏暗沉重。她能感觉到周围所有空荡荡的床铺。仿佛她的战友都在半夜里被召唤走了，只剩下她一个。她站起身，光着脚走过走廊，来到浴室，摸索着稍稍转动灯光旋钮，让房间里只有很暗的灯光。她有时能理解为什么哥哥以前要住在这座仓库另一端的会议室，而不是这里。非人的阴影在这里游荡。她能感觉到自己穿过了那些长眠的幽灵。

她向脸上泼了一些水，又洗了洗手。现在回到床上去已经没有意义。做过那个梦以后，她不可能再睡着了。夏洛特穿上一套唐尼给她带来的红色连体服——唐尼带来的连体服有三种颜色,算是给她封闭的生活增添了一点色彩。她不记得蓝色和金色连体服代表哪个部门,但她记得红色隶属于反应堆。这套红色衣服上有不少小口袋和插工具的挂带。她会在工作的时候穿上它,所以这身衣服经常都是脏的。装上工具以后,这身衣服的重量接近二十磅,在她走路的时候还会发出"叮叮当当"的响声。她拉上前襟的拉链,进了走廊。

奇怪的是,仓库的灯已经开了。现在应该正值午夜。她记得很清楚,自己关了灯,也不会有别人来到这一层。她突然感到口干舌燥,蹑手蹑脚地朝附近被防水布盖住的无人机凑过去。阴影中传来窃窃私语。

在无人机对面,一个人影正跪在另一个倒下的人影旁边。他面前高大的货架上摆放着一箱箱备用物资、工具和应急口粮。听到夏洛特身上工具碰撞的声音,那个人影转过了头。

"唐尼?"

"是?"

夏洛特终于松了一口气。唐尼面前那片影子不是什么尸体。那是一件蓬松的衣服,衣袖和裤腿被摊开,只是一个空空如也、没有生命的外壳。

"现在什么时候了?"夏洛特揉着眼睛问。

"很晚了。"唐尼用袖子抹了一下额头,"也可以说很早。我吵醒你了么?"

夏洛特看着兄长挪动身子,挡住她的视线,不让她看见地上的那套衣服。然后他抬起衣服的一条腿,开始将它折叠起来。他的膝盖旁放着一把剪刀和一卷银色胶带,附近有一顶头盔、一副手套和一只像潜水氧气罐一样的瓶子,还有一双靴子。那件衣服被折叠的时候发出窸窸窣窣的声音,刚才被夏洛特误认为是说话声。

"嗯?没有,你没有吵醒我。我起来是要去洗手间,只是听到了一些声音。"

她说了谎。她本想过来继续改造无人机,做些能让她保持清醒的事情,能让她觉得自己的两只脚踩在地面上。唐纳德点点头,从胸前的口袋里抽出一块布,用它捂着嘴咳嗽了两声,又将它塞回去。

"你在做什么?"夏洛特问。

"只是检查一下物资。"唐尼将那套衣服的零件堆成一堆,"拿一些他们上面需要的东西。我不想冒险让别人到这里来。"他瞥了妹妹一眼,"你想要我给你拿热早餐来吗?"

夏洛特将双臂抱在胸前,摇了摇头。她不喜欢想到自己被困在了这一层,必须让哥哥送来她需要的一切。"我已经习惯那些箱子里的口粮了。那些军用口粮里的椰子条感觉也越来越可口了。"她笑着说,"我还记得在新兵训练的时候是多么痛恨它们。"

"我可以给你拿些别的来,不碍事的。"唐尼显然想找个理由离开这里,或者改变一下话题,"我应该很快就能拿到最后一部分无线电配件了。我提交了一份需要麦克风的申请。我在其他地方都找不到那东西。在通讯室有一个正在使用的。如果没有别的办法,我就把它偷来。"

夏洛特点点头,看着哥哥将那套肥大的防护服塞回到一个大塑料箱里。有些事情,唐尼从没和她提起过。哥哥有所隐瞒的时候,夏洛特都能看出来。当妹妹的总是能看出哥哥的小心思。

夏洛特来到距离她最近的无人机旁,拽下防水布,拿出一只扳手放在前翼上。她使用工具的时候总是笨手笨脚的,但经过这几周的不懈努力,即使依然缺乏耐心,她还是逐渐掌握了对付这些机器的诀窍。"他们用这种衣服做什么?"她努力装出一副若无其事的样子。

"我觉得应该和反应堆有关。"唐尼揉搓着颈后,眉头紧锁。夏洛特让这个谎言在仓库里回荡了片刻。她想让哥哥自己听一听。

夏洛特打开无人机的机翼外壳,回想起自己刚刚完成新兵训练,带着新长出来的肌肉和数个星期在一群男人中间激烈竞争铸就的一副生猛样子回到家。那时她还没有被配属到战场上,还没有在战争中抛弃自己。那时她是一个健壮有力的少女,她的哥哥在学校读研究生。他对夏洛特的新身材开的第一个玩笑就令他趴在沙发上,胳膊被别到背后。但他还是大笑着,继续开她的玩笑。

唐尼就那样一直大笑着,直到一只沙发垫被按在他的面颊上。他开始尖叫起来,就像一头被捆住的猪。欢乐和游戏变成了某种严肃可怕的事情。她的哥哥害怕被活埋——这唤醒了他内心中某种原始的感情,某种夏洛特绝对不会取笑、绝对不想再见到的东西。

现在,夏洛特看着他把装有防护服的箱子封好,放回到货架下面。她知道,这种防护服在筒仓里的任何地方都派不上用场。唐纳德又去摸索他的手帕。他的咳嗽声再次响起来。夏洛特假装将注意力集中在无人机上,任由哥哥不停地咳嗽。唐尼不想谈论防护服或者他的肺。夏洛特不怪他。她的哥哥就要死了。夏洛特知道她的哥哥就要死了。她能清楚地看到这件事,就像在梦中看到唐尼,在最后一刻转过身,抬手遮住正午的阳光,就像她杀死的每一个男人在人生中最后一瞬的样子。她的屏幕上是唐尼英俊的面孔,正在看着天空中落下的死亡,无处可逃。

他就要死了,所以他想要为她储备好食物,确保她能够离开,所以他想要为她安装好一台无线电。这样她就能够找到可以说话的人。她的哥哥就要死了。他不想被埋在土里，不想死在幽深的地下，死在这个大坑里，这个让他无法呼吸的地方。

夏洛特很清楚那件该死的防护服是干什么用的。

18号筒仓

SILO 18

第十三章

　　一件空壳的清洁防护服摊开放在工作台上。一条袖子耷拉下来，肘部弯曲成一个不自然的角度。头盔摆在旁边，面罩仿佛在不眨眼地盯着天花板。头盔里的小屏幕被拆下来，只留下一层透明的塑料观察窗，面对着真实的世界。朱丽叶俯身在这套防护服上，偶尔会有一滴汗水落在防护服表面。她正在拧紧将项圈下端固定在领口上的六角螺栓。她还记得自己上一次制作这种防护服时的情景。

　　负责清洁实验室的年轻技师名叫纳尔逊。他正在这个工作间对面另一个完全一样的工作台旁忙碌着。朱丽叶挑选他作为自己这个项目的助手。他很熟悉防护服，人又年轻，而且从没有表现过要和朱丽叶作对的样子。实际上，前两个标准并不重要。

　　"我们需要讨论的下一个项目是人口报告。"玛莎说道——朱丽叶从没有要求配备这名助手，不过这个年轻人还是翻开十几个文件夹，直到找出正确的那一个。许多再生纸被铺开在旁边的工作台上，将一个制造东西的地方变成了一张无用的办公桌。朱丽叶抬头瞥了一眼，看着玛莎翻阅文件夹。她这名助手是一个身材纤细的女孩，看上去可能刚刚二十岁。玫瑰色的面颊和卷曲的黑发倒是很漂亮。

玛莎曾经是前两任市长的助手。那真是一个短暂又动荡的时期。她和朱丽叶只有工作关系,就像朱丽叶的金色身份卡和那间第6层的公寓一样。

"在这里。"玛莎咬着嘴唇,仔细阅读那份报告。朱丽叶看到那张纸只打印了一面。到现在为止,她的办公室使用和回收的纸张足够为一个公寓层的人换来一整年的食物。卢卡斯曾经开玩笑说,这是为了让回收部门有事可做。一想到卢卡斯可能是对的,朱丽叶就没能笑出来。

"你能把那些垫片递给我吗?"朱丽叶指着玛莎身边的工作台说。

年轻女孩指了指一盒子锁紧垫圈,然后是一组开口销。终于,她的手移动到了垫片上。朱丽叶点点头。"谢谢。"

"实际上,我们的人口在三十年以来第一次少于五千。"玛莎的目光回到了报告上,"我们刚刚有许多人……过世。"朱丽叶能感觉到玛莎抬头瞥了她一眼。这时她正集中精神,把垫片塞进项圈里。"抽奖委员会要求进行一次官方统计,这样我们就能够大致了解……"

"抽奖委员会只要能做得到,会每周进行一次人口普查。"朱丽叶用手指将油脂涂抹在垫片上,然后把项圈的另一边安装好。

玛莎礼貌地笑了笑,"是的,嗯,他们想要尽快进行下一次抽奖。他们要求另外两百个名额。"

"名额。"朱丽叶嘟囔了一声。有时候,她觉得这些事都应该交给卢卡斯的电脑,本来就应该从那一堆堆高大的机器"嗡嗡"作响的肚子里吐出各种数字来。"你有没有把我关于放开限制的想法告诉他们?他们知道我们的生存空间就要扩大一倍了,对吧?"

玛莎不安地晃了晃身子。"我告诉他们了。关于额外生存空间的事，我也告诉他们了。我觉得他们没能很好地理解这件事。"

正在工作间对面加工另一套防护服的纳尔逊抬起头。这间老实验室里现在只有他们三个人。曾经在这里制造的装备是为了让人们穿戴整齐地赴死，现在他们在制作完全不同的东西。他们要把人送出去，为了一个截然相反的理由。

"那么，委员会都说了什么？"朱丽叶问，"他们知道，等我们到达另一座筒仓，我会需要很多人跟着我，对那里进行重建，让它能够再次运转起来。这里的人口还会下降。"

纳尔逊又弯下腰去工作了。玛莎合上关于人口报告的文件夹，看着自己的脚。

"对于我暂停抽奖限制人口的想法，他们是怎么说的？"

"他们什么都没有说，"玛莎抬起眼皮瞥了一下朱丽叶，从头顶洒落的灯光在她的眼睛上映出湿润的光泽，"我觉得他们之中没有很多人相信你的另一座筒仓。"

朱丽叶笑着摇摇头。当她将最后一根螺栓拧进项圈的时候，她的手一直在颤抖。"委员会是否相信并不重要，不是吗？"她自己知道，这是事实。对于任何人，这都是不容置疑的事实。外面的世界就是那样，无论人们心中有多少怀疑、希望，或者厌恶，"挖掘正在进行。他们每天可以掘进三百英尺。我认为抽奖委员会可以亲自下去看一看。你可以就这样告诉他们，让他们自己去看。"

玛莎皱着眉记下朱丽叶的话。"议程上的下一件事……"她又拿起她的记事簿看了看，"现在有很多投诉……"

一阵敲门声响起。朱丽叶转过身，卢卡斯满面笑容地走进防护服实验室,向纳尔逊挥挥手。纳尔逊举着一根9.5毫米(318)扳手向他敬礼。看到玛莎,卢卡斯显然并不感到意外。他拍了拍那个女孩的肩膀,开玩笑地说:"你应该把她那张木头大写字台搬过来。你会拿到运输预算的。"

玛莎微微一笑,捋了一下自己的一绺黑色卷发,向这间实验室扫了一眼。"的确应该。"

朱丽叶看着自己的年轻助手在卢卡斯面前红着脸、面带笑容低下头。她手里的头盔"咔哒"一声脆响,和项圈锁在一起。然后朱丽叶又测试了一下头盔是否能顺利取下。

"介意我借用一下市长吗?"卢卡斯问。

"不,没关系。"玛莎回答。

"我介意。"朱丽叶开始检查防护服的一只袖子,"我们的进度已经落后了。"

卢卡斯一皱眉头。"又没有什么进度表。进度都是你说了算。而且,你做这件事有得到许可吗?"他站到玛莎旁边,将双臂交叉在胸前,"你有没有把你的计划告诉你的助手?"

朱丽叶有些愧疚地抬头瞥了一眼。"还没有。"

"为什么不告诉我?你在做什么?"玛莎放下记事簿,仿佛到现在才第一次认真审视这件防护服。

朱丽叶没有理她,只是瞪着卢卡斯。"我的进度落后了。我想要在下面完成挖掘之前做完这件事。他们正在一路狂奔。现在挖掘机冲进了软土层。等他们到达目的地的时候,我真的很想在下面亲眼见证那一刻。"

"我希望你能参加今天的会议。如果你不快一点,就要赶不上了。"

"我不去。"朱丽叶说。

卢卡斯看了纳尔逊一眼。后者放下扳手,拽着玛莎溜出工作间。朱丽叶看着他们离去,意识到年轻的卢卡斯其实比她想象中更有威严。

"是每月一次的市政厅全体会议。"卢卡斯说,"也是你被选为市长以后的第一次。我告诉皮肯法官你会参加。朱莉,你必须担负起市长的职责,否则你这个市长就不可能当得太久……"

"好吧。"朱丽叶举起双手,"我不是市长,我决定了。"她举着螺丝刀在半空中比画了一番,"解聘书已经签好名、盖好章了。"

"这样不好。你觉得代替你的人会如何处置这一切?"卢卡斯向几张工作台指了指,"你认为你还能继续这些游戏吗?这个房间只会恢复以前的功能。"

朱丽叶压抑下吼叫的冲动。她想告诉卢卡斯,这些不是游戏,这些要比游戏可怕得多。

卢卡斯将视线从朱丽叶的脸上转开,看向朱丽叶搬到这个房间里的小床,还有堆在小床旁边的那摞书。当他们出现分歧,或者朱丽叶需要一个人独处的时候,她偶尔会睡在这里。不过最近她睡得实在是不多。她揉揉眼睛,回忆了一下自己上一次连续睡上四个小时是在什么时候。连续几个晚上,她都在气闸舱里进行焊接。白天的时间都被她用在防护服实验室或者通讯站。她很久没有真正睡过一觉了,只是会在不同的地方倒头昏过去一会儿。

"我们应该把它们锁起来。"卢卡斯指着那些书说,"不应该放在外面。"

"就算是把这些书摊开在人们面前,也没有人会相信里面的内容。"朱丽叶说。

DUST / 083

"但那些纸会被偷走。"

朱丽叶点点头。卢卡斯是对的。她在这些书上看到的是信息,其他人看到的却是钱。"我会把它们送下去。"她答应了卢卡斯,心中的怒意也像破裂管道中的油一样迅速漏走了。她想到了伊莉斯。那个小女孩在无线电中告诉朱丽叶,她正在做一本书,那本书里集中了所有她喜欢的书页。朱丽叶也需要一本那样的书。伊莉斯的书里也许充满了漂亮的鱼和明艳的鸟雀;朱丽叶的书里则会加入一些更黑暗的东西。一些存在于人类心中的东西。

卢卡斯又向她靠近一步,伸手握住她的手臂。"这次会议……"

"我听说他们正在考虑重新投票。"朱丽叶打断卢卡斯的话头,捋起落在脸上的一缕散发,将它别到耳后,"我当市长不会太久了。所以我需要把这件事做完。那样,就算所有人再次投票,也没关系了。"

"为什么?因为那时你就会成为另一座筒仓的市长?这就是你的计划?"

朱丽叶抬手按在球形头盔上。"不,因为那时我就会得到我的答案。因为那时人们就会看到。他们会相信我。"

卢卡斯将双臂交叉在胸前,深吸了一口气。"我要到下面的服务器房去了。如果没有人去那里回应呼叫,最后所有办公室里的警灯都会亮起来,每一个人都会跑来问到底是怎么回事。"

朱丽叶点点头。她亲自经历过这种事,也知道卢卡斯有多么喜欢在服务器后面的长谈——就像朱丽叶一样。而且卢卡斯能做得更好。朱丽叶总是会把那些谈话搞成一场场争吵。卢卡斯擅长缓和矛盾、解决问题。

"请告诉我,朱莉,你会参加会议,答应我你会去。"

朱丽叶扫了一眼另外一张桌子上的防护服，确认了一下纳尔逊的进展。他们需要为第二个气闸舱里出来的人多准备一套防护服。如果她今晚再熬一夜，加上明天一整个白天……

"就算是为了我。"卢卡斯在求她。

"我会去的。"

"谢谢。"卢卡斯瞥了一眼墙上的旧时钟。已经模糊的塑料外壳后面，红色指针还能被清晰地看到。"我们晚餐见？"

"好的。"

他向前探过身子，亲了一下朱丽叶的面颊。当他转身离开的时候，朱丽叶开始把工具在皮垫子上摆放好，准备稍后再用。她拿起一块干净的抹布擦了擦手。"哦，还有，卢克？"

"什么？"卢卡斯在门口停住。

"替我向那个混蛋问声好。"

第十四章

卢卡斯离开防护服实验室，向34层另外一边的服务器房走去。他经过一间空着的技术室。曾经在那里工作的人现在都去了底层物资部——那里失去了很多机械师和工人。技术部的人被派去顶替那些被他们杀死的人。

朱丽叶的朋友雪莉现在负责管理劫后余生的机械部。她永远都在向卢卡斯的办公室抱怨现在当班的人手有多么缺乏，又抱怨卢卡斯派去的人不合用。她到底想从卢卡斯这里要些什么？卢卡斯觉得她想要的是人，但不是技术部的人。

几名技师和保安正站在休息室外。卢卡斯走过来的时候，他们都闭住了嘴。卢卡斯摆摆手，那几个人也都礼貌地举手回礼。还有人喊了一声"长官"，让卢卡斯打了个寒颤。他走过拐角之后，那些人又开始了交谈。卢卡斯记得，自己也曾经参与其中，曾经就这样看着自己的前老板大步走过。

伯纳德——卢卡斯曾经以为自己懂得掌管一切意味着什么——想做什么就做什么，专断独行，想用多么狠辣的手段都可以。现在他发现自己竟然答应了许多远超出自己想象的可怕事情。而且他还看到了一个如此恐怖的世界，也许像他这种人根本就不适合在这样的世界里成为领袖。他没办法把自己的念头说出口，但也许重新投票真的会是一件好事。朱丽叶可以在技术部成为一名伟大的实验室技师。在电路板上焊接和焊接管道钢板其实没什么太大区别，只是大小不同而已。他又开始想象朱丽叶制作出合适的防护服，让人们能够安全地进行清洁。或者朱丽叶尽可以什么都不做，他们只需要从另一个筒仓接受命令，确定这个星期能够让多少人受孕就可以。

但如果真的选出了新市长，那更大的可能是他们将不得不分开。或者卢卡斯就必须申报转去机械部，学习如何拧扳手。从技术部主管变成晚班涂润滑油的小工。卢卡斯笑了。他在门锁上输入密码，打开服务器房的大门，心中想着放弃工作和现在的生活，和朱丽叶在一起，这也挺浪漫的。也许要比晚上到顶层去找星星更浪漫。他必须适应朱丽叶对他的颐指气使、呼来喝去，不过这应该也没什么难的。只要多用上几罐脱脂剂，朱丽叶在底层的旧房间里应该就很好住了。他穿过一排排服务器，想到自己曾经住过远比朱丽叶的房间更糟糕的地方——就在此刻他的脚下。两个人在一起才是最重要的。

头顶上的灯光还没有闪烁。他今天来早了，或者那个名叫唐纳德的人迟到了。卢卡斯朝服务器房深处走去。现在他身边的几排服务器侧板都已被取下，大量电线被接出来。在唐纳德的帮助下，他正在探索该如何获得这些机器的全部管理权，看看里面到底有些什么。到现在为止，他还没有找到多少令人兴奋的东西，不过他正在不断取得进展。

终于来到那台通讯服务器前面。这里曾经是他的家——隐藏在他的另一个家里。那似乎已经是另外一个人生的故事了。现在，他在这台服务器后面陷入了另一种完全不同的谈话。信号另一端是一个完全不同的人。

下面密室中一把摇摇晃晃的木椅子被搬上来。卢卡斯记得自己顶着这把椅子爬梯子的样子。朱丽叶那时冲他大声嚷嚷,说他们应该放一根绳子下去,把椅子吊上来。他们两个就像一对年轻搬运工一样争吵起来。除了椅子之外,这里还用装书的锡盒堆起了一张小桌子。一部《遗产典籍》就摊开放在桌面上。卢卡斯在椅子上坐好,拿起那本书。他在要讨论的书页上折了个角。书页边缘的空白地方有一些小点,那是他有问题的地方。他随便翻着这本书,看看上面的内容,等待通话信号。

这些书中曾经让他感到无聊的部分现在成为了他最关心的地方。在他被囚禁——或者可以说,在他完成学徒仪式的时候,他曾经被逼着阅读《指令》中关于人类行为的部分。现在他在主动学习这些章节。唐纳德——也就是通讯线路另一端的那个声音让他相信,这些不只是虚构的故事。那些罗伯斯洞的男孩[1],还有米尔格拉姆[2]和斯金纳。[3]有些事真的发生过。

他已经完成了对《指令》的学习,正在《遗产典籍》中寻找更多相关知识。现在引起他注意的是旧世界的历史。在数千年的时间里,起义和暴动时有发生。他和朱莉曾经为这种暴力循环是否能够结束进行过争论。而这些书仿佛都在说,结束暴力的希望是愚蠢的。卢卡斯发现了一整个章节在讨论一场暴动的后果是多么严重。他

---

[1]请见第一册《羊毛战记》相关译注。

[2]米尔格拉姆服从实验:受试者在"权威"者的命令下按电钮电击另一个房间里的人(实际上并没有人受电击),以此测试人类对权威的服从性。

[3]斯金纳箱实验:对一只箱子里的老鼠进行投食或电击,培养老鼠压下按钮的习惯,以此探索习惯是如何被培养的,以及成瘾性相关问题。

读到了一些奇怪的名字——克伦威尔、拿破仑,他们为了解救民众挑起战争,却又让民众的生活变得更加恶劣。

朱丽叶坚持认为,这些都不过是传说而已,一些神话,就像父母用来骗孩子的那些鬼怪。在她看来,书中这些内容的意思是——摧毁一个世界是简单的事,人受到本性的牵引,会自愿这样去做;而随后的建设才是复杂的。很少有人会认真思考,该用什么来代替不公正。她说,人们总是在破坏,但碎片和灰烬不可能重新凝聚成新世界。

卢卡斯对此有不同的看法。他认为唐纳德是对的,这些故事真实发生过。是的,这些变革充满了痛苦。世界总会度过一些情况越来越糟的时期。但最终一切又总会变得更好。人类能够从错误中学习。一天晚上,在和唐纳德通话之后,他们一起坐在昏暗的灯光中,久久不能入睡。他就这样想要说服朱丽叶。当然,朱莉肯定会反驳他。她带着他去了上面的自助餐厅,指着地平线上的夕阳余晖、那些没有生命的荒丘,还有映射在那些残破高楼上罕见的阳光。"这就是你那个变得更好的世界,"她对卢卡斯说,"一定应该有人好好从他的错误中汲取教训。"

不过卢卡斯也从不会服输。"也许这只是世界变好之前那个糟糕的时刻。"他会举着咖啡杯这样悄声说一句。朱丽叶则会装作没有听见。

卢卡斯手指下面的书页映着跳动的红光。他朝头顶上的灯瞥了一眼,是要求通话的信号。通讯服务器响起蜂鸣声,第一个插孔上的指示灯在闪烁。他拿起耳机,解开耳机线,插上插头。

"喂?"他说道。

"卢卡斯。"机器将那个声音的全部语调、全部情绪都抹平了。

不过卢卡斯还是能听出失望。说话的不是朱丽叶,对方因此而产生的低沉情绪虽然听不到,但还是能感觉到。也许这只是卢卡斯的幻觉。

"只有我。"卢卡斯又说道。

"很好。要和你说一声,我这里有急事。我们的时间不多。"

"好的。"卢卡斯找到书中的那一页,他们上一次谈话结束的地方。那些谈话让他想起了在伯纳德指导下的学习。只是现在,他的《指令》课程已经结束,要学的变成了《遗产典籍》中的内容。唐纳德教得比伯纳德更快,回答他的问题时也更坦诚。"那么我想问你一些关于卢梭这个人……"

"在我们开始前,"唐纳德说,"我需要再次恳求你们停止挖掘。"

卢卡斯合上书本,只用一根手指插在刚才打开的书页之间。他很高兴朱丽叶同意参加市政厅全会。每次提到挖掘的事,朱丽叶都会感到兴奋。因为她曾经向唐纳德发出过威胁。唐纳德似乎认为他们的挖掘目标是他。而朱丽叶让卢卡斯发誓,不能把真实情况告诉唐纳德。她不想让1号筒仓的人发现她在17号筒仓的朋友,还有她援救那些朋友的计划。这种谎言让卢卡斯很不舒服。朱丽叶不信任唐纳德——他曾经警告过他们两个,他们的家园随时都可以借由神秘的手段被关闭。卢卡斯却能看出,唐纳德是在帮助他们,而且他自己要为此付出某种代价。朱丽叶认为唐纳德是在担心自己的生命安全。卢卡斯却认为唐纳德是在为他们而担心。

"恐怕这场挖掘还是要继续下去。"卢卡斯回答。一句话差点从他的嘴里蹦出来:她绝对不会停下来。但他觉得最好还是和朱丽叶保持一致。

"实际上,我的人能够感应到地底的震动。他们知道出事了。"

"你能不能告诉他们,是我们的发电机出了毛病?发电机的主轴又不稳定了?"

耳机里传出一声电脑无法掩饰的失望叹息。"这话骗不了他们。我只能命令他们不要浪费时间查看这里。我能做到的也只有这个了。我要告诉你,这么干不会有什么好结果。"

"那为什么你要帮助我们?为什么你要冒这个险?我觉得你正在冒险。"

"我的工作就是确保让你们别死掉。"

卢卡斯审视着通讯服务器内部,那些闪烁的灯光、那些导线、那些电路板。"是的,但这些谈话呢?为什么要带我读这些书?每天和我通话,就像时钟一样准?为什么要做这些?我的意思是……你又能从这些对话中得到什么?"

线路另一端陷入片刻的沉默。那个应该是他们恩人的人似乎有些犹豫,卢卡斯很少察觉到这个稳定不变的声音会有这种情况。

"这是因为……我要帮助你们回忆起来。"

"这很重要吗?"

"是的,很重要。对我来说很重要。我知道遗忘是怎样的感觉。"

"所以这些书会被收藏在这里?"

又是片刻的停顿。卢卡斯感觉到自己可能在无意中撞上了某种真相。他必须记住他们的这次谈话,好随后告诉朱丽叶。

"这些书被收藏在这里,以后无论是谁继承了这个世界——无论最终被选中的是谁,都会知道……"

"知道什么?"卢卡斯急不可耐地问道,唯恐这次谈话会突然中断。 唐纳德以前也曾经隐约说到过这件事,但每次都是刚一提及就立刻转移了话题。

"知道该如何让世界走上正轨。"唐纳德回答,"好了,时间到了,我要走了。"

"你说继承这个世界是什么意思?"

"下次吧,我要走了。保重。"

"好的,"卢卡斯说,"你也是……"

但耳机中已经响起对方关闭信号的"咔哒"声。那个对旧世界有很多了解的人就这样走了。

第十五章

朱丽叶从没有参加过市政厅会议。就像对待母猪分娩——她知道有这种事，但从没有亲眼去看看的冲动。现在作为市长，她第一次成为这种会议的参与者，她希望这也会是最后一次。

她和皮肯法官、比林斯警长一起坐在主席台上。居民们从走廊里涌进市政厅，各自找座位坐下。这个主席台让她想起集市上的舞台。朱丽叶记得父亲曾经将这种会议和喜剧相比。她从来不觉得父亲的那种比喻是为了称赞这种会议。

"我根本不知道该讲什么。"她悄悄对彼得·比林斯说。

他们两个靠得很近，肩膀都要碰在一起了。"你能做好的。"彼得一边说，一边向前排的一名年轻女性微笑着点点头。那位女士也朝他摆了两下手指。朱丽叶能看出，这位年轻的警长有意中人了。生活的脚步还真是很快。

她试着让自己放松下来，转头看向听众。听众席上有许多她不熟悉的面孔。有几个人她还算认得。市政厅后墙上向走廊敞开着三道门。其中两道门一进来就是过道，穿过一排排古老的长椅；第三道门的过道紧靠着侧面的墙壁。于是整个市政厅被过道分成三部分，对应筒仓不那么明确的上中下三段。不需要别人特意提醒朱丽叶，走进来的人已经说明了这一点。

上层长椅在大厅中央,现在这部分已经坐满了人;还有更多人站在大厅后部的长椅后面——其中一些人是技术部的人或者在顶层自助餐厅吃饭,所以朱丽叶认得他们。中层长椅在一侧,大约坐满了一半。朱丽叶注意到那些居民大多坐在过道旁边的位子上,尽可能靠近中央。他们是穿绿色连体服的农夫、水培农场的水管工,一群有梦想的人。大厅的另一侧几乎全部空着。那是留给下层的。一对老夫妻手拉着手坐在这一区域的前排。朱丽叶认得那位丈夫——一名鞋匠。他们走了很长的路才上来。朱丽叶一直在等待有更多下层居民的出现,但上来的这段路的确是太长了。现在她回想起自己在底层工作时,这样的会议对她来说是多么遥远。她和她的朋友们常常只是听说上面在讨论什么,有些什么样的规定被通过并正式颁布。这段路对他们来说不仅太长,而且他们大多数人必须忙着完成日复一日的辛苦工作,根本无暇讨论明天的事情。

随着进入会场的人流逐渐减少,皮肯法官站起身,宣布会议开始。朱丽叶准备完成这些无聊得要死的会议程序——一段简短的讲话,报告当前情况,听取人们的烦恼,承诺会进行改善,最后回去该做什么就做什么。

她需要回去工作。气闸舱还有很多事情需要完成,下面的防护服实验室里也是。现在她最不愿意的就是听取那些微不足道的抱怨、要求重新投票的呼吁,或者任何人对她的挖掘工作发牢骚。对这些人无比重要的事情在她这里可能根本算不上什么。她曾经被送出去赴死,又在回来的时候经受过烈火的洗礼。这些经历使得大多数争吵都会被她直接丢进意识的最深处,忘掉了事。

皮肯敲了敲小木槌,要求听众遵守会议秩序。他向每一个前来参会的人表达了欢迎,并宣读了准备好的议程摘要。朱丽叶在自己的椅子里扭动着身子,观察人群,发现绝大多数人都在盯着她,而不是看向法官。她只听清了皮肯的最后一句话,因为那句话里有她的名字:"……现在由你们的市长,朱丽叶·尼科尔斯讲话。"

法官转头示意朱丽叶上讲台。彼得拍了拍她的膝盖以示鼓励。当朱丽叶向讲台走去的时候,螺栓没有拧紧的金属台面在她的靴子下面"嘎吱"作响,成为此刻大厅里唯一的声音。随后,听众席中有人在咳嗽。长椅之间又响起一阵窸窣声,许多人重新动了起来。朱丽叶用力抓住讲台——出现在她眼前的繁杂色彩让她不由得有些吃惊——蓝色、白色、红色、褐色,还有绿色。她能看见许多紧皱的眉头。各个行业的人们都怒气冲冲。她清了清嗓子,意识到自己是多么没有准备。她本来只想说几句话,向人们对筒仓的关心表示感谢,向他们保证——她正在不知疲倦地工作,只为了为他们打造更好的新生活。她想说,她只需要一个机会。

"谢谢……"她刚一开口,皮肯法官就拽了拽她的胳膊,伸手一指讲台上的麦克风。后面有人高喊说他们听不见。朱丽叶把麦克风朝自己拽了拽。这些人的面孔就和她上来时在楼梯井中看见的那些人一样——他们都对她心怀警惕,或者可能是敬畏之类的情绪,但现在这些情绪渐渐变成了怀疑。

"我今天来到这里,是为了倾听你们的问题,你们的关切。"朱丽叶被自己响亮的声音吓了一跳,"在此之前,我想要说几件我们希望在今年内完成的事情……"

"是你把毒放进来的?"有人在后面喊道。

"什么?"朱丽叶问了一声,又清了清嗓子。

一位女士站起身,怀里还抱着一个孩子。"自从你回来以后,我的孩子就在发烧!"

"其他筒仓真的存在?"有人喊道。

"外面是什么样子?"

一个男人从中层长椅上站起来。他的脸已经因为发怒而变得通红。"你们在下面干什么呢?弄出那么大的声音……?"

又有十几个人站起身,开始喊叫。他们的问题和指责凝聚成一股声音——一台愤怒的引擎。拥挤在中央听众席的人们开始溢出到两侧的过道上。人们需要空间来指手画脚,好引起朱丽叶的注意。朱丽叶看见自己的父亲站在大厅最后。他平静的姿态和紧皱的双眉在狂呼乱喊的人群中显得格外突出——朱丽叶知道,父亲是在为自己担心。

"一次一个人……"朱丽叶说道。她高举起双掌。人群在向前涌过来。突然传来一声枪响。

朱丽叶打了个哆嗦。

随后她身边又是一连串震耳的撞击声——皮肯法官的木槌不再像刚才那样轻柔了。讲台上的木盘被他捶得一次蹦起来,又落回原位。本来在门边发呆的霍伊尔副警长跳起身,冲进过道里的人群,催促大家回到座位上,闭上嘴。彼得·比林斯站在椅子上,高声命令所有人遵守秩序。终于,听众席上被一种紧张的寂静所笼罩。但每个人显然都不平静。大厅里的气氛就像是一台已经通电却被卡住无法转动的马达。静电的爆裂声在机壳内部持续不断,还有机器被强行刹车的嗡嗡声。朱丽叶小心地选择着自己的言辞。

"我没办法告诉你们外面……"

"是不能还是不愿意?"有人问道。霍伊尔副警长在过道里瞪了这个人一眼,让他恢复了沉默。朱丽叶深吸了一口气。

"我没办法告诉你们,是因为我们不知道。"她抬起双手,示意人群再安静片刻,"一直以来,关于我们的筒仓外面到底是什么样子,我们所知道的一切都是谎言,是虚构的……"

"我们怎么知道,说谎的不是你?"

朱丽叶在人群中寻找那个声音。"因为我承认,我们什么都不知道。今天我来到这里,是要告诉你们,我们应该出去,自己亲眼看看。用我们自己的眼睛,带着真正的求知之心。我建议做一件我们从没有做过的事情。出去,采集一份样品,带回一份外面的空气,看看外面的世界到底有什么问题……"

大厅后面爆发出的吼声淹没了朱丽叶随后的话。人们再一次从座位上站起来。哪怕旁边的人伸手去制止他们也无济于事。现在一些人真的在感到好奇;而另一些人则更加怒不可遏。木槌在拼命敲击木盘。霍伊尔掏出警棍,在听众席前排挥舞。但人群已经无法再平静了。彼得走上前,一只手按在枪柄上。

朱丽叶从讲台上向后退去。皮肯法官的手臂撞在麦克风上,引起一声尖厉的噪声。他的木槌已经丢了,只好用拳头敲击讲台。朱丽叶这时才注意到,讲台上有许多半月形的皱纹,仿佛一个个微笑。那应该是过去主席台上的人在努力恢复听众秩序时留下的。

霍伊尔副警长不得不退到主席台前。这时人群已经向前涌来。许多人还在提问,但大部分人都只剩下无可抑制的怒火。颤抖的嘴唇喷着唾沫,将一句句责骂抛给朱丽叶。朱丽叶看见那位抱着孩子的女士——她一直在指控朱丽叶带来了瘟疫。玛莎跑到主席台后面,推开一道油漆成木头样子的金属门。彼得挥手示意朱丽叶进去,返回法官的房间。朱丽叶不想走。她想要让这些人平静下来,想告诉他们自己在做好事,只要他们让她试一试,她就能解决现在的问题。但她还是被拽到了门里,经过一个挂满了阴影一样黑袍子的衣帽间,一条挂着诸位前任法官画像的走廊,来到一张像那道门一样被油漆出木头纹样的金属桌子前。

喊声被挡在他们身后。金属门被许多拳头敲打了一会儿。彼得不停地咒骂着。朱丽叶瘫软在一张用胶带修补过的旧皮椅子上,脸埋在双手之中。人们的愤怒就是她的愤怒。她能感觉到自己在将怒火指向彼得和卢卡斯。是他们让她成为了市长,是卢卡斯求她离开挖掘现场、来到顶层,求她参加这种会议,就好像这群暴徒能够得到安抚一样。

一阵喧哗声顺着走廊传过来,感觉是那扇金属门打开了一下。朱丽叶以为过来的是皮肯法官,看到出现在眼前的是父亲,她不由得吃了一惊。

"爸爸。"

她从旧椅子中站起身,向父亲走去。父亲伸出双手抱住她。朱丽叶终于在他的胸口找到了一处能够得到安慰的地方,就像她小时候一样。

"我听说你可能在这里。"父亲悄声说道。

朱丽叶什么都没说。她觉得自己已经长大了,但堆积在她人生中的那些岁月却在父亲的怀抱中悄然溜走了。

"我还听说了你的计划,我不想让你走。"

朱丽叶后退一步,审视自己的父亲。这时彼得从门对面探过头。市政厅里的吵闹没有刚才那样激烈了。朱丽叶明白,是皮肯法官让父亲进来的。此时那位法官还在外面安抚人群。她的父亲看到了那些人对她的反应,也听见了那些人说的话。朱丽叶只能努力压抑住突然涌上来的泪水。

"他们没有给我一个机会解释……"她擦了擦眼睛,开口说道,

"爸爸,外面有和我们这里一样的世界。只是坐在这里自相残杀根本就是发疯。明明还有其他世界……"

"我说的不是挖掘。"父亲打断她,"我听说了你在顶层的计划。"

"你听说了……"朱丽叶又擦了一把眼泪,喃喃地说,"卢卡斯……"

"不是卢卡斯。是那位技师——纳尔逊。他来我这里做身体检查,问我到时候是不是应该在顶层守着,以防万一。我不得不假装知道他在说什么。我估计,你刚才是要宣布你的计划,对吧?"父亲朝衣帽间的方向瞥了一眼。

"我们需要知道外面都有些什么。"朱丽叶说,"爸爸,他们根本没有想要让情况变得更好。我们首先就不知道……"

"那就让下一个清洁者去看看,让他在出去的时候取样,而不是你。"

朱丽叶摇摇头。"不会再有清洁了,爸爸。只要我还是市长,就不会有。我不会再让任何人出去。"

父亲伸手按住朱丽叶的胳膊。"我也不会让我的女儿出去。"

朱丽叶又从父亲面前退开。"很抱歉,我必须去。我向你保证,我会采取一切预防措施。"

父亲的面色变得严肃起来。他抬起手,凝视着自己的掌心。

"我们会需要你的帮助。"朱丽叶希望能够弥合他们之间的新裂痕——她担心自己正在制造这种裂痕,"纳尔逊是对的。团队里能有一位医生是件好事。"

"我完全不想参与这种事。"父亲说,"看看上一次你都遭遇了什么。"他向朱丽叶的脖子瞥了一眼——防护服的金属项圈在那里留下了一道弧形伤疤。

"那是因为火焰。"朱丽叶整了整衣领。

"下一次,又会有别的东西。"

在这个房间里,许多人曾经安静地接受审判。现在这一对父女在这里彼此对视。朱丽叶感到了一种逃避冲突的诱惑——她对这种诱惑已经相当熟悉了。同时她又想把脸埋在父亲的胸前好好哭一场,尽管她这个年纪的女人和机械师都不会被允许这样哭鼻子。到底是从父亲面前逃走还是扑进父亲怀里?一时间,这两种情绪在她的心中发生了激烈的对撞。

"我不想再失去你。"朱丽叶对父亲说,"你是我仅剩的家人,请支持我。"

这番话很难被说出口,因为它脆弱又诚实。卢卡斯的一部分现在住进了朱丽叶的身体里,所以她才能说出这样的话。

朱丽叶等待着父亲的反应。父亲的表情松弛下来。也许这只是她的想象,但她的确觉得父亲向她靠近了一步,放下了防备。

"我会在之前和之后给你做身体检查。"父亲说道。

"谢谢你。哦,说到身体检查,我还想问你一件事。"她将连体服的长袖子挽起来,仔细审视手腕上的白色疤痕,"你有没有听说过,疤痕会随着时间消失?卢卡斯觉得……"她抬起头看向父亲,"它们会不会消失?"

父亲深吸一口气,看着女儿的疤痕,沉默了片刻,随后目光瞟过女儿肩膀,望向远方。

"不,"他说道,"疤痕不会消失,就算时间再久也不会。"

1号筒仓

SILO 1

第十六章

布雷瓦德警长的第七次轮班快要结束了。随后只剩下三次轮班。再有三次从冷冻舱中醒来,坐在安全门后面,一遍又一遍地读那屈指可数的几本小说,直到那些发黄的书页碎裂掉落;三次轮班,在乒乓球桌边抽出一个又一个他的副手们接不到的球——每班他都有一个新的副警长——他会告诉那些穷于招架的副手,自己实在是太久没有打球了;三次轮班,吃着毫无变化的陈旧食物,看着那几部旧片子,还有同样陈旧乏味的所有的东西。他醒来的时候,迎接他的就是这些。还有三次。他能熬过去。

1号筒仓的安全主管一心只是在惦记还剩几次轮班,就像以前算计还有多少年才能退休。"希望一切都平安无事。"这是他的口头禅。毫无变化是好事。岁月静好,平淡如水,这就是他的心愿。但现在,他站在一个打开的冷冻舱前,看着满舱干涸的血污,嘴里只有一股非常不静好的恶心味道。

副警长史蒂文斯的相机又亮起一片刺眼的强光。这名年轻人还在拍照。冷冻舱里的尸体几个小时之前就已经移走了。是一名医疗技师在附近维修冷冻舱的时候,注意到了这个冷冻舱盖子上的血迹。直到他擦去半个舱盖上的血,才意识到发生了什么。现在布雷瓦德警长审视着这名医疗技师留下的抹布,又喝了一小口苦涩的咖啡。

他的杯子里早就没有了热气。这个摆满冬眠者的仓库实在是太冷了。布雷瓦德不喜欢到这里来。他痛恨在这个地方赤身裸体地醒来，痛恨再被送到这里重新睡去，痛恨这个地方让他的咖啡变冷。他又喝了一小口。还剩三个班次，然后他就能退休，无论再发生什么都与他无关了。现在没有人会去想太遥远的事，能想到下一次值班就不错了。

史蒂文斯放下相机，朝仓库门口点点头。"长官，达西回来了。"

两名警官的目光都转向了夜班保安达西。这时他正走过摆放冷冻舱的大厅。今天早晨，达西第一个到达现场。也是他叫醒了史蒂文斯副警长。史蒂文斯又叫醒了自己的上司。当时达西没有按照命令去睡觉。他跟着尸体去了医务室，在其他人去调查犯罪现场的时候自愿等待尸检结果。现在达西手里挥舞着一张纸，迎头向他们走过来，怎么看都显得有点太过热情了。

"我真受不了这个家伙。"史蒂文斯悄声对自己的上司说。

布雷瓦德不动声色地喝了一口咖啡，看着他属下的夜班保安快步来到面前。达西很年轻，顶多三十来岁，有着一头金发和一脸从不会消失的傻笑。在发生烂事的时候，警队最喜欢派这种没有经验的人值夜班。这不合逻辑，却是传统——丰富的经验能够帮助你在世界发疯的时候赢得在沉睡中逃避工作的机会。

"你们肯定不会相信我得到了什么。"达西和他们的距离转眼只剩下了二十步，而他已经迫不及待地开了口。

"你知道血型能配得上。"布雷瓦德干巴巴地说，"盖子上的血就是舱里面那个家伙的。"他差一点又加了一句——达西肯定没有想起要给他和史蒂文斯拿杯热咖啡来。

"这是一部分内容。"达西显得有些恼火,"你怎么知道的?"他深吸几口气,把报告递了过来。

"因为匹配的结果会令人兴奋。"布雷瓦德接过化验单,"就像你看到匹配的结果,就会手舞足蹈,急着想要说话,律师和陪审团都会兴奋起来。"新手都是这种样子——他很想再加上这么一句。他不确定达西以前的工作是什么,但肯定不是警察。低头瞥了一眼报告,布雷瓦德果然看到了标准的DNA匹配结果,一串又一串条状图,上面用标线指示出数据相同的地方。这个冷冻舱对应的DNA和从舱盖上取的血样完全一致。

"呃,情况没那么简单,"达西又深吸了一口气,他显然是下电梯以后就沿着走廊一直跑过来的,"实际上要复杂得多。"

"我们认为,拼图已经完整了。"史蒂文斯信心满满地朝打开的冷冻舱点点头,"很明显,这里发生了一起杀人案,开始是……"

"不是杀人案。"达西插嘴道。

"让副警长把话说完。"布雷瓦德举了举手里的杯子,"他研究这件事已经有几个小时了。"

正要继续说下去的达西闭住嘴,点点头,又揉了揉下眼睑,看上去应该已经很累了。

"好的,"史蒂文斯用手里的相机对准了冷冻舱,"盖子上的血迹表明,在冷冻舱外发生过打斗。我们在舱里发现的人一定是在一番挣扎之后才被我们的凶手杀死的,所以他的血洒在了盖子上。然后他被丢进自己的冷冻舱里。他的两只手被绑住,我猜凶手一边用枪指着他,一边捆住他的手腕,在这个过程中他都很顺从。因为我没有在手腕上找到严重的勒痕,也没有其他搏斗痕迹。他的胸口中了一枪。"史蒂文斯指着冷冻舱内条状和点状血迹说,"这里的血液泼溅表明受害者当时坐在舱里。血液流淌的情况表明舱盖在行凶后很快就关闭了。血液的颜色告诉我们,凶案很可能就发生在我们这一班的时间内,肯定不会早于上个月。"

在副警长讲述的过程中,布雷瓦德一直看着达西的脸。夜班保安满脸的皱纹仿佛都在表达对这些陈述的反对意见。这个小子认为他比副警长知道得更多。

"还有什么?"布雷瓦德鼓励他的副手再多说一些。

"哦,是的。杀死被害人之后,我们的罪犯还给被害人插上静脉注射针头和导尿管,以防止尸体腐烂。所以我们要找的是一名接受过医学训练的杀人犯。当然,他也许还在值班。这也是我们认为最好不要当着医疗团队的面讨论案情的原因。我们打算一次一个地对他们进行审问。"

布雷瓦德点点头,喝了一口咖啡,等待夜班保安的反应。

"这不是杀人案。"达西气恼地说道,"你们想要听听我的话吗?侦查的方向从一开始就错了。舱盖外面的血和这个冷冻舱档案中的数据一致,这一点你说得没错。但它和受害人的血型不匹配。从数据库档案来看,死掉的这个人根本就不应该睡在这个冷冻舱里。"

"什么?"布雷瓦德差一点把嘴里的咖啡喷出去。他抬手抹了抹胡子,无法确定自己有没有听错。

"舱外的血中混合着唾液,来自于第二个人。医生说,这些血可能是咳出来的,也有可能是因为胸部创伤。所以我们猜想这些血是因为受伤而留在这里的。"

"等等。那我们在冷冻舱里找到的又是谁?"史蒂文斯问。

"他们不能确定。根据数据库登记资料,这个冷冻舱对应的人已经不在这片行政层区域,应该是被送去深度冻结了。他们也对受害者的血液进行了检索,但看样子,他的记录被做了手脚,与之相匹配的记录很特别,来自于行政层档案,上面表明他应该是在这里的……"

"很特别的记录?"布雷瓦德问道。

达西耸耸肩。"那些档案被改得乱七八糟。都是惠特莫尔医生告诉我的。"

"啊,"史蒂文斯副警长打了个响指,"我明白了。我知道这里发生过什么了。"他又用相机对准了冷冻舱,"这里发生过打斗,对吧?一个人不想被放进去。他设法挣脱了,又知道该如何黑进系统……"

"停!"布雷瓦德抬手制止了副手的发言。他能从达西的表情中看出来,这名保安还有话要说。"为什么你坚持说这不是杀人案?我们发现了枪伤、喷溅的血液、关闭的冷冻舱、一个手无寸铁的双手被绑住的男性,还有盖子上的血以及混乱的档案信息。难道这一切不都在指向杀人案?"

"这正是我要告诉你的。"达西说,"这不是杀人案,因为这个人处于冬眠状态——一直处于冬眠状态。他是在冬眠中被枪击的。而这个冷冻舱一直在正常运转。这个名叫特洛伊的家伙——或者无论我们从这里搬出来的是谁,他还活着。"

第十七章

三个人离开冷冻舱,向医疗区的手术室走去。布雷瓦德的脑子在飞快地转动。他不希望自己值班的时候出现这种烂事。这一点也不平淡如水。他想象了一下自己要写的报告,向下一任警长做的简报会多么有趣。

"你觉得我们应该让牧羊人参与进来吗?"史蒂文斯说的是行政层首脑,一个绝大部分时间都和其他人没有交流的人。

布雷瓦德冷"哼"了一声,按下密码,打开冬眠区大门,带领部下进了走廊。"我觉得这点事不值得打扰他,你说呢?牧羊人要担心整座筒仓的事。你没看到他有多忙吗?所以他才只能整天把自己关起来。处理这样的案子是我们的工作。哪怕是杀人案。"

"你说得对。"史蒂文斯附和道。

达西还在喘着气,有些吃力地跟着他们。

他们乘电梯上了两层。布雷瓦德想起自己查看那个被枪击的人——当时那个人又冷又硬,就像停尸房里的死尸。但他们从冬眠中醒来的时候不都是这样?他想到冷冻和解冻造成的所有伤害,他们血液中的那些微型机器如何一个细胞、一个细胞地为他们修补那些伤损。那些小机器也能修补好枪伤?

电梯门在68层打开。布雷瓦德能够听见手术室中有说话的声音传出来。过去一个小时里,他和史蒂文斯早已经推导出一个成熟的设想,现在要把这个设想全盘推翻,接受达西告诉他们的一切,这实在是有些困难。数据库记录被篡改,这让问题变得复杂了许多。他只剩下三个班次了,现在却遇到这种事。但如果受害人真的还活着,那么抓到凶手就不难。当然,前提是受害人能说话,而且能够指认凶手的身份。

很少被使用的手术室外面,医生和一名医疗助手正在等候室里。他们已经脱下手套,医生的一头灰发乱蓬蓬的,仿佛他刚刚用手指抓过头。两个人看上去都是一脸疲惫。布雷瓦德透过观察窗望了一眼,看见他们从冷冻舱里搬出来的那个人就在手术室里面,正躺在手术台上,好像睡着了一样。不过现在他的肤色完全不同了。从他身上的蓝色纸袍里面伸出了几根输液管和电线。

"听说我们有了一个非同寻常的机会。"布雷瓦德来到水槽前,倒光杯子里的咖啡,望向四周,寻找咖啡壶,却一无所获。如果现在能给他一杯热咖啡、一包烟,再让他能点上一根,他愿意立刻就开始下一次轮班。

医生拍了拍助手的胳膊,对他说了两句话。那名年轻人点点头,从口袋里摸出一副手套,进了手术室。布雷瓦德看到他在检查和手术台上的人连在一起的机器。

"他能说话吗?"布雷瓦德问。

"哦,可以。"惠特莫尔医生挠了挠自己的灰色胡须,"他苏醒的时候,我们可是闹腾了一番。这个病人比他看上去要强壮得多。"

"看样子离死还很远。"史蒂文斯说。

没有人发笑。

"他的生命力很顽强。"惠特莫尔医生告诉他们,"他坚持说自己的名字不是特洛伊。在我完成鉴定之前他就在这么说。"他朝布雷瓦德手中的那张纸点点头。

布雷瓦德转头看向达西，寻求确认。

"那时我正好在上厕所。"达西有些不好意思地承认，"他醒过来的时候，我不在。"

"我们给他用了镇静剂。我给他采了血，为了确定身份。"

"有什么结果？"布雷瓦德问。

医生摇摇头。"他的记录被删除了——我觉得应该是。"他从橱柜里拿出一只塑料杯，在水龙头下面接了些水，喝了一口，"我没有权限读取全部资料，只能看到位阶和冬眠层级。我记得在第一班的时候见到过这种情况。那是行政区的另一个人，然后我又想起了你们是从什么地方找到这位绅士的。"

"行政区。"布雷瓦德说，"但他所在的冷冻舱不是他的，对吧？"他回忆起达西的报告，"冷冻舱盖上的血和冷冻舱登记信息相符，但舱里的这个人不对。这是否意味着，有人使用了自己的冷冻舱隐藏尸体？"

"如果我的预感没有错，情况要比这个更糟。"惠特莫尔医生又喝了一口水，用手指捋过头发，"那个行政层冷冻舱的名字——特洛伊，和我在舱盖上的采样相符，但那个人现在应该在深度冻结区。他在一个多世纪以前就被放在了那里，一直没有被唤醒过。"

"但舱盖上的血是他的。"史蒂文斯说。

"这意味着他已经醒过来了。"达西指出。

布雷瓦德瞥了一眼自己的夜班下属，意识到自己对这个年轻人评价有误。这就是每次轮班的同事都有不一样的问题所在——你无法真正了解任何人，不可能正确评估他们的价值。

"所以，我做的第一件事就是在医疗记录中寻找深度冻结区的一切异常情况。我想要看看，那里是否有人遭到了惊扰。"

布雷瓦德感到一丝不安——这名医生正在做他应该做的工作。"你有找到什么吗？"

惠特莫尔医生点点头，朝等候室书桌上的电脑终端摆摆手。"深度冻结区有一些活动，就是从这间办公室开始的。我要提醒你们，那时值班的不是我。但到现在为止，已经有两次坐标位于那里的人被唤醒。其中一个位于旧深度冻结区的正中央，就是在筒仓起始训练之前就已经被用于深度冻结的那座仓库。"

医生停顿片刻，让众人明白他话中的意思。

布雷瓦德很快就有了答案。他那个被剥夺睡眠的夜班保安比他还快了一线。

"女人？"达西问。

医生一皱眉。"很难说，但我也这样怀疑。不知为什么，我无法读取这个人的记录。我让迈克尔下去查看，亲眼确认一下那到底是谁。"

"我们可能是在处理一起情杀。"史蒂文斯说。

布雷瓦德"嗯"了一声表示同意。他也有同样的思考。"可能是一个男人无法忍受孤独，便悄悄叫醒了自己的妻子。要做到这一点，他可能是一名管理者。他的行动被发现了。发现他的是一名非管理者。他只好杀了那个人。但是……他却被反杀了……"布雷瓦德摇摇头。这太复杂了。现在没有咖啡因的支持，他没办法清楚地思考。

"问题还不止在于此。"医生说。

布雷瓦德咕哝了一声，果然不出所料。他很后悔倒掉了杯子里的咖啡，但也只能挥挥手，示意医生继续说下去。

"从深度冻结中被拽出来的人还有另一个，而且我调出了这个人的记录。"惠特莫尔医生目光扫过三名安全官，"有人想要猜猜他的名字吗？"

"特洛伊。"达西说。

医生打了个响指，惊讶地睁大眼睛。"正确。"

布雷瓦德转向自己的夜班保安。"你又是怎么想到的？"

达西耸耸肩。"所有人都喜欢匹配。"

"那么，我就明白说吧，"警长说道，"我们有一个来自深度冻结区的不明杀手，干掉了一个管理层，取代了他的位置，很可能还拿到了他的密码，然后唤醒了一个女人。"他向史蒂文斯转过身，"好了，我觉得你是对的。现在该向牧羊人报告了。这足以惊扰到他那个层级。"

史蒂文斯点点头，向门口走去。但还没等他离开，走廊里就传来匆忙的脚步声。医疗助手迈克尔喘着粗气出现在门口，双手撑在膝盖上，连续深呼吸了几次，眼睛盯着医生。布雷瓦德记得从冷冻舱里搬出受害人的时候也有他。

"我要你快一点，但没有要你这么拼命。"惠特莫尔医生说。

"是……"迈克尔又喘了几口气，"长官们，我们遇到问题了。"他又盯住那些保安部的人，面色显得格外严峻。

"出什么事了？"布雷瓦德问。

"那里有一个女人。"迈克尔点点头，"没错，但她的舱室读数变红了，我迅速进行了检查。"他的目光扫过众人的面孔，双眼瞪得老大。布雷瓦德知道了，但有人在他之前开了口。

"她死了。"达西说道。

那名助手用力点点头。他的两只手还按在膝盖上,嘴里嘟囔着。"安娜,那个舱盖上的名字是'安娜'。"

· · · · · · · · · · · · · · · ·

手术室里那个没有名字的男人想要挣脱束缚带。他苍老遒劲的肌肉在手臂上隆起。惠特莫尔医生请求这名绅士不要动。布雷瓦德警长站在手术台的另一侧。他能闻到一个人刚刚醒来的气味,也是一个人被丢弃等死的气味。聚集在手术台周围的人们全都用有些过于狂热的眼神看着这个人。这个胸口中枪的人似乎一眼就看出了布雷瓦德是他们之中管事的。

"放开我。"这位老人说道。

"我们首先要知道,到底出了什么事。"布雷瓦德对他说,"而且还要等到你的状态好一些再说。"

固定住老人手腕的皮环发出"吱吱"的响声,显然正在被老人用力揪扯,"我离开这张该死的床以后才能好一点。"

"你中枪了。"惠特莫尔医生伸手按住病人的肩膀,试图安抚他。

老人的头落回到枕头上,视线从医生转向警官,又转回到医生身上。"我知道。"

"你还记得是谁开的枪吗?"布雷瓦德问。

老人点点头,两腮的肌肉绷紧又松开。"他的名字是唐纳德。"

"不是特洛伊?"布雷瓦德问。

"我说的就是他,是同一个人。"布雷瓦德看到老人的手攥了一下拳,"听着,我是这个筒仓的首脑之一。我要求你们把我放开。去看看我的记录……"

"我们正在解决这方面的问题……"布雷瓦德开口说道。

束缚带再次咯吱作响。"去看看该死的记录。"老人把话重复了一遍。

"记录被篡改了。"布雷瓦德告诉他,"你能不能告诉我们你的名字?"

老人一动不动地躺了片刻,眼睛盯着天花板,全身肌肉都松弛下来。"哪一个?"他问道,"我的名字是保罗。大多数人都只称呼我的姓——瑟曼。我曾经是参议员……"

"牧羊人。"布雷瓦德警长说,"保罗·瑟曼就是那个被称作'牧羊人'的人。"

老人眯起眼睛。"不,我不这么觉得。我有过几个称呼,但从没有人这样叫过我。"

17号筒仓

SILO 17

第十八章

大地在咆哮。筒仓的墙壁外面,大地在"隆隆"作响,而且声音越来越大。

几天前,那声音从远方传来,听上去就像是水培区的泵机运转的声音一直传到漫长管道的末端。那时踩在光滑的金属地面上,脚底就能感到连续的震动。昨天,这种震动变得越来越稳定,穿过吉米的膝盖和骨头,一直来到他紧咬的牙关。他的头顶上,挂在管道底部的水珠不停地颤抖,化成细小的雨珠滴落在还没有完全干涸的水洼里。

伊莉斯尖叫着拍打头顶——一滴水刚好落在她的头上。她又微笑着抬起头,看着更多水滴落下来。

"实在是太吵了。"里克森将手电光射到旧发电机室对面的墙壁上。那里似乎正是声音的源头。

汉娜双手紧握在一起,叮嘱双胞胎远离墙壁。迈尔斯将耳朵贴在混凝土墙面上,双眼紧闭,张着嘴,一副专注的神情——至少吉米觉得那是迈尔斯,他还没办法把这对双胞胎分清楚。双胞胎哥哥马库斯把弟弟拽到其他人身边,脸上全是兴奋的表情。

"到我身后来。"吉米说道。他的两只脚被震得一阵阵刺痛。机械噪声撞击着他的胸膛,正如同那边的人在用看不见的机器啃咬坚硬的岩石。

"还有多久？"伊莉斯问。

吉米拨弄了一下她的头发，享受着被忧心忡忡的女孩环腰抱住的感觉。"快了。"实际上，他也不知道。他们用了两个星期的时间确保抽水泵正常运转，机械部保持干燥。今天早晨，他们醒过来的时候感觉挖洞的噪声变得难以忍受，而且越来越可怕。但筒仓的墙壁依然矗立在他们面前，纹丝不动，只有水滴从颤抖的管道上落下，形成绵延不绝的细雨。那个小婴儿却不可思议地在汉娜的臂弯里睡得很香。他们已经在这里站了几个小时，倾听墙外越来越响亮的轰鸣，等待着有什么事情发生。

岩石被碾碎的噪声中逐渐出现了纯粹的机器运转声。看来这场漫长的等待真的要结束了。金属关节尖厉的摩擦声，钢齿令人胆寒的凿击声，这场声音的风暴开始变得无比广阔，从四面八方冲入他们的耳朵——地面、天花板、每一片墙壁，撼人心魄的震动让他们困惑不安。坑洼中的水不断向上飞溅。地上的水也变成一片片跃起的水花，还有更多水滴落入其中。吉米快要站不稳了。

"后退！"他在这一片纷乱中喊道，拖着脚步从墙边退开。伊莉斯仍然紧紧抱着他的腰。其他孩子也都跟着他，圆睁双眼，张开手臂努力保持平衡。

一片足有一个人那么大的混凝土脱离墙面，拍在地上，变成许多碎块。空气中充满灰尘——看上去就像是从墙上喷出来的。仿佛有巨人在呼吸，从混凝土中吹出一团团尘埃。

吉米又后退了几步。孩子们紧跟在他身旁，兴奋变成了担忧。回荡在大厅里的声音不再像是一台机器向他们逼近——而是像几百台机器同时开动。撞击无处不在，被撞击的是他们的心脏。

狂暴的喧嚣到达顶点,越来越多的混凝土落下。金属仿佛在遭受鞭打一样发出阵阵尖叫。震耳的撞击声伴随着一片片火花。终于,巨兽一般的挖掘机破墙而入——先是一道裂缝,然后是一道弧形裂口,如同阴影一般划开墙壁。

墙上竟然被切割出这么大一个洞,怪不得发出的声音是如此恐怖。机器的钢齿穿透了天花板,又旋转向下,割开地面,然后从另一边向上转动。被割开的地方暴露出一根根断掉的钢筋。大家都闻到一股燃烧金属和白垩的气味。挖掘机穿透了142层的墙壁,把上面和下面楼层的混凝土也都啃掉了。它挖出的洞比一个筒仓楼层还要高。

双胞胎又喊又叫。伊莉斯紧紧勒着吉米的肋骨,让吉米连呼吸都感觉吃力。婴儿开始在汉娜的怀里躁动,但那一点哭喊声完全被淹没在这一片巨大的噪声之中。钢齿又转了一圈,从天花板到地面的许多道裂口更加宽大明显,让他们看清了这些钢齿其实更像是许多圆盘,镶嵌在一个无比巨大的圆盘上,不断转动。一块巨石从天花板上掉下来,滚过地面,朝两台发电机中更大的那一台砸过去。吉米觉得这座筒仓也会变成一堆碎石瓦砾,落在他们身上。

他们头顶上方有一只灯泡被震碎了,无数细小的玻璃落在地上的积水中。"后退!"吉米喊道。他们一直退到发电机大厅正对挖掘机的另一边,依然感觉无处可躲。地面不停地震动,让站立都变得困难。吉米突然感到一阵害怕。这东西会一直冲过来,穿透整座筒仓,继续向前。它一定已经失控了……

咬开水泥的巨大圆盘整个进入了筒仓。锋利的钢轮在空气中旋转、尖啸,石块从一侧被搅起,又从另一侧落下。不过筒仓的震颤减弱了。金属摩擦的凄厉嚎吼也不再那样震耳欲聋。汉娜轻声哄着她的孩子,前后摇晃手臂,睁大的眼睛却死死盯住了这头闯入她的家园的巨兽。

众人忽然听见一阵呼喊夹杂在石块掉落的声音中。大圆盘的旋转逐渐放缓,终于停住。一些小钢轮又多转了一会儿。钢轮边缘都闪耀如新,显示出它们这一路和岩石长久的摩擦。一根钢筋缠在一只钢轮上,就像打结的鞋带。

筒仓中终于恢复安静,让大家喘上了一口气。汉娜的孩子也不闹了。只有很远的地方还有一些机械运转和蜂鸣声传来,也许是挖掘机肚子里的动静。

"嗨?"

挖掘机那边传来打招呼的声音。

"没错,我们过来了。"又一个声音响起。是一个女人的声音。

吉米一把抱起伊莉斯,伊莉斯抱住他的脖子,两条腿盘在他的腰上。吉米向那个嵌满钢轮的巨型圆盘跑去。

"嘿!"里克森一边喊,一边追在他身后。

双胞胎也急忙跑了起来。

吉米有些喘不过气来。不是因为伊莉斯把他抱得太紧,而是他终于见到了心怀善意的客人,不会让他害怕的人。他能够奔赴,而不是必须逃离的人。

所有人都感觉到了和他一样的情绪。他们朝巨大的挖掘机跑过去,脸上全是笑容。

在残破的水泥墙和停住的巨型圆盘之间,一条手臂伸出来,然后是一个肩膀,一名女性沿着被砸开的地面爬进筒仓。

她先是跪起来,然后站直身子,把落在脸上的头发拨开。

吉米停住脚步。孩子们也都和他一起停在距离那个女人十几步远的地方。一个女人,一个陌生人,站在他们的筒仓里,微笑着,满身都是尘土和污泥。

"梭罗?"她问道。

她的牙齿闪耀起一点白光。就算满面都是尘土,她还是很漂亮。她走向这群人,一边拽掉手上的厚手套。这时又有别人从挖掘机的钢齿后面钻出来。女人伸出一只手。汉娜的孩子开始哭泣。吉米握住女人的手,几乎被她的微笑迷住了。

"我是柯特妮。"女人的目光扫过孩子们,脸上的微笑更加灿烂,"你一定就是伊莉斯。"她捏了捏小女孩的肩膀。吉米感觉勒住自己脖子的胳膊更加用力了。

第二个从挖掘机后面出来的是一个男人,皮肤白得就像崭新的纸,头发也一样是白色。他转回身,审视着遍布轮齿的巨型圆盘。

"朱丽叶在哪里?"吉米把伊莉斯抱得更高了一些。

柯特妮一皱眉。"她没有告诉你吗?她去外面了。"

第二部
外界

Silo 18

第十九章

朱丽叶站在气闸舱里，氩气正在被注入到舱中，将防护服紧压在她的身上。她没有像上次出去时那样感到恐惧，也没有那种虚幻的希望——过去许多人都因为那种希望而自愿接受了流放。在毫无意义的幻梦和令人绝望的恐惧之间，还有一种了解这个世界的渴望。如果有可能，她还想让这个世界变得更好一些。

气闸舱内的压力越来越大。裹在身上的防护服让她能感觉到皮肤表面每一道凸起的疤痕。布料的褶皱挤在被烧灼出的褶皱上，如同一百万根柔软的针在触碰她，全身所有敏感的部位都在承受着刺激，让她觉得这个气闸舱仿佛记得她、认识她，在以充满爱意的方式向她道歉。

墙壁上都贴着透明的塑料布。气压将它们按在管道和她穿防护服时使用的凳子上。很快就可以出去了。如果说她现在有什么心情，那么应该是兴奋，还有宽慰——一个她努力很久的项目终于要有结果了。

她取下胸前的一个样品容器，打开盖子，收集了气闸舱内的氩气作为对照。拧上盖子的时候，她听到筒仓大门发出沉闷而熟悉的钝响。筒仓打开，一缕雾气被高压气体推出外门，显示出外面的气体无法进入筒仓。

雾气在朱丽叶周围扩散、盘旋,推着她的后背,催促她赶快出去。朱丽叶抬起脚,迈过厚重的18号筒仓外门,再一次来到外部世界。

脚下的坡道和她记忆中完全一样:一片混凝土斜坡,从她的地下家园顶层一直通向地表。坡道两侧的角落里积累的尘土已经硬化,坡道墙壁上能看见条状和片状的污泥。筒仓外门在她背后重重合拢,雾气向天空中的云层飘去,渐渐消散。朱丽叶开始向远处的山丘进发。

"你还好吗?"

卢卡斯温柔的声音充满了她的头盔。朱丽叶微微一笑。能够有他在身边,感觉真好。她将拇指和食指捏在一起,这样,她头盔里的麦克风就被打开了。

"从没有人死在坡道上,卢卡斯,我现在很好。"

卢卡斯悄声向她道歉。朱丽叶露出开朗的笑容。有这样的支持在身后,走出筒仓的感觉是如此不同。上一次她被流放的时候,身负耻辱,没有人敢看她一眼,这次完全不一样了。

到达坡道顶端,她感觉到自己被信心充满,她在做正确的事。没有恐惧,也没有数据编造的电子幻象。这才是人类应该有的感觉:禁锢的墙壁消失了,被兴奋之情取而代之,陌生的土地向四面八方延展,无数英里的开阔空间和翻滚不止的云层。她的身体因为探索未知的激情而战栗。她曾经两次来到过这里,但这一次依然是前所未有的。这次,她有着特别的目的。

"第一次取样。"她捏住手套说道。

从防护服上拿出小容器——这些容器上都有标号,就像那些清洁工具一样,不过现在的步骤完全变了。为了这一刻,他们经历了数周的计划和制作。就在她的朋友们忙着挖掘隧道的时候,筒仓顶部也忙得热火朝天。她打开容器盖子,将容器举起,数到十,再把盖子拧紧。容器盖子是透明的,里面有两只垫圈在来回滚动。容器内侧底部贴着两条热固胶带。朱丽叶又在盖子周围涂上密封蜡。编号样品都被放进她大腿上一只带盖布的袋子里。在气闸舱里取的对照样品也在那里。

卢卡斯的声音从无线电中传来:"我们已经完全燃烧了气闸舱。纳尔逊正在等待它冷却下来,然后就会进去。"

朱丽叶转头看了一眼天线塔,压抑住心中的冲动,才没有朝正在看着自助餐厅墙壁屏幕的几十个人招手致意。她又低头看向胸口,努力理清思路,回忆自己下一步应该做什么。

泥土样品。她缓缓走到远离斜坡的地方,进入一片可能几个世纪都不曾被踏上过脚印的土地,跪倒下去,感觉到膝窝处的弹性内衣被勒紧。她手中的浅容器已经舀起了一些土。这里的泥土很紧实,并不容易挖掘,她又将一些表层尘土用盖子铲起来,也倒进容器里。

"表层取样完毕。"她捏着手套说道,然后小心地拧上盖子,涂好密封蜡,将容器放进另一条大腿上的口袋里。

"干得不错。"卢卡斯说。他也许是想要鼓舞一下士气,但朱丽叶能听出他强烈的担忧。

"下一步,深层土取样。"

朱丽叶双手拿起工具。她在顶层制造了一支很大的T形钻头,就算是戴着笨重的防护服手套,她也能牢牢抓住钻头的横柄,将螺旋钻头拧进土层。她一圈又一圈地转动横柄,同时将自己的体重压在手臂上,迫使钻头穿过坚硬密实的地面。

汗水凝聚在她的眉毛间。一滴汗落在面罩上，变成一个抖动的小水洼——她的手臂因为用力过度而抽搐。带有腐蚀性的强风击打着她的防护服，将她向旁边推去。但是直到钻头上用胶带标记的位置与地面齐平，她才站起身，握紧横柄，用双腿的力量把钻头拔出来。

钻头上的容器被拆下来，许多深层土壤落回到钻出的洞里。她将盖子卡在容器上，锁好。她使用的每一样东西都是物资部最好的，而且进行过精心加工。她将工具也收回到口袋里，挂到背后，然后深吸了一口气。

"顺利？"卢卡斯问。

朱丽叶向天线塔挥挥手。"很顺利。还有两个样品。气闸舱还有多久能准备好？"

"我去看看。"

就在卢卡斯查看为朱丽叶返回进行的准备工作时，朱丽叶朝距离自己最近的山丘走去。她过去的脚印已经被一场小雨冲掉了。不过朱丽叶清楚地记得这条路。山丘上的那条沟壑仿佛是一道正在邀请她攀登的阶梯，在那里，还有两个人依偎在一起。

朱丽叶在山丘脚下停住脚步，又拿出一只里面放着热固胶带和垫圈的容器，轻松地拧开盖子，迎着风将容器举起来，让风吹进去。风里的东西自然会粘在胶带上。技术部在以前的清洁工作中制造了大量虚假报告，只为了用一些编造的数字让人们感到畏惧。那时的他们装作在改善这个世界，却是在兜售这个世界无比可怕的概念。

和这个日久年深的阴谋相比，只有一件事更加令朱丽叶感到惊讶，那就是技术部中维持这个阴谋的机制竟然崩溃得如此迅速，技术部那么快就摆脱了那段操纵人心的历史。34层的技师们让她想起了17号筒仓的那些孩子。他们都被吓坏了,大睁着眼睛,急切地寻找能够信任和依靠的成年人。这一次,她外出取样的行动在筒仓其他地方都只得到了猜疑和恐惧,但在技术部,尽管他们在过去许多个世代中只是在假装进行着这种工作,现在,当真正进行调查的机会到来,许多人都狂热地投身其中,要牢牢把握这次机会。

该死!

朱丽叶用力盖上容器。她走神了,忘记了数十个数。现在可能已经过去两倍的时间了。

"嗨,朱莉?"

朱丽叶捏住手指。"什么?"然后她松开麦克风,将盖子拧紧,确认盖子上的标号是"2",然后才将瓶口封死,和其他容器放在一起,还咒骂着自己的粗心。

"气闸舱焚烧已经完毕。纳尔逊进去了,正在为你做准备。但他们说,要再过一段时间才能充入氩气。你确定自己没问题?"

朱丽叶开始对自己进行检查。几次深呼吸、活动关节、抬头仰望乌云,确认视力和平衡能力都正常。

"是的,我没问题。"

"好吧,你回来以后,他们还会再焚烧一次。看样子,这可能真是有必要的。在你出去之前,我们在气闸舱里得到了一些奇怪的读数。虽然气闸舱刚刚经过焚烧,为了以防万一,纳尔逊此时正在气闸舱内部进行彻底清理。我们会尽快为你做好一切准备。"

朱丽叶不喜欢听到这种话。她进入17号筒仓的过程非常可怕,但并没有造成持续性的负面后果。她用腐臭的菜汤清洗过身体,就完好地活了下来。现在他们要确认的就是外面的情况没有那么糟糕,一直以来他们被灌输的思想是错误的。火焰其实只是一种威慑,是逼迫清洁者走出气闸舱的手段,而不是清洁空气的必要措施。她这次任务的真正难点在于她不能再接受一次烈焰焚烧,更不能为了治疗烧伤再去医院里躺上一段时间。但她也不能让整个筒仓冒险。

她突然想到这个危险,便捏住手指,问卢卡斯:"还有很多人在自助餐厅看我吗?"

"是的,这里的气氛很热烈。人们都无法相信会发生这样的事情。"

"你把他们都疏散走。"

朱丽叶放开拇指,卢卡斯没有回应。

"卢卡斯?听到我的话了吗?我想让你把所有人都疏散到至少第四层。所有不在上面四层工作的人都离开,听到了吗?"

继续等待。

"好的。"卢卡斯回应了。无线电的背景音显得很嘈杂。"我们正在这么做,同时还要尽量让所有人保持镇定。"

"告诉他们,这只是以防万一。因为气闸舱有异常读数。"

"就是这么做的。"

卢卡斯的呼吸听起来有些急促。朱丽叶希望自己没有平白再给他增加恐慌。

"我要去采最后一份样品了。"朱丽叶开始将精神集中在眼前的任务上。他们在为最坏的可能做准备。但一切都会好起来。朱丽叶很感谢他们在气闸舱里安装了粗糙的传感器。下一次出来的时候,她希望在天线塔上安装永久性的监测阵列。不过事情得一步一步来,她不能一下走得太远。这时她已经靠近了躺在山脚下的一位清洁者。

他们选择的尸体是杰克·布伦特的。他被送出来进行清洁已经是九年前的事情了。在他的妻子第二次流产以后,他发了疯。朱丽叶对于他的了解很少。而这正是她选择这个人作为最后一份样品的主要原因。

朱丽叶来到这具残破的尸骸前。旧防护服早已经变成和尘土一样的暗灰色。曾经的金属色镀层都像陈年油漆一样剥落了。靴子被腐蚀得很薄。面罩也碎了。杰克的双臂抱在胸前,双腿伸直,就好像在打盹儿,但再也不会醒来;或者更像是躺在这里,凝望他的面罩中清澈的蓝天。

朱丽叶拿出最后一只小盒子。盒子上标着"3"。她跪倒在死者旁边,心中突然掠过一阵寒意——如果不是斯科蒂和沃克尔,还有物资部的人们冒了那么大的风险,眼前这个人的命运也将是她的命运。她从样品盒中拿出小刀,割下一片正方形的防护服,又把刀插在清洁者的胸前,捏起那块样品,放进盒子里。然后她屏住呼吸,抓住小刀,小心不让刀刃划到自己的防护服,逐步切开清洁者腐烂的内衣,暴露出尸体的腹部。

最后的样品只能用刀刃撬出来。她看不出这里面有没有血肉,还是血肉已经和不知什么东西融合在了一起。谢天谢地,被撕开的破烂内衣里面一片乌糟糟的样子,看上去好像只有被风吹进干硬骨头之间的尘土。

她将样品放进盒子,把小刀留在清洁者的身上。她已经不再需要那件工具,也不想冒险隔着臃肿的手套再去握住它。她站起身,转向天线塔。

"你还好吗?"

卢卡斯这次的声音听起来有些不同,听起来闷闷的。朱丽叶吁了一口气,因为憋气太久感觉有些头晕。

"我很好。"

"我们差不多已经为你准备好了。我正在回去。"

朱丽叶点点头。不过卢卡斯现在应该看不到她。那些高大的墙壁屏幕也无法将画面扩展到这里。

"嗨,你知道我们忘记了什么?"

朱丽叶身子一僵,两眼盯住天线塔。

"什么?"她问道,"忘了什么?"汗水一滴滴沿着她的面颊滚落,刺激着她的皮肤。她能感觉到脖子后面的伤疤——那是上一件防护服内衣熔化以后留在她身上的。

"我们忘记让你带上一两块抹布。"卢卡斯说,"镜头上已经有积灰了。既然你已经出去了……"

朱丽叶瞪了一眼天线塔。

"我只是说说,"卢卡斯急忙说道,"也许你的确能,就是,把画面弄干净一点……"

第二十章

朱丽叶在坡道底部等待着。她还记得自己上一次站在这个地方的时候，手里还拿着一条用热固胶带做的毯子——是梭罗给她做的。当时她不知道门开之前防护服里的氧气会不会耗尽，不知道自己进去之后能不能活下来。她还记得自己以为气闸舱里是卢卡斯，结果却和伯纳德一起挣扎求生。

她努力将这些记忆甩开，向下瞥了一眼大腿上的口袋，确保口袋盖全都紧紧封住。即将进行的净化工作一个环节一个环节地在她的脑海中闪过。她相信一切都将有条不紊地进行。

"我们开始。"卢卡斯的声音在无线电中响起，听上去空洞又遥远。

与此同时，气闸舱上的齿轮开始"吱吱"作响，一股高压氩气从门缝中涌出来。朱丽叶置身于气流之中。移动的舱门给她带来一种强烈的慰藉。

"我进来了，我进来了。"她说道。

舱门在她身后重重关闭。朱丽叶瞥了一眼内舱门，看到玻璃舷窗对面的一个头盔。有人正在朝气闸舱里面看。朱丽叶移动到穿防护服的凳子前，打开纳尔逊在她出去时安装好的气密箱。她的速度必须快。氩气灌注和火焰焚烧都是自动的。

她从大腿上扯下密封口袋，将它们放进气密箱里，把带着泥土样本的钻头容器也放进去，然后合盖子、上锁，一切都和演练时一样。她已经很适应穿防护服移动了。晚上躺在床上的时候，她都在思考自己要做的每一步，直到它们变成了习惯。

走过狭小的气闸舱，她抓住自己焊接起来的大金属水槽的边缘。因为刚刚被火焰焚烧过，这个水槽摸上去还是温的。不过纳尔逊在水槽里注满的水吸收了很大一部分热量。她毫无意义地深吸了一口气，让头没入到水槽中。

清水涌向她的头盔，朱丽叶才第一次真正感觉到恐惧。她的呼吸加快了。在筒仓外面也很危险，但是和再一次被水淹没根本无法相比。积水灌进朱丽叶的嘴里，她能感觉到自己吸入了几口空气，尝到了钢制台阶的铁锈味。一时间，她甚至忘记了自己应该做什么。

她瞥到水槽底部的一只把手，便伸手抓住它，把自己拽了下去，又找到焊接在水槽另一端的横档，把两只脚逐一伸到横档下面，让自己紧贴槽底，确认背部也完全被水覆盖。为了和防护服的浮力对抗，她的手臂开始感到酸痛。尽管头盔已经全部进入水中，她还是能听到水从槽边溢出去，洒落在气闸舱的地上。随后，她听到了喷薄而出的烈火的咆哮声和舔舐水槽的声音。

"三、四、五……"卢卡斯在计数。痛苦的回忆闪现在她眼前，昏暗的绿色应急灯光，胸中的恐慌……

"六、七、八……"

她几乎能从自己最后喘的一口气里尝到机油和汽油的味道——那是她活着从积水中冲出来时感受到的第一股味道。

"九、十。燃烧完毕。"卢卡斯说道。

松开把手，将双脚从横档下面收回来，朱丽叶浮出沸腾的水面。

DUST / 131

水的热量穿透了防护服。她努力让自己的膝盖和双脚位于身子下方。到处都是水花和蒸汽。她很害怕下一步的时间越长,就会有越多空气附着在她身上,污染第二个气闸舱。

她快步向舱门走去。靴子不断在地面上危险地打滑,锁住的舵轮已经在转动了。

快点,快点,她在心中想着。

舱门开了一道缝。她努力想要冲过去,却脚下一滑,重重地摔在门框上。几只戴手套的手抓住她,帮助她继续向前爬行。两名穿防护服的技师将她拽过舱门。舱门随后关闭了。

纳尔逊和索菲娅——他们都曾经是防护服技师,现在他们都将准备好的刷子蘸进一大桶蓝色的中和剂里,给朱丽叶全身都刷了一遍,然后又给对方也刷洗了一遍。

朱丽叶转身背对着他们,确保自己后背也被全部刷洗过。然后她来到那只大桶前,拿起第三把刷子,转身开始刷洗索菲娅的防护服,这时她才看清楚,防护服里面不是索菲娅。

她捏住自己的手套。"卢克,这是怎么回事?"

卢卡斯耸耸肩,脸上流露出一点愧疚。朱丽叶觉得他是没办法让别人来冒这个风险,或者也许他只是想守在气闸舱门口,以防万一。朱丽叶无法责备卢卡斯,换作是她,大概也会这么做。

他们刷洗了第二个气闸舱。彼得·比林斯和另外几个人在警长办公室里一直朝这边张望。清洁液的气泡在空气中飘舞,抖动着朝新气闸舱的通风口飞去——这里的空气都会被抽到前一个气闸舱里。纳尔逊在处理天花板。为了方便清洁,他们将这里的天花板弄得很低,这样也能减少空气体积。朱丽叶仔细端详纳尔逊的脸,想要确认他待在这里有没有什么困难。纳尔逊现在面红耳赤,脸上全是汗水。朱丽叶认为这都是他卖力干活的原因。

"你们周围已经是绝对的真空了。"彼得使用他办公室里的无线电说道。朱丽叶示意其他人看自己，然后将手捂在脖子上，又攥紧拳头。另外两个人点点头，继续擦洗工作。新的空气从自助餐厅被注入进来。他们又将彼此重新擦洗了一遍。朱丽叶终于能够相信，她回来了，回到了里面。他们成功了。没有焚烧、不用去医院、不存在污染。现在，他们完全有可能获得一些全新的信息。

彼得的声音再次充满她的头盔："我们不想在你还没换衣服的时候就跟你说这事，不过下面的人已经在大约半个小时前挖穿了对面的墙壁。"

朱丽叶感到既喜悦又愧疚。她应该在下面。这个时间真是太不巧了。不过她早就预料到，自己来不及从顶层赶下去。于是她只好告诉自己，应该为梭罗和那些孩子感到高兴。他们漫长的磨难终于结束了。

第二个气闸舱开始被打开——这道密封玻璃门还是她依照淋浴间的设计制造的。在她身后，旧气闸舱里闪耀起明亮的光芒。小舷窗被映得通红。又一轮火焰在那个小舱室里熊熊燃烧，将附着在墙壁上的污染舔舐干净，烧焦了空气，烧干了朱丽叶洒在地板上的水，那个大水槽仿佛被丢进了一台蒸汽翻涌的巨大锅炉中。

朱丽叶挥手示意大家离开新的气闸舱。她则警惕地看着旧气闸舱，回忆起自己在这里的经历。卢卡斯走过来，拽着她穿过玻璃门，进入了过去的牢房。他们在这里脱去防护服，只剩内衣，再经过了一轮冲洗。在脱下被水浸透的内衣时，朱丽叶想到的只有那只留在旧气闸舱凳子上的防火箱。她希望那里的东西值得她这样冒险。许多残酷问题的答案正安全地存放在那里面。

DUST / 133

17号筒仓

SILO 17

第二十一章

巨大的挖掘机现在变得异常安静。尘埃从被它啃穿的天花板上不断掉落下来,硕大的钢齿和旋转的圆盘无数次摩擦过坚硬的岩石之后闪耀着明亮的冷光。圆盘之间的挖掘机表面黏附着一块块泥土、砂砾、扯断的钢筋和石块。这台机器现在冲进了17号筒仓的心脏,它的边缘露出一道黑色裂缝,连接着两个截然不同的世界。

吉米看着这些来自于另一个世界的陌生人走进他的世界。他们身材健壮,留着黑色的胡须,脸上露出开心的微笑,双手被机油染黑,一进来就在打量天花板上生锈的管道、地上的水洼、这一整座平静安宁的筒仓——不久之前,这里还充满了震耳欲聋的轰鸣声,现在却只剩下一片死寂。

他们和吉米握手,叫他"梭罗",捏捏被吓坏的孩子们。他们告诉他,朱莉向他问好。然后他们调整了头盔上的灯光,向前方射出一道道金色的圆锥形光柱,踩着水向吉米家园深处走去。

伊莉斯抱住吉米的一条腿。这时又有一队矿工和机械师从他们身边走过,他们的队伍里还有两条蹦蹦跳跳的狗。那两条狗停下来,闻了闻水坑,又闻了闻打哆嗦的伊莉斯,才追上了它们的主人。朱丽叶的朋友柯特妮向一群人发布了一些指示,然后又转向吉米和孩子们。吉米看着她的一举一动。她的头发颜色要比朱丽叶浅,五官的界线更清晰,没有朱丽叶那么高,不过同样英气勃勃。吉米不禁有些好奇——那个世界的人会不会都是这样:男人留着胡子,满手油泥;女人气势非凡,无所不能。

里克森把双胞胎叫到一起;汉娜抱着她哇哇大哭的孩子,努力哄孩子睡觉。柯特妮递给吉米一支手电。

"我没有足够的手电筒给你们每人一支,所以你们一定要聚在一起,不能走散了。"她把手举高,比画了一下,"这条隧道很高,你们在路上只需要小心别撞上支撑柱。地面不是很平,所以走得慢一些,尽量从中间走。"

"为什么我们不能留在这里,等医生来看我们?"里克森问。

汉娜用腰把婴儿往上顶了顶,瞪了里克森一眼。

"我们要带你们去的地方比这里安全得多。"柯特妮一边说,一边朝周围满是水渍锈痕的墙壁瞥了一眼。她的眼神让吉米很想为自己的家园做一些辩护。他们在这里住得其实还好。

里克森觑了吉米一眼,仿佛他还有自己的顾虑,另一个世界在他的眼里似乎并非那样安全。吉米知道他在害怕什么——吉米听双胞胎说过,而双胞胎是偷听了那两个大孩子的悄悄话。到了那边,汉娜就必须在腰上植入避孕器,就像他们的妈妈一样。里克森会被要求穿上某种颜色的衣服,去工作,再也不能保卫他的家庭。这对小夫妻就像吉米一样对这些陌生的成年人充满了戒心。

尽管心怀戒惧,他们还是戴上了这些陌生人给他们的硬壳帽,一个紧跟一个地钻进了那道黑色的裂口。越过挖掘机的钢齿,前方是一条黑暗的隧道,就像所有灯都黑了,只剩下野东西的农田。不过这里很凉爽,他们的说话声会在这里引来回音,这一点和堆积着野东西的黑暗农场不太一样。吉米努力跟随着柯特妮,孩子们努力跟着他。他们似乎被大地吞没了。

他们走进一道金属门,穿过长长的挖掘机器。机器里面相当温暖。又穿过一条狭窄的走廊,一路上不断有人和他们擦肩而过。终于,他们走出另一道门,回到了清冷黑暗的隧道里。许多男男女女在这里高声呼喊,他们的头盔上射出的光亮不停地在黑暗中舞动。他们应该正在卖力地清理一直要堆到隧道顶的渣土。在持续不断的石块磕碰声中,这些渣土堆积到隧道两侧,只留下中间一条小路。仿佛那些大土堆随时有可能坍塌下来,把这条路重新埋住。工人们来来往往,身上都是土味和汗味。有一块大石头比吉米还要高。他们必须从这块石头旁边绕过去。

这样朝一个方向一直向前走,感觉非常奇怪。他们走了又走,既没有撞上墙,道路也没有转回去。这实在太不正常了。这种没有尽头的虚空要比偶尔能看到一点灯光的黑暗更可怕,比不时从隧道顶上落下的灰尘和从渣土堆上滚下的石块更吓人。他们有时会在黑暗中撞上相向而行的人,让人头晕的黑影中常常会有一根钢梁突然被手电光照亮。所有这些都无法让他们摆脱对这种虚空的恐惧。没有任何东西会拦住他们,这一点让他们感觉无比怪异。只有一个方向,不断行走、行走、行走,永远找不到终点。

吉米只习惯于沿着螺旋楼梯向上或者向下。那才是正常的。现在这个地方很不正常。但他还是在被凿碎的崎岖岩石上跌跌撞撞地迈着步子。遇到一个个彼此呼唤的男男女女,看见黑暗偶尔会被手电光划开,踩在涌回到小路中央的渣土上。一些人从后面超过他们,那些人扛着从他的筒仓拆下来的机器部件和钢材。吉米想要对他们说些什么。伊莉斯抽着鼻子,说她害怕。吉米把她抱起来,让她搂住自己的脖子。

隧道不断向前延伸。终于，他们看见远方出现了一片光——大概是个正方形。他们又迈出无数步，才让那一片光稍稍变大了一点。吉米想到朱丽叶要在外面走这么远。无论怎么想，她都不可能在那样的劫难中活下来。吉米不得不提醒自己，在那以后，他又数十次听到过朱丽叶的声音。朱丽叶真的做到了，真的找到了援军，并且实现了承诺，回来找到了他。他们的两个世界变成了一个世界。

他躲开隧道中央的又一根钢柱。用手电向上照了照，看见这些钢柱支撑的钢梁。松散的石块还在不断崩塌下来，让吉米有了另一件需要警惕的事情。他发现自己对于跟着柯特妮这件事不再那么抗拒了。他加快脚步，一心想要走进前方那片充满希望的光明，忘记留在身后的一切，不再去考虑自己到底要去一个什么地方。现在他只想从这片危如累卵的大地下面走出去。

他们身后的远处突然传来一声巨响，紧接着是岩石滚动的"隆隆"声，还有许多工人的喊叫——工人在提醒他们赶快躲开。汉娜从他身边跑过去。他放下伊莉斯，让伊莉斯和双胞胎一起向前奔跑。孩子们的身影在柯特妮的手电光中时隐时现。他们身边依旧是人流不断，每个人帽子上的灯光都指向吉米的家园。吉米下意识地拍拍胸口，寻找自己的旧钥匙——但那把钥匙还放在服务器房。现在没有任何办法保护他的筒仓。他感觉到孩子们也在像他一样害怕——但这反而让他坚强起来。他有责任变得坚强。

谢天谢地，隧道终于到了尽头。双胞胎最先爬了出去。他们把那些身材粗壮的男男女女吓了一跳。那些人都穿着深蓝色的连体服，膝盖上沾满油泥，皮围裙上插着各种工具，脸上被白垩粉和烟灰弄得白一块黑一块。看见两个小孩子突然冒出来，他们全都睁大了眼睛。吉米停在隧道口,让里克森和汉娜先过去。当怀抱婴儿的汉娜出现在众人面前时,这里忙乱的工作一下子都停止了。一名女性走上前,抬起手,仿佛是想要摸摸这个孩子。柯特妮挥手示意她退后,又命令众人回去干活。吉米扫视人群,想要找到朱丽叶。虽然他已经知道朱丽叶在顶层,却还是有些不死心。伊莉斯想要继续留在他的怀里,小姑娘已经将双手举到了半空中。吉米调整了一下背包,忽略掉自己的腰痛,把伊莉斯抱起来。伊莉斯脖子上的包压在他的肋骨上,那本书显得格外沉重。

　　吉米和孩子们聚在一起,从依然站在原地的工人们中间穿过去。那些工人全都揪着胡子、挠着头,看着他,仿佛他刚从某个奇幻之地来到这里。吉米在心里觉得他们的想法很有问题。现在两个世界已经合为一体了,不过这两个世界的确还是有很大的不同。这里有着充沛的能量,稳定的光源随处可见,而且还有这么多成年男女。这里的气味也不一样。机器在隆隆运转,而不是安静地趴着。吉米数十年成长的岁月仿佛一下子剥落得干干净净。他急忙追上其他人,成为又一个被吓坏的少年,刚从寂静的阴影中走出来,就一头撞进一个明亮、拥挤和嘈杂的世界。

18号筒仓

SILO 18

第二十二章

孩子们暂时被安置在一间排列着几张双层床的宿舍里。吉米在同一条走廊里得到了一个私人房间。伊莉斯很不高兴这种安排，一直用两只手抓住吉米的一只手。柯特妮告诉他们，她已经派人去给他们拿食物过来。他们可以先洗个澡。一摞干净的连体服已经被放在他们的铺位上，旁边还有一块肥皂，几本破旧的儿童书。柯特妮还介绍他们认识了一名高个子男人。这个人身上的浅红色连体服是吉米记忆中最干净的一身衣服。

"我是尼科尔斯医生。"那个人和吉米握了握手，"相信你一定认识我的女儿。"

吉米一时有些困惑，然后他一下子想起来，朱丽叶就姓尼科尔斯。当这名将胡须刮得干干净净的高个男子给他查看眼底和口腔的时候，他竭力装出一副勇敢的样子。随后，一块冰冷的金属贴在吉米的胸膛上。这个人用连在金属块上的管子仔仔细细听了一番。这种感觉很熟悉。吉米觉得自己在很久以前似乎也有过这样的经历。

依照尼科尔斯的吩咐，吉米深吸了几口气。孩子们都小心地看着这一切。吉米意识到，自己现在是他们的榜样，要让他们明白这是正常行为，应该勇敢面对。他差一点笑出声，但他还得按照医生的盼咐,继续深呼吸。

伊莉斯自告奋勇第二个接受检查。尼科尔斯医生跪倒下去,查看了她缺掉的牙齿,问小女孩有没有看见牙仙。伊莉斯摇摇头,说她从没有听说过这种事。医生给了她一枚一角的小硬币。双胞胎立刻冲上来,也要做检查。

"牙仙是真的吗?"迈尔斯问,"我们在农场里经常听到各种声音。"

马库斯挤到他的兄弟前面。"我真的见过一次牙仙。我小时候掉过二十颗牙。"

"真的?"尼科尔斯医生问,"能冲我笑笑吗?很好。现在,张开嘴。你说你掉过二十颗牙。"

"唔,嗯,"马库斯一边应声,一边抹了抹嘴,"它们都长回来了,只有被迈尔斯敲掉的一颗没回来。"

"那是一场意外。"迈尔斯抱怨道。他也按照医生的要求掀起衬衫,用力呼吸。吉米看到里克森和汉娜贴在一起,抱着他们的婴儿,看着这一切。他还注意到,尼科尔斯医生在给两个男孩做检查的时候,会禁不住瞥一眼汉娜怀里的婴儿。

双胞胎在检查结束以后分别得到了一枚小硬币。"十分的硬币会带给双胞胎好运气。"尼科尔斯医生说,"父母会将两枚这样的硬币放在枕头下面,祝福自己生下你们这样健康的男孩。"

双胞胎欢天喜地地拿起硬币,仔细查看上面是不是有褪色的人脸和印上去的字——有这些才说明它们是真的硬币。"里克森也曾经是双胞胎。"迈尔斯说。

"哦?"尼科尔斯医生将注意力转向那两个肩并肩坐在下铺的大孩子身上。

"我不想被植入那个东西。"汉娜冷冷地说,"我妈妈就被植入了,后来又被他们切掉了。我不想被那样切割。"

里克森伸出一只手抱紧汉娜,向高个子医生眯起眼睛。吉米感到有些紧张。

"你不必接受植入。"尼科尔斯医生低声说。但吉米看到他的眼神飘向了柯特妮,"你们介不介意我听一下你们孩子的心跳?我只想确认孩子的健康……"

"他怎么会不健康呢?"里克森挺起肩膀。

尼科尔斯医生将这个男孩审视了片刻。"你见到过我的女儿朱丽叶,对吧?"

里克森点点头。"我和她接触的时间不长。她很快就离开了。"

"嗯,她让我下来,就是因为她担心你们的健康。我是一名医生,儿科医生,是这里最年轻的儿科医生。你们的孩子看上去很健康,也很强壮。我只是想再确认一下。"尼科尔斯医生将他的听诊软管末端的扁圆金属块按在手心里,"好了,它已经被焐热了。你们的孩子甚至不会知道我在给他听心跳。"

吉米揉搓了一下胸前被那块金属贴到过的地方,心中寻思为什么医生给他听诊之前不把那块金属焐热一下。

"能拿到一枚硬币么?"里克森问。

尼科尔斯医生笑了。"一张点券怎么样?"

"点券是什么?"里克森问。不过汉娜已经在铺位上调整了坐姿,让医生能够检查她的孩子。

医生做检查的时候,柯特妮伸手按在吉米的肩膀上。吉米转头去看她。

"朱丽叶叮嘱我,你们一过来,就尽快呼叫她。我等一会儿再过来看你们……"

"等等。"吉米说,"我也想去,我想要和她说话。"

"我也是。"伊莉斯靠在吉米的腿上。

柯特妮皱了皱眉。"好吧,但要快一点。你们还要吃东西和洗澡。"

"洗澡?"伊莉斯问。

"是的,先洗澡换衣服,然后上去看你们的新家。"

"新家?"吉米问。

柯特妮已经转身出去了。

·······|||····|||····|||·······

吉米急忙跑出门,在走廊里追上柯特妮。伊莉斯快步跟随在他身边,手里还抓着她的书包,那里面放着她沉重的书本。

"她说新家是什么意思?"伊莉斯问,"我们什么时候会回我们真正的家?"

吉米挠了挠胡子,不知道该不该欺骗伊莉斯。我们也许永远都不会回去了,他想要这样说,无论我们最终住在哪里,我们都不会再有家的感觉了。

"我觉得这里会是我们的新家。"他努力不让自己的声音中流露出哭腔来,一边用自己满是皱纹的手按住女孩瘦小的肩膀。他能感觉到这个女孩有多么脆弱,可能几句话就会将这个身体击倒。"至少这里暂时会成为我们的家,直到他们将我们的旧家变得更好。"他朝前面的柯特妮瞥了一眼。柯特妮没有回头。

伊莉斯在走廊中停下来,回头看了看。当她再回过头的时候,机械部昏暗的灯光照亮了她眼睛里的泪水。吉米正要叮嘱她别哭,柯特妮跪下来,叫伊莉斯过去。伊莉斯没有听话。

"你想要和我们一起去呼叫朱丽叶,和她在无线电里说话吗?"柯特妮问。

伊莉斯嚼着手指,点点头。一滴泪水从她的腮边滚落下来。她抓住装书的袋子,吉米回想起自己的另一段人生中,孩子们也曾经这样抓着自己的布娃娃。

"我们说完话以后,你就洗澡换衣服,我会给你从食品室拿些甜玉米来。你喜欢吗?"

伊莉斯耸耸肩。吉米想要说,这些孩子都没有吃过甜玉米。他自己也从没有听说过这种食物。不过现在他很想尝一尝。

"我们一起去呼叫朱丽叶吧。"柯特妮说。

伊莉斯抽抽鼻子,又点点头,抓住吉米的手,抬起头来问他:"什么是甜玉米?"

"是个惊喜。"吉米回答——这肯定是一句实话。

柯特妮领着他们绕过一个拐角——吉米用了一点时间才意识到,他刚刚离开的那个黑暗潮湿的底层迷宫有着和这里同样的道路布局、转角拐弯。过去两个星期,他一直在那个迷宫中探索。只是这里有新刷的油漆、嗡嗡作响的电灯、整齐的管线和新鲜的机油气味。但他仿佛还是能听见鞋底踩在水洼里的"唧唧"声、吸干积水的水泵发出的尖叫声。不过,在这些幻觉中,他真的听到脚边传来了声音,还是一声响亮的吼叫。

伊莉斯尖叫了一声。一开始,吉米觉得是自己踩到了她。但被他踩在脚下的是一只褐色的大老鼠。他踩中的是一根可怕的老鼠尾巴。老鼠嚎叫着,在他脚边来回转圈。

吉米的心脏都停住了。伊莉斯发出一声又一声的尖叫。不过吉米很快就意识到——他听见的是自己的尖叫声。伊莉斯抱住了他的腿，让他很难转身逃走。与此同时，柯特妮笑着弯下腰。当柯特妮从地上抱起那只大老鼠时，吉米差一点晕过去。直到那只老鼠开始舔柯特妮的下巴，吉米才意识到那根本不是老鼠，而是一只狗，一只小狗崽。他在自己的筒仓中层见到过成年狗——那时他还是一个男孩。不过他从没有见过狗崽。伊莉斯也看出这只动物不会伤害她，便松开了吉米。

"这是一只猫！"伊莉斯喊道。

"不是猫。"吉米知道猫长什么样子。

柯特妮还在冲他笑。这时一个年轻人从走廊转角冲过来，喘着气，显然是被吉米的尖叫声吸引过来的。

"你在这儿。"他从柯特妮手中接过那只动物。那只小崽趴在年轻人的肩膀上，想要咬他的耳垂。"坏家伙。"那名机械师一巴掌拍开狗崽的脸，又抓住它的后颈，让它的四条腿在空中乱刨。

"这里还有？"柯特妮问。

"应该是一窝的。"年轻人回答。

"康奈几个星期以前就应该把它们都收拾走了。"

年轻人耸耸肩。"康奈一直在挖那条该死的隧道。不过我会让他把这件事处理好。"他朝柯特妮点了一下头，拎着那只小动物，沿着过来的路走了回去。

"把你们吓了一跳。"柯特妮微笑着对吉米说。

"我还以为是只老鼠。"吉米想起自己在下层农场遇到的老鼠群。

"只要物资部的人到过这里，就会有许多狗冒出来。"柯特妮一边说，一边领着他们朝那个年轻人离开的方向走去。伊莉斯现在跑到了前面。"那些狗总是在拼命生小狗出来。我在泵房里就找到了一窝小狗,就在热交换器下面。几个星期以前,工具库里又发现了一窝。我们很快就要在我们的床上找到它们了。该死,它们只知道吃和拉,还拉得到处都是。"

吉米想到自己在服务器房度过的青春岁月。那时他从罐头里掏生豆子吃,在格栅地板上解大便。不能因为一个生物……活着就讨厌它,对不对?

一转眼,他们已经来到这条走廊的尽头。伊莉斯正在向左边张望,仿佛在找什么东西。

"这里是沃克尔的工作间。"柯特妮说。

伊莉斯回头看了一眼。不知什么地方又传来狗叫声。她转过头继续向前走去。

"伊莉斯。"吉米喊道。

伊莉斯朝一道敞开的门中瞅了瞅,然后消失在里面。柯特妮和吉米急忙跟了过去。

他们一转过拐角,就发现小女孩正站在一只零件箱旁边。刚刚跑过来的年轻人正把什么东西放进去。伊莉斯抓住箱子的边缘,探头看着箱子里面。那只塑料箱里不断传出轻柔的狗叫声和抓挠的声音。

"小心,孩子。"柯特妮急忙追上去,"它们会咬人。"

伊莉斯转向吉米。她的怀里趴着一只小狗崽,粉红色的舌头在嘴边冒出来又缩回去。

"把它放回去。"吉米说。

柯特妮伸手要把狗崽抱走。那个年轻人已经抓住了狗崽的脖子,将狗崽放回到箱子里,让它和它的兄弟姐妹们待在一起,然后

"砰"的一声踢上箱盖。

"抱歉,头儿。"他用脚把箱子踹到一旁。伊莉斯发出一阵哀怨的喊声。

"你在喂它们?"柯特妮指着堆在一只旧盘子里的剩饭问。

"是康奈喂的。我发誓,它们是他收养的那条狗生的。你知道他有多喜欢这些家伙。我已经把你的话告诉他了。但他还是一直在拖延。"

"我们以后再讨论这件事。"柯特妮的目光扫过小伊莉斯。吉米能看出来,她不想在这个孩子面前讨论这件事。"来吧。"她领着吉米朝屋门外走去。吉米急忙拽上还在抱怨的孩子,跟了上去。

第二十三章

　　一种熟悉又难闻的味道在目的地等着他们——是那种嗡嗡作响的服务器吹出的热风气味和很久没洗澡的男人的臭味。吉米仿佛又闻到了过去的那个家和过去的自己，他的耳朵里也全都是那个时候的声音。另外，他还能听到一种嗞嗞的静电噪声。这声音他同样很熟悉，和幽灵在他的无线电里的呓语一模一样。他跟随柯特妮走进一个摆满了工作台的房间。那些工作台上放着数不清的电气元件，还有装配到一半或者已经被丢弃的各种装置。它们具体都是些什么，吉米就认不出了。

　　门边的一张台子上放着一些电脑零件。吉米看到这些被摆放得乱七八糟的零件，想到父亲如果看到这一幕，会怎样教训这个房间的主人。一个穿着皮围裙的人从房间深处的一个工作台前转过身。他的胡须花白，眼神有些散乱，手里拿着一支冒烟的金属棒。在他胸前和周身的上百个口袋里插着各种各样的工具。吉米一辈子都没有见过这样的人。

　　"柯特妮。"那个人从嘴里抽出一根光亮的银丝，放下手中冒烟的金属棒，挥手驱散面前的烟雾，"要吃晚饭了吗？"

　　"午餐时间还没到呢。"柯特妮告诉他，"我想要你见见朱丽叶的两位朋友。他们来自于另一座筒仓。"

"另一座筒仓。"沃克尔拨开遮在一只眼睛上的透镜,眯起双眼看着来访者,慢慢从凳子上站起身,"我和你说过话。"他把一只手在自己的连体服屁股部位上擦了擦,伸向吉米,"梭罗,对吧?"

吉米向前迈出一步,握住沃克尔的手。两个人都咬着胡子,相互审视了片刻。"我更愿意你叫我吉米。"吉米最终说道。

沃克尔点点头。"是的,是的,没错。"

"我是伊莉斯。"小女孩挥挥手,"汉娜叫我莉莉,不过我不喜欢被叫作莉莉。我喜欢伊莉斯。"

"这是个好名字。"沃克尔表示赞同。他拽着自己的胡子,站稳脚跟,仔细端详这个小女孩。

"他们想和朱莉通话。"柯特妮说,"我也应该呼叫她,让她知道他们已经过来了。她……一切还顺利吗?"

沃克尔仿佛被她这句话从恍惚中唤醒过来。"什么?哦,我,是的。"他拍了拍手,"看样子,一切都已经过去了。她回来了。"

"她出去做什么?"吉米问。他知道朱丽叶一直在忙着某件事,但不知道具体是什么事。朱丽叶不想在无线电里讨论这些事,因为她不知道会有谁在偷听。

"看样子,是要去看看外面有什么。"沃克尔说完又嘟囔了几句,皱起鼻子看着工作间敞开的门。他明显不太相信只凭这样一个理由就能到外面去。经过了一阵尴尬的沉默,他的目光回到工作台上,开始用两只苍老的手灵巧地操作起一部看上去很不同寻常的无线电——这台机器上布满了旋钮和刻度盘。"我们看看能不能找到她。"

他向朱丽叶发出呼叫,有人做出了回应,告诉他们等一下。沃克尔将无线电递给吉米。吉米接过来。虽然这台无线电外形很陌生,但工作原理应该还是他熟悉的那一套。

一个声音在空气中响起:"喂?你好……?"

是朱丽叶的声音。吉米捏住按钮。

"朱莉?"他朝天花板瞥了一眼,有生以来第一次意识到,朱丽叶就在上面。他们两个正在同一个屋顶下。"你在吗?"

"梭罗!"吉米没有纠正她,"你和沃克尔在一起?柯特妮在吗?"

"是的。"

"太棒了。真是太棒了。很抱歉我不在。我会尽快下来。他们正在农场附近为孩子们弄一个更像家的地方。我还要先完成……一个小项目。只要几天就好。"

"没关系。"吉米回应道。他向柯特妮露出一个紧张的微笑,突然感觉自己又变得非常年轻。实际上,这几天感觉像是一段很长的时间。他想要见朱莉,想要回家,或者两件事他都想,他忽然改变了主意。"我想要尽快见到你。不要耽搁太久。"

随后是一阵静电噪声。无线电波中仿佛也流露出朱丽叶的思考。"不会的,我保证。你见到我爸爸了吗?他是一位医生。我让他下去给你和孩子们检查身体。"

"我们见到他了。他就在下面。"吉米低头瞥了伊莉斯一眼。小女孩正在向门口揪拽他,也许是想要吃甜玉米了。

"很好。你说柯特妮也在,你能让她接电话吗?"

吉米将无线电递过去,看见自己的手在抖。柯特妮接过无线电,听朱丽叶说了些关于大楼梯的事情。柯特妮也把挖掘的情况报告给朱丽叶。她们提起要将无线电送上去交给朱丽叶,又争论了一番为什么不让朱丽叶的父亲去顶楼监护她和一个名叫纳尔逊的人。她们说的很多事吉米都不明白。他努力倾听她们的对话,心思却飘

DUST / 151

到了别的地方。忽然间,他发现伊莉斯不见了。

"那孩子去哪里了?"他一边问,一边俯身朝工作台下面看了看——那里只有堆积的零件和残缺不全的机器。他站起身,又转到一个很高的柜子后面。现在玩捉迷藏真不是时候。在他查看房间角落的时候,一阵冰冷的恐慌突然涌上他的喉咙。伊莉斯在他的筒仓里就很容易走丢。她很容易分心,一点光亮或者一丝水果气味就能把她吸引走。在这里……这里到处都是陌生人和吉米不认识的地方。吉米笨手笨脚地穿过房间,朝工作台和杂乱的货架后面逐一看过去。现在每过一秒钟,心跳声都在他的耳朵里变得更加响亮。

"她刚刚……"沃克尔说道。

"我就在这里。"伊莉斯高喊着,在门外向他们挥手,"我们能回去找里克森了吗?我饿了。"

"我答应过你,会给你拿甜玉米来。"柯特妮微笑着说。她和朱丽叶的对话刚刚结束,吉米刚才惊慌失措的那一两分钟她没有看到。她走向门口,同时将一部怪异的无线电递给吉米。"朱莉想要你把这个带给她。"

吉米小心翼翼地接过那部无线电。

"她说,她可能还要在上面待一两天,不过她会在下层农场和你们见面,就在你们的新家里。"

"我真的好饿。"伊莉斯不耐烦地喊道。吉米笑着告诫她要懂礼貌,不过吉米自己的肚子也咕咕直叫。他来到伊莉斯身边,看见女孩将她那本厚重的记忆书从书包里拿出来,紧紧抱在胸前。许多彩色页面以奇怪的角度从书中冒出来——她还没有将这些书页缝好。

"跟我来。"柯特妮带领他们往回走,"你们一定会爱上琴妈妈的甜玉米。"

吉米非常相信这句话。他快步跟在柯特妮身后,渴望着好好吃上一顿,然后见到朱莉。在他身后,小伊莉斯迈着自己的步伐,两只手抱着那本大书,低声哼着歌,因为她不会吹口哨。书包在她身后来回晃荡、扭动,也发出了自己的声音。

第二十四章

朱丽叶走进气闸舱,回收样品。她还能感觉到火焰留下的热量——或者这只是她的想象,可能是她防护服内的温度在升高,也可能是因为看到凳子上那只密封箱的盖子被火烧变了色,才让她有了这种感觉。

她用戴手套的手摸了摸这只箱子。手套没有变软,也没有粘在金属箱上,她的手甚至感觉有些发凉。经过一个小时的擦洗,更换了新的防护服,清洁了两个气闸舱,现在她终于能够来拿这一箱子线索了。这只箱子里有外面的空气、土壤和其他样品。它们也许是这个世界所有问题的线索。

她拿起箱子,穿过第二个气闸舱,回到众人中间。一只内侧镀铅的大箱子已经放好。这只箱子的全部接缝都经过了妥善的密封处理,里面还有密封垫。焊接样品箱被放了进去。盖好箱盖之后,纳尔逊又在盖口处做了一圈密封。卢卡斯帮助朱丽叶摘下头盔。这时朱丽叶才意识到自己一直在喘粗气——这套衣服实在是给她留下了太多难以承受的回忆。

她扭动着从防护服中钻出来的时候,彼得·比林斯封闭了全部气闸舱。自助餐厅旁边的警长办公室上个星期完全变成了建筑工地。朱丽叶看得出来,彼得现在很高兴这一切都结束了。朱丽叶承诺过，会尽快拆除内部气闸舱，但在那之前，她很可能还要跑很多地方。首先，她想要确认从外面带回来的空气里到底都有些什么。这就需要先将样品送到34层的防护服实验室去——这会是很长一段路。

纳尔逊和索菲娅走在前面开路。朱丽叶和卢卡斯跟在后面，两个人一前一后提着大箱子，就像骑在双人自行车上的搬运工。他们就这样沿着大楼梯向下移动。又是一次违反《法案》的行动，朱丽叶心中想。穿银色连体服的人在搬运物品。她处在一个维护所有法律的位置上，但她到底要打破多少条法律？她要有多么聪明，才能为自己的行为辩护？

她的心思从自己的各种虚伪飘到下面的挖掘工作上。柯特妮到达了另一座筒仓，梭罗和孩子们安全了。无法去下面接他们，她感到很遗憾，不过至少她的父亲去了。一开始，她的父亲不愿意在她外出探险中扮演任何角色，后来又不愿意离开她去看护那些孩子。朱丽叶不得不让父亲相信，他们已经采取了足够的预防措施，没有必要为她做身体检查。

大箱子晃动了一下，撞在楼梯扶手上，发出刺耳的哐当声。朱丽叶连忙将注意力放回到眼前的任务上。

"后面还好吧？"卢卡斯喊道。

"搬运工是怎么做到的？"朱丽叶换了一下手。这只内衬铅层的箱子很重，而且总是会磕到朱丽叶的腿。卢卡斯在下面还能走在楼梯中央，一只手伸开在体侧，保持着平衡——看上去要比她舒服得多。她在高处就没办法这样做。到了下一个楼梯平台，她让卢卡斯等一下，自己将穿在连体服上的腰带解下来，在提手上绑成一个环，挂到肩头——这是她从搬运工那里学到的办法，让她能够走在箱子

DUST / 155

侧面,让箱子的重量压在自己的屁股上。搬运工在送黑色裹尸袋去农场埋葬的时候都会这么做。又走过一层,朱丽叶觉得这样下楼几乎可以算是相当舒服了。她甚至开始觉得搬运也是一份很有吸引力的工作。她能够在上下楼的时候思考。身体运动的时候,心情就能变得平静。但一想到那些黑色裹尸袋,还有她和卢卡斯眼下正在搬运的东西,她的思绪就陷进了一片阴影之中。

"感觉怎么样?"在沉默中连续转了两个弯之后,她问卢卡斯。

"很好。"卢卡斯回答,"知道吗,我真的很好奇我们弄到这里的是什么东西——这只箱子里到底有些什么。"

卢卡斯的心中也有同样的阴影。

"你觉得这是一个坏主意?"她问道。

卢卡斯没有回答。朱丽叶很难判断他到底是耸了一下肩,还是在调整提箱子的姿势。

他们又走过一个楼梯平台。纳尔逊和索菲娅已经用胶带把门封上了,但还是有不少人在脏污的门玻璃后面探头探脑。朱丽叶看到一个年长的女人将一支明亮的十字架按在门玻璃上。她转身的时候,那个女人不停地抚摸、亲吻那支十字架。朱丽叶想起文德尔神父指责她给筒仓带来的是恐惧,而不是希望。希望是神父和神堂提供的,那里让人相信死亡之后还有可以去的地方。恐惧则来自于改变世界的机会——即使初衷是想要让世界变得更好,但结果却有可能是让这个世界变得更糟。

她默默地走过这个楼梯平台,才又开口道:"嗨,卢克?"

"什么?"

"你有没有想过,等我们去世以后,我们会怎样?"

"我知道我们会怎样。"他说道,"我们会被涂上一层厚厚的黄油,像玉米棒子一样被啃掉。"

他被自己的笑话逗笑了。

"我是认真的。你有没有想过,我们的灵魂是否会在云层上方重聚,找到一个更好的安身之处?"

卢卡斯的笑声停下来。停顿了很长一段时间之后,他说道:"不,我觉得我们只是不复存在了。"

他们又转过一个弯,经过下一个楼梯平台,看到又一道被胶带封住的门——一切都完全符合他们的计划。朱丽叶意识到,他们的说话声一直在安静空旷的楼梯间里飘荡。

过了一会儿,卢卡斯说道:"有一天,我将彻底消失,我觉得这种事很正常。一百年前我不在这里,这不会让我觉得有什么问题。我觉得死亡也和这种情况很像。对于我的生命而言,一百年以前就和一百年以后一样。"

他又调整了一下姿势,或者耸了耸肩——朱丽叶还是没有分辨出来。

"我可以告诉你什么是永恒的。"他转过头,确认朱丽叶在听。朱丽叶打起精神,准备听一些关于"爱情"之类的老生常谈,或者是"你的炖菜"之类一点也不好笑的笑话。

"什么是永恒的?"朱丽叶说了一句捧场的话。她觉得自己一定会为此而后悔,但卢卡斯明显正在等她问这一句。

"我们的决定。"

"我们能停一下吗?"朱丽叶问。腰带不断摩擦她的脖子,开始让她感觉到一阵阵灼痛。她将自己这边的箱子放在台阶上。卢卡斯提着他那一头,保持着箱子的平稳。她查看了一下腰带打的结,准备绕过去换个肩膀。"抱歉——'我们的决定'指什么?"她有点忘

DUST / 157

了刚才卢卡斯在说什么。

卢卡斯转过头看着她。"也就是我们的行动,知道吗?它们会永远存在下去。无论我们做什么,那都是我们已经做过的事情,我们再也不可能把它们收回来了。"

这不是朱丽叶预料中的答案。卢卡斯的声音中带着哀伤。大箱子靠在他的膝盖上。这个简单的答案一下子击中了朱丽叶的心房。有什么东西在朱丽叶心中回荡,她却不知道那是什么。"再和我说说。"朱丽叶要求道。她将腰带环在肩头上套好,准备把箱子提起来。卢卡斯一只手抓住栏杆,似乎还想再休息一下。

"我是说,这个世界在围绕太阳旋转,对吧?"

"根据你的说法,是的。"朱丽叶笑着回应。

"它是的。《遗产典籍》和1号筒仓里的那个人都证实了这一点。"

朱丽叶"哼"了一声,似乎对这两者都不怎么相信。卢卡斯没有理睬她,继续说道:

"这意味着,我们并不只是存在于一个地方。实际上,我们留下的一切……都像是一条轨迹,一个由许多决定形成的大环。我们采取的每一个行动……"

"还有错误。"

卢卡斯点点头,用袖子抹了一下前额。"每一个错误。但也还有我们做的每一件好事。它们都是不朽的——我们给这个世界留下的每一点痕迹都是。哪怕没有人见过它们、记得它们。发生的事情、我们做过的每一个选择,一定会有后续。过去的事会永远存在,这是无法改变的。"

"所以我们不想把事情搞砸。"朱丽叶想到她做过的那么多错事,不禁有些担心这只箱子也会是一个错误。她看到了自己在一个巨大的环形轨迹中留下的众多影像:与父亲对抗、失去爱人、出去清洁……这是一个巨大的痛苦螺旋,就像螺旋楼梯上一串带血的脚印。

而且这些血迹永远也无法被洗掉,就像卢卡斯说的那样。她对父亲造成的伤害是永远的。这就是这段话的意思?过去一直都会存在,伤害一直都会存在。这种说法本身已经在她的脑海中挥之不去——她一直在害死朋友;一直有一个夭折的弟弟和一位自杀的母亲;一直在接受那份该死的市长职位。

但她已经回不去了。道歉也于事无补,只是在承认有东西断了。断掉的常常是两个人的联系。

"你还好吗?"卢卡斯问,"准备继续往下走了?"

朱丽叶知道,卢卡斯问的不只是她的胳膊是否酸痛。他有能力看穿自己藏在心中的忧虑。他有一双明察秋毫的眼睛,让他能够穿透重重迷雾,看清最小的一点伤害。

"我没事。"朱丽叶说了谎。她又回想了一下自己过去有没有做过什么好事,留下过不带血的脚印,给这个世界带来过什么光明。但是当她被送出去进行清洁的时候,她拒绝了。她一直都在拒绝。她已经转身走开,不可能再回去,不可能再走上另一条路。

"""""""""""""""""""""""

纳尔逊已经在防护服实验室里等他们了。他做好了一切准备,穿上了他的第二套防护服,只是没有戴上头盔。朱丽叶外出穿的防护服和两个人帮她清洁时穿的防护服都被留在气闸舱。只有安装在项圈里的无线电被保留下来。朱丽叶曾经开玩笑说,无线电就像人一样宝贵。纳尔逊和索菲娅已经将无线电安装在两套防护服里。卢卡斯可以在走廊里使用第三部无线电。

箱子放在一个清理干净的工作台上。朱丽叶和卢卡斯都在抖动手臂,让血液流进发麻的手臂里,帮助肌肉恢复知觉。"你会把门看好?"她问卢卡斯。

卢卡斯点点头,皱起眉最后看了一眼大箱子。朱丽叶能看出来,他很想留下来帮忙。不过他终于只是捏了一下朱丽叶的胳膊,吻了她的脸颊,然后走了出去,关上门。朱丽叶坐在她的小床上,将自己塞进另一套防护服里。同时听见纳尔逊和索菲娅在给屋门内外都贴上封条。头顶的通风口已经被贴了两层封条。朱丽叶估计取样容器中的空气比被她漏进17号筒仓的空气要少得多——那一次她没有出任何事。不过他们还是采取了一切防范措施,就好像这些罐子里的空气足以毒死整座筒仓中的每一个人。朱丽叶坚持要这样。

纳尔逊给朱丽叶拉上背后的拉链,再贴好尼龙搭扣。朱丽叶拽上手套。他们两个一起戴上头盔,"咔哒"一声让锁扣就位。朱丽叶还从气焊车间拿了一瓶氧气,好让他们能够在防护服里坚持更长时间。氧气瓶上安装了一个双头阀门。经过测试,朱丽叶发现他们能够用这瓶氧气坚持几天时间。

"你好了吗?"她问纳尔逊,同时也是为了测试无线电的音量。

"好了。"纳尔逊回答。

朱丽叶很喜欢他们之间的默契。这是两名机械师在一个又一个晚上为了一个项目共同努力的结果。他们的大部分谈话都和项目有关——要克服的挑战、要来回传递的工具。而且朱丽叶还知道,纳尔逊的母亲曾经和她的父亲共事过。在搬到下层成为医生之前,他的母亲曾经是一名护士。朱丽叶还知道,发生起义之前的最后两套防护服是纳尔逊制作的。其中一套被霍斯顿穿了——就在她被派去清洁之前不久。朱丽叶相信,这个项目对于纳尔逊是一次赎罪的机会,就像对于朱丽叶自己一样。纳尔逊为这个项目付出了很长时间。朱丽叶觉得换作别人,根本不可能这么拼命。他们全都希望能够做一些正确的事情。

朱丽叶从工具架上挑了一把平口螺丝刀,开始刮箱盖上的封条。纳尔逊也拿了一把螺丝刀,从箱子另一边干起来。他们的螺丝刀会合之后,朱丽叶和他一起最后查看了一下,才打开盖子,露出收纳样品的金属箱。他们把小箱子提出来,放到一个干净的工作台上。朱丽叶犹豫了片刻。这个房间的墙上挂着十几件防护服,全都低头看着他们,在沉默中表达着反对意见。

但他们的确已经采取了一切防范措施,甚至严苛到有些可笑的程度。他们身上穿的防护服去掉了所有多余的填充物,让他们工作起来能更加轻松——手套也是如此。卢卡斯提出的每一个要求,她都做到了,就像雪莉对于备用发电机和挖掘工程提出的那些要求——为了减少运转负荷而降低主发电机的功率;在隧道中安装炸药,防止污染进入筒仓。无论什么事她都答应,只为了能够推进项目。

朱丽叶忽然意识到纳尔逊正在等她,这才急忙将飘走的思绪拽回来,抓住金属箱盖,把小箱子打开,拿出样品。一共有两罐空气样品、一罐取自气闸舱的对照氩气样品、表层和深层泥土各一份,还有一份是干尸残骸。它们被放在工作台上。那只金属箱被放到了一旁。

"你想从哪一个开始?"纳尔逊问。他拿起一根小钢管。钢管一

DUST / 161

端插着粉笔。这是为戴手套的手设计的临时书写工具。工作台上斜立着一块黑板。有任何情况都可以记在上面。

"我们从空气样本开始。"只是将样本送到实验室,朱丽叶就用了几个小时的时间。她很担心罐子里的垫圈已经被腐蚀光了。那样她将没有任何东西可以检查。朱丽叶挑选出标为"2"号的罐子。这是在山丘附近取的样。

"知道吗,这真的很讽刺。"纳尔逊说道。

朱丽叶从他手中拿过样品罐,透过透明的塑料盖子朝里面看了一眼。"你是什么意思?"

"只是……"纳尔逊转身看了一眼墙上的钟,在黑板上记下时间,又有些愧疚地瞥了朱丽叶一眼,"被允许做这种事,看到外面有些什么,甚至还能谈论。我是说,是我制作了你的防护服。我还是为警长制作防护服的技术主管。"他在自己透明的头盔后面皱了皱眉。朱丽叶看到他的额头部位有一道亮光。"我还记得帮助警长穿上防护服的情形。"

这是纳尔逊第三或者第四次笨拙地尝试道歉。朱丽叶为他感到高兴。"你只是在做你的工作。"她告诉纳尔逊。她明白纳尔逊的这种感情有多么强烈——一个人能够在肮脏的道路上走多远?昧着良心,只是埋头干活,又能向自己隐瞒多久?

"但讽刺的是这个房间……"纳尔逊朝那些俯视他们的防护服挥挥手,"就算是我的妈妈也会认为这个房间是为了帮助人们,帮助清洁者尽可能活得久一些,帮助我们探索没有人理应提起的外部世界。终于,我们在这里开始做空谈以外的事情了。"

朱丽叶什么都没有说。纳尔逊是对的。这是一个兼具希望和恐惧的房间。片刻之后,她才说道:"我们想要找到什么,外面有什么,这是两件不同的事。该认真做事了。"

纳尔逊点点头,拿起粉笔。朱丽叶晃动第一只样品罐,将里面的两只垫圈分开。来自物资部的那只耐用的垫圈完好无损,边缘的黄色标记都是完整的。另一只垫圈的情况要差得多,上面的红色标记已经没了,边缘被罐子里的空气腐蚀得很厉害。贴在罐底的两条热固胶带也是一样。来自物资部的方形热固胶带是完整的;技术部的三角形胶带中间已经被腐蚀出一个小洞。

"2号垫圈被腐蚀掉了八分之一。"朱丽叶说,"热固胶带上出现了一个三毫米直径的小洞。物资部的两件样品外表都没有变化。"

纳尔逊写下她的观察结果。将置于外界会被腐烂掉的热固胶带和垫圈与能够抵抗空气腐蚀的同类材料进行对比——朱丽叶用这种方法来量化空气的毒性。她将罐子递给纳尔逊,让纳尔逊确认。这是他们获得的第一份数据。这些数据就像她能够在外界生存一样,都是重要的证据。从清洁防护服储备库中取出的材料注定无法抵抗外界空气的腐蚀。他们研究的第一步所代表的重大意义让朱丽叶不寒而栗。

她的注意力已经集中在他们要进行的下一步试验上。他们还没有打开这只罐子,看看里面的空气中到底有什么。

"我确认,这只垫圈有八分之一被腐蚀掉了。"纳尔逊注视着罐子内部,"胶带上小孔的直径,我认为应该是2.5毫米。"

"那就写2.5。"朱丽叶说。下次,她会给他们两个人各准备一块黑板,这样就能避免他们两个的观察会相互影响。还有很多东西需要学。纳尔逊记下数字的时候,她拿起了另一份样品。

"1号样品,来自于坡道。"朱丽叶仔细观察,看到物资部的垫圈是完整的,另一只垫圈已经少了一半,有一段几乎要被彻底腐蚀完了。她将罐子上下颠倒,晃了晃,让两只垫圈落在透明的盖子上。"这不可能。我们在灯光下看看。"

纳尔逊将工作台灯转向她。朱丽叶让灯光从下往上照在罐子盖上,拧着腰,视线穿过被腐蚀的垫圈,观察被灯光照得发亮的热固胶带。

"我……认为,垫圈被腐蚀了一半。热固胶带上的窟窿有5……不,6毫米。我需要你看看这个。"

纳尔逊记下朱丽叶说的数字,然后接过样品,又把台灯转向他那一边。朱丽叶没有想到这两份样品会有这么大差别,但如果说其中哪一份样品是错的,那肯定是山丘脚下的那一份,而不是坡道上的。她出来的时候,从气闸舱中也涌出了大量不具腐蚀性的气体。

"也许我把它们的顺序搞错了。"朱丽叶说道。她拿起对照样品。她在外面非常小心,不过她的确记得自己曾经走过神。有一次取样的时候,她甚至忘记了数数,结果让一只罐子打开的时间太长了。一定是这样。

"确认。"纳尔逊说,"这份样品的腐蚀程度要严重得多。你确定这是在坡道取的样?"

"我觉得,可能我搞错了。我把一只罐子打开的时间太长了。该死。这些数据可能都没什么意义,至少没办法用来进行比对。"

"所以我们才要多取一份样品。"纳尔逊在头盔里咳嗽了一下,令他面前的塑料面罩蒙上了一层雾气,他清了清嗓子,"不要太自责。"

他很了解朱丽叶。而朱丽叶此时手里抓着对照样品,还在低声责骂自己,又担心在外面走廊里听无线电的卢卡斯会怎么想。"最后一个。"她晃了晃罐子。

纳尔逊等待着，粉笔停在黑板上。"如何？"

"我不……"朱丽叶用灯光照亮罐子，又晃了晃，汗水沿着她的下巴滴下来，"我觉得这应该是对照组。"她将样品放下，拿起另一只罐子——那只罐子里装满了泥土。她的心怦怦直跳，头有些发晕。这完全没有道理。除非她彻底把顺序弄错了。难道她把一切都搞砸了？

"是的，这是对照样品。"纳尔逊用手中的细钢管敲了敲朱丽叶刚查看过的罐子，"这里清楚地标明了。"

"给我一秒钟。"朱丽叶深吸几口气，再一次仔细审视了对照样品——这是在气闸舱里取的样，里面应该只有氩气。她将罐子递给纳尔逊。

"是的，有问题。"纳尔逊摇晃着罐子说，"一定是出问题了。"

朱丽叶几乎没有在听纳尔逊在说些什么。纳尔逊端详对照样品的时候，她的脑子正在飞速转动。

这时纳尔逊开口道："我觉得……我觉得也许是你打开罐子取样的时候，有一只垫圈掉了。这不是大问题。这样的事难免会发生。或者也许……"

"不可能。"朱丽叶知道自己打开罐子的时候有多小心。她清楚地记得自己看到封条都是完好的。纳尔逊又清了清嗓子，将对照样品放到工作台上，调整台灯直接指向盖子。他们两个同时俯身检查。朱丽叶相信两只垫圈都在里面。但她的确犯了错误。每个人都会……

"这里只有一只垫圈。"纳尔逊说，"我真的认为，可能是有一只垫圈掉了……"

"胶带。"朱丽叶调整了灯光。容器底部有一道反光——是贴在那里的胶带,但另一条胶带不见了。"难道你要告诉我,胶带也会掉出去?"

"嗯,那就是容器的顺序乱了。我们把它们彻底弄反了。这样就合理了。所以山丘下面的样品腐蚀程度还不如坡道上的。就是这样。"

朱丽叶也设想过这种可能,但这只是为了让她看见的事实能够和她想象的相匹配。但她出去的目的就是证实她的怀疑。眼前的情况是否意味着事实和她的想象完全不同?

她仿佛被扳手狠狠敲了一下头顶。这可能是一场背叛,一台一直以来都在帮助他们的机器实际上背叛了他们,就像值得信赖的水泵突然毫无理由地出现倒灌;她爱的人在她坠落悬崖的时候却转身离开;她一直在依赖的强大纽带被夺走了——实际上从没有真正存在过。

"卢克。"她希望卢卡斯在听,希望卢卡斯的无线电一直开着。她等待着。纳尔逊咳嗽了一声。

"我在。"卢卡斯的声音微弱而遥远,"我一直在听。"

"氩气。"朱丽叶透过两重头盔面罩看向纳尔逊,"我们对它有多少了解?"

纳尔逊眨眨眼,以免眼皮上的汗珠落进眼睛里。

"了解什么?"卢卡斯问,"有一张元素周期表,大概在某个柜子里。"

"不,"朱丽叶提高声音,确保卢卡斯能够听清楚,"我是说,它是从哪里来的?我们能确定它到底是什么吗?"

1号筒仓

SILO 1

第二十五章

　　唐纳德的胸口在咯咯作响,应该是有什么在散开,杂乱地翕动着。这是一个内部警报,告诉他病情在恶化,他的情况越来越糟。他强迫自己咳嗽——尽管他讨厌咳嗽,咳嗽让他的横膈膜仿佛被撕裂,喉咙像是在被火烧,全身肌肉都酸痛难忍。他在椅子上向前俯过身,不停地干咳,直到身体内部的某个东西挣脱开来,沿着舌头窜到他发臭的方手帕上。

　　他看也不看就将手帕叠好,仰头靠在椅子里,满身汗水,筋疲力竭。他深吸了一口气,感觉自己的喘息中终于不再有那么多砂砾;再喘一口气,清凉的气流一股接一股地涌进喉咙,不再那样折磨他了。有什么比无痛的呼吸更能让人舒爽的?

　　他有些眩晕地向周围环视了一圈——身边都是一些早已被他看作理所当然的东西:一些剩饭、一副纸牌、一本扣在桌面上的平装书——黄褐色的书页和满是褶皱的书脊。它们是一段又一段值班所积累的变化,但说不上痛苦。痛苦的是他。真正让他痛苦的是等待18号筒仓的应答。他盯住包括其他所有筒仓的平面图。他在为了它们焦虑难安。在他眼中,这张图上全是死亡的世界。这些世界全都会死,只有一个能活下来。他的喉头又有些刺痒。他知道,自己会死,而且在死前来不及做任何有意义的决定,来不及找到方法让这个项目摆脱这条自杀轨道——他无法选择,无法驾驭,爱莫能助。只有他一个人知道或者关心这些世界的生死。而他的知识和同情都将随他一起被埋葬。

他到底在想什么?他能纠正这一切吗?能让一个被摧毁的世界恢复如初?摧毁这个世界的罪行也有他一份。而且现在这个世界已经不需要他来修复了。他借助无人机瞥到了绿色的原野和蓝色的天空,那时他的心中五味杂陈。从那一瞥到现在,时间已经过去了那么久,他甚至开始怀疑自己是不是看错了。他知道净化世界的工程是如何进行的,他更知道,机器的眼睛是不可信的。

但愚蠢的希望依旧牵引着他。于是在那间通讯室里,他再一次和另一个人取得联系。愚蠢的希望让他梦想着停止这一切,让那些充满人类的筒仓能够拥有自己的生活,不再受到净化工程的干扰。同时,他也感到好奇,想知道那些服务器里到底在运算什么。这是最后一个大谜团。要解开这个谜团,他必须得到那个技术部主管的帮助。他想得到答案,渴望知晓真实,以及让自己和夏洛特能够没有痛苦地死去,结束一切值班和幻梦,最终在坟墓中安息。也许他的坟墓可以在山丘顶上,能够看到海伦的坟墓。他觉得这不算是太奢侈的愿望。

他看了一眼墙上的钟。对面迟到了。距离他们定下的通话时间已经过去了十五分钟。一定是出了什么事。他看着秒针一圈圈转动,心中想着这一整个计划,所有这些筒仓,就像是一个巨型钟表。整个过程都在自动运行,在发条的带动下一步步接近终点。

看不见的机器在驱动环绕这颗行星的发条,摧毁一切人类,让整个世界回归到荒野状态。而这些被埋在地下的人就是休眠的种子,要再等两百年才会发芽。两百年。唐纳德感觉喉咙再一次发痒,他怀疑自己连两天的时间可能都没有了。

而现在,他只有十五分钟。十五分钟之后,操作员们就会回来继续值班。他和那边的交谈实在过于有规律了。将所有人赶出去,他单独进行秘密谈话,这并不稀奇,但他现在每天都会在同一个时间做同样的事情,这终究会引起怀疑。那些人拿起自己的杯子鱼贯而出的时候,他能看到他们在彼此交换眼神。也许他们以为他的秘密私聊有浪漫的成分。唐纳德经常觉得,这其中确乎存在着某种浪漫。关于过去和真实的浪漫。

现在,他被晾在这里。这次交谈的时间已经被浪费了一半。他只能听到无线电里的忙音,没有人回应。那边出事了,而且是坏事。或者也许是他自己太过紧张,因为他得到报告,他自己的筒仓里发现了一具尸体。保安部的人正在调查这起谋杀案。不过实际上,他对此并没有怎么关注。这很奇怪,现在他只关心其他筒仓,对自己筒仓中的同胞没有半点同情。

耳机里"咔哒"响了一下。"喂?"他问道。他能听出,自己的声音疲惫又虚弱。不过相信机器可以让他的声音变得强壮一些。

没有人回答,只有呼吸的声音。不过这已经让他知道接听的是谁了。卢卡斯肯定会向他打招呼。

"市长。"他说道。

"你知道,我不喜欢被这么称呼。"她还在喘气,仿佛是跑过来的。

"你喜欢我叫你'朱丽叶'?"

又是沉默。唐纳德很奇怪自己为什么会更愿意听到她的声音。他喜欢卢卡斯,还曾经帮助卢卡斯完成了加入操作组的仪式。唐纳德欣赏那个年轻人的好奇心,还有他努力学习《遗产典籍》的劲头。

和卢卡斯谈论旧世界让他的心中充满怀旧之情。这对他不啻于一种治疗。而且是卢卡斯帮他撬开了那些服务器的盖子,研究里面的内容。

但朱丽叶对他有着不同的吸引力。她总是在指控和责备他。他知道这是自己罪有应得。那种严厉的沉默和威胁让唐纳德甚至有些希望,她能够来到自己面前,结束他的生命,而不是让他这样咳死。被明正典刑——这才是他摆脱罪孽的方式。

"我知道你们是怎么干的。"朱丽叶终于开口说话了,她的声音中带着怒火和憎恨,"我终于明白了,我搞清楚了。"

唐纳德摘下一侧耳机,抹去一滴汗。"你明白了什么?"他不知道是不是卢卡斯在服务器中发现了什么东西,一样能够让朱丽叶怒不可遏的东西。

"清洁。"朱丽叶恨恨地说道。

唐纳德又看了一眼时钟。十五分钟一转眼就会过去。在读那本小说的人很快就会回来,还有那几个玩牌的技师。"很高兴谈一谈清洁的事……"

"我刚刚出去过。"她告诉唐纳德。

唐纳德用手捂住麦克风,咳嗽了几声。"去哪里?"他想到朱丽叶说过,他们正在挖隧道。挖掘的吵闹声最近倒是安静下来了。朱丽叶的意思应该是他们已经突破了筒仓的界线。

"出去就是出去。去那些山丘,在那个古代人类留下的世界,我采集了样品。"

唐纳德向前探着身子。朱丽叶的语气充满威胁,他却听到了一种应许。朱丽叶要折磨他,但他只觉得兴奋。出去,并且采集样品。他一直在梦想着这样的行动,梦想着去发现他能在外面呼吸到怎样的空气,他们到底对这个世界做了什么,这个世界到底是在变好还是变坏。朱丽叶一定以为他掌握着答案,但他也只有问题。

"你找到了什么?"他悄声问,同时在心中咒骂这些机器——机器让他的声音听上去冷漠刻板,仿佛他早就知道了一切。为什么他不告诉朱丽叶,他根本就不知道这个世界的问题出在哪里,自己的问题出在哪里。为什么不向朱丽叶求援?他们可以相互帮助。

"你们把我们送出去,不是为了清洁。你们是要送另一种东西出去。我告诉你我找到了什么……"

对于唐纳德,她的声音就是整个宇宙。头顶成千上万吨的泥土消失了,脚下坚固的地面也不复存在,他在一个气泡里,和他同在这个气泡里的只有这个声音。

突然间,他变成了保持沉默的那一个。他的防护服紧贴在身上。他等了又等,但对面没有声音。朱丽叶想要他乞求。也许她知道他有多么迷茫。

"你找到了什么?"他再一次问道。

"你是个满嘴谎话的混蛋。我们一直在被灌输各种谎言,在欺骗中信任你们。我们是傻瓜。我们理所当然地接受你们展示的一切,你们讲述的一切,但那些全是假的。也许根本就没有古代人类。你知道那些该死的书吗?它们都应该被烧掉。你们让卢卡斯相信这个骗局……"

"那些书里说的都是真的。"唐纳德说。

"都是垃圾。就像那个氩气?那真的是氩气吗?我们出去清洁的时候,你们在向气闸舱里灌进什么该死的东西?"

唐纳德在自己的脑海中重复了一遍朱丽叶的质问。"你是什么意思?"

"不要玩游戏了。现在我知道是怎么回事了。把我们送出去的时候,你们向我们的气闸舱里灌满了某种能把我们腐蚀掉的东西。那些东西首先会啃穿胶带和垫片,然后是我们的身体。你们把这件事变成了科学研究,对不对?我找到了你们隐藏的摄像机。我在几个星期以前就把它们都切断了。是的,那就是我干的。我看到了伸进来的电线,我还看见了管道。灌进气闸舱里的气体就在那些管道中,对不对?"

"朱丽叶,听我说……"

"不要这样叫我的名字,就好像你认识我一样。你不认识我。所有这些交谈——你告诉我,我的筒仓是如何被建造的,就像你建造了自己的筒仓;你向卢卡斯描述了一个消失的世界,就像你亲眼见过它。你是不是想让我们喜欢上你?以为你是我们的朋友?你还说,你想帮我们?"

唐纳德看着秒针的转动。技师们很快就会回来。他必须把他们都吼出去。他不能让这次对话就这样结束。

"不要再呼叫我们。"朱丽叶说,"那些嗡嗡声和那些闪个不停的灯,它们都让我们头痛。如果你每天都这样做,我就要发疯了。我已经有够多的事情要担心了。"

"听着……请……"

"不,你听我说。我们的关系就此结束。我们不想要你们的摄像机、你们的电、你们的气体。我会把这一切都切断。从此以后,没有人会再去清洁。不要再给我们灌那些该死的氩气。下次我出去的时候,外面的空气也将是干净的。现在,滚开,别再来打扰我们。"

"朱丽叶……"

但通话已经终止了。

唐纳德摘下耳机,扔在桌子上。纸牌被打得一团乱,书也从桌上掉了下去,书本停留的页码找不到了。

氩气?她到底发现了什么?上一次她如此愤怒是她说她找到了一台机器,威胁要一直挖过来。这一次肯定是因为别的事。氩气。在清洁时被注入气闸舱,唐纳德根本不明白她在说什么,随着清洁工作被送出去……

一阵头晕袭来,唐纳德的身子陷进椅子里。他的连体服浸透了汗水。他用力抓紧染血的手帕,回忆起被雾气充满的气闸舱。他记得自己跌跌撞撞地走在一条拥挤不堪的坡道上,喊着海伦的名字。炸弹落下,升起蘑菇云,强光在他的视网膜上留下灼伤。安娜和夏洛特拽着他,一团白云在他周围翻滚。

那种气体。他知道清洁的程序。会有高压气体注入气闸舱,再从气闸舱中涌出去,推开外面的空气。涌出的气体。

"空气中的尘埃。"唐纳德靠在台子上,膝盖一点力气都没有。纳米机器人会吃掉人类。它们在每一次清洁行动中被释放到这个世界上。就像运转的时钟,随着每一次有人被流放,一小口一小口地向世界喷出那些机器尘埃。

耳机没有了声音。"我就是一个古代人类。"唐纳德用了朱丽叶的说法。他从桌上抓起耳机,朝麦克风吼道:"我就是一个古代人!那是我干的!"

他再一次颓然倚靠在桌子上,以免自己摔倒。"我很抱歉,"他喃喃地说道,"我很抱歉,我很抱歉。"然后他用尽力气高喊:"我很抱歉!"

但没有人在听。

第二十六章

夏洛特操纵着无人机左翼的副翼上下活动。控制副翼的线缆还需要再调整一下。她抓起挂在机尾上的一块抹布，擦了擦颈后，又伸手到工具袋里，选出一支中号扳手。无人机下面散落着一些部件，都是她从无人机里面找出来的——无人机的飞行不需要这些东西。火控电脑、机翼弹药、投弹伺服器。她还拆掉了大部分摄像头，只剩下一个，甚至还拆了一些支撑杆——这些支撑杆让无人机可以承受12个G的加速过载。她只需要让无人机直线飞行，机翼不会承受什么压力。这一次，无人机会飞得又低又快。没有人会在意无人机是否被发现。看到更远的地方才是重要的。他们要做的是确认，是证实。夏洛特已经用了一整个星期鼓捣这个该死的东西。现在她满脑子都是前两架无人机为什么那么快就坏掉了。看起来，第一架无人机还真是幸运。

她平躺到地面上，扭动着肩膀和屁股，钻到无人机的机尾下方。这里的操作面板已经打开，线缆都暴露出来。每一块操作面板都需要在扣回去的时候填上细小的珠状密封材料，将内部机械与尘埃隔绝。这次会成功的，她一边调整固定线缆的伺服臂，一边这样对自己说。必须成功。她看到了哥哥现在的样子，知道他们不会再有下次飞行了。或者成功，或者彻底失败。现在唐纳德的问题不只是咳嗽,他似乎正在失去理智。

上一次他和那边通过话,回来的时候就忘记了给她带晚餐,还忘了给她拿无线电的最后一个组件——那是他承诺过的。现在他正绕着无人机转圈,不停地嘟囔着什么。然后他穿过仓库,去了会议室,在他的笔记中胡乱翻找了一通,又大步朝无人机走过来,一边咳嗽,一边开始了一段让夏洛特摸不着头脑的对话。

"……他们的恐惧,你不明白吗?我们正在利用他们的恐惧。"

夏洛特从无人机下面探出头,看到哥哥凭空挥舞着双手,面如死灰。他的连体服上有斑驳的血点。夏洛特觉得现在也许应该放弃这一切,走进电梯里,向别人自首,这样她还能找人来看看她哥哥。

唐纳德注意到妹妹在盯着自己。

"他们的恐惧不只是歪曲他们所看到的这个世界。"他的眼神中带着疯狂,"还毒害了这个世界。那种恐惧,是有毒的。他们把同胞送出去清洁摄像机,也就随之毒害了世界!"

夏洛特不知道该如何回应,只能继续去调试无人机的副翼。如果这个工作有两个人干,也许进度能快不少?她在考虑请求哥哥帮忙。但她的兄长似乎连站都站不稳,更不要说拿稳一支扳手了。

"这让我不得不认真思考那种气体。我是说,我早就应该知道的,对吧?当我们要结束他们生命的时候,就会将气体注入他们的家园。于是他们就彻底不复存在了。都是那种气体。我以前就这么干过。"唐纳德紧贴无人机绕着圈子,不断用手指戳胸口,用臂弯捂住嘴咳嗽,"上帝啊,我早就这么干过。而且那次还不只是注入了气体!"

夏洛特叹了口气,将扳手收回来,又拧了一圈——还有一点松。

"知道吗？也许他们能扭转局面。"他又向会议室走去，"他们关闭了他们那里的摄像机。还有筒仓关闭了爆炸装置。也许他们可以关闭气体注入……"

他的声音消失了。夏洛特朝仓库后面的走廊望过去。会议室的灯光下，唐纳德的影子在来回晃动，表明他正在他的笔记和图表之间来回踱步、绕圈。他们两个都被困在自己的任务里。她能听到兄长的咒骂。唐纳德古怪的行为让她想起他们的祖母。他们的祖母去世时已经变得很不像样子——哥哥离去之时，给她留下的记忆应该也是如此：咳着血、说着胡话。他再也不会是衣着笔挺的基恩众议员，再也不是她那位精明强干的兄长，永远都不会了。

就在唐纳德在不知所措中苦恼不已的时候，夏洛特有了自己的主意。他们不如把所有人都唤醒？就像唐纳德唤醒她一样。这座筒仓里大约只有百来个值班的人，却有几千名沉睡中的女性，人数甚至可能超过一万。夏洛特想到自己可能召集起一支怎样规模的军队。但她又觉得唐尼可能是对的，那些女性也许会拒绝与她们的父亲、丈夫和兄弟作战。这种战斗需要一种不同寻常的勇气。

影子继续随着走廊里的灯光晃动。唐纳德在不停地来回踱步。夏洛特深吸一口气，继续摆弄机翼组件。她想到唐尼另一个修复世界的主意——净化空气，释放那些被囚禁在筒仓里的居民。或者至少给予他们所有人一个机会，一个平等的机会。唐纳德把它比喻成打破旧世界的疆界。他不断重复着一些话，比如："拥有优势的人总会想要保持优势。""最后登上去的人也会把梯子抽走。"他还不止一次说："我们要把梯子放下去。不要让计算机做决定，要让人做决定。"

夏洛特不知道唐尼说的事情怎样才能成为现实。很明显，她的哥哥也不知道。她让自己的注意力回到无人机下面，又试着去想象人们生下来就有各自的工作，不能做出选择的时代。那时长子会继承父亲的职业。二儿子去参加战争、去航海、去教堂。更小的男孩就照自己的意愿去生活。女儿终究会属于其他人家的儿子。

她的扳手从电线卡子上滑脱了，让她的指节撞在无人机上。她骂了一声，查看自己的手，发现有血涌出来。她吸吮着指节，回想起曾经让她暂停工作的另一次受伤。她记得自己曾经被派遣到前线，并为了自己出生在美国而不是伊拉克而感到庆幸。人生就是掷骰子。看不见的国界画在地图上，却像筒仓的墙壁一样真实。他们都受困于自己所处的环境。你的生活是由你的人民、你的领袖共同作用形成的，就像电脑在累计数据之后确定你的命运一样。

她再一次爬出来，试了试机翼。线缆够紧了。夏洛特能对这架无人机做的已经都做到了最好。她收拾起自己不再需要的扳手，将它们逐一插进工具袋里。就在这时，货架后面发出"叮"的一声响，就在电梯那里。

夏洛特身子一僵。她的第一个念头是食物来了。电梯到来的声音意味着唐尼给她带来了吃的。但哥哥的影子还在仓库的另一头。

她听到电梯门滑开的声音。有人跑出来，人数不止一个。靴子在地板上撞出雷鸣般的响声。夏洛特不顾危险地高喊唐纳德的名字，但她只喊了一声，就绕到了无人机后面，拿起防水布，像渔夫撒网一样用防水布罩上无人机宽大的机翼以及散落一地的零件和工具。她必须藏起来，必须隐藏起她的工作和她自己。唐尼已经听到了她的喊声。他也会躲起来。

防水布被空气顶起来，慢慢落下，边缘翻腾了一下才垂到地上。

夏洛特又朝唐尼那边跑过去。此时许多人已经从高大的货架之间冲了出来。她立刻扑倒在地，心中却知道，他们已经发现了她。沉重的靴子声从她身边经过。她抓住防水布的边缘，缓缓将防水布抬起，又将膝盖收到胸前，扭动肩膀和屁股，钻到防水布里面。唐尼一定听见了她的喊声，他也会听到靴子声，他会藏到紧贴会议室的洗手间里，藏在浴室中，或者别的什么地方。他们不可能知道这里有人。这些人是怎么进来的？唐尼说过，进入这里是他才有的最高特权。

奔跑的声音变小了。那些人径直冲向仓库深处，仿佛知道该去什么地方。附近有说话声，是几个男人在交谈。那几个人的脚步声更慢，不急不缓地经过无人机。夏洛特依稀听到唐尼被发现时发出的喊声。她趴伏在地上，从无人机下面钻到防水布的另一边。说话声消失了。那些缓慢的脚步正在远去。她的哥哥有麻烦了。她还记得他们几天前的一次谈话。那时唐尼担心自己在电梯里被人认出来——一个曾经见过他的工人。防水布下面的黑暗彻底笼罩了她。只剩下她自己一个人，唐尼被抓走了。她现在无论什么事都要依赖唐尼。被锁在这座仓库里，只有唐尼做伴，她已经快要疯了。如果连她的哥哥都不在了——她不愿去想象那是什么情景。

她将下巴搁在冰冷的钢板上，伸出手臂，用手背抬起防水布。外面世界的一丝光亮透进来。她能看见一些靴子就在自己眼前，距离近得令人胆寒。她还能闻到地板上的机油气味。就在她的正前方，看上去有一个人在艰难地行走，另一个穿银色连体服的人搀扶着他。他们的步子迟缓而且一致，仿佛有同一个意识在指挥这两双脚。

在更远处，货架间的一条通道被灯光照亮。唐尼总是喜欢把仓库顶上的灯都关掉。现在那些灯全部打开了。夏洛特猛吸了一口凉气——她的哥哥被从会议室里拖出来。一个穿亮银色连体服的人一拳打在哥哥的肋骨上。唐尼"哼"了一声,夏洛特觉得那一拳仿佛就打在自己的肋侧。她一只手丢开防水布,惊恐地捂住了嘴;另一只手颤抖着将防水布又掀起来一点。她不想再看下去,却又必须要看。她的哥哥又被打了一拳。那个脚步迟缓的人挥挥手。夏洛特能听到一点微弱的声音命令打人者停下。

两个穿银色连体服的人依照命令,将她的哥哥按在地上。夏洛特忘记了呼吸,只是看着那个似乎非常衰弱的人拖着脚步走进被灯光照亮的通道。他的一头白发就像仓库顶棚的灯泡一样明亮。他走得很吃力,必须靠在身边那个年轻男人的身上,手臂搭在那个年轻人的背上。就这样,他一直朝会议室走过去,最终到了唐尼面前。

夏洛特能看见唐尼的眼睛。现在他们之间有五十米的距离,但夏洛特还是能看到唐尼瞪大了眼睛,抬头盯住那个年迈衰弱的人,就连咳嗽的时候也没有将目光移开。他的肋骨受到了猛烈的打击,这引起了他剧烈的咳嗽,完全掩盖了那个连站立都困难的老人说的话。

她的哥哥在努力说话。他将一句话说了一遍又一遍。但夏洛特听不清楚。那个白头发的瘦弱老人仿佛随时都会倒下去,却不断抬起腿,狠狠将靴尖踢在唐尼身上。他身边的年轻人支撑着他。夏洛特看着这一幕,蜷缩起身体,不停地颤抖。一条腿被甩起来,一次又一次踢向前方。沉重的靴子凶残地撞在唐尼身上。唐尼自己的腿在向身前收紧,想要阻挡那只靴子。他抱住老人的小腿。那两个人立刻更用力地把他按在地上,让他无处躲藏,让残暴又愤怒的靴子不断踢在他身上。

18号筒仓

SILO 18

第二十七章

"你确定要这么折腾?"卢卡斯问。

"把手电拿稳。"朱丽叶说,"我要再看一下。"

"但我们是不是应该谈谈这件事?"

"我只是看看,卢克,现在我没时间聊天。把手电举好,我现在什么都看不见。"

卢卡斯调整了一下手电光,朱丽叶向前爬过去。这是她第二次探索服务器房下面半层密室的地板格栅下方。就是在这里,一个多月以前,她找到了摄像机信号线。那时卢卡斯刚刚让她当上市长。卢卡斯向她展示了如何能看到筒仓的不同角落。朱丽叶问他还有谁能看到这些画面。卢卡斯坚持说没有其他人能看到,直到朱丽叶发现信号线消失在一个应该是穿透了筒仓外壁的密封洞口中。她还记得在那里见到过其他电线。现在她想要做出确认。

她拧下地板格栅的最后一根螺栓,把格栅拆开,露出几十根已经被她割断的电线。每一根电线断头上都有几百根像银白色头发一样的细小金属丝。与这些电线平行铺在这里的还有一些很粗的电缆,让朱丽叶想起机械部里那两台发电机的主线。同样埋在这里的还有两根黄铜管道。

"看够了吗?"卢卡斯问。他正俯身在朱丽叶身后,让手电光越过朱丽叶的肩头,照在那些管线上。

"在另一个筒仓里,这一层还有电。整个34层都有充分的供电,但他们的发电机已经停了。"她用螺丝刀轻轻敲了敲那些粗电缆,"那边的服务器也像这里的一样,还在一直嗡嗡作响。一些幸存者把电线接到34层,让筒仓里其他层区的水泵和别的一些设备能继续运转。我觉得他们的电力全都来自这里。"

"为什么?"卢卡斯用手电照亮这些缆线,显然对此更有兴趣了。

"因为他们需要让水泵和种植灯工作。"朱丽叶很惊讶为什么卢卡斯还没听明白。

"不是,我的意思是,为什么他们要给其他筒仓供电?"

"也许他们不相信我们能够维持正常运转。或者也许这些服务器需要的电力比我们能够产生的更多。我不知道。"朱丽叶靠在一旁,回头看了一眼卢卡斯,"我想要知道的是,为什么他们想要杀死一个筒仓里所有的人,然后又放任筒仓继续运转。为什么不把筒仓彻底关掉?"

"也许他们那样做了。也许你的朋友黑进了系统,重新开动了筒仓。"

朱丽叶笑了。"不,梭罗不会……"

服务器房里传来说话的声音。卢卡斯转过手电筒。他们所在的空间立刻变黑了。现在不应该有人在那边。

"是无线电。"卢卡斯说,"我去看看是谁。"

"手电筒。"朱丽叶喊道,但卢卡斯已经走了,他的脚步声消失在那条小走廊里。

朱丽叶伸出手去摸索那两根黄铜管。它们的尺寸没有错。纳尔逊带她看过氩气罐。那里有一个气泵和过滤装置,应该是被用来从地下深处抽取氩气的,工作原理和空气循环装置差不多。但现在朱丽叶知道了,这是一个骗局。那时她就拆开气罐下面的地板和背后的墙板,发现了两根独立于整个供气系统的管道。现在她怀疑氩气罐表面上的供气系统什么都做不了。就像那些垫片和热固胶带、第二套供电系统、防护服面罩中加装的显示器,一切的表象都是伪装。真实就深藏在这些伪装下面。

卢卡斯大步跑回来,跪倒在服务器房通向密室的入口处,手电光照回到这个狭小的空间里。

"朱莉,我需要你出来一下。"

"请把手电筒给我,"朱丽叶对他说,"我什么都看不见。"又会是一场争吵,就像她切断摄像机信号线时一样。仿佛她只想把这些管道切开,根本不需要知道里面是什么……

"我需要你出来,我……求你。"

朱丽叶听出卢卡斯的声音不正常。她回过头,被手电光直接照在眼睛上。

"等一下。"她用手掌和脚尖撑起身子,向卢卡斯转过身,将工具留在身后,直接爬回到密室入口。

"出什么事了?"她坐起身,挺直脊背,解开头发,将散发收拢,重新绑起来,"是谁过来了?"

"你的父亲……"卢卡斯说。

"我父亲出什么事了?"

卢卡斯摇摇头。"不,是他在呼叫我们。是……有一个孩子走了。"

"走丢了?"但他知道,这不是卢卡斯的意思,"卢卡斯,出什么事了?"她站起身,掸掉胸前和膝盖上的尘土,爬上梯子,要去无线电那里。

"他们正在去农场的路上。有一群人冲下来。一个孩子翻过了栏杆……"

"掉下去了?"

"二十层。"卢卡斯说。

朱丽叶无法相信他的话。她抓起无线电,一只手掌按在墙上。突然间,她感到一阵头晕。"是谁?"

"他没有说。"

在按下麦克风之前,朱丽叶看见插头正插在17号插孔里——那还是上一次她呼叫吉米时留在那里的。她的爸爸一定正在使用沃克尔的新步话机。"爸爸?听得到我说话吗?"

她等待着。卢卡斯把水壶递过来。但朱丽叶挥手让他躲开。

"朱莉?我晚点再联系你好吗?又出了别的事。"

父亲的声音在颤抖,还有很多静电噪声。"我要知道出什么事了。"朱丽叶对父亲说。

"等一下,伊莉斯……"

朱丽叶捂住了嘴。

"……我们把伊莉斯弄丢了。吉米去找她了。孩子,我们在上来的时候遇到了麻烦。有一群人冲下来。他们很愤怒。他们知道我身边是谁。马库斯从栏杆上翻下去了。我很抱歉……"

朱丽叶感觉到卢卡斯的手按在她的肩头。她抹了抹眼睛。"马库斯……?"

"我还没有下去查看。里克森被打伤了。我在照顾他。汉娜、迈尔斯和婴儿都没事。我们正在物资部。听着,我真的要走了。我们还没找到伊莉斯。吉米去找她了。有人说,看到她上去了。我不希望你做什么,不过我觉得你应该想要知道那个男孩的事。"

朱丽叶的手颤抖着,捏住麦克风。"我马上下来。你在110层?"

无线电里只有一阵漫长的沉默。朱丽叶知道,父亲正在犹豫是否要和她争辩,让她不要下去。随着一声静电爆破音,父亲直接屈服了。

"是的,我在110层。我正要下去看那个男孩。我会把里克森和其他人留在这里。我已经告诉吉米,只要找到伊莉斯就立刻回到这里来。"

"不要把他们留在那里。"朱丽叶说。她不知道在那里能信任谁,也不知道什么地方是安全的。"把他们带在身边。爸爸,送他们回机械部。让他们回家。"朱丽叶抹了一下前额。这一整件事都是个错误。把他们带过来就是个错误。

"你确定?"父亲问她,"我们撞上的那群人,我觉得他们就是冲着机械部去的。"

第二十八章

伊莉斯迷失在这个奇异的地方。她以前就听说过,这种地方被称为"奇市",这个名字真的很适合这里,这里的人多得超乎想象,充满了各种奇奇怪怪的东西,比它的名字还要奇怪。

她是怎么跑到这个地方的,这让她自己也有一点困惑。当时他们遇到了一大群陌生人——人多到她的脑子都晕了。她的小狗就是在那时跑丢了。她不得不追着小狗一个台阶一个台阶地跑上去。一个又一个人帮她指路。她便顺着人们手指的方向不断往上跑。一个穿黄衣服的女人说,看见一个男人带着一条狗朝"奇市"走去了。伊莉斯一直向上跑了十层,最终来到了100层的楼梯平台。

楼梯平台上有两个男人,鼻孔正在向外喷烟。他们也告诉她,刚刚有人带着一只狗走了过去,同时他们还朝楼层门里面指了指。

第100层在她的筒仓是一片可怕的荒地,到处都是狭窄的走廊和空房间,散布着垃圾、残破的物件和老鼠。这里的地形格局和她家的一样,却充满了人和动物,而且所有人都在叫喊或者唱歌,到处都是明亮的色彩和难闻的气味。许多人在吞云吐雾。他们的手指缝里夹着冒烟的纸卷。他们把纸卷放进嘴里的时候,纸卷另一端就会亮起小火星。还有一些人的脸上涂着各种颜色。有一个女人穿着一身红色,头上有角,屁股上有尾巴。她在一顶帐篷里,向伊莉斯招招手,但伊莉斯转身逃走了。

伊莉斯从一个可怕的地方逃到另一个可怕的地方,终于,她彻底迷路了。无论跑到哪里,她都会撞上人们的膝盖。她已经不再寻找小狗,现在她只想出去。她爬到一个柜台下面,周围全都是人。她开始哭泣。但她无处可去。此时她的眼前又出现了一个可怕的东西——一只胖乎乎、没有毛的动物,发出的声音就像里克森在打鼾。这只动物的脖子上系着绳子,被牵着从她面前走过。伊莉斯擦干眼泪,拿出自己的书,在书中翻了翻,找到了这只动物的图片,还有它的名字:"猪"。找到一样东西的名字是一件好事,那样它们就没那么可怕了。

是里克森让伊莉斯重新有所行动,尽管他并不在这里。伊莉斯却仿佛能听到他的声音在野东西中回荡,告诉她,这里没什么可害怕的。伊莉斯刚刚能走路的时候,就经常被里克森和双胞胎派去漆黑一片的农场。他们让她去摘黑莓、李子和靠近楼梯的所有美味果实——当时还有一些可怕的人在那里活动。"个子最小的最安全。"里克森这样对她说。那已经是几年前的事情了。现在她没有那么小了。

伊莉斯收起书本。她相信,那些用树叶拂过她脖子的野东西,还有水泵的运转声和牙齿撞在一起的咯咯声都要比这些身上涂着色彩、鼻孔中喷出烟雾的人更可怕。她从柜台下面爬出来,挤在许多膝盖中,感觉面颊被泪水刺得很痛。一直向右转——这是在黑暗中的野东西里走路的诀窍——她发现自己走进了一条烟雾弥漫的走廊。这里有响亮的嘶嘶声,空气中弥漫着一股老鼠被烤熟的气味。

"嗨,孩子,你迷路了?"

一个剪短了头发的男孩站在一个摊子旁边,正用明亮的绿眼睛打量她。男孩的年龄看样子比她大,但也大不了多少,应该和双胞胎差不多。伊莉斯摇摇头,又重新考虑了一下,点点头。

男孩笑了。"你叫什么?"

"伊莉斯。"

"真是个特别的名字。"

伊莉斯耸耸肩,不确定应该说什么。这个男孩注意到她的眼睛盯住了自己身后的一个男人——那个人正用大叉子翻动一条条"嗞嗞"冒油的烤肉。

"你饿吗?"男孩问她。

伊莉斯点点头。她总是会觉得饿,尤其是在害怕的时候。不过也许是因为她出去寻找食物的时候总是很害怕,所以她已经记不得饥饿和害怕哪一个先出现了。那个男孩钻到摊子后面,再出来的时候,他的手里拿着一大片肉。

"是老鼠?"伊莉斯问。

男孩笑了。"是猪肉。"

伊莉斯接过那块肉,没有再说话,而是尝了一小口。小小的快乐在嘴里迸发。这要比老鼠肉更好吃。男孩只是端详着她。

"你从中层来,对吗?"

伊莉斯摇摇头,又吃了一口,一边咀嚼一边说:"我从17号筒仓来。"她的嘴里全都是口水,眼睛紧盯着那个男人正在烹制的肉片。马库斯和迈尔斯都应该来尝尝。

"你是说17层?"男孩一皱眉,"你看上去不像是顶层人。不,你太脏了。"

"我从另一个筒仓来。"伊莉斯说,"在西边。"

DUST / 189

"什么西边?"男孩问。

"西边,太阳落下去的方向。"

男孩用古怪的眼神看着她。

"太阳,它从东边升起,从西边落下。地图上画得很清楚。地图都是指向北边的。"伊莉斯想要把书拿出来,让男孩看看世界地图,解释一下太阳是怎样一圈又一圈转动的。但现在她的两只手上都是油,而且这个男孩大概也不会对这种事感兴趣。"他们挖洞过来,救了我们。"她解释说。

听到这里,男孩的眼睛一下子睁大了。"挖隧道?你是另一个筒仓来的,这是真的?"

伊莉斯吃完那片猪肉,舔着手指点点头。

男孩向她伸出一只手。伊莉斯在屁股上擦擦手掌,和男孩握了手。

"我的名字是肖。"男孩说,"还想再来一块吗?我们从柜台下面钻过去,我给你介绍我的父亲。嗨,爸爸,我想要你见一个人。"

"我不能,我正在找小狗。"

肖的眉头皱起来。"狗?卖狗肉的摊子在旁边的巷子里。"他朝远处点点头,"不过猪肉可是好吃多了。狗肉嚼起来像老鼠,而且小狗比大狗还要更贵,味道却是一样的。"

伊莉斯身子一僵。之前她见到的那头脖子被绳子拴住的猪,也许那是一只宠物。也许他们会吃宠物,就像马库斯和迈尔斯总是想要留下一只老鼠,尽管大家一直都很饿。"他们吃小狗?"伊莉斯问男孩。

"当然,只要你有点券。"肖抓住她的手,"和我去烤肉架那边看看。我想要你见见我爸爸。他说你们全都是捏造的。"

伊莉斯抽开手。"我要去找我的小狗。"她转身冲进人群,朝男孩点头的方向跑去。

"你是什么意思?你的小狗……?"男孩在她身后喊道。

伊莉斯绕过一排摊位,又发现了一条烟雾缭绕的过道。这里有一个火堆,几块肉被钎子穿着,放在火上烤,散发出的气味果然更像老鼠肉。一名老妇人正在与一只鸟搏斗。鸟展开双翼,不断拍打她的双手。伊莉斯一脚踩在一堆粪便上,差一点滑倒。这么多稀奇古怪的东西,让她连找小狗的念头都忘了。她听到有人在吆喝狗什么的,就转头去寻找那个声音。一个年纪和里克森差不多的男孩正举着一大块血红的肉,上面还有很多白色的条条,看上去像是骨头。那里有一个围栏,还有几块牌子,上面写着数字。不时会有人停下来朝围栏里看看。一些人还会指指点点地提些问题。

围栏中不断传出狗叫的声音,伊莉斯努力钻过那些人,朝那边挤过去。围栏里有好几只狗。伊莉斯能透过围栏的立柱看见它们。她踮起脚尖,视线几乎就能越过围栏。一头和猪差不多大的狗扑到围栏上,向她吼了好几声。围栏也随着它的动作不停地抖动。幸好它的嘴被绳子捆住了,没办法张开。伊莉斯甚至能感觉到它灼热的呼吸从鼻孔中喷出来。她被吓得急忙躲到一旁。

伊莉斯看见更远处还有一个小一些的围栏。她绕过两个正在摆弄冒烟烤架的年轻男人。那两个人背对着她,从一个女人手中接过一些东西,又给了那个女人一只包裹。伊莉斯抓住小围栏的上沿,向里面望去。这里面有一只狗侧卧着,有五只……不,六只小崽正在吃它肚子上的东西。伊莉斯一开始以为那是六只老鼠,随后才看出那是很小的狗崽。和它们相比,她的小狗几乎就像是已经长大了。那些小崽不是在吃那只大狗。它们在吮吸,就像汉娜的婴儿吮吸汉娜的胸部。

伊莉斯愣愣地看着这些小动物,没有注意到围栏下面有一只狗向她扑过来。一只黑鼻子、粉舌头的小东西突然冒出来,撞在她的下巴上。她向下一看,才发现是小狗。小狗也再次向她跳起来。

伊莉斯高喊一声,伸手越过围栏抱住小狗。这时却有一个人从身后抓住了她。

"我可不觉得你有钱买它。"一个男人在柜台后面说道。

伊莉斯在那个男人的手心里扭动着身子,努力把小狗抱稳。

"别紧张。"那个男人说,"把它放开。"

"放我走!"伊莉斯喊道。

小狗从她的手中掉下去,她也挣脱了那个男人的双手。但她的书包被拽下来。她落在那个男人的脚边,急忙站起身,再次向小狗伸出双手。

"嗯,这个不错。"她听见那个男人说道。

伊莉斯重新抱住她的宠物。小狗的两只后脚也在抓挠围栏,努力要爬出来。它的前爪搭在伊莉斯的肩膀上,湿漉漉的舌头伸到了伊莉斯的耳朵里。伊莉斯转回头,看见一个高大的男人正在俯视她。那个男人的胸前挂着一块满是鲜血的白布,手里拿着她的记忆之书。

"这是什么?"男人一边翻动书页一边问。几张松散的书页脱落出来,他急忙将那几张纸也抓住。

"那是我的书。"伊莉斯说,"把它给我。"

男人低头看着她。小狗在舔她的脸。

"你可以用这本书换那条狗。"男人指着小狗说。

"它们都是我的。"伊莉斯坚持道。

"不,那个畜生可是我花钱买的。"他掂量了一下伊莉斯的书,然后伸手把伊莉斯向摊位外面的人群中推出去。

伊莉斯伸手去抢书。她的书包被丢下。小狗轻轻咬住她的手,再差一点就要从围栏里出来了。她尖叫着要男人把她的东西还给她,同时发现自己又开始哭泣。男人向她露出牙齿,抓住她的头发,显然是发火了。"罗伊!把这只畜生拿走。"

伊莉斯拼命尖叫着。外面的男孩一边朝她跑过来,一边还在向人们吆喝着:"狗肉"。小狗就要自由了。伊莉斯却再一次没能拽住小狗。那个男人快要把她的头发揪下来了。

她失去了小狗。在她的尖叫声中,男人把她从地上提起来。突然间,一道影子闪过,就像一条狗扑过来。但那是一个穿褐色连体服的人,不是褐色的狗毛。高大的男人"哼"了一声倒在地上。伊莉斯也被带倒了。

男人已经不再揪住伊莉斯的头发。伊莉斯看见了自己的书包,还有书。她抓住这两样东西,手中紧紧攥住松散的书页。扑上来的是肖,那个给她猪肉吃的男孩。肖伸手抓起小狗,向伊莉斯一笑。

"跑。"他说了一声,露出雪白的牙齿。

伊莉斯拔腿就跑,躲过那个吆喝狗肉的男孩,跳进了人群,回头一看,发现肖就跟在自己身后。小狗被他头朝下抱在胸前,前爪不停地抓挠着空气。人们纷纷为他们让开道路。但那个狗肉摊的男人也追了过来。

"这边!"肖笑着又喊了一声,跑到伊莉斯前面,拐到一个转角后面。泪水像断线的珠子从伊莉斯眼睛里滚出来。但伊莉斯也在笑。她不停地笑着,感到既恐惧又高兴。她夺回了自己的书和宠物,还逃掉了。这个男孩比双胞胎对她还要好。他们从又一个柜台下面

DUST / 193

钻过去——这次伊莉斯闻到了水果的香气。有人在向他们叫喊。肖跑过一个黑暗的房间,里面有几张凌乱的床铺。他们又跑过一间厨房,里面有一个女人在做饭。从厨房里出来,是又一个摊位。一名黑皮肤高个子的男人朝他们挥舞着一只炒勺。但他们已经跑进人群里了。他们一边跑,一边笑,一边跳着舞……

人群中突然伸出一双手,将肖抓起来。那双手又大又有力,把男孩揪在半空中。伊莉斯踉跄一步。肖踢着两只脚,冲那个男人高声尖叫。伊莉斯抬起头,看到举着肖的是梭罗。梭罗低下头,透过浓密的胡子向伊莉斯露出微笑。

"梭罗!"伊莉斯尖叫一声,用力抱住他的腿。

"这个男孩抢了你的东西?"梭罗问。

"不,他是朋友。把他放下来。"伊莉斯在人群中搜寻那个追赶他们的男人,"我们要走了。"她又用力抱了一下梭罗的腿,"我想回家。"

梭罗揉了揉她的头。"那正是我们要去的地方。"

第二十九章

伊莉斯抱着小狗,让梭罗拿着她的书和书包。他们穿过人群,离开奇市,回到楼梯井中。肖一直跟着他们。就算梭罗让他回去找家人,他还是远远跟在他们身后。伊莉斯和梭罗到下面去找其他人。伊莉斯不停地回头看看一身褐色连体服的肖,绕过中央立柱,或者透过楼梯平台的栏杆,她总是能看到那个男孩。她想了想是否应该告诉梭罗,那个男孩还在,但最终还是没有开口。

到了奇市下面几层,一名搬运工叫住他们,给了他们一封信。信上说珠珠马上就会下来找他们。她让全筒仓一半的搬运工来找伊莉斯。伊莉斯却完全不知道自己走丢了。

他们在下一个楼梯平台等珠珠。梭罗拿出水壶,让伊莉斯喝了些水。伊莉斯又在梭罗满是皱纹的苍老大手上倒了一点水,小狗感激地喝了几口。珠珠仿佛永远都不会下来,但突然间,她来了,带着一阵雷鸣般飞快的脚步声。楼梯平台都在随之晃动。珠珠满身汗水,喘气都显得很吃力。梭罗却没有半点担心的样子。他们两个拥抱在一起。伊莉斯有些怀疑他们是不是要永远这样抱下去。人们在楼梯平台上来来往往,都在用古怪的眼神看着他们。当他们终于放开手的时候,珠珠又哭又笑,对梭罗说了些什么。结果梭罗一下子哭了起来。他们两个都看向伊莉斯。伊莉斯能看出来,他们的心中有秘密,或者是很不好的事情。珠珠将她抱起来,亲吻她的面颊,紧紧抱住她的双臂让她甚至有些难以呼吸。

"会没事的。"她对伊莉斯说。但伊莉斯却仍然不知道出了什么事。

"我去找小狗了。"伊莉斯说道。这时她才想起,珠珠还不知道她的新宠物。她一低头,看见小狗正在舔珠珠的靴子。那肯定是它打招呼的方式。

"一只狗。"珠珠捏了一下伊莉斯的肩膀,"你不能留下它。狗是危险的。"

"它不危险!"

小狗轻轻咬着伊莉斯的手。伊莉斯抽出手,揉了揉小狗的头。

"你们从集市上把它弄出来的?你们去集市了?"珠珠看着梭罗。梭罗点点头。珠珠深吸一口气。"你们不能拿不属于你们的东西。如果你们是从商贩那里拿到它的,那就必须还回去。"

"小狗是从底层来的。"伊莉斯说。她弯下腰,双臂抱住小狗,"它是从机械部来的。我们可以带它回那里。我不去奇市。我为带它上来道歉。"她捏了捏小狗,想到那个男人手里带着白色肋骨的红肉。珠珠又转向梭罗。

"它不是集市的。"梭罗做出证实,"伊莉斯是从机械部的一只箱子里把它拿出来的。"

"好,我们以后再说这件事。我们先要追上其他人。"

伊莉斯能看出,他们都累了。她和小狗也累了。但他们还是立刻就出发了。那两个大人似乎都急着要下去。看到奇市以后,伊莉斯也有同样的想法。她告诉珠珠,她想要回家。珠珠说他们就是要回家去。"我们要让一切恢复原样。"伊莉斯对两个大人说。

不知为什么,她的这句话让珠珠笑了。"你还这么小,怎么学会怀旧了?"

伊莉斯问"怀旧"是什么意思。珠珠回答:"意思是你觉得过去比实际上要更好,只是因为现在真是糟透了。"

"那我很怀旧。"伊莉斯宣布道。

珠珠和梭罗全都笑了起来。不过他们很快又露出哀伤的神情。伊莉斯发现他们一直在交换眼神。珠珠不停地抹着眼睛。终于,伊莉斯忍不住问他们出了什么事。

他们停在楼梯上,对她说了实话,告诉她,在那些疯子将她撞倒、小狗跑掉的时候,马库斯从栏杆上翻了下去。马库斯掉了下去,死了。伊莉斯看着身边的栏杆,完全不明白马库斯怎么能从这么高的栏杆上翻下去,也不明白这一切到底是怎么发生的。但她知道,这就像是爸爸妈妈离开了,永远不会再回来。就像是这样。马库斯再也不会笑着跑过野东西了。她抹了抹脸,为迈尔斯感到难过。迈尔斯再也不是双胞胎了。

"所以我们要回家?"她问道。

"这是原因之一。"珠珠回答,"我根本就不应该带你们到这里来。"

伊莉斯点点头。她对此没有异议。不过她现在有了小狗。小狗是她在这里得到的。无论她是怎样告诉珠珠的,她不打算再让小狗回去。

·····||||······|||||···||||||···

朱丽叶让伊莉斯带路。她的两条腿因为飞奔下来而酸痛不已。这一路上,她不止一次差一点失足摔倒。现在她只想让孩子们团聚在一起,回家去。马库斯的事让她无法不自责。她在憾恨中走下一层又一层,就在这时,无线电响了。

"朱莉,你在吗?"

是雪莉。她的声音听起来很不安。朱丽叶从腰带上拿起无线电步话机。雪莉一定和沃克尔在一起,正在用那位老匠人的装置呼叫她。"说吧。"她一只手扶着栏杆,继续跟随伊莉斯和梭罗向下走。一名搬运工和一对年轻夫妇和她擦肩而过。

"这到底是怎么回事?"雪莉问,"刚刚有一群暴徒冲下来。弗兰基在大门口被打倒了,已经被送去了医务室。现在又有二三十人朝你那条该死的隧道冲过去了。我完全没有得到任何预警。"

朱丽叶估计就是那群杀害了马库斯的人。吉米转过身,看着无线电。他也听到了雪莉的声音。朱丽叶调低音量,以免伊莉斯听到。

"你说又有二三十人是什么意思?还有谁在那里?"她问道。

"你的挖掘队。一些应该去睡觉的夜班机械师。他们想要看看对面是什么样子。还有你派来的委员会。"

"委员会?"朱丽叶放慢了脚步。

"是的,他们说是你派他们来的,还说要检查挖掘工作。他们有你的办公室开的条子。"

朱丽叶想起在市政厅全会前,玛莎说过这件事。但她那时正忙着制作防护服。

"不是你派的?"雪莉问。

"算是吧。"朱丽叶承认,"但另外那群人,那群暴徒,我爸爸在路上撞到了他们。有人因为他们死了。"

无线电另一端沉默了许久,然后雪莉说道:"我听说了,有一个人摔下去了,但还不知道是他们干的。我告诉你,我很想把所有人都从隧道里拽出来,把隧道关闭。朱莉,情况已经失控了。"

我知道,朱丽叶心中想。但她没有将这句话说出来。"我马上就到。我正在下来。"

雪莉没有回应。朱丽叶将无线电插在腰带上,骂了自己一句。吉米也停下来,显然要和她说话。这时伊莉斯已经向下走了一段路。

"很抱歉发生这种事。"朱丽叶对吉米说。

他们两个在沉默中转过一个楼梯拐角。

"隧道里的那些人。我看到他们之中有些拿了不属于他们的东西。"吉米说,"我们被带过来的时候,隧道里很黑,但我看见许多人都扛着我的筒仓里的管道和设备,回到了这个筒仓。好像这一直都是他们的计划。但你和我说过,我们要重建我们的家园,而不是将它当作某种备份。"

"我是这样说的,我也会这样做。我要重建它。到那里之后,我会和他们谈谈。他们不会再拿你们的东西了。"

"所以不是你让他们那样做的?"

"不是。我……我告诉过他们,应该把你和孩子们接过来。那个筒仓对我们而言只是……一种冗余……"

"这就意味着它成为了你们的备份。"

"我会和他们谈,我保证。最后一切问题都会得到纠正。"

他们又在沉默中走了一会儿。

"是的,"梭罗终于说道,"你一直都是这么说的。"

1号筒仓

SILO 1

第三十章

夏洛特在黑暗中醒来，全身都是汗水，这让她感到异常寒冷。金属底板冷得要命。她的脸因为长时间压在钢制地板上而感到疼痛。她从身子下面抽出僵硬的手臂，揉了揉面颊，摸到脸上全都是硌出来的棱形格子。

她隐约想起唐尼遭受的殴打，那仿佛是一个模糊的梦。她在那时蜷缩起身体，一直等待着。不管怎样，她忍住了泪水。不知是因为过于激动而感到疲惫，还是单纯害怕弄出任何动静，她最终还是睡着了。

她仔细倾听一番，确认没有脚步声和说话声之后，她才掀开防水布。外面已经是一片漆黑，就像无人机下面一样伸手不见五指。她从这只巨大的铁鸟肚子下面爬出来，仿佛幼雏离开鸟窝。现在她又感觉到关节僵硬、胸口沉重，一种可怕的孤单包围了她。

她的工作手电还在防水布下面。她彻底掀开防水布，伸出双手摸索了一番，摸到了一些工具，撞散了一套棘轮，发出了很大的声音。她想起无人机的头灯，就从一处外壳打开的地方伸手进去，找到测试开关，按了一下。一片金色的光芒从铁鸟的鸟喙上洒了下来。这足以让她找到工作灯了。

她拿起手电，还有一只大扳手。她已经不再安全。一枚迫击炮弹落进她的营地,炸毁了她的帐篷,夺走了她的战友。现在随时可能有第二枚炮弹带着尖啸声落下来。

她将手电筒对准电梯,唯恐那些电梯会毫无征兆地吐出一堆人来。在一片寂静之中,她只能听到自己的心跳。夏洛特转身朝会议室走去。那是哥哥最后待过的地方。

地面上没有留下打斗的痕迹。会议室里的桌子上依然散落着许多纸张,但可能没有原先那样多。随意放在椅子之间的几只箱子也不见了。他们只是在匆忙中对这个地方进行了简单的清理。也就是说,有人会回来。

夏洛特关掉会议室的灯,转身离开。再次走过唐尼遭到袭击的地方,她看见溅在墙上的血滴。她在睡过去之前努力压抑的哽咽重新攥住了她的喉咙,让她难以呼吸。她不知道自己的哥哥是不是还活着。那个白发男人仿佛依然站在她的眼前,一下又一下地狠命踢着,脸上全是恶毒的怒火。现在,再没有人照顾和陪伴她了。她跑过黑暗的仓库,朝亮着灯的无人机冲过去。她从长眠中被唤醒,看到了一个令人胆寒的世界。此时此刻,她被孤独地留在这个世界里。

无人机头部的灯光洒落在地面上,照亮了一扇门。

她并不是完全孤单的。

夏洛特让自己冷静下来,伸手到无人机内部,关掉机头灯光,又小心地重新盖好防水布。她再不能随便乱放东西了,现在必须考虑随时会有来访者的可能。她举着手电朝那扇门走去,又停住脚步,转身回去拿工具袋。现在调教无人机已经不再重要。拿着工具和手电,她匆匆走过营房,来到走廊尽头的飞行室。远处墙边的工作台上放着这几个星期唐尼收集到的无线电组件。这台无线电是能用的。她和哥哥曾经用这台无线电听到过其他世界的声音。也许她有办法做出一个能发送信号的装置。她在唐尼留下的备用零件中翻找着。无论如何,她也要听到外面的信号。也许她能知道他们会如何处置唐尼。也许她能听到唐尼的声音——或者能够找到另一个人。

第三十一章

每一声咳嗽都在让唐纳德的肋骨爆开成一千片。这些碎片刺穿他的肺和心脏,让他的脊柱涌起一阵阵痛苦的潮汐。他相信,这就是他体内正在发生的事情——这些骨头和神经的炸弹正在纷纷炸开。他已经开始想念只有肺和喉咙感到烧灼的时候。那种折磨要比现在简单多了。身上的伤痛和断开的肋骨让他尝到了旧日里酷刑的味道。昨天的痛苦现在却变成了让他思念的美好感觉。

他躺在自己的小床上,浑身都是血和瘀伤。他完全放弃了逃走的念头。这道门很牢固,天花板上面的空间不通向任何地方。他觉得自己应该不在行政层区。也许是在安全部,或者是住宅区,或者是某个他完全不熟悉的地方。外面的走廊一直保持着怪诞的平静。现在可能是午夜。他不可能去砸门,剧痛的肋骨不允许他这样做。同样痛楚难挨的喉咙让他也无法喊叫。但是最严重的痛苦还是想到他竟然将妹妹牵扯进了这种事情里。现在他最担心的就是夏洛特。如果那些保安和瑟曼回来,他会告诉他们,夏洛特还在下面,并乞求他们的仁慈。对于瑟曼,夏洛特就像女儿一样。唤醒她这件事唯一需要承担责任的只有唐纳德自己。瑟曼会明白这一点。他会让夏洛特再次睡过去,直到一切终结的时候。这样是最好的。

几个小时过去了。这几个小时里,全身受伤的地方都在肿起,他的身上有十几处能感觉到血管的跳动。唐纳德在床上翻来覆去。在这个深入地下的坟墓里，白天和黑夜没有什么区别。身体不正常的高热让他一直在出汗，这不像是伤口感染，更像是悔恨和恐惧导致的燥热。他做了许多噩梦，梦到冷冻舱被点燃，到处都是火焰、寒冰和尘埃，血肉消融，骨头化作齑粉。

就这样昏昏沉沉、时梦时醒，他又做了另一个梦。在一个寒冷的夜晚，他的周围是一望无际的大海，一艘船正在他的脚下沉没，甲板在狂野的海涛之间震颤。他的两只手僵硬地握着舵轮，他呼吸的是一片谎言凝聚成的迷雾。海浪越过船上的护栏。他的旗舰正在沉入海底。周围的水面上全都是燃烧的救生艇。所有女人和儿童都被困在火中，发出凄厉的尖叫。困住他们的救生艇外形就像冷冻舱一样。它们永远也不会到达海岸。

无论在梦中还是醒来的时候，唐纳德都能看清这一点。他咳嗽、喘息、出汗。他还记得自己曾经以为女人被冷冻起来是为了防止发生争斗。但事实恰恰相反。女人和孩子被放进冷冻舱里，就是为了让男人有目标去战斗。他们必须拯救自己的亲人，所以才会勤勤恳恳地在这个黑暗的世界值班，熬过这些暗无天日的黑夜，做着一个永远不可能实现的梦。

他捂住嘴，在床上翻滚，咳出一口血。他还有人要去拯救。人类的愚蠢——这些被诅咒的筒仓就是他建造的，因为他以为这样可以拯救些什么。无论是人类还是这颗行星，都不应该被这样横加干预。人类有权利走向灭绝。这就是生命，有生必有死，只有这样才能为下一代生命腾出空间。但一些人类个体常常会反抗这种自然秩序。他们搞出了非法克隆的孩子、纳米机器人治疗、备用器官、冷冻舱。总有一些人类个体会做这种事。

靴子撞击金属地板的声音表明他的食物来了。无休无止的噩梦也终于告一段落。梦中的疯狂意念和醒来时的肉体剧痛,他不知道哪一样更好一点。不过他知道,送来的一定是早餐,因为他已经饿坏了。这意味着他熬过了一整夜。他以为前来的还会是上次给他送饭的那名保安,不过屋门打开时,出现的是瑟曼。一名身穿银色连体服的保安部成员站在瑟曼身后,面容冰冷。瑟曼一个人走进房间,关上门,确认唐纳德对他不会有任何威胁。和昨天相比,这名老人的情况看上去好多了,体力也恢复了不少。也许是因为他昨天刚刚从冬眠中醒来,也许是因为他的血液中又被注入了一大群新的机器人医生。

"你要把我关在这里多久?"唐纳德坐起身问道。他觉得自己的声音沙哑又遥远,就像是秋天树叶落在地上。

"不会很久。"瑟曼把床脚的箱子拽过来,坐到上面,专注地审视着唐纳德,"你只有几天可以活了。"

"这是医生的诊断吗?还是处决通知?"

瑟曼挑起一道眉弓。"两者都是。如果我们把你留在这里,不给你治疗,你呼吸的空气就会杀死你。不过我们要把你放进冷冻舱里去。"

"上帝不会允许你让我脱离痛苦的。"

瑟曼似乎考虑了一下他的这句话。"我曾经想过把你扔在这里等死。我知道你现在有多疼。我能治好你,或者让你就这样慢慢垮掉。但这两种选择都不合我的意。"

唐纳德想要笑,但笑实在是太痛了。他伸手拿过托盘上的水杯,喝了一小口。杯子被放下的时候,一缕粉红色的血丝盘旋在水面上。

"你最后这次值班真是够忙的。"瑟曼说道,"仓库里少了无人机和炸弹。我们叫醒了几个刚刚被冷冻的人,才知道你都干了些什么。你明不明白,这会导致怎样的危险?"

瑟曼的声音中有一些比恨意更严重的东西。唐纳德一开始还想不出那是什么。不是失望,更和愤怒不沾边。怒意早已从这个人的身上消失了。这是某种被深深压抑的东西,有些像是恐惧。

"会导致什么危险?"唐纳德问,"我一直在收拾你的烂摊子。"他举起杯子晃了晃,算是向他的导师致敬,"你破坏的那些筒仓。这些年里一直黑着的那个筒仓。它一直在……"

"我知道,40号筒仓。"

"还有17号筒仓。"唐纳德清了清嗓子,抓起托盘里的硬面包,干巴巴地咬了一口,咀嚼着,直到腮边感到酸痛,才用带血的水把它灌进喉咙。他知道许多瑟曼不知道的事情——此刻他突然想到了这一点。和18号筒仓的人进行的那些交谈,对那些图纸和笔记的研究。这么多个星期里,他一直在拼合各种线索,而这里的一切都处在他的管控之中。他知道,以现在的身体条件,他不可能在斗殴中赢过瑟曼,但他依然觉得自己才是他们之中的强者——是他掌握的知识让他有这种感觉。"17号筒仓没有死。"他说完这句话,又啃了一口面包。

"我也听说了。"

唐纳德咀嚼着。

"今天,我关闭了18号筒仓。"瑟曼平静地说,"那处设施让我们付出了多少代价……"他摇摇头。唐纳德不知道他有没有想起维克托——他们的最高首脑,在18号筒仓发生的一场起义中,维克托躲在办公室里一枪打爆了自己的脑子。很快他又想到,那些曾经被他寄托巨大希望的人也不复存在了。他一直在偷偷给夏洛特搜集零件，梦想着能够结束这些筒仓的囚禁，能够重新拥有蓝天下的未来，最终一切都只是一场空。他咽下去的这块面包带着一股陈腐的味道。

"为什么？"他问道。

"你知道为什么。你和他们说过话，不是么？你认为那个地方会变成什么样子？你又在想些什么？"瑟曼的声音中第一次流露出一丝怒意，"你认为他们会拯救你吗？我们之中有谁真的能够得救？你到底在想什么？"

唐纳德不打算回答，但他还是像咳嗽一样自然地开口说道："我认为他们应该拥有更好的生活。我认为他们应该得到一个机会……"

"一个什么机会？"瑟曼摇摇头，"没关系，没关系。我们已经制订了充分的计划。"后面这句话，他只是在低声自言自语，"遗憾的是，我必须睡觉，没办法在这里管理每一件事。这就像是当你需要亲自在场的时候，却只能派出无人机，手里攥着操纵杆。"瑟曼在空中挥出一拳，然后又审视了一会儿唐纳德，"等到早晨，我们首先就会把你冷冻起来。你根本不配得到这样的待遇。在摆脱掉你之前，我想让你告诉我，你是怎么做到的，你怎么会顶着我的名字出现在这里？我不能让这样的事情再次发生……"

"所以，我现在成为了一个威胁。"唐纳德又喝了一口水，润了润喉咙里发痒的地方。他试着深吸一口气，胸部的剧痛让他一下子弯起了腰。

"你不是，但下一个这样做的人可能是。我们努力考虑到了所有问题，但我们一直都知道，最大的弱点——任何系统最大的弱点，都是来自于顶层的叛乱。"

"就像12号筒仓。"唐纳德记得,黑影就是从那座筒仓的服务器房钻出来的。他亲眼见证过当时的情况,并且结束了那座筒仓,还写了一份报告。"你们怎么会没有预料到那里将要发生的事情?"

"我们预料到了。我们为每一件事制订了计划。所以我们才会有备份,才会有为操作组吸纳新成员的仪式。我们制造了测试一个人灵魂的机会,那也是我们放置定时炸弹的盒子。你太年轻了,不懂得这些。但对人类而言,最难以掌控的任务,就是如何做好最高权力的交接,这件事我们一直都没能做得很好。"瑟曼摊开双手,一双苍老的眼睛光芒闪烁,政治家的气息在他身上重新醒来,"不过现在不同了,我们用冷冻舱和轮班模式解决了这个问题。权力是暂时的,但它会一直留在少数几个人的手中。不会再有权力交接了。"

"恭喜。"唐纳德啐了一口。他记得自己曾经建议瑟曼当总统,而瑟曼认为那其实是一种降职。现在唐纳德明白了。

"是的,这是一个很好的系统,直到你想要颠覆它。"

"如果你回答我一些问题,我会告诉你,我是怎样做到的。"唐纳德捂住嘴,咳嗽起来。

瑟曼皱着眉头等他停下。"你就要死了。我们会把你放进盒子里,那样你至少可以继续做梦,直到终结。你又想知道什么呢?"

"事实。我已经知道了很多,但还有几处漏洞,这几个漏洞比我肺上的洞更让我苦恼。"

"对此我深感怀疑。"瑟曼这样说着,却似乎在考虑唐纳德的提议,"你想要知道什么?"

"那些服务器。我知道那里面有什么——筒仓里每一个生命的全部细节信息。他们在哪里工作,做什么,活了多久,有多少孩子,吃什么,去哪里,一切的一切。我想要知道,这些信息有什么用。"

瑟曼审视着他,什么都没有说。

"我发现了那些百分比数字。那张不断变动次序的列表。那是人们在筒仓打开时能够活下来的概率,对不对?但系统是怎么知道的?"

"系统知道。"瑟曼说,"你认为筒仓就是做这个的?"

"是的,我觉得一场战争正在进行,一场爆发在所有筒仓之间的战争,只有一个筒仓能够胜出。"

"那么你想从我这里得到什么呢?"

"我觉得一定还有别的一些事。告诉我,我就告诉你,我是如何取代你的。"唐纳德坐起身,抱住自己的小腿。持续的咳嗽折磨着他的喉咙和肋骨。瑟曼等待着,直到他咳完。

"服务器所做的和你说的一样。它们一直在追踪所有人的生活,对他们进行衡量。它们还会决定生育彩票的结果,这意味着我们会以一种非常真实的方式塑造这些人。我们提升了我们的机会,让最好的人能够茁壮成长。这些机会让我们致力于保存的东西可以更加长久地持续下去。"

"当然。"唐纳德觉得自己很愚蠢。他早就应该知道。他曾经一遍又一遍地听瑟曼说过,他们不能留下任何随机性,难道他们会允许生育彩票是随机的吗?

他注意到瑟曼看着他的眼神。"该你了。"瑟曼说,"你是怎么做到的?"

唐纳德身子向后靠在墙上,在瑟曼的注视下用拳头捂住嘴,继续咳嗽着。而瑟曼只是瞪大眼睛看着他,一语不发。"是安娜,"唐纳德说,"她发现了你的计划。她帮助过你以后,你打算让她进入深度冻结。她害怕自己再也不会醒过来。是你给了她权限,让她能够修正你们在40号筒仓遇到的问题。她对系统进行了篡改,我才能取代你的位置。她还留下信息,请求我的帮助。那个信息就在你的信箱里。我觉得她是想要毁掉你,结束这一切。"

"不。"瑟曼说。

"哦,是的。我刚醒过来的时候,还不明白她想让我做什么。等我发现的时候,已经太晚了。而且40号筒仓还是有问题。我醒来开始这一轮值班的时候,40号……"

"40号已经被处理了。"瑟曼说。

唐纳德向后仰起头,盯着天花板。"只是他们让你这样以为罢了——这就是我的想法。我认为40号筒仓黑进了系统。安娜发现的就是这个。他们黑进了他们的监控摄像,这样我们就不可能知道那里到底发生了什么。一个反叛的技术部主管,一场从顶层爆发的叛乱,就像你说的。监控摄像被切断,那里陷入一片黑暗。但是在那之前,他们已经切断了输气管道,这样我们就不可能杀死他们;更早些时候,他们还破坏了爆炸装置,所以无论发生什么,我们都不可能毁掉他们的筒仓。他们按部就班、有条不紊,等到他们那里变黑的时候,他们已经接管了一切。就像我,就像安娜对我做的事情。"

"他们怎么可能……?"

"也许她帮了他们,我不知道。她帮了我。不管怎样,消息已经传播出去了。或者也许是在安娜收拾了你们的烂摊子之后,发现他们才是对的,你们是错的。也许她是在最后一刻留下了40号筒仓,让他们为所欲为。我觉得她是认为,他们有可能拯救我们所有人。"

唐纳德一边咳嗽，一边回忆起古老时代所有的那些英雄传奇，那些为正义而战的人。他们总是能克服不可想象的困难，总是能拥有幸福的结局——全都是谎话。不是英雄赢得胜利，而是恰巧能赢得胜利的人成为了英雄。只有活下来的人能够在历史中留下故事，死人一句话都不会说。所有那一切都是谎话。

"我在明白到底出了什么事之前就轰炸了40号筒仓。"唐纳德注视着天花板，感觉到所有这些层区的重量，那些无法承受的泥土，还有那片同样沉重的天空，"我轰炸了他们，因为我需要引开别人的注意力，因为我不在乎。我杀死了安娜，因为她把我带到这里，因为她救了我的命。无论在地上还是在地下，我都是在为你做事，不是么？我平息了两起叛乱，那是你根本没有预见到的……"

"不。"瑟曼站起身，俯视唐纳德，全身散发出强烈的压迫感。

"是的。"唐纳德眨眨眼，让涌出的泪水不至于遮住视线。他能感觉到自己的心上有一个洞——那里曾经充满他对安娜的愤怒。现在那个洞里只剩下愧疚和悔恨。为了正确的事情，他杀死了最爱他的人，但他从没有停下来问过、想过、探讨过。

"当你打破自己的规则时，你就挑起了这场暴动。"他对瑟曼说，"当你将她唤醒的时候，你就开始了这一切。你是弱者。你对一切事物造成威胁，而我修正了问题。你本就该死，因为你听了她的话，因为你把我带到这里，因为你把我变成这种样子！"

唐纳德闭上眼睛，感觉到泪水滚落，透过眼皮的光暗下来——瑟曼的影子落在他脸上。他向后仰头，抬起下巴，准备承受又一轮殴打。他想到海伦，又想到安娜，还有夏洛特。他还要告诉瑟曼，夏洛特就在下面。必须在殴打开始之前告诉他。他应该挨揍，因为他帮助了瑟曼这个怪物和他的同伙，因为每一次，他都愚蠢地成为他们的工具,但他先要把夏洛特的事告诉瑟曼。他刚张开嘴,却有一道光穿过他的眼皮——瑟曼的影子移走了。随后是愤怒的关门声。

18号筒仓

SILO 18

第三十二章

将耳机插头插进1号插孔之前,卢卡斯就感觉有些不对劲。服务器上方的红灯全都在闪烁,但时间不对。来自1号筒仓的呼叫每天都像闹钟一样准时。这次呼叫是在晚餐时间。蜂鸣声和灯光的闪烁先是出现在他的办公室,然后又转移到走廊。老安全主管西姆斯在休息室找到卢卡斯。卢卡斯才知道有人要联系他。他的第一个念头是他们的神秘恩人要向他们发出警告;或者也许是要感谢他们,因为他们终于停止了挖掘。

耳机刚一插好,卢卡斯的耳朵里就响起了信号连接的"咔哒"声。头顶上地狱般的闪光终于停止了。"喂?"他问了一声,便屏住呼吸。

"你是谁?"

对面换人了。声音还是一样,但用辞不对。为什么这个人不知道他是谁?

"我是卢卡斯,卢卡斯·凯尔。你是谁?"

"让我和你们筒仓的主管说话。"

卢卡斯站直身子。"我就是这座筒仓的主管。世界秩序第五十操作组的第18号筒仓。和我说话的是谁?"

"你正在和想象出这个世界秩序的人说话。现在,把你们的主管叫来。我看到他的名字是……伯纳德·霍兰德。"

卢卡斯差一点就告诉对方,伯纳德已经死了。所有人都知道伯纳德死了。这是一条生命真实的结果。他亲眼看着伯纳德宁可被烧死,也不愿意出去进行清洁,更不愿意得到拯救。但这个人不知道。这条语音连线另一端的情况应该相当复杂。这条不可违逆的连线,从那边传过来的信息不止一次让这个房间战栗不已,但就算是众神也不是万能的。或者是1号筒仓的那些人从不在同一张桌子上吃饭,或者是那个自称唐纳德的人在他的筒仓里是一个彻头彻尾的叛徒——比卢卡斯想象中反叛得更彻底。或者——如果朱丽叶在这里,她一定会说,这些人根本就是在玩弄他们。

"伯纳德……啊,他现在不太舒服。"

随后是片刻的停顿。卢卡斯能感觉到汗水从自己的额头和脖子上冒出来。服务器散发出的热量和这次谈话在同时对他产生作用。

"他多久能回来?"

"我不确定。我可以,呃,现在去找找他?"卢卡斯的声音在这句话的末尾提高了,尽管他本意不是在提问。

"15分钟。"那个声音说,"那以后,情况对于你和你们那里的每一个人都将变得非常糟糕——注意,是非常糟糕。15分钟。"

不等卢卡斯进行辩解或者争取更多时间,"咔哒"一声,连线断了。15分钟。这个房间还在战栗。他需要朱莉。他还需要找人伪装成伯纳德,也许纳尔逊可以。这个人说他想象出了这个世界秩序,他是什么意思?这不可能。

卢卡斯开始快步跑向梯子,迅速爬下去,从充电架上抓起步话机,又爬上梯子。他要去找纳尔逊,在路上呼叫朱丽叶。从某种角度讲,他早就知道会有这样一次对话。总会有人想知道18号筒仓到底发生了什么,但这样的质问一直没有出现过。他本来还在等待,当质问到来的时候,他却发现自己毫无准备。

"朱莉?"一爬上梯子,他就打开了步话机。如果朱丽叶不回应该怎么办?15分钟,然后会发生什么?他们会让这座筒仓陷入怎样糟糕的境况?那个唐纳德也常常会丢给他各种可怕却又空洞的警告。但这次感觉不一样。卢卡斯又呼叫了一次朱丽叶。他的心脏不应该跳得这么快。他打开服务器房的大门,在走廊中一路飞奔。

"我能过一会儿再回给你吗?"朱丽叶问道——卢卡斯手里的步话机终于传来了她夹杂着静电噪声的话语,"我在下面遇到了很糟糕的事,5分钟以后?"

卢卡斯吃力地喘息着,躲过走廊中的西姆斯。西姆斯则转过身,看着从身边冲过去的技术部主管。纳尔逊应该是在防护服实验室。卢卡斯按下通话键:"听我说,我现在就需要帮助。你还在往下走?"

"不,我到了。我刚刚把孩子们留给我爸爸。我要去沃克尔那里拿电池。你在跑步吗?你不会是要下来吧?是吗?"

卢卡斯深吸了几口气。"不,我要去找纳尔逊。有人呼叫了我们,要求和伯纳德通话,还威胁说,如果见不到伯纳德,我们就会有麻烦。朱莉——这件事让我有一种非常不好的感觉。"

他绕过一个拐角,看见防护服实验室的门敞开着。密封胶带在门框周围晃动。

"镇定。"朱丽叶对他说,"放轻松。呼叫我们的是谁?为什么你要找纳尔逊?"

"我要让他和那个人说话,让他伪装成伯纳德,至少给我们争取

DUST / 217

一下时间。我不知道呼叫我们的是谁。那边的声音听起来都一样。但人肯定不一样。"

"他说了什么?"

"他要找伯纳德,还说是他想象出了世界秩序第五十操作组。该死,纳尔逊不在。"卢卡斯朝那些工作台和工具柜扫了一眼。他记得自己刚刚从西姆斯身边跑过去。那名老安全部主管也有权进入服务器房。卢卡斯离开防护服实验室,冲回到走廊里。

"卢卡斯,你这些话一点逻辑都没有。"

"我知道,我知道。嘿,我等一下再和你说,我要去找西姆斯……"

他又沿着走廊往回跑。一间间办公室从他眼前掠过。大部分办公室都空着。现在技术部许多人都被调到了其他地方,还有不少人去吃饭了。他看见西姆斯正转过一个拐角,朝安全闸走过去。

"西姆斯!"

安全部主管从转角探出头,又走回来,看着冲向他的卢卡斯。卢卡斯不知道现在过去了多少分钟,也不知道连线另一端的那个人的时间观念有多严苛。

"我想请你帮一个忙。"卢卡斯朝服务器房的门口一指。那里位于两条走廊的交叉处。西姆斯转过身,和他一起来到那道大门前。

"什么事?"

卢卡斯输入自己的密码,推开门。屋内天花板上的红色灯光又开始闪动。现在不可能已经过了15分钟。"我需要你帮我个大忙。"他对西姆斯说,"听着,这件事……很复杂。我需要你和某个人对话,而且你要伪装成伯纳德。你和他很熟,对吧?"

西姆斯停下脚步。"装成谁?"

卢卡斯转过身,抓住这名大汉的胳膊,拽着他继续向前走。"没有时间解释了。我需要你回答那个人的几个问题。就把它当作一次演习好了。只不过你要装作是伯纳德。告诉你自己,你是伯纳德。你可以装作是在生气,或者是有别的什么事。尽快结束通话,说得越少越好。"

"我要和谁通话?"

"以后我会给你解释。我需要你帮我渡过这一关,骗过那个家伙。"他领着西姆斯来到那台敞开后盖的服务器柜前,将耳机递给他。西姆斯审视着这副耳机,仿佛从没见过这种东西。"把它戴在耳朵上。"卢卡斯说,"我要插上插头了。这和步话机一样。记住,你是伯纳德。尽量像他那样说话,好吗?你就是他。"

西姆斯点点头。现在他满脸通红,额头上滚下了一颗汗珠,紧张得就像个小伙子。

"开始。"卢卡斯插上插头,同时感觉西姆斯可能比纳尔逊更合适。这样他们就能争取到一些时间,让他可以搞清楚到底发生了什么事。他看到西姆斯打了个哆嗦——一定是耳机里有声音了。

"喂?"西姆斯问道。

"自信一点。"卢卡斯悄声说道。他手里的步话机在一阵"哔啵"声之后,响起朱丽叶的声音。卢卡斯急忙把音量调低,以免被连线另一端的人听到。他只能等一下再回话了。

"是的,我是伯纳德。"西姆斯捏着鼻子说道,声音显得高亢又紧张,听起来更像是男人在装成女人,和上一任筒仓主管没有多少相似之处。"我是伯纳德。"西姆斯又说了一遍,这一次显得更加坚定。他转向卢卡斯,露出哀求的眼神,看上去一副无能为力的样子。卢卡斯抬手画了一个小圈。西姆斯一边听连线的那个人说话,一边点点头,然后摘掉耳机。

"还好吗?"卢卡斯悄声问。

西姆斯把耳机递给卢卡斯。"他想要和你说话。抱歉,他知道我不是他。"

卢卡斯呻吟一声,将步话机夹到胳膊下面。朱丽叶的声音微弱又遥远。他戴上耳机,感觉到沾满汗水的耳机变得很滑。

"喂?"

"你不应该这样做。"

"伯纳德……我联络不到他。"

"他死了。是事故,还是被谋杀了?你们那边到底出了什么事?谁在管事?我们没有得到相关信息。"

"管事的是我。"卢卡斯非常清楚地感觉到,西姆斯正在盯着他,"这边一切正常。我可以让伯纳德呼叫你……"

"你一直在和我这边的一个人对话。"

卢卡斯没有回应。

"他都告诉了你什么?"

卢卡斯朝身边的木头椅子和成堆的书瞥了一眼。西姆斯顺着他的目光看过去,才发现这里竟然有那么多纸,不由得一下子瞪大了眼睛。

"我们一直在谈论人口报告的事。"卢卡斯说,"我们平息了一次暴动。是的,伯纳德在战斗中受了伤……"

"我这里有一台机器,只要你说谎,它就能告诉我。"

卢卡斯感到有些头晕。这看似是不可能的,但他相信这个人的话。他一转身,瘫坐在椅子里。西姆斯警惕地审视着他。他的安全部主管能看出来,情况不对头。

"我们在竭尽全力。"卢卡斯说,"这里的一切都秩序井然。我是伯纳德的学徒。我通过了仪式……"

"我知道,但我认为你已经被囚禁了。我非常难过,孩子,我在很早以前就应该这样做。这样对每个人都好。我真的很难过。"然后,那个声音突然变小了很多,流露出一种隐秘的意味,仿佛那个人正在对其他人下达命令:"把他们关闭。"

"等等……"卢卡斯一边说,一边转向西姆斯,现在他们两个彼此对视,显然都没有任何办法,"让我……"

还没等他把话说完,他们头顶上传来一阵"嘶嘶"声。卢卡斯抬起头,看到一团白雾翻滚着从通风口落下,迅速向四周扩散。他记得自己很久以前看见过这种排气的景象。那时他被锁在服务器房里。机械部的人想要用废气呛死他。他还记得自己在那间密室中很快就要窒息的感觉。但这团雾气不一样。它更浓厚,看上去更加险恶。

卢卡斯用衬衫捂住嘴,高声叫喊着要西姆斯跟着他。他们跑过服务器房,在高大的黑色服务器中间慌不择路地狂奔,尽可能避开那些白烟。他们来到通向外面的大门前。卢卡斯相信这道门应该是气密门。门锁面板的指示灯欢快地闪着红光——卢卡斯不记得自己把这道门锁住了。他屏住呼吸,输入自己的密码,等待灯光变绿。没有效果。他集中精神,又输入了一遍。现在他因为缺氧感觉有一点头重脚轻。键盘发出一阵蜂鸣,那只红色的独眼继续向他眨动着。

卢卡斯转向西姆斯,想要抱怨一句,却看到那名大个子正低头端详着自己的手掌。他的两只手上全是鲜血——从西姆斯的鼻子里流出的鲜血。

DUST / 221

第三十三章

朱丽叶咒骂着自己的步话机,过了许久才终于允许沃克尔对它进行检查。柯特妮忧心忡忡地看着他们两个。卢卡斯那边在很短时间里传来了几次信号,但每一次都只有奔跑的脚步声和他急促的呼吸声,要不然就是一阵静电噪声。

沃克尔检查了这支步话机。他在上面添加的旋钮和表盘为这台机器增加了不必要的复杂度。他将上面的一个部件摆弄了几下,耸耸肩,揪扯着胡须说:"我看没问题。一定是另一边出了问题。"

这时,工作台上的另一部无线电响了,是沃克尔制作的那台大无线电——它的天线一直延伸到天花板上,又垂挂下来。一阵静电爆破音之后,一个熟悉的声音响起:"喂?有人吗?我们这边出问题了。"

朱丽叶立刻跑过工作台,抢在沃克尔和柯特妮之前抓起麦克风。她认得这个声音。"汉克,我是朱丽叶。出什么事了?"

"我们……啊,中层报告说出现了蒸汽泄漏。你还在那个区域吗?"

"不,我在机械部。什么种类的蒸汽泄漏?从哪里漏出来的?"

"我认为是在楼梯间。我已经到了楼梯平台上,暂时什么都没有看见,但我听到上面有喧哗声。听起来像是有非常非常多的人在奔跑。不知道他们是在向上还是向下。不过还没有火警。"

"等一下,等一下。"

另一个声音插进来。朱丽叶认出那是警长彼得。他在一片喧闹中高声呼喊,显然是想让周围的人安静下来,好让他说话。

"说话,彼得。"

"朱莉,我这里也有泄漏。就在气闸舱。"

朱丽叶看向柯特妮,后者耸耸肩,于是她转头对步话机说:"确认你在气闸舱里看到了烟。"

"我觉得那不是烟。是在你增加的那个气闸舱里,那个新舱室。等等,不……这可真奇怪。"

朱丽叶察觉到自己正在沃克尔和工作台之间踱步。"什么奇怪?描述你看见的情况。"她怀疑是发生了废气泄漏,可能主发电机出了什么问题。他们不得不关掉主发电机,但备用发电机现在也用不了。该死,这正是她最担心的。柯特妮向朱丽叶皱起眉头,或许她也想到了同样的可能性。该死,该死!

"朱莉,黄色舱门打开了。重复,气闸舱的内门完全打开了。不是我干的。它不久之前刚被锁上。"

"那些烟怎么样了?"朱丽叶问,"情况在恶化吗?伏低身子,把脸遮住。你应该找一块湿抹布……"

"那不是烟。它就在你新焊起来的那道门里。那道门还关着。我正透过玻璃进行观察。现在那些烟都在气闸舱里面。而且我……我能透过黄色舱门看见……它完全打开了,它……我的天哪……"

朱丽叶感觉到自己的心跳在加速。彼得的语调让她无法不担心。自从认识彼得以来,她还从没听过他说这种话。而且她和彼得一起经历过不少非常糟糕的时刻。"彼得?"

"朱莉,外门打开了。我再说一遍,气闸舱外门完全打开了。我能直接看到外面……那似乎是一条坡道。我觉得我看到的就是外面。众神啊,朱丽叶,我直接看到了外面……"

"我要你立刻离开那里。"朱丽叶说,"什么都不要管了,赶快出来。封闭自助餐厅的门。用你能找到的一切东西堵死它,胶带也好,填料也好,厨房里有什么就用什么,明白?"

"是,是。"彼得的声音显得很吃力。朱丽叶回想起卢卡斯刚才正要告诉她,发生了很糟的事情。她看向沃克尔,老工匠还在摆弄那只新步话机。现在朱丽叶只想要回原先那只步话机。她真不应该让沃克尔改装这东西。"我需要你连通。"她说道。

沃克尔无可奈何地耸耸肩。"我正在试。"

"朱莉,还是我,彼得。现在有大量的人正从楼梯上来。我能听见他们的声音。听起来好像有半个筒仓的人都上来了。我不知道他们为什么要来这里。"

朱丽叶想到汉克刚刚的报告——楼梯上有大规模的人群。如果是火灾,人们或者应该拿水管救火,或者应该疏散去安全的层区,等待援助。为什么人们会跑上去?

"彼得,不要让他们靠近你的办公室。让他们远离气闸舱。不要让他们过去。"

朱丽叶的脑子在飞快地转动。如果她在上面,会怎么做?她一定会穿上防护服,去关闭那些门。但这就意味着要打开新气闸舱的门。新气闸舱的门!那道门本来不应该在那里的。如果没有它,就算不考虑那些烟雾,外面的空气现在也会直接灌进筒仓。外面的空气……

"彼得?"

"朱莉……我……我没办法留在这里。所有人都疯了。他们已经冲进了我的办公室,朱莉。我……我不想朝人们开枪……我不能。"

"听我说。那些气体,是氩气,对不对?"

"那……也许吧,是的,看上去像是氩气。我只有一次看到它充满气闸舱,是你出去的时候,不过,是的……"

朱丽叶的心向下一沉,头痛得要命。她的脚感觉不到地面了,但她还在徘徊,内心空虚、全身麻木,几乎听不到声音。那种气体,是毒气。样本罐上的封条不见了。该死的1号筒仓,那个家伙该死的威胁。他真的动手了。他要把他们全都杀死。上千个计划和方案掠过朱丽叶的脑海,但没一个有用,全都毫无希望,全都太晚了。实在太晚了。

"朱莉?"

朱丽叶捏住麦克风,要回应彼得,才意识到那声音来自沃克尔的手心,来自那只步话机。

"卢卡斯。"朱丽叶喘息着,泪水模糊地向步话机伸出手。

第三十四章

"朱莉？该死,我刚才把音量调低了。你能听到吗？"

"听得到,卢卡斯,到底出了什么事？"

"该死,该死。"

朱丽叶听到一阵叮叮咣咣的声音。

"我没事,我没事,该死,是血？好吧,我到密室了,你还在吗？"

朱丽叶这才意识到自己屏住了呼吸。"你在和我说话吗？什么血？"

"是的,我在和你说话。我从梯子上摔下来了。西姆斯死了。他们动手了。他们要彻底关闭我们的筒仓。我该死的鼻子。我正要进入密室……"信号变成一串杂音。

"卢卡斯？卢卡斯！"朱丽叶转向沃克尔和柯特妮,两个人都瞪大了眼睛,眼睛里都带着泪水。

"……不行,那边没有信号。"卢卡斯的声音含混不清,仿佛他正捏着鼻子,想要忍住一个喷嚏,"宝贝,你必须找一个封闭的空间,我没办法给鼻子止血……"

恐慌涌上朱丽叶的内心。他们的筒仓会被关闭。只要按下一只按钮,他们就全完了,彻底结束,就像梭罗的筒仓。也许她停滞了一秒钟、两秒钟,在这短暂的一瞬,她回想起梭罗讲述的筒仓被摧毁的故事——人群冲向顶层，暴露在外面的空气中。无数尸体堆积在一起，直到许多年后，她从那里经过的时候还是要费很大的力气。在这一瞬间，她在时间的长河里打了一个来回——17号筒仓的过去，她亲眼看到同样的劫难在她的家园上演，也看到了他们严酷的未来，她的世界将会变成的样子。她还知道这一切会如何结束。她知道，卢卡斯已经死了。

"别管无线电了。"朱丽叶对卢卡斯说，"卢卡斯，现在无线电没用了，把你自己封闭在密室里。我会尽量多救一些人。"

她抓起步话机，向她的筒仓发出呼叫，"汉克，听到我说话了吗？"

"是的……"她能听见汉克的喘息，"喂？"

"让所有人到下面的机械部来。你能找到的每一个人，用你最快的速度，马上。"

"我觉得，我应该上去。"汉克说，"所有人都在向上跑。"

"不！"朱丽叶在步话机中尖叫了一声。沃克尔被吓了一跳，手里无线电的麦克风都掉了，"听我说，汉克，把你能找到的每一个人都弄下来，弄到这里来，马上！"

她双手握住步话机，目光扫过整个房间，看看她还应该带上什么。

"我们要封闭机械部吗？"柯特妮问，"就像上次一样？"

柯特妮想的一定是起义时用钢板将安全闸门焊死的那一次。现在安全闸门上的焊接痕迹依然清晰可见，只是那些钢板早就不见了。

"没有时间了。"朱丽叶没有说出口的是，这样做可能根本没用。空气已经被污染了，谁也不知道筒仓还能坚持多久。她意识的一部分一直在想着上面那些人,那些她无法拯救的人和物。现在这个世界里所有她需要的和有用的东西,都在遥不可及的地方。

"带上所有重要的东西,我们走。"她看着两个人,"我们现在就要走了。柯特妮,带孩子们回到他们的筒仓……"

"但你说过……杀死马库斯的那些暴徒……"

"没时间理他们。快走,带上沃克尔。带他去挖掘机那里。我会去那里找你们。"

"你要去哪里?"柯特妮问。

"尽量多找些人。"

和喧嚣的顶层完全不同,机械部的走廊里看不到任何恐慌。朱丽叶在一片日常景象中飞奔。人们走来走去,有人去上班,有人刚下班。手推车里装满了备用零件和沉重的泵机。焊接的火花像雨点一般洒落。手电光时明时暗,在人们手中来回晃动。步话机和无线电让朱丽叶在底层最早得到了消息,其他人依然一无所知。

"到挖掘机那里去。"朱丽叶向所有从身边经过的人高喊,"这是命令,马上,快去!"

人们又过了一段时间才做出反应,许多人提出问题,找出各种拖延的理由,解释他们要去什么地方、他们很忙、现在没有时间。

朱丽叶看见道森的妻子雷娜。她刚刚下班。朱丽叶抓住她的肩膀。雷娜瞪大了眼睛,身子一僵——谁被这样抓住大概都会是这种反应。

"去教室,"朱丽叶对她说,"带上你的孩子,带上所有孩子,带他们到隧道另一头去,马上。"

"到底出什么事了?"有人在问。有几个人在这条狭窄的过道中挤到了一起。朱丽叶早班的一个老助手也在这里。人群正在向这里聚集。

"到该死的挖掘机那里去。"朱丽叶喊道,"我们要立刻疏散。带上你们能找到的每一个人,带上你们的孩子,你们需要的一切。这不是演习。走,快走!"

朱丽叶用力拍手。雷娜是第一个转身跑开的。她费了很大力气才挤过走廊中的人群。那些熟悉朱丽叶的人也很快就开始了行动,其他人渐渐被带动起来。朱丽叶跑向楼梯井,一边继续高喊着要每一个人到另外一座筒仓去。她跳过安全闸门。执勤的保安抬起头看着她,吃惊地喊了一声,"嘿!"她能听见身后有其他人在呼喊,让所有人跟上、赶快走。在她前面,楼梯井正在颤抖。她能听到焊点在尖叫、松动的支柱"嘎嘎"作响。这些声音又被靴子撞击台阶钢板的声音所淹没。

朱丽叶站在筒仓底部,透过螺旋楼梯和筒仓混凝土墙壁之间的宽大空间向上望去。一个个楼梯平台高悬在她的头顶上方,宽阔的楼梯在高处变成细长的螺旋条纹。中央竖井逐渐陷入黑暗之中。就在这时,她看到高处出现了烟尘一样的白色云雾,似乎是从中层飘出来的。

她按下步话机。

"汉克?"

没有回应。

"汉克,回来。"

楼梯井中回荡着沉重却又遥远的喧嚣声。朱丽叶向楼梯井中央走过去,一只手按在楼梯栏杆上。栏杆在震动,让她的手发麻。

靴子撞击台阶的声音变得更加响亮。她抬起头,能看到几只手沿着楼梯扶手滑下来,还能听见一些人在高呼着鼓励和困惑的言辞。

几个人从一百三十几层下来,转过最后一个弯,似乎不知道要向哪里走。看他们困惑的表情,这些人应该完全不知道螺旋楼梯的尽头是什么样子,不知道他们的家园下面还有完全是混凝土的层区。朱丽叶高喊着要他们赶快进来,又转头叫机械部里面的人给他们带路,带他们通过安全闸。那些人慌慌张张地跑了过来,大部分人双手都空着,有几个孩子被抱在胸前或者拖在身后,还有一两个人胳膊上挎着包袱。他们都在说火和烟的事情。一个男人慢吞吞地走在最后,一只手捂着不断流血的鼻子。他坚持说,他们应该向上走,这里的所有人都应该上去。

"你,"朱丽叶抓住那个男人的胳膊,仔细审视他的脸,还有从他的指节上不断滴落的猩红色液体,"你从哪里过来的?出了什么事?"她指了指那个男人的鼻子。

"我摔了一跤。"男人放下手,对朱丽叶说,"我当时正在上班……"

"好吧,没事了,跟上其他人。"朱丽叶朝机械部里面一指。这时她的步话机里传出一阵混乱的声音——全是喊叫和令人心悸的巨大噪声。朱丽叶从楼梯旁走开,捂住一只耳朵,将步话机放到另一只耳朵上。她隐约能听到彼得的声音。于是她等待着,直到彼得那里的状况告一段落。

"我听不清你在说什么!"她喊道,"出什么事了?"

她再次捂住耳朵,努力分辨彼得的话音:"……要过去了,要去外面。他们要出去……"

朱丽叶的后背靠在混凝土墙壁上,身体一点点地向下滑落,直到在墙角蹲下。已经有几十个人匆匆忙忙地跑下楼梯。其中还有一些穿着黄色连体服的物资部人员，带着为数不多的几样东西。汉克终于下来了，他指挥人群进入机械部，大声喝止那些想要回去的人，把走错路的人叫回来。机械部里也出来了几个人帮忙。朱丽叶只是集中精神倾听彼得的声音。

"……无法呼吸。"彼得说，"云雾进来了。我在厨房里。人们不断涌进来。每一个人都疯了，倒在地上，每一个人都死了。外面……"

现在每说一个字，彼得都要喘一口气。步话机咔哒一声断线了。朱丽叶冲着步话机尖叫了几声，但她已经叫不回彼得。她凝视着大楼梯，看见白雾在上空缭绕，似乎正在变得更加浓重，向下面不断压迫过来，让朱丽叶感到胆战心惊。

就在这时，某种黑色的东西出现在半空中——白色云雾中冒出一团黑影。它在迅速变大，伴随着一声惨叫，凄厉恐怖的嗓音刺穿空气，越过一层层楼梯平台，在楼梯井的另一边，沉重的撞击声响起，一个人狠狠砸在地面上。朱丽叶的脚底甚至都能感觉到这残暴碰撞的震波。

又是一阵尖叫。这次声音来自于刚刚下来的那几十个人——上面层区仅有的一些幸存者。他们争先恐后地冲进机械部。那片白雾充满了楼梯间，它不断下降，如同死神的重锤。

第三十五章

朱丽叶跟在其他人后面走进机械部——她是最后一个进去的。安全闸上的阻隔臂已经被撞开了一根。人群拥挤在安全闸门前，有人从侧面的豁口跳了进去。本来任务是阻止这种行为的保安正在帮助人们进来，指引他们可以去什么地方。

朱丽叶也跳过安全闸，快步穿过人群，向安置孩子们的储藏室跑去。经过休息室的时候，她看见人们在那里来回乱窜，想要抢到一些有用的东西。他们在自己的家里抢东西。这个世界突然疯了。

储藏室里没有人。朱丽叶估计柯特妮已经出发了。不管怎样，现在没有人会从机械部回到筒仓里——就算是想回去也来不及了。朱丽叶回身冲进走廊，朝穿过机械部各层区的楼梯跑去。很快，她就进入了密集的人群中。大家都在涌向发电机室的挖掘隧道口。

石油钻井平台周围散落着一堆堆碎石渣土，大块水泥上伸出断开的钢筋。抽油的磕头机还在一上一下地晃动，仿佛知道这个世界可悲的结局，却只能沮丧地说着"当然，当然"。

发电机室里堆积了更多从隧道中挖出来的土石，不过绝大部分土石废料都已经被倒进了6号矿井。现在这座大厅里有零零散散的一些人群——人数远比朱丽叶希望的要少。绝大多数人可能都已经死了。突然间，朱丽叶的脑海中闪过一个念头，一个荒谬得让她想笑的念头——也许那些云雾什么都不是,顶层的气闸舱依然门户紧闭,一切都很正常,她的朋友们很快就会因为她造成的这些恐慌而把她当成一个大笑话。

但这个希望转眼间就像泡沫一样消散了。只有她舌头上金属味道的恐惧感依然还在。刚才步话机里彼得的声音明白无误地告诉她,气闸舱已经彻底敞开,无数人死在了那里。卢卡斯也告诉她,西姆斯死了。

她穿过涌入隧道的人群,高声呼喊着寻找孩子们。终于,她找到了柯特妮和沃克尔。沃克尔大睁着眼睛,下巴耷拉着。朱丽叶看见这名老工匠盯着人群的惶恐样子,心里清楚自己给柯特妮丢了一副怎样的重担。把这位隐士再一次从他的老窝里拽出来绝对是一个挑战。

"孩子们在哪里?"她在人潮的喧哗中喊道。

"他们已经过去了!"柯特妮高喊着回答,"和你的父亲在一起。"

朱丽叶捏了一下柯特妮的手臂,就匆匆向黑暗中跑去。前方有光在闪动。有几个人戴着有矿灯的帽子。但这几道光柱之间依然有大片黑影。朱丽叶挤在看不见的人群中间,周围仿佛全都是固体的影子。两旁的渣土堆上不断有石块滚落。洞顶不断掉下灰土砾石,引来一阵阵尖叫和怒骂。这个隧洞非常高大,但洞中大部分地面上都覆盖着挖掘机留下的渣土,中间只有一条很窄的过道,如果只有几个人走,应该还算方便,再多就不行了。

在一些格外拥堵的地方,一些人在尝试从渣土堆顶上爬过去,结果却让高高堆起的岩石泥土坍塌下来,填塞了中间的过道。隧洞中充满尖叫和咒骂。朱丽叶帮忙把一些被土埋住的人挖出来,又喝令所有人都留在中间的道路上,不要去动旁边的土堆。但还是有人直接从她的背后爬过去。

还有一些人想要回去,他们不信任这条走不完的黑暗道路,心中充满困惑和恐惧。朱丽叶和另一些人只能高喊着催促他们继续向前走。许多人撞在匆匆立起在隧道中央的支柱上,不得不用双手和膝盖爬过一些土石堆严重坍塌的地方,婴儿在用他们最大的力气啼哭,一切都仿佛是一场底色阴森的噩梦。成年人好歹能够克制一下自己的哭声,但朱丽叶至少听到几十个大人在哭泣。这段旅程仿佛永远没有完结,仿佛他们在人生最后这段时间里要一直跌跌撞撞地在这条隧道里爬行,直到有毒的空气从后面追上他们。

前面的人群更加拥挤。后面的人不断推搡前面的人,头灯的光束照亮了挖掘机形成的钢铁高墙。隧道尽头终于出现了。机器尾部的门敞开着,朱丽叶看见拉夫正拿着一支手电站在门边上,一张雪白的脸仿佛正在黑暗中发光,一双接近于白色的眼睛大睁着。

"朱莉!"

无数声音在黑暗的隧洞中回荡,让朱丽叶几乎无法听到他的喊声。她一直走到拉夫面前,问他都有谁过去了。

"这里太黑了。"拉夫说,"一次只能进去一个人。到底出什么事了?为什么大家都跑过来了?我们还以为你要……"

"这个以后再说。"朱丽叶希望他们真的能有以后。更有可能,这座筒仓的底部也会堆满尸体。这将是17号和18号筒仓最大的区别,18号筒仓里的尸体将集中在顶部,17号则是顶部和底部都有很多尸体。"孩子们呢?"她问道。这个问题刚一开口,她不由得在心中问自己,死了这么多人,还有这么多人面临死亡,为什么她只是在关心那么几个孩子?她从来都没有当过母亲,但她怀疑是自己心中母性的原始冲动要她在这个极度危险的时刻照顾好自己的孩子。

"是的,有几个孩子过去了。"拉夫转头朝一对夫妻吼了一声——他们不愿意进入挖掘机尾部的金属门。朱丽叶几乎没办法责备他们。他们甚至不是机械部的人。在这些人的心里,现在又是什么情况？他们只是跟随着其他人惶恐的叫嚷声。也许他们以为大家都迷失在了筒仓下面的矿井里。就算是对于爬上过山丘、看见过外部世界的朱丽叶来说,这也是一种令人发狂的体验。

"雪莉呢？"朱丽叶问。

拉夫用手电光朝筒仓内一指。"我看见她了。我觉得她应该是在挖掘机里,正在指挥人们过去。"

朱丽叶捏了一下拉夫的胳膊,又回头看了一眼身后不断蠕动的黑影,对拉夫说："一定要过来。"白色面孔的大汉向她点点头。

朱丽叶钻进挖掘机里面。这部巨型机器内部也到处都是哭喊声,就好像许多孩子在冲着他们的空汤罐发泄不满。雪莉在发电机后面,正引导拥挤不堪的人群穿过黑暗的过道。这里实在是太窄了,所有人都必须侧身前进。挖掘机中安装的电灯全都熄灭了,备用发电机已经停止了运转,但朱丽叶还能感觉到挖掘机的这颗巨型心脏散发出的热量,听见金属机械冷却时发出的咔哒声。她怀疑雪莉曾经操作过这部机器,想要让它连同备用发电机移回18号筒仓。她和柯特妮曾经就这部机器的归属发生过争吵。

"这到底是怎么回事？"雪莉一看见朱丽叶就问道。

朱丽叶突然有一种想要流泪的冲动。该如何解释她的恐惧,如何告诉自己的好朋友,这可能是她们所知道的末日？她摇摇头,咬住嘴唇,努力了片刻才说道："我们失去那个筒仓了,外面的空气正在进来。"

"那为什么要让他们跑到这里来？"雪莉不得不用力叫喊,才能盖住其他人的声音。她将朱丽叶拽到发电机的另一边,离喊嚷的人们稍稍远一些。

"有毒的空气正在沿着楼梯井下来。"朱丽叶说,"没有办法挡住它。我要封闭这条隧道。"

雪莉咀嚼着她的这句话。"把隧道里的支柱都放倒?"

"不够。你原先打算引爆的那些炸药……"

雪莉面色变得凝重。"那些炸药是在那边安装的,要在那边引爆。我安装它们的目的是要封闭这一头,封闭这个筒仓,保护我们的空气。"

"嗯,现在我们所有的空气都在这边了。"朱丽叶将步话机交给雪莉——这是她从她的家园带来的唯一的东西。雪莉把步话机夹在臂弯里,压在她的手电筒上面。手电光照在朱丽叶胸前。在反射回去的光线中,朱丽叶能看到自己这位可怜的朋友满脸都是困惑。"照看好每一个人,"朱丽叶对她说,"梭罗和孩子……"她看了一眼发电机,"这里的农场还有果实可以收集。这里的空气……"

"你不能去……"雪莉开口道。

"我会确保最后一个人从这里过去。我身后还有几十个人,也许还有上百人。"朱丽叶抓住老朋友的手臂。她不知道她们还是不是朋友。她怀疑她们已经没有过去那样的默契了。她转身就走。

"不。"

雪莉抓住朱丽叶的手臂。步话机当啷一声掉在地上。朱丽叶想要把自己的手拽回来。

"我一定会下地狱。"雪莉喊道,她把朱丽叶扳过来,"如果你就这样把我丢在这里,要我负责这种事,我一定会下地狱。一定会下地狱……"

不知从什么地方传来一阵哭声,分不清哭的是小孩还是大人。这台巨型机器拥挤的空间中回荡着各种困惑和害怕的喊嚷。在黑暗里,朱丽叶看不见迎面而来的一击,看不见雪莉的拳头,只有她的下巴感觉到了。一团漆黑中亮起一道让她感到惊叹的耀眼光芒,随后一段时间,她什么都不记得了。

·············

一段时间——可能是几分钟以后,她苏醒过来,具体多长时间,她说不清。她蜷缩在挖掘机的钢板地面上,周围的声音变得低沉又遥远。她一动不动地躺着,感觉到脸上一阵阵的痛楚。

这里的人少多了。只剩下了操作这台挖掘机的人。他们正从这台机器的肚子里走出去。看样子,朱丽叶可能晕过去了一两分钟,也许更久,久得多。有人在喊她的名字,在黑暗中寻找她,但她倒卧在发电机的另一边,不仅在黑暗中,还在发电机的影子里,根本不可能被看见。还有人在喊她的名字。

就在这时,远方传来一阵巨大的轰鸣,就像一块三英寸厚的钢板拍在她的头边。震动沿着地面穿过挖掘机,撞在朱丽叶身上。朱丽叶知道,雪莉去了控制室,取代了她的位置。雪莉布置炸药,是为了保护她们原来的家,封锁这个新筒仓。现在她将自己和其他许多人一同封死在了原来的筒仓里。

朱丽叶在哭泣。有人在喊她的名字。她意识到声音来自她头边的步话机。她抬起麻木的手,去拿步话机。她的心犹如一团乱麻。是卢卡斯在喊她。

"卢克。"她按下发送键,悄声说道。卢卡斯还在说话,意味着他在那个钢铁外壳的密室外面。那间密室里储存着大量食物。朱丽叶想到梭罗依靠那些罐头活了几十年。卢卡斯一定也能坚持下去。"回到里面去。"朱丽叶抽噎着说,"把你封在里面。"她双手握住步话机,依旧蜷缩在地板上。

"我不能。"卢卡斯说,随后是一阵咳嗽,还有痛苦的喘息,"我必须……必须听到你的声音。最后一次。"听到他的又一阵咳嗽,朱丽叶感觉到自己的胸口也在隐隐作痛,感觉自己的胸膛要爆炸了,"我已经不行了,朱莉,不行了……"

"不,"朱丽叶向自己哀号了一声,然后又按下发送键,"卢卡斯,你马上进密室去。把它锁死,坚持住,一定要坚持住……"

她听到了他的咳嗽和挣扎。卢卡斯拼命想要发出声音。当他的声音再次出现时,里面夹杂着液体漾起的咯咯声。"不行了,就是这样,就是这样。我爱你,朱莉,我爱你……"

他说出的最后几个字已经变成最微弱的耳语,几乎被静电噪声所淹没。朱丽叶哭泣着,拍打地板,向他尖叫,骂他,也骂自己。一阵冷风穿过挖掘机的后门,吹来一团尘土,落在朱丽叶的舌头上、嘴唇上,是干白垩粉的味道,来自于雪莉在隧道另一端制造的爆炸,里面有着她所熟悉的一切……

都死了。

第三部
家园

Silo 1

HOME

第三十六章

夏洛特直起身子离开无线电,完全惊呆了。她盯着噼啪作响的扬声器,耳边只剩下纷乱的静电噪声。但在她的脑海中,一遍又一遍地重演着无线电告诉她的画面:敞开的大门,毒气泄漏进去,人们在死亡,在相互踩踏,一个筒仓没了。她的哥哥费尽心力想要拯救的一个筒仓没了。

她的手颤抖着伸向表盘。转换频道之后,她听见来自其他筒仓的声音——断断续续的交谈,或者是沉默,证明在其他地方生活还在继续:

"……这个月已经第二次出这种事了,你要让卡罗尔知道……"

"……如果你能帮我保管着它,等我抵达,我一定会感激……"

"……"

"……收到。我们已经拘留了她……"

这些交谈中间一阵阵的静电噪声意味着一些筒仓里充满了死亡的气息。只剩下死亡的筒仓。

夏洛特将表盘调回到18号筒仓。凭借稳定的嗞嗞声,她判断那座筒仓从上到下的中继器还在工作。她仔细倾听,等待那个说话声再次响起——那个要求所有人到底层去的女人。夏洛特听到过她的名字。听到这个女人的声音,夏洛特总会觉得有些奇异——她的哥哥对这名回到自己家园的清洁者很着迷,称她为"叛变市长"。

喊话的女人也有可能是其他人,但夏洛特不这样认为。那是一名管理者在发布命令。她能想象一个女人蜷缩在一座遥远筒仓的深处,一个黑暗孤独的地方,这让她突然对这个女人有了一种亲切感。她真希望能够发送出一些东西,而不只是倾听,最好能够有办法联系到那个女人。

她向前探过身子,揉搓着无线电侧面连接麦克风的地方。她的哥哥将安装这个部件的工作留到了最后,这一点本身就难免令人生疑,似乎哥哥觉得有了麦克风,她就一定会找别人说话,似乎哥哥只想让她听听其他人在说什么。或者,也许唐尼担心的是他自己。也许他怀疑自己有了麦克风之后,一定会把心里的念头公之于众。到时候听到他声音的将不只是每个筒仓的主管,他会向所有能听到无线电的人进行广播。

夏洛特拍拍胸膛,摸到唐尼给她的身份证,眼前闪过一只靴子不断抬起又落下的画面,还有墙壁和地板上溅上了鲜红的血液的画面。最终唐尼都没能得到一个机会。夏洛特觉得自己必须做些什么。她不可能永远坐在这里,听着静电噪声,听着人们不断死去的声音。唐尼说过,她的身份证能够操纵电梯。采取行动的欲望压过了其他所有想法。

她关掉无线电,用塑料布把它盖上,又把椅子摆好,让一切看上去都不像是被人动过的样子。然后她将无人机控制室审视了一遍,寻找一切有人在这里居住的痕迹。回到自己的铺位上,她打开自己的箱子,研究了每一件连体服,选出反应堆员工的红衣服。这件衣服比其他两件更宽松。拿出衣服,她仔细看了看上面的名牌——"斯坦"。她可以做一个斯坦。

DUST / 241

穿好衣服,她向仓库中走去。那里有大量机油,都来自于被拆解的无人机。她在手掌上抹了一点,又在物资箱里找到一顶帽子,随后去了浴室——男用浴室。夏洛特曾经很喜欢化装,那让她变成另一个人,有另一种人生。她还记得把自己打扮成电子游戏里的人物,为了变得漂亮一些把面颊涂成深色,让它们显得不那么圆胖。那都是她接受新兵训练之前的事了,后来她在短时间内变得苗条而且强健。而两次服役经历帮助她的身体恢复到自然状态,也让她能够习惯于自己的身体,接受它,甚至爱上它。

她用机油让颧骨变得不那么突出,又在眉毛上涂了一点,让眉毛显得更浓。她的嘴唇也被涂上一层味道难闻的油膏,不再像原先那么红润。这次化妆的效果要和她以往每一次完全相反。她将头发塞进帽子里,拉低帽檐,又将连体服调整了一下,遮住胸部凸起的曲线,让那里看上去更像是衣料堆积的结果。

这次伪装的效果相当不理想。她自己一眼就看穿了。但她知道,这是一个不允许女人出现的世界,真的会有人怀疑她吗?她不太确定,也不可能知道。她渴望唐尼能够在这里,这样她至少可以问问唐尼。她想象哥哥笑话她的样子,差一点哭出来。

"该死的别哭了。"她揉揉眼睛,对着镜子说道。她担心眼泪可能会破坏自己的伪装。泪水还是流了出来,不过没有破坏任何地方,直接从机油表面滑了下去。

⋯⋯

这里应该有筒仓的结构图。她在无线电旁边找到唐纳德的笔记文件夹,却没有在里面看见图纸。她又去会议室找了找。她的哥哥在这里度过了很长时间,查看那些盒子里的文件。现在这个地方变得一团乱。唐尼大部分的笔记都被拿走了。他们一定会回来取走剩下的东西,也许明天早晨就会回来。或者他们马上就会到。那样夏洛特就必须解释她在这里做什么:

"我被派下来拿……呃……"她刻意压低的声音听起来很可笑。她翻捡着打开的文件夹和散落的纸张,又试着说道:"我接到命令,要将这些拿去回收。"这一次,她用了自己正常的声音,只是让声音略微扁平一些,"哦,那么回收纸张的是哪一层?"她问自己,"我完全不知道。"她承认,"所以我要找一张地图。"

她终于找到了一张地图,但不是她需要的。这张图上排列着一些圆环,还有红色线条从圆环上延伸出去,集中到同一个点。夏洛特能认出这是一张地图,只因为她知道这种坐标布局,以及图纸侧边的字母和顶部的数字。空军曾经在这样的网格地图上布置日常行动目标。那时她会在营地食堂里拿上一个贝果和一杯咖啡,然后D-4区的一个男人和他的家人就会死在烈焰风暴里。再之后,她休息、吃午餐——一般是火腿和涂着奶酪的黑麦面包。

夏洛特也认得分布在这个坐标图里的那些圆环——筒仓。她曾经操纵三架无人机在和这些圆环完全一样的环形洼地上飞行。这些红线有些奇怪。她用手指沿一根红线画出去。它们让她想起了无人机航线。它们从每一个筒仓延伸出来,只有最靠近地图中央的那个筒仓除外——她觉得那应该就是她自己所在的筒仓。唐纳德曾经在大桌子上向她展示过这一布局——就是现在被纸张埋住的这张桌子。她叠好这份地图,将它塞进胸兜里,又开始寻找。

她以前见过1号筒仓的结构图,看样子,那张图已经不在这里了。不过她找到了另一样也很有价值的东西——一份花名册。上面列出了许多人的职衔、值班轮次、从事业务、居住层区和工作层区。它的大小和一个小镇的电话簿差不多。这让夏洛特知道了有多少人在轮流维护这座筒仓。全都是男人。她逐一看过这些名字,的确都是男人。她想起萨沙——新兵训练营里唯一和她一起坚持到最后的女性同袍。萨沙已经死了——这个念头让她感觉很不适应。她团里的所有人,飞行学校里的所有人,他们全都死了。

她找到一个反应堆技工的名字和他的工作层区,在堆积的纸张中找到一支笔,把这个层区号码记了下来。她发现,行政区在第34层。一名通讯官也在同一个层区工作。这太糟了。一想到残忍殴打哥哥的那个人可能就在通讯室那一层,她心中便生出一股恨意。一名安全官员在12层工作。如果唐尼还处在关押中,也许他会在那里。或者他们有可能再次冷冻了他,或者把他送进医院。她觉得冷冻仓库应该在下面。她记得哥哥把她唤醒以后,他们是乘电梯上来的。她找到一个在冷冻仓库工作的人,找到了冬眠主办公室所在的层区,但那一定是保存冬眠者的地方么?

她的记录很快就填满了整张纸。以她所在的楼层为基准,向上和向下都出现了一些粗略的楼层信息。但要从哪里开始搜索?她找不到哥哥取得物资的地方,也许是因为没有人在这些层区工作。她又拿了一张白纸,先画出一个圆柱体,然后尽量准确地在其中填入自己知道的楼层——相关信息来自于唐尼的活动路线和她从那份花名册中找到的人名。从最顶层的自助餐厅开始,一直画到下面的冬眠办公室——那里在她的笔记中就是最深的楼层了。剩下的空白楼层,她只能进行猜测。其中一些应该是储藏室和仓库。不过电梯门如果在那些楼层打开,她也很有可能看到一屋子打牌的男人,或者那些男人会干些别的事情来消磨时间,就像他们消磨掉这个世界一样。她不可能就这么碰运气,她需要一个计划。

她仔细审视自己画出的结构图，考虑行动方案。筒仓里肯定有一个地方能找到麦克风，就是通讯室。她看了一眼墙上的时钟，六点二十五。是一个班次结束、吃晚饭的时间，会有许多人四处活动。夏洛特摸了摸自己涂着机油的脸。有些事，她还想不好。也许她应该等到十一点以后再出去。还是混在人群中更方便？外面到底是什么情况？她来回踱步，和自己争辩，嘴里说着"我不知道，我不知道"以此来测试她的新声音。听起来，她像是感冒了。这是伪装男性声线最好的办法：像是感冒了。

她回到仓库里，盯着电梯门。现在随时可能有人突然冲进来，那样她的命运就要由别人来决定了。但她还是应该等一下再行动。她回到无人机那里，拽下防水布，露出她正在改装的无人机，审视着被打开的机身外壳和散落在地上的工具。然后她又回头瞥了一眼会议室，仿佛看到唐尼仍然蜷缩在那里的地面上，竭力用小腿抵挡踢过来的靴子。两个人死死压住他，一个几乎无法站立的人在拼命踢他。

夏洛特拿起一把螺丝刀，插到连体服的一个工具挂带上。她不太确定自己应该做什么，只好继续改装无人机，消磨时间。她会等到深夜再出去。那时的人更少，她被发现的机率也更小。首先，她要让一架无人机做好飞行准备。唐尼不在了，他的工作还没有完成，但她可以让这个任务继续下去。她可以把东西拼回去，一次一颗螺栓、一枚螺母。今天晚上，她会出去，找到她需要的零件。她会用她的声音联系到那个遭受劫难的筒仓——如果那里还有人幸存的话。

第三十七章

电梯在午夜时来到这一层。应该说,是午夜过五分。夏洛特终于积攒了足够的勇气,准备出发。电梯停下时,"叮"的一声响回荡在这座军械库中。

电梯门在机械摩擦声中打开了。夏洛特迈步走进去,仿佛走进了一个早已失落在久远记忆中的时空。那段记忆里存在着一个正常的世界,电梯会带人们去工作,带人们下班。夏洛特紧紧攥住唐尼给她的身份证,又感觉到一阵犹疑的焦灼。电梯门开始关闭。夏洛特伸出脚挡了一下,让电梯门重新打开。当电梯门第二次试图关闭的时候,她等待着报警声响起。也许她应该离开这部该死的电梯,等自己彻底下定决心再说。先让电梯离开,一两个小时以后再过来。电梯门试探着夹住她的脚,又向两边退开,就像一只怪物在考虑是否要吃掉她。夏洛特觉得自己耽误得已经够久了。

她将身份卡按在读卡器上,看着读卡器的那只独眼闪起绿光,然后按下第34层的按钮——行政区和通讯室,狮子的老巢。电梯门仿佛是感激地叹息了一声,终于合拢在一起,随后电梯门顶上的楼层号开始飞速闪动。

夏洛特摸摸颈后,找到几缕散落的头发。她将它们也全都塞进帽子里。去行政区是一场冒险——她身上穿的是反应堆区的红色连体服，在那里一定非常惹眼，但如果她在反应堆区连路都不认识，自己该做什么都不知道，那样的情况只会更加糟糕。她拍拍衣服上的挂带，确认工具都带好了，而且都在显眼的位置上。它们是她的掩护——在她腰间的一只大口袋里藏着她从物资箱子里拿的一把手枪。现在这只口袋被坠下去，很容易看出里面装着重物，她希望人们会将这把手枪也当作一件工具。随着楼层飞速闪过，夏洛特的心也越跳越快。她试着去想象筒仓以外的世界——唐纳德曾经向她描述过那里的样子——那片干燥死寂的废土。她想象电梯一直向上，最终打开门的时候，外面就是那些荒芜的山丘，腐蚀性的气流吹进电梯。也许那样还能让她松一口气。

电梯上行的过程中，没有人再进来。深夜里行动是一个好主意。36层、35层，电梯开始减速。门打开时，外面是一条走廊，照进电梯的灯光亮得刺眼。她立刻对自己的伪装失去了信心。十几步以外，一个男人从一道门前抬起头。这个世界没有任何让她感到熟悉的地方，一点也不像她过去几个星期里的家。她拽低帽檐，才注意到这顶帽子和她的连体服并不配套。重要的是信心，但她实在是一点信心都找不到。不要怕，直接走过去。她告诉自己，现在这里只是不断重复着同样的日子，每一个人都懒得理睬周围出了什么事，以为不会有任何变故发生。她向那个看门的男人走去，举起身份证。

"有预约吗？"男人一边问，一边朝夏洛特这边的门框上指了指——那里有一个扫描装置。夏洛特扫了身份卡，不知道会发生什么，只能全神贯注，准备好逃跑、拔枪、投降，或者把三件事混在一起。

"我们发现了一起，嗯……在这一层发现了一起电力泄漏。"假

DUST / 247

装感冒的声音在她自己的耳朵里显得格外可笑。不过她当然对自己的声音是再熟悉不过了。她告诉自己,正因为她知道自己的声音是什么样子,所以才会觉得现在的声音很奇怪。其他人会觉得这就是她正常的嗓音。她还希望这个人像她一样根本不明白什么是"电力泄漏"。"我被派上来检查通讯室。你知道它在哪里么?"

向对方提问,让他用指路行为来满足男性的自尊心。夏洛特感觉到一股汗水顺着颈后流下去,这让她开始担心会不会又有散乱的头发落在颈后。她抑制住自己的冲动,没有抬手去摸脖子后面,同时仔细估量这名高大的男人,想象他抓住自己,把自己摔在地上,用小托盘一样的大手殴打自己的情景。

"通讯室?当然,是的,这条走廊到头,左转,你右手边的第二个门就是。"

"谢谢。"夏洛特拽了一下帽檐,让自己的头保持低垂,推开挡住门的横杠,随着"当"的一下金属撞击声,还有某种计数器的嘀嗒声响起。

"忘了什么?"

夏洛特转回身,一只手落在腿上的口袋旁边。

"要在工作日志上签名。"那名门卫拿出一个陈旧的平板电脑,屏幕已经一片模糊,上面全都是弯弯曲曲的划痕。

"好的。"夏洛特拿起挂在平板边上的塑料笔——连接平板和塑料笔的是一根缠着胶带的电线。她仔细看看位于屏幕中央的输入框。上面的空位要求她写下时间并签名。她先写好时间,又瞥了一眼自己的胸牌——她已经把自己的名字忘了——斯坦。她草草写下这个名字,努力让笔迹显得轻松随意,然后将平板和笔递给门卫。

"回来时见。"门卫说。

夏洛特点点头,希望自己回来的时候一样能平安无事。

按照门卫的指点,她顺着主走廊一直向前。她没想到深夜里还会有这么多人在这里,发出这么多声音。几间办公室里亮着灯,有椅子和文件柜"吱吱嘎嘎"的声音传出来,还有敲击键盘的噼啪声。一扇门在走廊深处打开,一个人走出来,又在身后将门关上。夏洛特看见那人的脸,双腿立刻感到一阵麻木,仿佛变成和她完全无关的骨头和肉,支撑着她摇摇晃晃地向前蹭了几步。在一阵晕眩中,她差一点摔倒在地上。

她低下头,挠挠后颈,心中感到难以置信。但那的确是瑟曼,只是比原先消瘦了很多,也老了很多。唐尼蜷缩成一团,被打得半死的景象再次涌入她的脑海。面前的走廊在一片泪水中变得模糊不清。那头白发,那副高大的身躯。她当时怎么就没有认出那是瑟曼?

"这里不是你的地方,对吧?"瑟曼问她。

他的声音像砂纸一样干涩,这种刮磨耳朵的声音让夏洛特感到熟悉,熟悉得就像她父母的声音。

"检查一起电力泄漏。"夏洛特没有停下,也没有转身。她希望瑟曼话中所指是她的衣服,而不是她的性别。但瑟曼怎么可能听不出她的声音?怎么会认不出她的步伐、她的身材?甚至她颈后那片裸露的肌肤?那一两平方英寸的皮肤会不会暴露她?

"把问题处理好。"瑟曼说道。

夏洛特走出十几步,二十几步,满身汗水,感觉头重脚轻。她一直走到走廊尽头,要拐弯的时候,才向安全门那里瞥了一眼。瑟曼还在那边,正和那名门卫说话,一头白发就像明亮的太阳。右手边第二道门——她提醒自己。她差一点就忘记了门卫告诉她的通讯室位置。现在她只能听到自己怦怦的心跳声,脑子不受控制地飞速旋转着。她深吸一口气,不断向自己强调来这里要做什么。看见瑟曼,她立刻就意识到是谁在伤害唐尼,这给她带来无法承受的震撼。但现在没有时间消化这种事。一道门立在她眼前。她试着拧开门把手,走了进去。

通讯室中只坐着一个人,正盯着一排显示器和不断闪烁的指示灯。夏洛特走进来时,他在座位里转过身,手中端着杯子,一只大肚子塞在椅子扶手之间,光头顶上有一缕经过仔细梳理的头发。他将一只耳朵上的耳机掀开,疑惑地挑起一道眉毛。

这个U形工作台上至少有六部无线电,对应的位置都有舒适的椅子。真是一笔令人焦灼的财富。夏洛特只需要它们之中的一个部件。

"什么事?"无线电操作员问。

夏洛特感到口干舌燥。她用一个谎言骗过门卫,她还准备了一个小谎言。她从脑海中清空了走廊中的瑟曼,还有那个老人狠踢自己哥哥的景象。

"我要来修理你们的器材。"她从连体服的挂带上抽出一支螺丝刀,脑子里短暂闪过和这个男人搏斗的景象,同时感觉到肾上腺素涌入血管。她必须控制住这种冲动,不能总是以军人的方式思考问题。她是一名电工。她要让这个人说话,这样她就不必说话了。"是哪个麦克风出问题了?"她举起螺丝刀,指了指那些无线电。她曾经多年驾驶无人机,操作电脑,这教会了她一件事:机器一直都在出问题,从不会尽善尽美。

无线电操作员眯起眼睛,审视了她片刻,随后目光扫过整个房间。"你说的一定是2号机。是的,那个按钮总是弹不起来。我还以为永远都不会有人来看看它。"随着软椅的一声尖叫,他靠回到椅子里,交叉起十根手指,捧住自己的后脑勺。他的两个腋窝里全是黑色的污泥。"上次那个人说这是小毛病,不值得更换。他要我们把它彻底用坏了再说。"

夏洛特点点头,朝那个人所指的机器走过去。这太容易了。她开始用螺丝刀拧开无线电的侧面板。那名操作员被她用脊背挡住了视线。

"你是在反应堆那层工作的,对吗?"

她点点头。

"是了,前段时间我在自助餐厅吃饭的时候见过你,我就坐在你对面。"

夏洛特等他问自己的名字,或者提起之前和另外那名一起进餐的技师聊过的话题。螺丝刀从她满是汗水的手心里滑出来,"当啷"一声落在桌子上。她重新拿起螺丝刀,同时能感觉到操作员在看她工作。

"你觉得你能修好它吗?"

夏洛特耸耸肩。"我需要把它带走。明天我会把它送回来。"她将机器外壳拆开,又拧松了固定麦克风连线的螺丝,连线自动从机器内部的一块电路板上落下来。然后她又想了一下,一并拆下了那块电路板。她记不清自己是不是在无线电里装上了这块电路板,而且这会让她看上去更像是真正知道自己到底在干什么。

"你明天就能把它修好?那就太棒了。真的很感谢。"

夏洛特收集好自己拆下来的部件，站起身，拽了一下帽檐，算作是道别，然后就转头走出屋门。她怀疑自己走得有些太匆忙，就连机箱侧板和螺丝钉都还丢在桌子上。真的技师也不会把它们装回去，对吧？她不确定。在另一段人生里，她知道有几名飞行员如果看见她这样缩头缩脑地装成机械师，还改装无人机，装配无线电，用机油给自己化装，一定会把肚子笑痛。

无线电操作员又说了句什么，但夏洛特已经关上门，将他的话挡在门板的另一边了。她快步离开这条走廊，朝主走廊走去，以为自己在绕过转角时会看到瑟曼带着几名警卫站在那里，一帮魁梧的大汉将她的去路彻底封死。她将螺丝刀插回到挂带里，把麦克风的连线卷起来，连同电路板一起抱在胸前。转过走廊拐角，除了那名门卫，她再没有看见任何人。她觉得自己仿佛走了几个小时才来到安全闸门前面——可能是几天。两侧的墙壁仿佛在压迫她，随着她的心跳在一同震动。她的连体服紧贴在潮湿的皮肤上，身上的工具不停地撞在一起，手枪沉重地坠在腰间。每迈出一步，电梯门仿佛都在向远方后退两步。

夏洛特在安全门前停住脚步，因为她记得刚才看见平板上还有一个地方要写下她离开的时间。在记录时间的时候，她故意看了看门卫身边的时钟。

"可真快啊。"门卫说。

她强迫自己露出一个微笑，但没有抬头。"不是什么大毛病。"她将平板递给门卫，推开横杠，走过安全门。在她身后，走廊里有人关上了一扇门，然后是靴子踩在地板上的声音。夏洛特大步向电梯门走去，按下电梯按钮。她按了两次，希望这该死的东西能快一点。电梯"叮"的一声到了。她身后沉重的靴子声还没有停下。

"嗨!"有人在叫她。

夏洛特没有转身,一步跨进电梯里。那个人推开安全门的横杠,发出"当"的一声响。

"等我一下。"

第三十八章

一个人撞在电梯门上,把手插进门缝里。夏洛特差一点被吓得尖叫一声,把那只手打开。不过电梯门已经开了。一个人钻进电梯,喘着粗气站到她身边。

"下去,对吧?"

贴在他灰色连体服上的名牌写着"埃伦"。电梯门关闭的时候,埃伦才终于喘匀了气。夏洛特的手在哆嗦。试了两次,她才在扫描器上扫过了自己的身份证,向标着"54"的按钮伸出手去。但在按上那个按钮之前,她停住了——她理论上的工作地点不在那一层。没有人应该在那一层。那个人正在看着她,手中拿着自己的身份证,等她做出决定。

反应堆在哪一层?她曾经将那一层的号码写在一张纸上,放在自己的衣兜里,但她不可能现在拿出笔记来看。突然间,她能够闻到自己脸上机油的气味,能感觉到自己全身都是汗水。她一只手抱着无线电部件,按下最底部的一个按钮。这个人应该在她前面下电梯,那时电梯里就只有她自己了。

"请原谅。"那人说了一声,伸手到她前面挥了一下身份证。夏洛特能嗅到他的呼吸中有不新鲜的咖啡气味。他按下的是42层。电梯抖了一下,开始移动。

"晚班?"埃伦问。

"是的。"夏洛特继续低着头,压低声音。

"你刚醒?"

夏洛特摇摇头。"通宵。"

"不,我的意思是,你刚解冻出来?我不记得自己见过你。我是现在的值班主管。"他笑了一声,"不过只要再干一个星期就好了。"

夏洛特耸耸肩。现在电梯里热得简直能冒烟。电梯门顶上的数字变化慢得要命。她应该按下附近一个楼层,先下去,等待另一部电梯。现在已经太晚了。

"嗨,看着我。"那个人说。

他知道。他离夏洛特太近了,不可能不生出疑心。夏洛特抬头瞥了一眼。她能感觉到自己的胸部紧贴着连体服,头发从帽子后面露出来,还有自己的颧骨和没有胡楂的下巴,一切都在表明她是一个女人,而最重要的是她对这个陌生男人的强烈反感。这个男人紧盯着她,将她困在一个狭小的电梯里,让她无处可逃。她迎上这个男人的目光,感受着所有这一切——还不止这些。她无能为力、惶恐不安。

"这是怎么回事?"那个人问道。

夏洛特一膝盖撞向他的两腿之间,希望一下子制伏他。但那人转身跳开,夏洛特只是撞到了他的大腿。夏洛特又去掏枪,但那只口袋上的扣子还系着。她从没有想过自己要在突发情况下拔枪射击。等到她打开口袋把枪拿出来,男人已经狠狠撞上她,把她肺里的空气都挤了出去。她的枪也脱手了。枪和无线电部件都落在地上。电梯里响起一阵靴子碾压地板的声音。他们两个扭打在一起。夏洛特完全处于下风。男人的双手攥住她的手腕,让她感到一阵剧

DUST / 255

痛。她发出惨叫,尖细的声音仿佛在招认自己的身份。电梯减速,停在男人要去的楼层,电梯门"叮"的一声打开了。

"嘿!"埃伦一边高喊,一边想要把夏洛特拽出电梯门,但夏洛特一只脚踏在电梯门框上,一只脚踢出去,想要摆脱男人的双手。"来帮忙!"那个男人回头向昏暗空旷的走廊高喊,"有人吗! 赶快来帮忙!"

夏洛特一口咬住男人大拇指的根部,牙齿猛地刺穿他的皮肤,夏洛特尝到了苦涩的血味。男人骂了一声,终于松开夏洛特的一只手腕。夏洛特将男人踹出电梯,自己的帽子也掉了。她伸手去摸枪,同时感觉到头发落在脖子上。

电梯门开始合拢,将那个男人留在走廊里。男人摇摇晃晃地用手和膝盖撑起身子,抢在电梯门关闭之前钻了进来,再次撞击夏洛特。夏洛特被撞到电梯后壁上。电梯继续抖动着朝筒仓深处落下去。

夏洛特被一拳打在下巴上,看见一道亮光从眼前闪过。她猛地仰起头,躲开随后的一拳。男人将她压在电梯后壁上,像发疯的野兽一样哼哧着,声音中充满了怒火、恐惧和惊讶。他要杀死夏洛特——这一点就连男人自己都不明白。夏洛特攻击他,现在他要杀了她。一拳打在夏洛特的肋骨上。夏洛特痛呼一声,捂住肋侧,又感觉到两只手掐住了自己的脖子,手指不断收紧,将她举起,让她的双脚离开地面。她的手落下去,正好摸到连体服挂带中的螺丝刀。

"不要……动。"男人透过咬紧的牙关喘着粗气。

夏洛特的喉头被压紧,无法呼吸,也发不出声音。她的气管正在被压碎。但她的右手握住了螺丝刀。她将右手举过肩头,狠狠砸在男人的脸上,希望能够抓伤他,把他吓退,逼他放手。她用尽了自己全部的力气,还有最后一点知觉。她的视野中出现了一条黑暗的隧道,那是虹膜关闭的结果。

男人看见了刺来的螺丝刀,将头转向一旁,大睁着眼睛想要避开这一击。螺丝刀擦过他的脸,深深扎进脖子里。男人松开夏洛特。夏洛特感觉到手中的螺丝刀在男人的喉咙里扭动、撕扯——她一直紧紧攥住刀柄,不想将这件工具丢掉。

一股暖意落在她的脸上。电梯突然停住。他们两个全都倒在地上。夏洛特听到一阵"咯咯"声,意识到自己脸上温热的东西是那个男人流出的血。猩红色的液体正不停地喷出来。他们都在大口喘着气。走廊里传来一阵笑声,还有响亮的说话声。闪光的地板让夏洛特想起自己醒来时所在的医疗区。

她踉跄着站起身。那个穿灰色连体服的男人在地板上踢蹬、蠕动,他的生命还在不停地从脖子里流出来。他瞪大的眼睛在恳求夏洛特——恳求任何人——救他的命。他想要说话,向走廊里的人们呼救,但他的喉咙里只能发出一点气泡破裂的声音。夏洛特弯下腰,抓住他的衣领。电梯门在关闭。她把一只脚插进门缝里,让电梯重新打开。然后她将这个人拽出电梯。这个人的脚跟不断撞击着电梯地板,他流出的血起到了润滑的作用,让夏洛特能够拖动他。夏洛特把他拖进走廊,确保他的脚也离开了电梯门。电梯门又要关上了。夏洛特会和这个人一起留在这一层。附近的房间里又传出了笑声。一群人正在因为某个笑话而哄堂大笑。夏洛特冲向正在关闭的电梯门,伸手到门缝里,让门再次打开,踉跄着跑进去。她感到全身麻木、筋疲力竭。

到处都是血。她的靴子在血里打滑。看着地上恐怖的景象,她意识到自己丢了什么东西——手枪。一阵慌张紧压在她的胸口上。

她抬头瞥了一眼,看见电梯门最后一次抖动着要合拢到一起。随后是震耳欲聋的枪声,还有一个濒死男人严重的恨意和恐惧。夏洛特遭到猛烈的撞击,向后栽倒,肩头爆发出烈焰烧灼的感觉。

"该死。"

夏洛特踉跄着起身扑向电梯门。她的第一个念头是让电梯动起来,赶快逃走。她能感觉到门对面的那个人,仿佛亲眼看到那个男人一只手捂着自己的脖子,另一只手举着手枪。她甚至还能想象那个男人摸索着门外面的电梯按钮,在墙上留下一道血污。她按下好几个按钮,让那些按钮全都变成红色。但没有一个按钮亮起来。她骂了一声,摸索自己的身份卡。她有一条胳膊没有知觉,只能笨拙地将另一只手伸到身体对侧的衣兜里,掏出身份卡,又差一点将身份卡掉在地上。终于,她的身份卡划过了扫描器。

"该死,该死。"她悄声说着,感觉肩头依旧像火在烧一样。她按下54层的按钮——家。她的牢狱变成了家,一个安全的地方。无线电配件就在她的脚边。控制电路板不知被谁的靴子踩成了两半。她靠着电梯厢壁蹲下去,抱住受伤的胳膊,努力不让自己昏倒,拿起麦克风,把麦克风的电线挂在脖子上,丢下其他部件。到处都是血,其中一些肯定是她的。反应堆的红色,血流在她的衣服上几乎看不出来。电梯上升、减速、停下,电梯门打开,露出黑暗的54层仓库。

夏洛特摇摇晃晃地走出来,又想起什么,回身走进电梯里,抬脚踢开要合拢的电梯门。现在这两扇门让她无比痛恨。她竭力想要用胳膊肘将电梯按钮擦干净。那上面的血污中有她的指纹。其中一个清晰的指纹就在54号按钮上,表明了她去的地方。但夏洛特没办法擦掉它。电梯门再一次想要关上。夏洛特再一次把它们踢开,无可奈何之下,夏洛特弯腰将手掌按在那个男人的血液里,将每一个电梯按钮都抹上大量鲜血。最后,她扫了自己的身份卡,按下顶层按钮,让这个被诅咒的东西远远离开自己,能有多远就有多远。然后她蹒跚着走出电梯,瘫倒在地上。电梯门开始关闭,她很高兴自己不必再和那两扇门较劲了。

第三十九章

他们会来找她。她是一个被锁在笼子里的逃亡者,在一个巨大的单体建筑中。他们一定能抓到她。

夏洛特的意识在飞快旋转。如果她攻击的人死在那条走廊里,那么他的尸体可能要等到这个夜班结束后才会被发现。那时他们就会开始寻找她。如果那个人找到救援,她就只剩下几个小时的时间了。但那里的人一定听到枪响了,对吧?他们会救活他。夏洛特希望他们能够救活他。

夏洛特打开一只箱子,她记得自己在这只箱子里见到过医疗器具。不对,是旁边的一只。她将急救箱拿出来,揪扯着扣子解开连体服,将手臂退出来,看到那个可怕的伤口。深红色的血不断从她手臂上的一个窟窿里涌出来,一直流到臂肘。她紧皱双眉,将手指探到手臂另一侧,摸到了子弹飞出的地方,不由得瑟缩了一下。她的整只手臂从伤口以下都麻木了;伤口以上则是一下一下跳动的剧痛。

她用牙齿撕开一卷纱布,从腋下开始裹起,一圈又一圈,然后将纱布绕到脖子后面,挂在另一侧肩膀上,固定住,最后又在伤口上绕了几圈。她忘记了先用敷料压住伤口,但她不想再做一遍,于是只能将最后一圈在自己的忍受限度内尽可能缠紧,打了个结。包扎结束了,简直是对军事训练的侮辱。在战争和战后的时光里,她把自己接受的一切基础训练都丢到了窗外,剩下的只有冲动和应激反应。夏洛特合上物资箱盖,看到箱子锁扣上留下的血迹,意识到要渡过眼前这一关,她必须让自己的脑子更清醒一些。她再次打开箱盖,又拿出一卷纱布,把身上和周围擦干净,然后检查了一下电梯外的地板。

这里简直一团糟。她回去从急救箱中拿出一小瓶酒精,又想起自己见过的一大瓶工业清洁剂,便找出那瓶清洁剂,用更多纱布把所有地方都擦拭干净。这用了她不少时间。但现在不能太着急。

所有脏纱布都被放回到物资箱里。合上箱盖,满意地看了一眼地板,她便快步向营房走去。她的床有明显被睡过的痕迹。其他床垫都很平整。解决了这个问题以后,她脱下身上的衣服,拿出另一件连体服,走进浴室,洗干净手和脸。浅色的血水不断沿着她的脖子流过胸前。她又清理好水槽,换上衣服。红色连体服被她扔进床脚柜里。如果他们搜索那里,她就完了。

她拽下自己的床单,拿起枕头,确保其余一切都整整齐齐,然后回到仓库,打开无人机升降机的舱门,把她的东西都丢了进去,又来到货架前,收集了一些食物和水,也放进无人机升降机。紧接着是急救箱,她在急救箱里发现了那只麦克风,一定是刚才取纱布的时候掉进去了;最后她又找了两支手电筒和一组电池。她要去的地方应该很难被其他人想到。那个升降机舱门几乎完全看不出是一道门,除非你预先就知道它的存在。它的高度只到夏洛特的膝盖,而且颜色和周围完全一样。

她考虑现在就爬进去。在那里,她应该能躲过第一波搜查。他们会把注意力集中在货架和物资堆栈上,会以为这一层没人,便会去其他许多她可能藏身的隐秘角落进行搜查。但她想到了自己费尽力气拿到的麦克风——无线电还在那里。她告诉自己——她还有几个小时。这里不会是他们首先要检查的地方。她肯定还有几个小时。

由于缺乏睡眠和失血过多,她感到一阵头晕。她努力走到飞行控制室,拽下盖住无线电的塑料布,拍拍胸口,才想起自己刚刚换了衣服。而且原先那件衣服上的螺丝刀也早就丢了。她在工作台上又找到一把螺丝刀,拆下无线电的侧板。那块她不确定在不在的电路板已经安装进无线电里了。于是插上麦克风就变成一件非常简单的事情。她没有多费力气把麦克风装好,也没有把那块侧板拧回去。

她查看了一下机箱里的主板。这部无线电很像一台电脑,所有零件都插在一起。不过她不是电气师,不知道是不是还少东西。而且她也根本不可能再出去找零件了。她打开电源,选择了标着"18"的频道。

她等待着。

她又调节了一下音量,让扬声器中响起足够的静电噪声,表明无线电开着。频道里没有别的声音。她按下麦克风,静电噪声消失了,这是一个好兆头。现在她疲惫不堪,疼痛难忍,为自己、也为她的哥哥感到害怕,但她努力露出一个微笑。麦克风响起轻微的咔哒声,通过扬声器传回来——一个小小的胜利。

"有人能听到吗?"她问道。她用一只臂肘撑住桌面,另一条胳膊没用地挂在身边。她又试了一次:"有人在听吗?请回答。"

除了静电噪声,什么都没有。夏洛特完全可以想象,就在几英里以外,另一台无线电周围躺着几名通讯员。他们全都死了。那座筒仓里的人全都死了。她的哥哥曾经只按下一个按钮就终结了一整座筒仓——唐尼告诉过她这件事。一天半夜里,唐尼来到她面前,两只眼睛闪着光,将那件事原原本本地告诉了她。现在,又有一座筒仓没了。或者,也许只是她的无线电没有接通?

她不能这么糊涂。在得到结论之间,她先要排查故障。她伸手到表盘上,立刻想起她和她的哥哥曾经窃听过的另一座筒仓——18号旁边那座只有几名幸存者的筒仓。那几个人很喜欢用他们的无线电聊天,玩类似于捉迷藏的游戏。如果她记得不错,18号筒仓的市长也曾经和那个筒仓频繁对话。夏洛特将表盘调到"17",准备再次测试麦克风,看看是否有人会回应。她已经忘记了时间,甚至出于习惯,使用了她在空军时的旧呼叫番号。

"喂,喂,我是查理24,有人听到吗?"

她仔细倾听静电噪声,正当她要再次转换频道的时候,一个声音出现在扬声器里,颤抖而又遥远:

"是,喂?你能听到我们吗?"

夏洛特再次按下麦克风。肩膀的疼痛暂时消失了。和这个陌生的声音取得联系,就像给她打了一针肾上腺素。

"我听得到。是的,你能听到我?"

"你那里到底出了什么事?我们联系不到你。那条隧道……隧道全被石头堵住了。没有人回应。我们被困在这里了。"

夏洛特努力思考眼前的情况,同时又看了一眼表盘上的频道。"慢一点,"她深吸一口气,让自己也慢下来,"你在哪里?发生了什么事?"

"是雪莉吗?我们被困在这里了,在这个……另一个地方。这里的所有东西都生锈了。人们都很慌乱。你要把我们从这里弄出去。"

夏洛特不知道是否应该回话,还是只应该关掉无线电,等以后再试试。她觉得自己好像是打断了一场正在进行的对话,把那边的人搞糊涂了。这时,另一个声音切进来,证实了她的猜想:

"那不是雪莉。"那是一个女人的声音,"雪莉已经死了。"

夏洛特调整音量,仔细倾听。片刻间,她忘记了那个被她戳了一刀、马上要死在下面走廊里的人,忘记了自己手臂上的伤口,忘记了那些正在搜索她、马上就要来抓她的人。她全神贯注地倾听着来自17频道的对话,这个声音让她感到有些熟悉。

"你是谁?"最早出现的那个男声问道。

随后是一阵停顿,夏洛特不知道他问的是谁,又希望谁会回答。她将麦克风举到唇边,但另一个人先做了回答。

"我是朱丽叶。"

那个声音显得异常吃力和疲惫。

"朱莉?你在哪里?你是什么意思?雪莉死了?"

又是一阵静电噪声爆发出来,又一阵令人胆寒的停顿。

"我的意思是,他们全死了。"朱丽叶说,"我们也是。"

静电噪声。

"我把我们都杀死了。"

17号筒仓

SILO 17

第四十章

朱丽叶睁开眼睛,看见了自己的父亲。一道白光在她的眼前绽开,从她的一只眼睛转到另一只眼睛。几张脸浮现在父亲身后,全都注视着她。他们穿着浅蓝色、白色和黄色的连体服。一开始就像是一个梦,随后才慢慢凝聚成现实。那些仿佛噩梦的杂乱思绪变得坚硬起来,成为无可辩驳的记忆:她的筒仓被关闭了。通向外界的门被打开,所有人都死了。她记忆中最后一件事是紧紧抓住步话机,听到里面的声音,然后宣布所有人死了。她杀死了他们。

她抬手挡住白光,想要翻个身。这时她感觉到自己正躺在潮湿的钢板上,头下面垫着某个人的汗衫。不是床。她的胃猛地向上翻涌,但什么都没有吐出来。空空如也的胃不停地痉挛、上下翻腾。她发出呕吐的声音,却只从嘴里流出一些口水。父亲催促她呼吸。拉夫问她是否还好。朱丽叶咬紧牙关,压抑下向他们尖叫的冲动。她想要向这个世界尖叫,质问这个世界为什么将她丢在这个地狱里。她想抱住膝盖,为自己所做的一切哭泣。但拉夫还在问她有没有事。

朱丽叶用袖子擦擦嘴,想要坐起来。这里一片昏暗。她已经不在挖掘机里。不知从什么地方透过来一点光,好像有人点了一堆火。朱丽叶还闻到生物柴油燃烧的气味,可能是有人自制的火把。

终于，她看见一些光束在四处晃动。它们来自于矿工的安全帽和几支手电筒——她的人在相互照料。人们三五成群地挤在一起。一种压抑的寂静如同毯子一样覆盖在零星的哭声上面。

"我在哪里？"她问道。

拉夫告诉她："一个男孩在那台机器后面找到了你。他说你蜷缩成一团。一开始，他们以为你死了……"

朱丽叶的父亲打断了拉夫："我要听一下你的心脏。我需要你做深呼吸。"

朱丽叶没有争辩。她觉得自己又变成了一个小女孩，一个打破了东西、让父亲失望的、悲惨的小女孩。父亲的胡须在拉夫的手电光里已经是一片银色。他将听诊器插在耳朵里。朱丽叶知道该怎么做。她把连体服解开，在父亲的倾听中用力吸进空气，再缓缓呼出去。这时她看到头顶上方密密麻麻的导管、电缆和排气管——这些她都认识，也让她知道了自己的位置。他们正在发电机室旁边的一个大型泵房里。这里的地面是湿的，因为不久之前这里还处在深深的积水下方。现在这里一定还有某些地方存在大量积水，正缓慢地泄漏出来，也许是一个破损的蓄水池。朱丽叶回忆起那个蓄满水的深渊。她曾经穿着防护服，在水中走过这个房间。那仿佛是上辈子的事情了。

"孩子们在哪里？"她问。

"和你的朋友梭罗在一起。"父亲告诉她，"他说，他要带他们回家。"

朱丽叶点点头。"有多少人过来了？"她又深吸一口气，心中急切地想要知道还有谁活着。她记得自己把能找到的人都赶进了隧道。她见到了柯特妮和沃克尔，还有埃里克和道森，还有菲茨。她的记

DUST / 267

忆中出现了许多熟悉的面孔,一些是学校里的孩子,还有那个从集市上来的、穿着小店主的褐色连体服的男孩。但雪莉……朱丽叶抬手摸了摸自己依然隐隐作痛的下巴。她仿佛再一次听到爆炸声,感觉到地面的震动。雪莉走了,卢卡斯也走了,还有纳尔逊和彼得。她的心脏承受不了这些。她觉得自己的心脏会停止跳动,会放弃挣扎,而她的父亲正在给这颗心脏进行听诊。

"还不知道过来的具体人数。"拉夫说,"每个人都……现在这里乱作了一团,"他拍了拍朱丽叶的肩膀,"之前已经有一群人过去了,是一个牧师和他的教众,然后情况突然开始混乱,又有很多人过来了,最后一个就是你。"

父亲专注地听着她顽固的心跳,又将听诊器的听头在她的背上挪了一个地方。朱丽叶听话地又深吸了一口气。"你的一些朋友正在想办法让那台机器掉头,把我们从这里挖出去。"父亲告诉她。

"已经有人开始挖掘了。"拉夫也对她说,"暂时他们只能用自己的双手和铲子。"

朱丽叶努力想坐起身。她已经顾不上永远失去的那些人,因为现在她很可能会失去剩下的所有人。"不能让他们挖下去。"她紧紧拽住父亲的连体服,"爸爸,那边不安全。我们必须阻止他们。"

"你要放松下来。我已经派人去给你找水……"

"爸爸,如果他们挖过去,我们就死了。这里的所有人都会死。"

房间里陷入寂静,直到一阵匆忙的脚步声响起。一根光柱在黑暗中上下晃动着,鲍比拿着一只带凹痕的锡水壶跑过来。水壶里能听到液体晃动的声音。

"如果他们把隧道挖穿,我们都会死。"朱丽叶又说了一遍。她克制住冲动,没有说他们已经都死了,只是在一个筒仓的空壳里行走的尸体,这里只有疯狂和铁锈。她知道,自己说的这些话就像其他人一样疯狂——这个筒仓的空气应该也是有毒的,就算把两座筒仓挖通了也不会有什么区别。而且就算那些人真的是想要去那边自杀,难道她自己不想死么?

她接过水壶喝了一口。水洒在她的下巴和胸口上,她却只是在想着眼前这些疯狂和愚蠢。突然,她想起最初跑到这个有毒筒仓来的教徒。他们可能是来驱散魔鬼的,或者可能是想亲眼看看这个魔鬼的作品。朱丽叶放下水壶,转头去看父亲。在拉夫的手电光里,她的父亲变成了一片黑色的剪影。

"文德尔神父和他的人。"朱丽叶说,"是不是……? 是不是他们最早过来的?"

"有人看见他们离开这里的机械部,到上面去了。"鲍比回答了她,"我听说他们要去找一个地方做礼拜。还有其他一些人去了上面的农场。他们听说那里还有作物在生长。许多人都担心我们在离开这里之前会没有东西吃。"

"我们要吃什么。"朱丽叶喃喃地说道。她想要告诉鲍比,他们不会离开这里,永远都不会。他们所知道的那个世界,已经不复存在了。但这一点现在只有她一个人清楚,因为只有她曾经踩着无数腐尸枯骨走进这座筒仓。她见到过一个被关闭的世界是什么样子,也听过梭罗向她讲述那些黑暗的日子,甚至在无线电中亲耳听到过同样的劫难在她的仓里再度上演。她知道这是怎样的一场劫难。现在这场劫难还在继续。这全都是因为她的胆大妄为。

拉夫催促她多喝些水。朱丽叶看着面前这些被手电光照亮的面孔——这些幸存者还在以为他们只是遇到了一点小麻烦,这一切都只是暂时的。但实际情况是,他们只剩下了这些人——一群运气足够好的底层居民,再加上一群来自于中下层的乌合之众,对这个地方充满怀疑的狂热教徒。而且这几百人必须拼尽全力才有可能生存下去。现在,这些人又分散到了这座筒仓的不同地方。他们一定以为只要在这里过上几天就好,至多一个星期。所以他们只想采集到足够的食物,再等待自己被救出去。

他们还不明白,他们已经得救了。除了他们以外,18号筒仓里的所有人都死了。

朱丽叶将水壶还给拉夫,挣扎着要站起来。她的父亲要她继续躺着,被她挥手推开。"我们必须阻止他们的挖掘。"一站起来,她才感觉到自己的衣服刚才贴地的那一面全都湿了。这里一定有什么地方还在漏水。可能天花板里或者上面的楼层还有积水,在慢慢流下来。他们需要解决这个问题,而且要快。但她很快又意识到,这毫无意义。她的一切计划都结束了。现在她要做的是活过下一分钟,下一小时。

"去隧道要怎么走?"她问道。

拉夫不情愿地用手电光指了一下。朱丽叶拽着他朝那里走去,当她看见乔姆森的时候,又一下子停住了脚步。这位年迈的泵机修理工蜷缩在一排死气沉沉的生锈泵机旁边,双手摊开在膝盖上,眼睛盯着手心,正不住地抽泣,肩膀一上一下地振动,就像一部活塞。

朱丽叶来到乔姆森身边,向他指了指自己的父亲。"乔姆斯,你受伤了?"

"我抢救出了这些。"乔姆森哭着说,"我抢救出了这些,只有这些。"

拉夫将手电光对准这名机械师的手。一堆硬币在他的掌心闪闪发光。这是好几个月的薪水。随着他的颤抖,这些小金属片发出轻微的"叮当"声，像一些小昆虫在他的手中翻滚。

"在食堂里。"他一边抽噎一边说，"在食堂里，所有人都在跑。我打开收银盒。食品柜里有许多罐头和广口瓶。而我只抢救出了这些，这些。"

"嘘。"朱丽叶伸手按住他颤抖的肩膀，抬头看向父亲。父亲摇摇头。他们没什么办法可以帮他。

拉夫将手电光转向远一些的地方。一位母亲正在一边前后晃动身子，一边哭泣。她的怀里抱着一个婴儿。那个婴儿看上去应该没有受伤，正向母亲抬起一只小胳膊，小手一张一合，但没有发出哭声。他们失去了那么多。每个人只能匆匆抓上一些东西就逃到这边——这些就是他们现在所拥有的全部。乔姆森在哭泣。积水不断从天花板上滴落，这座筒仓也在哭泣。所有人都在哭，只有那个婴儿除外。

第四十一章

朱丽叶跟随拉夫穿过巨大的挖掘机,进入隧道。他们走了很长一段路,经过成堆的石块,爬上从两侧坍塌下来的渣土,在这些土石中看到几件衣服、一只靴子,还有一条被埋起一半的毯子。有人把水壶也丢在这里。拉夫捡起那只水壶,晃了晃,听到里面有水声,脸上露出了微笑。

远处有跳动的火焰将岩石染成橙红色,仿佛大地暴露出自己的血肉。一堆新的碎石显然刚刚从正上方的洞顶掉落下来,是雪莉牺牲的成果。朱丽叶想象她的好友还在这堆岩石的另一边,瘫倒在发电机控制室,已经无法呼吸,或者中毒,或者直接被外面的空气分解。恍惚间,她仿佛又看到卢卡斯在服务器下面的那间小公寓里,一只手松开了一部没有声音的步话机。那只手很年轻,但已经没有了生命。

朱丽叶的步话机也陷入寂静。在午夜时分,上面的一些人曾经向她发送信号,将她叫醒。那时她的最后一句话是宣布所有人都死了。在那次呼叫以后,她曾经尝试联系卢卡斯。她试了一遍又一遍,却只能听到静电噪声。那实在是太痛苦了。她那样做只是在杀死自己,白白消耗电量。终于,她关掉步话机,又短暂地考虑过呼叫1号筒仓,向那个背叛她的人怒吼几句。但她不想让他们知道这里还有人活下来。那只会让他们再次痛下杀手。

朱丽叶的情绪在愤怒和哀伤之间摇摆不定,她为死去的同胞哀悼,对那些杀人的人恨之入骨。她倚靠着自己的父亲,跟随拉夫和鲍比一步步向前走。前方传来敲打撞击和众人呼喊的声音。他们终于到了挖掘现场。她需要时间,好拯救还存留下来的一切。她的大脑处于求生模式,身体麻木、脚步蹒跚。她只知道,将两座筒仓重新打通只能意味着所有人的死亡。她亲眼见到白雾沿着楼梯井落下,那绝不是无害的白雾。她见过那种毒气如何让热固胶带和垫圈消失。1号筒仓的人就是用这种白雾毒化外面的空气,就是用它们毁灭了一个个世界。

"小心脚下!"有人在高喊。一名矿工摇摇晃晃地推着一手推车碎石头走过来。朱丽叶发现自己正沿着一道斜坡向上走,距离洞顶越来越近。前方传来柯特妮的声音,还有道森的声音。一堆又一堆渣土石头正在从被炸塌的地方运走,表明挖掘工作在以肉眼可见的速度向前推进。朱丽叶觉得自己的精神要被撕裂了——她想要警告柯特妮,停止现在所做的一切;却又渴望着扑到前面的土石堆上,用双手把它们挖开,一直挖到折断指甲,挖出一条路,回到那边去,就让死亡见鬼去吧!

"好了,我们先把这里的顶部清理干净,再向前进。千斤顶怎么这么长时间还没开始干活?我们就不能用发电机组带动一下这边的液压引擎吗?这里是很黑,但不代表我看不见你们这些懒虫……"

柯特妮闭住嘴,因为她看见了朱丽叶。看着柯特妮僵硬的面孔和紧绷的嘴唇,朱丽叶能感觉到自己的这位好友现在还没想好是应该给自己一巴掌,还是把自己用力抱进怀里。

"你醒了。"柯特妮说。

朱丽叶转头去审视成堆的泥土碎石。黑烟盘旋着从柴油火把上不断腾起,让地底深处寒冷的空气变得干燥稀薄。朱丽叶很担心这里的氧气会这样被烧光,不知道17号筒仓那些贫瘠的农场能否产生出足够的氧气,满足他们的需求。这里一下子增加了几百副肺叶,底层的氧气够用么?

"我们需要谈谈这件事。"朱丽叶朝正在掘进的工作面说道。

"我们可以先挖回家去,然后再讨论到底发生了什么事。如果你需要一把铲子……"

"我们全凭这些石头和土才能活下来。"朱丽叶说。

有几个正在挖掘的人看见朱丽叶正在和柯特妮说话,于是停下了手中的工作。柯特妮吼叫着让他们赶快干活。他们急忙又开始了挖掘。朱丽叶不知道该如何巧妙地解决现在的问题。她根本不知道该怎么做。

"我不知道你打算……"柯特妮又开口道。

"是雪莉炸塌了这里,才救了我们。如果你把它挖通,我们就会死,对此我非常确定。"

"雪莉……?"

"我们的家已经被毒气充满了,柯蒂。我不知道该怎么向你解释,但事实就是如此。许多人正在顶层死去。我听到了彼得和……"她努力稳定住自己的呼吸,"和卢克说的一切。彼得看到了外面——外面。门被打开了,人们正在死亡。还有卢克……"朱丽叶咬住嘴唇,直到痛楚离开自己的思绪,"我首先想到的就是让大家躲到这边来,因为我知道这里是安全的……"

柯特妮冷笑了一声。"安全?你觉得这……?"她向朱丽叶逼近了一步。突然间,再没有人挖掘了。朱丽叶的父亲抓住女儿的胳膊,想要把她向后拽开,但朱丽叶一步也没有退。

"你觉得这里是安全的?"柯特妮咬着牙说道,"我们到底在什么地方?这后面有一个房间,看上去像极了我们的发电机室,但那里全都是生锈的废物。你觉得那些机器还能再转起来吗?这边还有多少空气?有多少燃料?食物和水呢?我估计,如果不能回家,我们就只剩几天好活了。我们要在这几天挖过去,大部分工作都只能用双手完成。你知不知道,你对我们干了什么?你为什么要把我们带到这边来?"

朱丽叶忍受着这位好友连续不断的呵斥,甚至很高兴柯特妮能这样。她自己也想朝自己扔几块石头。

"我干的。"朱丽叶推开父亲,面对所有挖掘的人。他们都是她最熟悉的人。她转过身,朝自己刚刚过来的黑暗隧洞吼道:"这是我干的!"她用尽自己的全部力量,将每一个字抛向那些因为她而遭到诅咒、陷入毁灭的人。她再一次尖叫道:"是我干的!"黑烟的刺激和认罪的痛苦让她的喉咙仿佛在被火焰灼烧。悲伤将她的胸膛狠狠撕开。她感觉到一只手按在自己肩头,还是她的父亲。她的吼声在隧洞中回荡片刻之后就消失了,只剩下柴油火把在悄悄地哔啵作响。

"这一切都是我造成的。"朱丽叶点点头,"我们一开始就不应该到这边来。不应该。也许正是我的挖掘造成了我们被毒气攻击,或者是因为我走出筒仓,但这里的空气是干净的。我向你们保证,这个地方和这里的空气可以让我们生存。我还要告诉你们,同样确定无疑的是,我们的家没了。那里已经全是毒气,而且向外面敞开了。留在那里的所有人……"朱丽叶努力控制住呼吸。她的心空荡荡

DUST / 275

的,胃仿佛打了一个结。父亲再一次支撑住她。"是的,这都是我的错。是我一味蛮干的结果。所以那个男人才会对我们下手……"

"男人?"柯特妮问。

朱丽叶看着自己曾经的朋友们,这么多年以来和她一同工作的人们。"是的,一个男人,在另一座筒仓里。这里一共有五十座筒仓,都和我们的一样……"

"你早就这样和我们说过,"一名挖掘者粗声粗气地说,"还说过那些地图。"

朱丽叶寻找声音的来源,发现说话的是菲茨,一名石油工人,也曾经是机械师。"你不相信我,菲茨?你现在还相信,这个宇宙里只有两座筒仓?它们恰好如此接近?地图上其余的部分都是谎言?我告诉你,我曾经站在山脊上,亲眼看见了它们。当我们在这个黑洞里,要被浓烟呛死的时候,还有成千上万人在过他们的日子,就像我们曾经熟悉的……"

"你认为我们应该挖到他们那里去?"

朱丽叶还没有想过这件事。"也许吧,如果我们能挖到那些筒仓,也许是我们唯一离开这里的办法。但首先,我们需要知道我们要去的地方都有什么人,那里是否安全。可能那里已经像我们的筒仓一样被摧毁,或者像这座筒仓一样空空如也,也有可能那里的人根本不愿意看见我们。我们挖过去的时候,可能把毒气也带过去。但我可以告诉你们,这里的确还有其他人。"

一个参与挖掘的人从土石堆上滑下来,加入了她们的交谈。"如果这堆石头对面一切平安无事呢?你不是无论什么地方都喜欢亲眼去看看?"

朱丽叶接受了他的嘲讽。"如果那边一切平安,他们就会来找我们。我们一定会收到他们的消息。我很希望那里能没有事,希望这才是事实。如果我错了,我会非常高兴。但我没有错。"她注视着那些黑暗中的面孔,"我要告诉你们,那边只有死亡。你们以为我不想拥有希望?我已经失去了……我们都失去了我们爱的人。我听到了我爱的人和我关心的人呼出最后一口气。难道你以为我不想到那边去,亲眼看看?好好把他们安葬?"她抹了一下眼睛,"难道你就没有过那么一瞬间,想到我也渴望着能够抓起一把铁锹,连续三班不停地挖下去,直到回到他们身边?但我知道,那样我只会将我们剩下的这些人一同埋葬。我们是在将这些泥土石头抛撒进我们的坟墓。"

没有人说话。不知什么地方,地心引力战胜了一块挣扎中的石头,让它脱离摇摇欲坠的状态,伴随着一连串磕磕拉拉的声音滚落到他们脚边。

"那你想让我们做什么?"菲茨问。朱丽叶听到柯特妮狠狠吸了一口气。现在似乎无论谁要听朱丽叶的意见,都会让她生气。

"我们需要一到两天时间确定到底发生了什么。就像我说的,有许多和我们这里一样的世界。我不知道他们的具体情况,但我知道,有一个筒仓似乎认为自己在管理所有筒仓。他们以前就威胁过我们,说他们只要按下一个按钮,就能将我们终结。我相信他们就是这样干的。我相信他们对其他世界也这么干过。"朱丽叶指着17号筒仓说,"是的,也许是因为我们竟敢向其他筒仓挖掘,也许是因为我出去寻找答案。你们可以为此送我去清洁。我将很高兴接受惩罚。我会清洁好摄像头,死在你们眼前。但首先,让我把我知道的一点东西告诉你们。我们所在的这座筒仓,它将会被积水淹没。积水正在一点点涨上来。我们需要启动水泵,让这座筒仓保持干燥,还需要确保农场里一直有水灌溉,种植灯也要一直亮着,这样我们才能有足够的空气可以呼吸。"她朝插在隧道壁上的火把一指,"我们正在白白消耗氧气。"

"我们要从哪里获得电力?我是第一批到这边的人。这里只有成堆生锈的废铁!"

"三十几层有电。"朱丽叶说,"干干净净的电,足以让农场的水泵和种植灯运转。但我们不应该依靠它。我们要自己发电……"

"备用发电机。"有人说。

朱丽叶点点头,心中感激他们在听自己说话。至少他们终于停止了挖掘。

"我会对我做的事负责。"朱丽叶说,火把上跳动的光亮在她满是泪水的眼睛中变得一片模糊,"但让我们掉进这个地狱的的确另有其人。我知道他是谁。我和他说过话。我们需要活下去,让他和他的人付出……"

"报仇,"柯特妮说道,她的声音很低,却无比狠厉,"还有上次你出去清洁的时候,那么多人都死了,就为了讨回一点公道……"

"不是复仇,不,是阻止他们。"朱丽叶朝幽深黑暗的隧道中看了一眼,"我的朋友梭罗记得这个世界被摧毁的过程。这是他的世界。带给我们毁灭的不是众神,是人类。距离我们非常近的人类,甚至可以用无线电和他们通话。他们的拇指下面还有其他世界。想象一下,如果以前有人阻止了他们,我们就能够继续我们的生活,甚至不知道自己正受到怎样的威胁。我们爱的人现在都还能活着。"她转向柯特妮和其他人,"我们去找那些人,不应该是为了他们所做的一切。不,我们去找他们应该是为了他们能做什么,阻止他们再次动手。"

她在老朋友的眼眸中寻找理解,寻找接受。但柯特妮只是转身背对着她,将目光移开,审视着他们刚刚清理出来的一堆堆渣土。很长一段时间过去了,空气中弥漫着煤烟。只有橙红色的火焰发出微弱的声音。

"菲茨,把那个火把拿下来。"柯特妮命令道。那位老石油工人犹豫了一下,最后还是照做了。"把它灭了。"听柯特妮的语气,她似乎对自己很是厌恶,"我们正在浪费空气。"

第四十二章

伊莉斯听见下面楼梯井中纷乱的说话声。那些陌生人在她的家里。陌生人——里克森想让她和双胞胎去做事的时候,就会用这个词吓唬他们,给他们讲关于陌生人的故事。他们听了以后都觉得永远不应该离开他们在农场后面的家。很久以前,里克森曾经说过,所有他们不认识的人都要杀死他们,夺走他们的一切。就算是认识的人也不能完全信任。里克森经常在深夜里讲这些故事,那时嘀嗒作响的计时器会让外面的灯突然熄灭。

有一个故事,里克森讲了一遍又一遍——他因为两个人的爱才得以诞生(伊莉斯还不太懂得"爱"是什么意思)。里克森的父亲从他母亲的腰上割下一枚毒丸,这样他们才能有孩子。但并非所有孩子都是两个相爱的人生出来的。里克森说,有些孩子来自于那些抢走一切的陌生人,从前的那些男人。他们总是想让女人生孩子,所以他们直接把毒丸从女人的肉里挖出来,这样女人们就会生孩子。

伊莉斯的身体里没有毒丸,现在还没有。汉娜说,毒丸以后会长出来,就像成年时长出牙齿一样。所以重要的是尽早生出宝宝。里克森却说根本不是这样。如果你出生的时候腰里没有毒丸,你就永远都不会有。伊莉斯不知道该相信谁。她在楼梯上停下脚步,揉了揉自己的肋侧,看那里是不是有肿块。然后她又用舌头仔细舔了舔牙齿之间的缺口,感觉自己的牙龈下面的确有硬硬的东西在生长。这让她想哭。她知道自己的身体会做出愚蠢的事情,比如从肉里长出牙齿和毒丸,完全不问一下她是否愿意。她呼唤跑到上面的小狗。小狗又挣脱了她,跑到不知什么地方去了。小狗也像她的身体一样坏。伊莉斯开始思考,小狗是不是一个人能拥有的东西?或者它们总是会跑掉?但她没有哭。她抓住楼梯栏杆,向上迈了一步,又一步。她不想要小孩,只想让小狗留在自己身边,还希望她的身体能做想做的事。

一个男人从她身边跑过去——不是梭罗。梭罗叮嘱过她不要乱跑,要留在他身边。"我要让小狗留在我身边。"如果梭罗抓住她,她就会这样说。事先把借口准备好是好事情,就像口袋里装着南瓜子。跑过去的男人回头看了她一眼。那是个陌生人,但他似乎并不想要她的东西。他已经有东西了——他扛着一卷黑黄两色的电线,那本来垂在农场的天花板下面。里克森说过,绝对不能碰那些电线。也许这个人不知道规矩。看见自己不认识的人在自己家里,这种感觉真是奇怪。不过里克森有时候的确会说谎,也有些时候会把事情搞错。他那些吓人的故事可能是谎言,也有可能是他的误解。梭罗是对的,也许让这些陌生人过来,会是一件好事。会有更多的人帮忙,进行修理,在泥土中挖水沟,那样所有植物就都能喝饱水了。会有更多像朱丽叶那样的人。陌生人来了,能让这个家变得更好。这些陌生人曾经带他们去灯光稳定的地方,还给他们洗了热水澡。他们是好陌生人。

又一个陌生人带着响亮的靴子声从她身边经过。他背着一只大口袋,许多绿叶从里面冒出来。伊莉斯闻到了成熟的西红柿和黑莓的香味。她停下脚步,看着那个人走过去。这一次也摘得太多了——她仿佛能听见汉娜这样说。太多了。这里有许多规矩,这些人都不知道。伊莉斯觉得自己也许应该教教他们。她有一本书,能够教人们如何钓鱼,如何寻找动物。然后她又想起来,所有的鱼都没了。她甚至连一只小狗都找不到了。

一想到鱼,伊莉斯又觉得饿了。现在她非常想吃东西,而且吃得越多越好,要在东西被吃光以前赶快吃。有时候,她看见双胞胎吃东西,就会有这种饥饿的感觉。就算不是真的饿,她也想要吃东西,吃许多东西,否则吃的一转眼就会完全消失不见。

她缓步向上走去,肩头袋子里的记忆书册一下一下地撞着大腿。她希望自己还和其他人在一起,或者小狗一开始就没有跑掉。

"嗨,你。"

上面一个楼梯平台有一个男人,正将头探出栏杆看着她。那个男人留着一脸黑胡须,只是不像梭罗的那么蓬乱。伊莉斯停顿片刻,又继续向上走,进入到转角处。那个男人和楼梯平台都从她的视野中消失了。当她登上楼梯平台的时候,男人正等着她。

"你离群了?"那个男人问。

伊莉斯歪过头说:"我不在群里。"

黑胡子男人用一双明亮的眼睛看着伊莉斯。他的身上穿着褐色连体服。里克森也有这样一件衣服,偶尔会把它穿在身上。伊莉斯在"奇市"遇到的男孩也穿着同样颜色的衣服。

"为什么不在?"男人问。

"我不是绵羊。"伊莉斯回答,"绵羊才会跟着群走。现在这里已经没有绵羊了。"

"什么是绵羊?"男人问,他的眼睛更亮了,"我见过你。你是住在这里的孩子,对吗?"

伊莉斯点点头。

"你可以加入我们的群。我们是信众的群,属于同一个神堂。你去神堂么?"

伊莉斯摇摇头,抬手按在自己的记忆书册上。那上面有一页说的是绵羊,教人们如何养育和照顾绵羊。她的记忆书册和这个人说的不太一样。这让伊莉斯的心里仿佛空了一块——她现在要试着去辨认哪一种说法才是可以信任的。她倾向于自己的书,那里的很多事都说对了。

"你想要进来吗?"那个男人朝门口挥挥手,伊莉斯越过他,朝黑暗的门洞看了看。男人又问:"你饿吗?"

伊莉斯点点头。

"我们正在搜集食物。我们找到了一座神堂。其他人很快就会从农场下来。你想要进来,吃些或者喝些东西吗?我摘了很多,都快要背不动了。我会和你分享我的收获。"他伸手按在伊莉斯的肩膀上。伊莉斯发现自己在审视这个人的小臂——他的小臂上全是浓密的黑毛,就像梭罗那样,和里克森完全不同。伊莉斯的肚子在"咕咕"叫,农场感觉还是那样遥远。

"我需要找到小狗。"和宏伟的楼梯井相比,她的声音显得格外渺小,如同呼啸寒风中的一缕白雾。

"我们会找到你的小狗。"那个男人说,"我们先进去吧。我想要听你说说你的世界都是什么样子的。知道吗,这是一个奇迹。你知道你是一个奇迹吗?你是的。"

伊莉斯完全不明白这个人的意思。这和她在所有那些书中找到的记忆都不一样。但她已经丢失了许多书页。她的肚子也在咕咕作响，在催促她。于是她跟着这个黑胡子男人进入黑暗的走廊。前方有说话的声音——哼唱和耳语混合在一起，让人感到平静安宁。伊莉斯有些好奇，会不会这就是群的声音？

1号筒仓

SILO 1

第四十三章

　　夏洛特又开始生活在一只匣子里。一只匣子,不过一点也不冷,也没有结霜的玻璃窗口,没有亮蓝色的输液管深深扎进她的血管。在这只匣子里,她没有机会做美梦,也不会有醒来的噩梦。这只是一只毫无特征的金属匣子,当她挪动身体的时候,匣子会发生轻微的波动起伏,发出些许金属摩擦的声音。
　　她在无人机升降机里给自己布置了一个小家——一个过于狭小的金属空间,甚至连坐起来都不可能;也没有一丝光,她将手放在眼前也看不见自己的手指;还安静得让她完全听不见自己在想些什么。有两次,她趴在地上,寻找门外靴子撞击地板的声音。当天晚上,她一直留在这个升降机里,等待人们返回来。不过那些人显然要搜查许多楼层。
　　每过几分钟,她就会动一动,徒劳地尝试让自己舒服一些。当她实在忍不住,害怕会排泄到连体服里的时候,曾经去过一次厕所。要不要把排泄物冲掉?是发出声音更危险、还是留下痕迹更危险?她还是冲了水,脑海中不可抑制地想象某个遥远地方的一根排水管在嘎嘎作响,有人立刻就看出声音的源头来自于哪里。
　　在走廊尽头,她确认了他们没有发现那部无线电。她本以为这部机器会被拿走,还有唐纳德的所有笔记,但这些东西依然都留在塑料布下面。犹豫片刻之后,夏洛特收拾起那些文件夹。它们太珍贵了,不能失去。她匆匆跑回到自己的小窝里,把所有东西都推进角落,蜷缩起身子,脑海中又出现了靴子狠狠踢在哥哥身上的样子。

她想到了伊拉克。在那里的黑夜中,她躺在营房里的铺位上。男人们来来往往去轮班,让她周围不断响起牵拉弹簧床的吱嘎声和轻微的说话声。在黑夜里,她总觉得自己要比天空中的无人机更脆弱。那座军营感觉就像是深夜中空荡荡的车库。远处有脚步声,而她找不到自己的车钥匙。就算是躲藏在这个狭小的升降机里也是一样。她睡在黑夜中的车库里,在一个充满男人的营房里,不知道自己醒来的时候会是什么样子。

她基本没怎么睡,一直用肩膀和头夹着手电筒,翻看唐纳德的文件,希望这些枯燥的阅读能够给她带来一点困意。在一片寂静中,那些无线电里的对话又零零散散地出现在她的脑海里。又有一座筒仓被摧毁。她听到了那些惶恐的声音在报告外门已经打开,她的哥哥所说的气体正被释放到那些人所在的空间。她还听到了朱丽叶的声音,听到朱丽叶说,所有人都死了。

她在一份文件夹里找到一张小表格。那是一张地图,上面有一片带数字的圆圈。有许多圆圈上面都有红色的叉子。人们就生活在这些圆圈里——夏洛特想到。现在,又有一个圆圈空了,这张地图又要被画上一个叉子。而夏洛特像她的兄长一样,已经感觉自己和这些人有了某种联系。她用哥哥的无线电听到了他们的声音,也听过唐纳德讲述自己如何努力地与他们进行联系。这座筒仓也在毫无保留地与她的哥哥合作,帮助唐纳德黑进他们的电脑,试图彻底搞清楚他们所在的这个世界到底发生了什么。她曾经问过唐尼,为什么不联系其他筒仓。唐尼说,那些筒仓的管理者不安全,会告发他。从某种角度来说,她的哥哥和这些人全都是叛逆者。现在他们都不复存在了。这就是反叛者的下场。现在只有夏洛特留在黑暗和寂静中。

她继续翻看哥哥的笔记。她的脖子因为一直用力夹住手电开始抽筋。这个铁匣子里的温度在不断上升,她的汗水浸透了连体服。她睡不着。这里和曾经收纳她的另一只匣子完全不同。她读到的越多,就越是理解哥哥为什么会无休止地来回踱步。唐尼渴望有所行动,渴望结束这个将他们所有人困住的系统。

要谨慎消耗水和食物,每次只喝一小口,只吃一小口。她觉得自己已经在这只匣子里待了几天,也许可能只有几个小时。当她需要再次去厕所的时候,她决定偷偷溜到走廊尽头去,再试试无线电。了解现实情况的渴望不亚于对小解的需求。那里还有幸存者。18号筒仓的人曾经爬过山丘,到达了另一座筒仓。那里还有几个幸存者。他们又能坚持多久?

她冲了水,听着再生水从头顶管道中汩汩流过的声音。她决定试一下,便向无人机控制室走去。关掉走廊灯,她掀开盖住无线电的塑料布。18号筒仓只剩下静电噪声,17号也是一样。她转过十来个频道,终于听到了说话声,才确定这台无线电没问题。将频道调回到17号,她开始等待。她知道,自己可以永远等下去,一直等到那些人找到她。墙上的钟显示时间刚刚过了三点,时间还是午夜。她认为这是一件好事。他们也许还没有开始寻找她。但也没有任何声音传入她的耳中。终于,她按下了麦克风上的按钮。

"喂。"她说道,"有人听到吗?"

她差一点就要说明自己的身份和所在位置了。但她又担心自己所在的筒仓里有人在监听所有频道。是不是真的有人在监听?

他们不可能知道她是从哪里发送的信号,除非能够通过中继器追踪她。也许他们真能这么做。但17号筒仓不是已经从他们的名单上被划掉了吗？他们不可能同时监听所有筒仓。夏洛特挪开桌面上的工具,想找到一张唐尼带给她的纸。那上面记录了不同筒仓的序列位置,最底下的筒仓都是被摧毁的……

"谁啊？"

一个男人的声音在无线电中响起。夏洛特抓住麦克风,又担心有人在她的筒仓里占用了这个频道。

"我是……你是谁？"她不确定该如何回答。

"你在下面的机械部？知道现在几点了吗？现在是午夜。"

在下面的机械部。这是其他筒仓的布局,和她的筒仓不一样。夏洛特认为应该是那些幸存者,但现在还无法排除有其他人在听的可能性。于是夏洛特决定谨慎行事。

"是的,我在机械部。"夏洛特说,"那边……我是说,你们上面情况如何？"

"我正想睡觉呢,但柯蒂要我们开着这东西,以备她随时呼叫。我们一直在搞水管。人们在分割农场,把它分成了好几块。你是谁？"

夏洛特清了清嗓子:"我要找……我想和你们的市长朱丽叶说话。"

"她不在这里。我还以为她在下面,和你们在一起。如果没什么急事,就明天早上再试试。告诉柯蒂,我们这里还需要人手。最好能有个正经的农夫上来,如果我们有的话,另外还要搬运工。"

"呃……好的。"夏洛特又向时钟瞥了一眼,看看自己还要等多久,"谢谢,"她说道,"我会再试着联系她。"

没有回应。夏洛特有些奇怪自己为什么这样想要和他们取得联系。她没办法为这些人做任何事。难道她以为这些人还能为她做什么？她审视着自己组装的无线电。额外的螺丝和电线散落在机器周围，还有那些工具。现在待在外面就是在冒险，但一个人蜷缩在升降机里更让夏洛特感到害怕。如果能和别人说几句话，她愿意冒被发现的风险。几个小时以后，她会再试一次。在那之前，她要努力睡上一会儿。她盖好无线电，考虑了一下自己在营房里的那张床。但最终她还是躲回了那个没有窗户的金属匣子。

第四十四章

唐纳德的早餐和来访者一起到了。昨天,他们只留下他一个人,并且少给他送了一顿饭。他怀疑这应该是某种审问技巧,就和半夜里那些靴子敲击地板的噪声是一样的,只是为了让他无法入睡,打乱他的生物钟,干扰他的思维,让他觉得自己疯了。或者那时候是白天,现在是午夜,他没有少吃一顿饭。这很难确定。他已经失去了对时间的概念。墙上有一片圆形空白显得格外干净,里面还有一根突出的螺丝钉,表明那里曾经挂着一只钟。

两个穿保安部连体服的人跟随在端着早餐的瑟曼身后。唐纳德一直没有脱过身上的连体服。三个人挤进这个小房间的时候,他只好把脚收到床上。两名保安官带着怀疑的眼神盯住他。瑟曼把托盘递过来。盘子里有鸡蛋、一块饼干、水和果汁。唐纳德的身体疼痛难忍,但他也很饿。他没有找到餐具,就开始用手指把鸡蛋送进嘴里。热食让他的肋骨好受了一些。

"检查天花板。"一名保安官说道。唐纳德认识他——布雷瓦德。唐纳德值班时的警长几乎一直都是他。不过唐纳德知道,布雷瓦德不是他的朋友。

另一个人更年轻一些,唐纳德不认识。毕竟唐纳德为了避免被人们看到,经常会在深夜里出门行动。相较于夜班保安,这三个人他要熟悉得多。那名年轻保安利索地爬上和墙壁焊在一起的梳妆台,推开一块天花板,从腰间抽出手电,朝里面照了照。唐纳德很清楚他在找什么。唐纳德自己已经查看过那里了。

"被封住了。"年轻保安说。

"确定?"

"不是他干的。"瑟曼的目光一直没有离开唐纳德。他朝房间里挥挥手,"那里到处都是血。如果是他干的,他的身上应该也都是血。"

"除非他在什么地方清洗过,还换了衣服。"

这句话让瑟曼皱起眉头。他站在距离唐纳德只有几步远的地方。唐纳德一下子不觉得饿了。"那个人是谁?"瑟曼问。

"谁是谁?"

"不要打哑谜。我的一个人遭到攻击。有人伪装成反应堆技师,顺利登记进入了这一层的安全门,就是今晚。那人一直沿这条走廊过来,我猜,是要找你。他去了通讯室。我知道你经常待在那里。你没办法把这件事揽在自己身上。你招纳了某个人,也许是上一班里你的同事。是谁?"

唐纳德掰开一块饼干,放进嘴里,让自己的嘴唇有事可做。夏洛特。她来干什么?在筒仓里到处找他?她还去了通讯室?如果夏洛特真的这么做,她一定是疯了。

"他知道些什么。"布雷瓦德说。

"我不知道你们在说什么。"唐纳德喝了一口水,注意到自己的手在颤抖,"谁被攻击了?他们还好么?"唐纳德担心他们找到的血可能是自己妹妹的。他为什么要把夏洛特唤醒?他到底在干什么?唐纳德再一次想到彻底坦白,把夏洛特的藏身之处告诉他们。至少这样夏洛特就不会再孤零零一个人了。

"是埃伦。"瑟曼回答,"他刚刚下班,刚刚跑去乘电梯,结果被发现躺在30层的血泊里。"

"埃伦受伤了?"

"埃伦死了。"布雷瓦德告诉他,"一支螺丝刀插进了他的脖子。一部电梯的按钮上全都是他的血。我想知道干这件事的那个人在哪里……"

瑟曼抬起手。布雷瓦德闭住了嘴。瑟曼说:"让我们单独谈一下。"

站在梳妆台上的年轻保安将天花板放回原位,跳下来,在大腿上擦擦手,但没有整理梳妆台上的泡沫塑料碎屑,随后就和布雷瓦德一起走出了房间。在他们关上门之前,一名职员刚好从门前走过。唐纳德认识那个人。他差一点就要向那个人高声叫嚷,想问问这些人发现他在冒充他们的头领时,到底有些怎样的想法。

瑟曼伸手到胸前的口袋里,掏出一块折叠成正方形的布,一块干净的手帕。他将手帕递给唐纳德。唐纳德感激地接过去。一块手帕能够被算作是礼物,这种感觉真奇怪。他等待着咳嗽从胸腔中爆发,却罕见地等来了一段时间的平静。瑟曼又拿出一只塑料袋,敞开口放在他的面前。唐纳德明白这是做什么用的,拿出自己的另一块手帕,将这块满是血污的布丢进塑料袋里。

"分析用,对吗?"

瑟曼摇摇头。"这里没有我们不知道的事情。只是……走个形式。你知道,我曾经想杀了你,是因为我的软弱;也正是因为我的软弱,我没能成功。事实证明,对于安娜,你是正确的。"

"埃伦真的死了?"

瑟曼点点头。唐纳德打开新手帕，又把它叠起来。"我喜欢他。"

"他是个好人，是我招募的。你知道是谁杀了他？"

唐纳德现在明白这块手帕是什么意思了——硬的不行来软的。他摇摇头，心中试着去想象夏洛特是怎样做到这件事的。他想象不出来。不过他也从来都想象不出夏洛特是如何操纵无人机丢下炸弹，或者连做五十个俯卧撑的。他们小时候，夏洛特就是一个谜，总是会给他带来惊奇。"我想不出有谁会像那样杀死那个人，除了你。"

瑟曼没有做出任何反应。

"我什么时候被冻结？"

"今天。我还有一个问题。"

唐纳德拿起托盘中的水杯，长长地喝了一口。水很冷，而且美味得令人难以置信。他应该现在就把夏洛特的事情告诉瑟曼，还是等到他要被冻结的时候？他唯一不能做的就是把妹妹一个人丢在那座仓库里。他意识到瑟曼在等他的回应。"问吧。"他说道。

"你还记得安娜曾经在你醒来的时候离开过军械库？我发现，那时只有你和她短暂地共处过一段时间。"

"不，"唐纳德开口道——那感觉上不是短暂的共处，而是共处了一生，"怎么了？她做了什么？"

"你记不记得她说过输气管道的事？"

"输气管道？不，我甚至不知道那是什么意思。怎么了？"

"我们发现了蓄意破坏的痕迹。有人对医疗部和人口控制部之间的管道做了手脚。"瑟曼挥挥手，似乎是放弃了自己想要说的某些话，"就像我说过的，我认为，关于安娜的看法，你是对的。"说完，他就向门口转过身。

"等等，"唐纳德阻止了他，"我有一个问题。"

瑟曼犹豫片刻，一只手放在门上。

"我到底出了什么毛病？"唐纳德问。

瑟曼低头看着塑料袋里的血污手帕。"你有没有看见过战争后的土地？"他的声音很平静，甚至显得有些无可奈何，"你的身体现在就是战场。这就是你的状况。两支各有数十亿士兵的军队正在相互攻伐。一些机器要将你撕碎，另一些则要让你保持完整。那些士兵正在将你的身体变成一堆弹片和烂泥。"

瑟曼用拳头抵住嘴咳嗽了一声，伸手去拉开门。

"那天我出去，不是为了爬上山顶。"唐纳德说，"我不想被你看见。我只想死。"

瑟曼点点头。"后来我也是这么认为的。我应该让你死在外面。但他们拉响了警报。我跑上去，看见我的人正忙着穿上防护服，而你已经快要出去了。我的散兵坑里有一枚手榴弹。多年以来，我一直都知道，如果发生这种事，我会怎么做。我扑上去，用身体压住了手榴弹。"

"你不应该这样。"唐纳德说。

瑟曼打开门。布雷瓦德正等在门外。

"我知道。"瑟曼说完就走了。

第四十五章

达西一直趴在地上忙碌着,将深红色的抹布放进桶中红色的水里涮了几下,拧干,让抹布变成粉红色,继续去擦电梯里的污渍。轿厢壁已经干净了。血样也早就被送去进行分析。他一边干活,一边嘲讽地模仿着布雷瓦德的声音自言自语:"达西,提取样品。达西,把这里清理干净。达西,给我拿杯咖啡来。"他不明白,冲咖啡和擦掉血迹怎么会成为自己工作的一部分。他很怀念那些平淡无奇的夜班。现在他只希望一切恢复正常,心中越来越体会到正常的感觉是多么神奇和美妙。他几乎已经闻不到那股铜锈味,舌头上的金属味道也消失了。这就像是每天都用纸杯喝水,以加工食物果腹,甚至电梯门被挡住时发出的那种地狱般的刺耳尖叫也是可以习惯的。而习惯以后,它们就都消失了。一件件事情都淡化成模糊的痛楚,就像来自于前一个人生的记忆。

关于自己原先的生活,达西没有记住多少,不过他知道自己很擅长这份工作。他有一种感觉,自己很早以前就在做安全保卫的工作。现在已经没有人谈论那时的世界了。那个世界被困在老电影、不断重播的电视节目和梦境中。他依稀记得自己接受过为别人挡子弹的训练。有一个顽固的梦在他睡觉时反复出现。那是在一个清晨慢跑,风冷却了他额头和脖子上的汗水,还有吱吱喳喳的鸟叫声。他跟在一个穿运动裤的老人身后,注意到那个人就要掉光发丝的头顶。达西还记得一只耳朵上的耳机因为汗水而滑动,无法固定在原位,总是从耳朵里掉出来。他还记得看着拥挤的人群,当气球炸裂,或者摩托车引擎发出咆哮,他的心跳就会加速。他永远都在等一个机会,等待……

一颗子弹。

达西停止了擦洗,用袖子抹了抹脸,盯住电梯轿厢里地板和墙壁之间的缝隙——那里有一个小金属块。他试着用手指把它抠出来,但他的手指伸不进那道缝隙里。一颗子弹。他不应该碰这东西。

抹布"啪"的一声被丢进水桶。达西匆匆拿来放在走廊里的取样工具箱。电梯还在发出一阵又一阵的尖利蜂鸣,发泄着对这种停滞状态的痛恨,不断表示自己想要重新开始运转,前往不同的地方。"冷静一下。"达西一边悄声说,一边从工具箱的一只小匣子里抽出样品袋。镊子不在应该的位置上。他在箱子底部翻了翻,找出镊子,心中咒骂上一班的人不懂得尊重同事。在达西看来,这就像是生活在同一间宿舍的舍友——不,这样说不对,不过的确就像梦里的那种感觉一样,仿佛他们生活在一个军营里。表面上的秩序掩盖了潜在的混乱。折叠得棱线分明的床单遮住了床垫上的污渍。没有将东西放回到应该的位置上——这就是床垫上的污渍。

他用镊子将那颗子弹夹出来,放进塑料袋里。子弹有一点变形,不过不算严重。看样子,它没有碰到坚硬的东西,但肯定打中了什么。他用塑料袋将子弹揉搓了一下,放在灯光下细看。塑料袋上出现了一片粉色污渍——子弹上有血。他又看了看地板,确认子弹原先所在位置附近有没有被他不小心溅上的血水。

没有。他们找到的那个人已经死了,死因是脖子上的刺伤。但他身边的确找到了一把手枪。达西在电梯轿厢里十几个不同的地方取了样。一名医疗技师拿走了这些样品。史蒂文斯副警长和筒仓的那名新首领告诉他,所有样品都与受害者相符,但现在,达西很可能找到了一份杀人犯的血样。那个人杀死埃伦以后依然逍遥法外。而这是一个真正的线索。

他抓住样品袋,等待快速电梯到来。片刻间,他考虑要不要把这份样品交给史蒂文斯——按规矩,他应该这样做。但子弹是他找到的,他知道这件事有多重要,并且谨慎地收集了这份证物。最终把案子查清的也应该是他。

快速电梯到了,"叮"的一声发出欢快的报到铃音。一个神情疲惫的人穿着紫色连体服,把一只带轮子的水桶从电梯里拉出来——他抓着插在桶里的墩布杆,就这样拖着这只桶往外走。他是达西叫来的帮手,楼道的夜班管理员。达西没有将自己的发现告诉他,只是和他握握手,感谢他这么晚还愿意来干活,说自己欠他一个大人情,然后就取代了那个人在电梯里的位置。

他只需要向下两层。乘坐快速电梯只走两层,这感觉很疯狂。这座筒仓需要楼梯。有很多次,他只需要上去或者下去一层,却要用五分钟时间等待该死的电梯。这完全不合理。他叹了口气,按下去医疗区的按钮。不等电梯门关闭,他就听到隔壁电梯轿厢里传来浸透水的墩布落在地上的声音。

惠特莫尔医生的办公室相当拥挤——不是因为有很多人来看病。现在这里只有惠特莫尔和他的两名医疗技师。另外还有两具尸体躺在停尸台上。其中一个是昨天发现的女性死者,达西记得她的名字是安娜;另一个就是埃伦,曾经的筒仓主管。惠特莫尔正在他的电脑前做记录。他的技师们在处理尸体。

"长官?"

惠特莫尔转过身,目光从达西的面孔转移到他的手上。"有收获?"

"又一份样品。一颗子弹。你能为我检查一下吗?"

惠特莫尔向手术室里的一名技师挥挥手。那个人将满是血污的双手抬到和肩头平齐的高度,走了过来。

"你能为这位警官做一下检测么?"

技师看上去不是很愿意。他用力拽下手套,揪扯橡胶的声音格外响亮。那两只染血的医疗手套被丢进水槽里,等待清洗和消毒。"我看看。"他说道。

检测机器的效率很高。随着"嘀"的一声响,打印机嗡嗡运转,哆哆嗦嗦地吐出一张纸。技师抢在达西之前就伸手抽走了那张纸。"没错,有匹配,它属于……呃,这太奇怪了。"

达西拿过报告。是一张柱状图,列出了仅属于一个人的DNA数据。还有各种血液成分水平的相关数量和百分比,全都标着令人难以理解的代号:IFG(空腹血糖缺陷)、PLT(血小板)、Hgb(血红蛋白)。但在系统应该列出匹配人员相关信息的许多行表格中,只能看见"应急"两个字。其余生物学数据部分也是一片空白。

"应急。"那名技师走到水槽前,开始清洗手套和双手,"真是个奇怪的名字。谁会叫这种名字?"

"有其他的检测结果吗?"达西问,"就是以前其他人的检测结果。"

技师朝惠特莫尔医生脚边的垃圾桶点点头。医生还在敲键盘。达西翻了翻垃圾桶,找到一份以前的报告单,将两份报告单排在一起,相互比较。

"这不是名字。"达西说,"名字写在第一行。这里写的应该是所在区域。"在另一份报告上,达西看见了埃伦的名字,名字下面是冷冻仓库名称和死者冷冻舱的坐标位置。达西记得叫这个名字的是一座比较小的冷冻仓库。

"应急人员区。"他得出满意的答案。一个小谜题被解开,他不由得抬起头微微一笑,但其他人都已经回到自己的工作中去了。

·······

应急人员区是最小的一间冷冻仓库。达西站在金属门外。他呼出的空气变成一股股白烟,落在钢铁表面上凝结成模糊的雾气。他输入自己的密码,门锁键盘闪烁了一下红灯,发出拒绝的蜂鸣声。他又尝试了主安全密码,门"当"的一声打开,滑入墙中。

恐惧和兴奋交织在一起,让他心跳加速,不仅是因为他找到了线索,更是因为这条线索所指向的这个地方。除非发生最紧急的情况,否则应急人员区禁止任何人进入。走进低温凝结的浓重水雾,他忽然回忆起一幕情景:一些警察退到旁边,全副武装的人员从小型货车里面冲出来,以军事行动的精准程度摧毁了一座建筑。他在那些人之中吗?那是他曾经的人生?他想不起来了。不管怎样,应急区的人和他们不同。最近这里有许多人被唤醒。正好是在达西值班的时候。这里的人全都是飞行员。达西回忆起自己的咖啡荡起一圈圈涟漪,让他知道无人机丢下了炸弹。他走过一个又一个冷冻舱,寻找没人的舱室。他怀疑,有人擅自在外面行动,没有回来睡觉。或者有人被叫醒去做了坏事。

后一种可能让他的心中充满恐惧。谁能够接触到这些人？谁有能力在其他人全然不知情的情况下唤醒他们？他怀疑，无论自己将这些发现报告给什么人，随着案情沿指挥链一级一级向上传递，很有可能制造这起凶案的幕后黑手会得到所有的信息。被杀的人是这座筒仓的当值主管，是所有筒仓的头子。这是件大案，非常大的案件。难道是筒仓首长之间的仇杀？如果破了这个案子，他可能永远都不用煮咖啡和擦血迹了。

他已经查看了大约三分之二的冷冻舱，在这间仓库里走了几个来回。他开始怀疑是不是自己搞错了？自己是不是在多管闲事？他这是在抢别人的工作。这里没人失踪，没有什么大阴谋，没有人只为了去杀死另一个人而被叫醒……

就在这时，他看见一个冷冻舱的观察窗里没有人，窗玻璃上也没有结霜。他伸手按在冷冻舱表面——和房间的温度一样，冰冷但是不冻手，这个冷冻舱没有工作。他又查看了一下舱体上的显示屏，担心这块屏幕也黑了。屏幕还通着电，但上面没有名字，只有一个号码。

达西拿出自己的报告板，按出圆珠笔头。只有一个号码。他推测睡在这个冷冻舱里的人就连名字都是机密。不过他已经找到了犯人，是的，他找到了。尽管还不知道这个人的名字，但他知道这些飞行员值班的时候住在哪里。他有很好的理由推测出这个被子弹射中的失踪人员可能躲藏在哪里。

第四十六章

夏洛特一直等到早晨,才再次尝试用无线电呼叫。这一次,她知道自己想说什么,也知道自己的时间不多了。这天早晨,她再一次听到升降机外面有人声。一定是来找她的。

直到确定那些人已经离开,她才探头出去,看见那些人只是清理了会议室中唐纳德剩下的笔记。她来到浴室,用了一点时间给自己更换绷带,发现手臂上的伤口结痂了。来到营房走廊的尽头,她很担心无线电已经被拿走。不过控制室没有受到打扰。那些人也许以为这个房间里的一切都是操纵无人机所需的装置,根本不曾向这块塑料布下面看上一眼。她揭开塑料布,启动无线电。在一阵嗡嗡声中将唐尼的文件夹放在她散落的工具上。

她又想起了唐尼对她说过的话。唐尼说他们两个不会永远活下去,甚至不会活着离开那些冷冻舱,看到他们行动的结果。所以他们很难知道该如何才能达成最优结果。她还能为剩下的人做些什么?现在还剩下了大约三十几座筒仓。如果什么都不做,还会有许多人注定走向灭亡。夏洛特感受到兄长来回踱步的心情。她拿起麦克风,考虑自己应该采取的行动,开始联系那些陌生人。无论如何,取得联系一定好过只是倾听。昨天,她感觉自己像是一个警局接线员,罪行正在发生,她却只能听着,无法做出回应,更没有能力给予援助。

她确认频道是17,又将音量调小了一些,让扬声器里只剩下一点微弱的静电嗞嗞声。有几个人逃出他们被毁灭的筒仓,幸存了下来。夏洛特猜测他们是从地面上走出去的。他们的市长——唐尼经常提起的那位朱丽叶早就证明这样做是可行的。夏洛特怀疑正是朱丽叶发现另一座筒仓的行动吸引了哥哥的注意。她见过唐尼摆弄那套防护服。看样子,哥哥一直梦想着要逃出去。那些人有能力到达另一座筒仓。

她打开文件夹,将哥哥的发现摆在桌面上。所有筒仓按照各自的生存机会被排成一个序列。还有一份参议员的笔记,也就是那个自杀法案。还有全部现存筒仓的地图——圆环上没有红色的×,而是各有一根红线辐射出去,最终汇聚到一个点上。夏洛特排列好这些笔记,让自己镇定下来,然后才开始呼叫。她不在乎自己是否会被发现,她也很清楚自己想说什么——她觉得这些话是唐尼非常想说的,只是唐尼不知道要怎么说。

"喂,18号筒仓的人们,17号筒仓的人们,我的名字是夏洛特·基恩。能听到我说话吗?结束。"

她等待着。肾上腺素冲进她的血管,在广播中说出自己的名字让她神经紧张。她知道这有多么大胆。她很可能刚刚捅了马蜂窝。但她需要讲出事实。她被自己的哥哥叫醒,从此进入了一个噩梦,但她还记得以前的世界,那个有蓝天和绿草的世界。她曾经借助无人机再次瞥到了那个世界。如果她出生在筒仓里,从来不知道还有别的世界,她真的想要知道那些么?真的想要被唤醒?如果别人将事实告诉她,她会接受么?片刻间,肩头的伤痛被遗忘了。一阵阵恐惧和兴奋将那种跳动的血肉痛楚挤到了一旁……

"我听得很清楚。"有人回应,是一个男人的声音,"你在找18号筒仓的人?我觉得那里没有人了。你说你是谁?"

夏洛特按下麦克风:"我的名字是夏洛特·基恩。你是谁?"

"我是汤姆·希金斯,计划委员会的主管。我们正在75层的警署。我们听说下面隧道发生了塌陷,还被告知我们不应该再返回了。下面到底出了什么事?"

"我不在你下面。"夏洛特说,"我在另一座筒仓。"

"再说一遍。你是谁?你说你叫基恩?我不记得人口统计名单上有这个名字。"

"是的,夏洛特·基恩。你们市长在吗?朱丽叶在吗?"

"你说,你在我们的筒仓里?你是中层的吗?"

夏洛特想要做些解释,却意识到这实在太难了。就在这时,另一个声音切了进来,一个她熟悉的声音。

"我是朱丽叶。"

夏洛特向前探过身,调整音量,按下麦克风:"朱丽叶,我的名字是夏洛特·基恩。你和我的哥哥说过话。我说的是唐尼,唐纳德。"她现在很紧张,不得不暂停下来,在连体服的裤腿上擦了擦手心。她一放开麦克风,就听到刚才那个男人又在频道里说话:

"……听说我们的筒仓没了。你能确认吗?你在哪里?"

"我在机械部,汤姆。只要我有时间,就上去找你。是的,我们的筒仓没了。是的,你应该留在那里。现在让我看看这个人想要做什么。"

"你是什么意思?'没了'?我不明白。"

"死了,汤姆。所有人都死了。你可以把你那份该死的人口统计名单撕了。现在,请下线。说实话,我们能改一下频道吗?"

夏洛特一直在等那个男人回话,片刻之后才意识到,那位市长是在对她说话。她急忙抢在那个男人再次插嘴之前按下麦克风。

"我……唔,是的,我可以使用任何频道。"

那个计划委员会或者什么单位的主管再次插进来:"你说死了?是你干的?"

"18频道。"朱丽叶说。

"18。"夏洛特重复了一遍。当那个男人发疯一样在无线电中提问时,她转动旋钮。男人的声音消失了。

"夏洛特·基恩,在18频道,结束。"

她等待着。这种感觉就像是一扇门刚刚被关上,一名知己已经被拽进房间。

"我是朱丽叶。你说我认识你哥哥,这是怎么回事?你在哪一层?"

夏洛特想不到和朱丽叶沟通还是如此艰难。她深吸了一口气,"我在哪个楼层不重要,重要的是筒仓,我在1号筒仓。你和我哥哥说过几次话。"

"你在1号筒仓,唐纳德是你的哥哥。"

"对的。"她们的谈话似乎终于有点进入正轨。夏洛特松了一口气。

"你是来幸灾乐祸的?"朱丽叶突然质问道。她的声音仿佛一下子燃烧起来,充满暴怒的火花,"你知不知道你们干了什么?杀了多少人?你的哥哥告诉我,他能够这样做,当时我还不相信。我从没有相信过他。他在吗?"

"不在。"

"好吧,告诉他,我希望他能相信我说的话:现在我心里的每一

DUST / 305

个念头都是如何能杀了他,确保这样的事情再也不会发生。你就这样告诉他。"

一阵寒意掠过夏洛特全身。对方以为是她的哥哥给他们带来的毁灭。她紧紧抓住麦克风,手心不断渗出汗水。当她再次按下按钮,却发现按钮黏住了。她将麦克风在桌子上敲打了一番,直到按钮终于弹开。

"唐尼没有……他可能已经死了。"夏洛特努力抑制住泪水。

"这太可惜了。看来我只能去找你们权力系统中的下一个人了。"

"不,听我说。唐尼……不是他干的。我向你发誓。有人抓走了他。他根本不应该和你们说话。他想要告诉你一些事,却又不知该怎么说。"夏洛特放开麦克风,祈祷自己的话能够传过去,这个陌生人会相信她。

"你的哥哥警告过我,只要他按下一个按钮,就能把我们全部了结。好吧,那个按钮被按下,我的家园被摧毁了。我关心的人都死了。我以前没有去找过你们这些杂种,但我现在肯定不会放过你们。"

"等等,"夏洛特说,"听我说,我的哥哥现在有麻烦了。他的麻烦就是因为和你们说话。我们两个……我们没有参与对你们的摧毁。"

"是的,没错,你们想听我们说话,好知道你们能做什么。然后你们就摧毁了我们。这全都是你们的游戏。你们让我们出去进行清洁,而你们毒化了空气。这就是你们做的事。你们让我们害怕彼此,害怕你们,这样我们就会把我们的人赶出去,这个世界就会被我们的恨意和恐惧所毒化,是不是?"

"我不……听着,我向你发誓,我不知道你在说什么。我……你可能很难相信,但我还记得外面的世界完全不同的样子。那时我们还能够居住在外面,能自由呼吸。我觉得现在外面的世界有一部分又恢复成了原样,就是现在。这就是我的哥哥想要告诉你们的,外面有希望。"

片刻停顿,然后是一声沉重的呼吸。夏洛特的手臂又开始一跳一跳地痛。

"希望。"

夏洛特等待着。无线电冲她发出咝咝的声音,如同紧咬牙关狠狠吐出一口气。

"我的家,我的人民,全都死了。你却要我有希望。我见到了你们捧出来的希望。在防护服的目镜里就有蓝色的天空。你们用那种谎言欺骗我们走出筒仓,为你们进行清洁。我见到过。感谢神明,我知道要保持怀疑,知道这种涅槃只是一剂迷幻的毒药。而你们利用这种毒药让我们忍受现在的生活。你们承诺会给我们天堂,对不对?但你们对我们的地狱又有多少了解?"

她是对的,这个朱丽叶是对的。这样的谈话怎么会发生?她的哥哥是怎样做到的?相比较于其他筒仓,1号筒仓就像是和他们说同一种语言的外星人,像是神明之于凡人。夏洛特是在尝试与蚂蚁进行沟通。这些蚂蚁只是在担心它们位于地面以下曲曲折折的蚁穴孔道,对外面宽广的世界一无所知。她却没办法让他们看见……

但就在这时,夏洛特也意识到朱丽叶同样不了解她和唐尼所处的地狱。于是她开始向朱丽叶讲述自己的情况。

"我的哥哥被打得半死。他现在很可能已经死了。我亲眼看到了他被虐打。而打他的人曾经像父亲一样爱护我们两个。"她努力将所有线索拼合在一起,同时还要努力让声音保持稳定。她不希望朱丽叶听出自己在哭。"那些人正在搜捕我。他们会让我回去睡觉,或者直接杀了我。我不知道这两种处置有什么区别。这么多年里,他们一直将我们冷冻,让男人轮流值班。他们还设计了一款电子游戏,以决定在将来的某一天,你们这些筒仓中的哪一座能够获得自由。而其余筒仓里的人都要死。只有一个筒仓的人能活,其他都会死。我们无法阻止这种未来。"

夏洛特在文件中搜索,寻找那张标明筒仓序列的清单。但现在她的眼睛被泪水模糊,什么都看不清。她只好抓起那张地图。朱丽叶什么都没有说——夏洛特的话可能让她完全糊涂了。其实夏洛特也不明白自己在说些什么,但这些话一定要说。唐尼发现的这些恐怖事实必须被传递出去。现在夏洛特感觉好多了。

"我们……唐尼和我只是想要搞清楚该如何帮助你们,帮助你们所有人。我发誓,我的哥哥……他对于你的人民有一种格外的好感。"夏洛特放开麦克风,以免朱丽叶听到她的哭声。

"我的人民。"朱丽叶黯然说道。

夏洛特点点头,深吸一口气:"你的筒仓。"

随后是一阵很长的沉默。夏洛特用袖子擦擦脸。

"为什么你觉得我会信任你?你知道你们都干了什么?你们夺走了多少条生命?好几千人都死了……"

夏洛特又将音量调低了一些。

"……我们剩下的人也都会死。但你却说,你想要帮助我们。你到底是谁?"

朱丽叶等待着她的回答。夏洛特却只是盯着面前这只嗞嗞作响的匣子。终于,她按下麦克风,"几十亿人。"她说道,"几十亿人都死了。"

没有回应。

"我们杀死了那么多人,多到你无法想象。数字已经没有意义。我们杀死了几乎每一个人。我觉得……数千人的损失……甚至都不会被记录在案。所以他们能随意按下按钮。"

"谁?你的哥哥?是谁干的?"

夏洛特抹去腮边刚流下的泪水,摇摇头。"不,唐尼绝对不会做这种事。是……我甚至找不到合适的词称呼他。他过去就曾经管理这个世界,就像现在一样。他打了我的哥哥。他找到了我们。"夏洛特向门口瞥了一眼,有些担心瑟曼现在就会把门踢开,闯进来,就像对待唐尼一样对她。她相信,自己已经捅了马蜂窝。"就是他杀死了原先的整个世界,还有你的人民。他的名字是瑟曼。他是……就像是一个市长。"

"是你们的市长杀死了我的世界,不是你的哥哥,而是那个叫瑟曼的。17号筒仓也是他摧毁的?那个筒仓已经死掉几十年了。也是他杀的?"

夏洛特意识到这个女人将一座筒仓当作一个世界。她记得自己曾经和一个伊拉克女孩说过话,那时她想要知道去另外一个镇子该怎么走。那是来自两个不同世界的人用不同的语言进行的一次对话。现在这种情况一定比那时更简单。

"那个抓走我哥哥的人杀死了原先那个更加广阔的世界,是的。"夏洛特在文件夹中找到了那份备忘录,那份标题是《法案》的笔记。该如何向朱丽叶解释?

"你是说,筒仓外面的世界?那个地面上能够种植庄稼的世界?所以筒仓里的不是人,而是种子?"

DUST / 309

夏洛特呼出憋住许久的一口气。她的哥哥做的解释一定比他透露的信息多很多。

"是的,那个世界。"

"那个世界已经死去几千年了。"

"几百年。"夏洛特纠正她,"而我们……我们已经活了很长时间。我……我曾经生活在那个世界。我见过它被毁掉之前的样子。这座筒仓的人都是在那个世界出生的。这就是我要告诉你的。"

随后是一阵寂静。就像炸弹爆炸以后形成的真空。她再清楚不过地承认了。她相信,自己做了哥哥一直想要做的事。向这些人承认他们所做的一切,为他们指出要反抗的目标,邀请他们来复仇。他们无论做什么都是应该的。

"如果这是真的,我希望你们全都死。你明白我的意思吗?你知道我们是怎么活着的?你知道外面的世界是什么样子?你见过吗?"

"是的。"

"你亲眼看见的?我可是亲眼见到过。"

夏洛特深吸了一口气,承认道:"没有。我没有亲眼见过。是用摄像机看见的。但我也看到了更远的地方。我可以告诉你,远处的情况要比这里好得多。我觉得你是对的,是我们毒化了这个世界,但我相信,被毒化的范围非常有限。我认为我们周围弥漫着一片有毒的尘土。超出这片尘土就是蓝天,甚至可能还有生命。你必须相信我,如果我能帮你们获得自由,纠正这一切,我立刻就会去做。"

随后又是长久的沉寂,极为长久。

"你要怎么做?"

"我不……我不认为我能帮你们什么。我只是说,如果我可以,我会去做。我知道你那边有麻烦,但我在这边的情况也不好。他们一找到我,也许就会杀死我。或者对我做类似的事。我干了……"她摸了摸工作台上的螺丝刀,"……非常可怕的事。"

"因为我做的事情,我的人都想让我死。"朱丽叶说,"他们会让我出去清洁。这一次,我不会回来。所以我猜,我们有相同之处。"

夏洛特笑了。她又抹了一把面颊。"我真的很抱歉,为你即将遭遇的事情抱歉,为了我们对你们所做的一切抱歉。"

两个人都陷入了沉默。

"谢谢你。我想要相信你,相信你和你的哥哥不是凶手。这都是因为一个和我非常亲近的人相信你的哥哥是想要帮我们。所以我希望,当我去你们那里的时候,你不会挡我的道。你说你做了非常可怕的事,你是对坏人做的吗?"

夏洛特坐直身子。"是的。"她的声音很轻。

"很好,这是一个开始。现在,让我告诉你,我们这里发生了什么。我一辈子爱过两个人。他们两个都在努力要我相信,这个世界是一个好地方,我们可以让它变得更好。当我发现了那部挖掘机,我梦想着要挖出一条隧道。我相信这就是让世界变好的方法。但这只是让情况变得更糟。那两个满怀希望的人呢? 他们都死了。这就是我生活的世界。"

"挖掘机?"夏洛特很想搞清楚这件事,"你们到达另一个筒仓,应该是从气闸舱走出去的,翻过了山丘对吧?"

朱丽叶没有回答。"我已经说得太多了。我应该走了。"

"不,等等,请解释一下。你们从一个筒仓向另一个筒仓挖隧道?"夏洛特向前俯过身,再次摊开那些笔记,抓起地图。有一些谜题根本无从猜测,除非有了新的条件或者信息。她用手指沿着一条从筒仓出发的红线划出去,到达了那个点。那个点的旁边写着"种子"。

"我认为这很重要。"夏洛特感到一阵兴奋。她看出了这场游戏要如何结束,两百年后会发生什么。"虽然我来自于旧世界,但你必须相信我的话。我向你保证,我说的是真的。我看到过大地被庄稼覆盖……就像你说的,植物生长在地表。外面的世界看上去是毁了,但我不认为它永远都会如此。我见到了一点恢复成原样的世界。而你说的挖掘机,我认为我知道它们是干什么的。听我说,我这里有一张地图。我的哥哥认为它非常重要。它上面有许多红线,都连接到一个点。那个点上写着'种子'。"

"种子。"朱丽叶说。

"是的。这些线看上去像是飞机航线,但这说不通。我认为它们所指的是一个更好的地方。我认为你找到的挖掘机并不是要在筒仓之间挖隧道,我认为……"

夏洛特的身后传来一阵声音。尽管几个小时以前——几天以前就预料到了这一刻,但夏洛特还是难以接受眼前的现实。她已经习惯了一个人,甚至真的以为这里只剩下了她一个,无论她多么清楚那些人正在找她,无论对那些人的畏惧多么有力地攥紧了她的心。

"你认为什么?"朱丽叶问。

夏洛特转过身,看到无人机控制室的门被打开。一个男人出现在门口,身上衣服的颜色和按住她哥哥的那些保安一样。他走向夏洛特,高声呵斥要夏洛特站在原地,举起双手。他手中的枪对准了夏洛特。但他似乎只有一个人。

朱丽叶的声音从无线电中爆发出来。她在要求夏洛特继续说下去,告诉她挖掘机是做什么用的。但夏洛特现在只能服从那个男人,一只手举过头,另一只手也在伤痛允许的限度内尽量举高。她知道,一切都完了。

17号筒仓

SILO 17

第四十七章

发电机在一阵嗡嗡声中被启动。钢铁机器运转的声音随即从巨大的挖掘机腹部传出来。一连串灯光开始在17号筒仓的泵房和发电机室逐个亮起，一直延伸到主走廊。疲惫的机械师们都在欢呼和鼓掌。朱丽叶明白这些小的胜利现在有多么重要。曾经只有黑暗积水的地方现在终于被照亮了。

对她自己而言，每一次呼吸都是一场小的胜利。卢卡斯的死沉重地压在她的胸膛上。彼得、玛莎和纳尔逊也都不在了。技术部每一个她曾经认识、曾经被她原谅的人都走了。还有自助餐厅的人们。实际上，所有物资部以上的人、所有没来得及跑下来的人都死了。每一个人都像一座沉重的山丘，压在她的心头。她又深吸了一口气，并惊叹于自己现在还能呼吸。

柯特妮现在负责管理机械师，填补了雪莉留下的空位。她和她的团队点亮了这里，还改装了水泵，让它在需要排水的时候能够自动运行。朱丽叶只是像幽灵一样四处游走。只有她的父亲和几个最亲近的朋友还在关心她。他们的忠诚用错了地方。

朱丽叶在挖掘机背后找到了沃克尔——那个狭小的空间和可靠的电力供应让这名老工匠仿佛又找到了一个家。他检查了朱丽叶的步话机，宣布这部机器还能用，只是没电了。"我用几个小时就能给它充好电。"他带着歉意对朱丽叶说。

朱丽叶看了一眼传送带。传送带上的泥土石块已经被清理干净,成为沃克尔和挖掘队的工作台。沃克尔正在同时为柯特妮完成数个项目:一些泵机要重新绕线,还有一些部件,看上去像是被拆散的采矿炸药雷管。朱丽叶谢绝了沃克尔的好意,告诉老工匠,她马上就要上去,上面的副警长警署和34层的技术部都有电。

在传送带的另一端,朱丽叶看见挖掘队的成员们正在研究一份筒仓位置的示意图。她拿起步话机和手电,拍拍沃克尔的后背,就向那些人走去。

矿工队长老埃里克正在用双脚圆规在示意图上标出距离。朱丽叶凑过去细看。这是她几个星期以前从技术部拿下来的筒仓位置图,上面有许多排列整齐的圆环,其中一些被画上了红叉。在两个圆环之间画下的线条表明了挖掘机在两座筒仓之间穿行的路线。这张示意图被采矿队用来计算他们的行进路线,同时朱丽叶走出筒仓时见到的情况也被用来作为参考。

"我们可以用两个星期挖到16号筒仓。"埃里克说道。

鲍比在旁边嘟囔:"算了吧,用的时间肯定要比挖到这里更久。"

"我还指望着你能说几句鼓舞士气的话,好让我们赶快离开这里呢。"埃里克说。

有人笑出了声。

"那里会不会不安全?"菲茨问。

"有可能。"朱丽叶开口道。

几张满是污垢的脸转向她,仿佛刚刚意识到她在这里。

"你在这些地方全都有朋友吗?"菲茨的声音中带着明显的冷笑。朱丽叶能感觉到人们的紧张。他们之中大多数人都把家人带了过来。他们的爱人、孩子和兄弟姐妹大多也在这里,但不是全部。

朱丽叶从鲍比和菲茨中间挤到地图前面,手指敲了敲图上的一个圆环,说道:"我的朋友就在这里。"

影子在图纸上毫无规律地晃动——他们头顶上方用绳子挂住的灯泡正在摇摆。埃里克仔细查看朱丽叶点中的圆环说明。"1号筒仓。"他的手指画过17号筒仓和1号筒仓之间的三排圆环,"这要挖更长时间。"

"没关系。"朱丽叶说,"我一个人过去。"

人们的目光从地图转向她。挖掘机里只有远处发电机的隆隆声。

"我会从地面上过去。我知道,你们需要手头上还剩下的炸药。但我知道你们还有几箱。我要带上足够的炸药,在那个筒仓顶上炸出一个洞。"

"你在说什么?"鲍比问。

朱丽叶俯身在地图上,用手指画出一条线路。"我要穿上改进的防护服,从地面上过去,在那座筒仓的门前塞上尽可能多的炸药棒,像撬开汤罐头一样把那个混蛋筒仓撬开。"

菲茨嘴角翘了翘,算是露出一个微笑。"你在那里到底有些什么样的朋友?"

"该死的朋友。"朱丽叶回答,"就是那些人让我们变成现在这样,也是他们让外面的世界充满毒气。我认为,该是让他们自己尝尝恶果的时候了。"

没有人说话。片刻之后鲍比问道:"气闸舱的门有多厚?我的意思是,我们之中只有你见过它们。"

"三或四英寸。"

埃里克挠挠头。朱丽叶察觉到这里有半数人都在心里做着计算。没有人劝她不要这样做。

"需要二十到三十根炸药棒。"有人说。

朱丽叶顺着声音望过去,看见一个她不认识的男人,也许是从中层下来的。不过他穿着机械部的连体服。

"你们都在楼梯井底部焊接过一英寸的钢板。要炸穿那种钢板需要八根炸药棒。我觉得应该使用三到四倍的炸药。"

"你是刚刚调来的?"朱丽叶问。

"是的,长官。"他点点头。虽然他满脸都是泥土,但朱丽叶能看到他剪短的头发和明亮的笑容——这些都是上层居民的特点。他应该是从技术部调过来支援机械部的。她的朋友们在起义时竖起了和上层之间的藩篱,这个人就是为了打破这样的藩篱而来。他知道自己在说什么。

朱丽叶看向其他人。"在我出发之前,我会联系其他几个筒仓,看看是否有人愿意接收你们。但我要警告你们,那些筒仓的主管全都是1号筒仓的走狗。你们撞穿他们的墙壁,他们很可能不会养活你们,而是杀死你们。我不知道这里还剩下多少有价值的东西,但你们可能还是待在这里比较好。想象一下,如果有几百个陌生人闯进我们的家园,要求被收留,我们会怎么做?"

"我们会收留他们。"鲍比说。

菲茨冷笑一声:"说得容易,你已经有两个孩子了。我们这些还没中彩票的人该怎么办?"

不止一个人抢着说话。埃里克一只手掌拍在传送带上,让所有人都闭上了嘴。"够了,"他盯着聚集在周围的人们说道,"她是对的。我们首先需要知道要向哪里走。与此同时,我们可以开始集中各种物资。我们必须从这个筒仓的采矿区获取一切必需的资源。所以我们要泵走很多水,并进行探索。"

"我们要如何让这东西转向?"鲍比问,"它实在是太难操纵了,要拐个弯肯定更难。"

埃里克点点头:"这个我已经想过了。我们在它周围挖出足够大的空间,让它能够转过来。柯蒂说可以让它一侧的履带单独转动,每次一侧前进一点,另一侧后退一点。只要没有土石挡路,它就能转过来。"

拉夫出现在朱丽叶身边。刚才讨论的时候,他一直站在后面。"我和你一起去。"他对朱丽叶说。

朱丽叶明白,他不是在提问,只好点点头。

埃里克已经解释完了他们要做什么,工人们开始散开。朱丽叶把步话机举到埃里克面前:"在离开之前,我还要去看看柯特妮和我的父亲。我已经让一些朋友去了农场。只要找到新的步话机,我就会让你送下来,还有充电器。如果我联系到愿意接纳你们的筒仓,我会告诉你。"

埃里克点点头,想要说些什么,却看了一眼还在周围的人们,挥手示意朱丽叶到一边去。朱丽叶将步话机交给拉夫,跟埃里克朝灯光昏暗的地方走过去。

走了几步,埃里克向周围看看,又挥手示意朱丽叶继续往远处走。他们就这样一直走出去,到了挖掘机的最末端,这里的最后一枚灯泡微微晃动着,灯光也在不断闪烁。

"我听到了他们说的一些话。"埃里克告诉朱丽叶,"我只想让你知道,那些都是无聊的蠢话,明白吗?"

朱丽叶困惑地揉搓了一下面颊。埃里克深吸一口气,看着一段距离以外的工人们。"这一切发生的时候,我的妻子正在一百二十几层工作。她周围的每一个人都在向上跑。她很想跟着他们一起跑,但还是转头冲了下来,因为我们的孩子还在下面。在那一层,她是唯一活下来的。她从许多人中间拼命挤过来,才到了这里。那时人们都疯了。"

朱丽叶捏了一下他的胳膊,看着埃里克被灯光照亮的眼睛。"很高兴她活下来了。"

"天杀的,朱莉,听我说。今天早晨,我在生锈的钢板床垫上醒过来,脖子在抽筋,而且仿佛这辈子都会抽个不停。两个要命的孩子把我当成了床垫,我的屁股已经被冻麻木了……"

朱丽叶笑了。

"……但莱斯利就躺在我身边,看着我,似乎她已经看了我很久。我的妻子在这个生锈的地狱茅坑里看着我们。她说,感谢神,我们至少有这个地方可以避难。"

朱丽叶转过身,抹去泪水。埃里克抓住她的手臂,让她看着自己。他不允许朱丽叶逃避。

"莱斯利厌恶这场挖掘,不仅是厌恶它,她还厌恶我要为了挖这个洞加班,厌恶我不停地骂骂咧咧,因为你要我拿走那么多支柱,还要把六号矿井埋掉。她厌恶所有这些,因为我厌恶所有这些。你明白吗?"

朱丽叶点点头。

"现在,我知道我们所处的困境,大家都知道。我不认为我们的下一次挖掘能有什么成果,但这会给我们些事情做,直到我们最终的时刻到来。在那以前,我还可以全身酸痛地醒过来,身边还有我爱的女人。如果我的运气够好,第二天早晨我就还能得到这些。这里的每一个人都能得到这份礼物。这里不是地狱,而是地狱到来之前的庇护所。它是你给我们的。"

朱丽叶擦掉脸颊上的泪水。她不喜欢让埃里克看到自己在哭泣,却又很想抱住埃里克的脖子大哭一场。在这一刻,她更加想念卢卡斯——她从没有想到过一份思念竟然可以变得如此强烈。

"我不知道你要去做什么蠢事,但你需要什么就尽管拿什么。哪怕我们要徒手进行挖掘,那也没什么。你去对付那些混蛋吧。我希望,等我挖到那里的时候,能看见他们已经下了地狱。"

第四十八章

朱丽叶发现父亲已经收拾干净了一个满是锈迹的储藏室,开起了临时诊所。瑞莉是下午班的一名电工,已经怀孕九个月,正躺在床上。丈夫陪在她身边。夫妻两人的手都放在她的肚子上。朱丽叶认识这对夫妇。他们的孩子将是第一个与父母诞生在不同筒仓的婴儿——也许是历史上的第一个。这个孩子永远不会知道父母曾经工作和生活过的那个闪闪发光的机械部,永远不会沿着楼梯到上方的集市去,听那些美妙的音乐,看一场精彩的戏剧,永远不会看着墙壁上的大屏幕,得知外面的世界是什么样子。如果生下来的是一个女孩,就必须面对生育的危险,就像汉娜一样,没有人告诉她,还会有其他的生活方式。

"你要出发了?"朱丽叶的父亲问。

朱丽叶点点头。"只是来和你道别。"

"听你的口气,就好像我再也不会见到你了。我把下面的事情处理好,就会上去看看那些孩子们。不过还要等我们的新生命到来。"他向瑞莉和瑞莉的丈夫微微一笑。

"只是暂时告别。"朱丽叶说。她已经让所有知情的人发誓,绝不透露她的计划,尤其是对柯蒂和她的父亲。她最后和父亲拥抱在一起,同时努力不让手臂颤抖,以免父亲会有所察觉。

"你一定知道。"她放开父亲,对父亲说,"那些孩子就像我的孩子一样。所以,我不在的时候,如果你能帮梭罗一把……有时候我觉得,他才是他们中间的孩子,只是个头最大。"

"我会的。你说的我都知道。我为马库斯的事情感到难过,也很自责。"

"不要这样,爸爸,请不要。只是……如果我太忙了,就请帮我照看他们。你知道,我总是会一头扎进一些愚蠢的项目里。"

父亲点点头。

"我爱你。"朱丽叶说完转身就走,唯恐自己会让父亲看出什么端倪。拉夫正在走廊里等她,肩头扛着一只沉重的口袋。朱丽叶抓起另一只袋子。他们两个走出被灯光照亮的地方,进入到一片昏暗之中。两个人都没有打开手电。他们非常熟悉这些走廊,而且眼睛也很快就适应了无光的环境。

他们经过无人值守的安全闸门。朱丽叶看到在这里弯折的呼吸软管,回想起从这里游过去的时候。前方的楼梯井依然有微弱的绿光透进来。那些应急灯还在工作。她和拉夫开始了漫长的攀登。朱丽叶在脑子里列出名单,逐一想到要见的人和要拿的东西。孩子们应该已经回到了他们在底层农场的旧家,梭罗和他们在一起。朱丽叶想见到他们,然后继续向上,找一个充电器,希望还能在警署找到步话机。如果他们的运气好,上去得够快,他们今天深夜应该就能回到她在防护服实验室的旧家里,装配好最后一件防护服。

"你还记得要从沃克尔那里拿雷管吧?"朱丽叶问。她觉得自己似乎忘记了什么。

"当然,还有你想要的电池。我也给我们的水壶里加满了水。我们都准备好了。"

"只是确认一下。"

"我们要怎么改装防护服？"拉夫问，"你确定上面有你需要的一切吗？那上面还剩下多少防护服？"

"足够了。"朱丽叶回答。她想对拉夫说，他们不需要两件防护服，但她知道，拉夫要和她走到最后。她要为即将到来的战斗振作起来。

"是的，但那里一共有多少？我只是好奇。以前这些事都不允许谈论……"

朱丽叶想到34层和35层之间的储藏室，那个一眼望不到头的密室。"两百件……也许三百件。我没有数过。我只需要改造两件。"

拉夫吹了一声口哨。"足够进行几百年的清洁，嗯？如果是一年派出去一个人的话。"

朱丽叶认为他的计算是对的。而且她现在大概知道了外面的空气是如何变得有毒的——毒气随同被流放的人一起进入外面的世界。他们不是去做清洁，而是在做截然相反的事情，让世界变得脏污。

"嗨，还记得物资部的吉娜吗？"

朱丽叶点点头。她不忍用语言回答，那样难免会提起已经不存在的家园和家人。的确有一些人从物资部逃了下来，但吉娜不在其中。

"你知道我们经常会见面吗？"

朱丽叶摇摇头。"我不知道，抱歉，拉夫。"

"没事。"

他们绕过楼梯的一个转角。

"吉娜曾经对备用物资做过统计。你知道,物资部有电脑,可以把所有数据都列出来,还有多少件,位置在哪里,被预订的又有多少,一眼就能看清楚。当时,技术部的服务器上有几块芯片烧穿了,'砰''砰''砰',一个星期里连续出状况,实际上,那段时间里一连出了很多问题……"

"我记得那几个星期。"朱丽叶说。

"当时,吉娜想知道芯片还剩下多少,还能维持多久。知道吗,那种部件我们制造不了。是很复杂的东西。所以她查看了芯片的平均损坏率,还有库存量。依照她的计算,那些芯片还能使用两百五十八年。"

朱丽叶等待他继续说下去。"这个数字有什么意义?"

"一开始看不出什么意义。但这个数字引起了她的好奇,因为她在几个月之前出于同样的好奇,做过一次类似的统计。统计结果和这次很接近。几个星期以后,她的办公室里有一只灯泡坏了,只是一只灯泡。她工作的时候那只灯泡灭了,这让她又开始思考。你看见过存放灯泡的库房,对吧?"

"实际上,我没见过。"

"嗯,那间库房非常大。她带我去过一次。那时……"

拉夫在沉默中走了几步。

"嗯,那间库房差不多已经空了一半。吉娜简单计算了整个筒仓消耗灯泡的时间,最后得出的结论是,我们还有两百五十一年的储备。"

"时间也大致相似。"

"没错。现在她真的对此感到好奇了——你如果多了解她一点,一定会喜欢上她。她开始在闲暇时间里进行各种物资的统计,尤其是燃料电池、避孕器、定时器芯片这样的高价制品。它们差不多都只能消耗两百五十年。于是她得出结论,我们只剩下这些时间了。"

"两百五十年。"朱丽叶说,"她告诉你的?"

"是的。我们和另外几个人一起喝酒的时候她说的。知道吗,她很能喝。我记得……"拉夫笑了,"我记得乔尼那时说,她只记住了符合这个理论的统计结果,不符合她理论的数据都被她忘了。说实话,我倒是觉得乔尼更像他说的这种人。吉娜在物资部的一个朋友说,从她祖母时起,人们就在说这种话,而且以后也会一直这样说。但吉娜认为,大家不会认真看待这件事,只是因为现在时间还早,等到两百年以后,当人们走进空旷巨大的仓库,开始消耗最后一点储备时,这个问题才会受到关注。"

"她不在这里,我真的很难过。"朱丽叶说。

"我也是。"他们又走上几级台阶,"但这不是我提起这件事的原因。你说过,上面有两三百件防护服,看样子,它们的数量也符合这个理论,不是么?"

"这只是一个猜测。"朱丽叶说,"而且我去那间仓库也没有几次。"

"但看起来很有道理。难道这不正像是一只正在倒计时的钟表?众神或者知道应该为我们储存多少物资,或者他们为我们安排的计划只延续到一个特定的日期。如果真的是这样,你觉不觉得我们的生活就像猪奶一样没劲?不管怎样,我觉得这个理论是对的。"

朱丽叶转过头,看着这位白化病朋友。墙上的绿色应急灯给他添上了一层怪异的光晕。"也许吧,吉娜说的可能有些道理。"

拉夫"哼"了一声。"是的,但毫无用处,我们在那以前应该早就死了。"

他笑了两声,笑声在楼梯间回荡,但其中的感情只让朱丽叶觉得哀伤——不是因为她认识的每一个人都会在那个日期以前死去,而是这个理论让她更容易想到一个恐怖的事实:他们生存的时间是有限的。任何拯救的念头都是愚蠢的,尤其是拯救生命。人类历史上,没有任何生命能够真正得到拯救。它们仅能被延长。一切都会有终结的时刻。

第四十九章

农场漆黑一片。顶棚上的灯被远处嘀嗒作响的计时器关闭了。沿着一条枝繁叶茂的长走廊,各种说话声此起彼伏——不断有人宣称拥有某一片种植槽,随后立刻就会有人表示反对。本来不属于任何人的东西正遭到争夺。这让汉娜想起了那些可怕的时光。她将孩子紧紧抱在胸前,一路上都尽量贴紧里克森。

小迈尔斯举着他即将熄灭的手电筒走在前面。每当手电光暗下去,他就将手电在掌心敲一敲,挤出电池的最后一点生命。汉娜回头向楼梯间瞥了一眼。"梭罗怎么还不回来?"

没有人回答她。梭罗去追伊莉斯了。伊莉斯在心烦意乱的时候跑掉是常有的事。但现在情况已经变了,到处都是陌生人。汉娜非常担心。

她臂弯里的孩子在哭闹。孩子饿的时候总会哭,这是没办法的事。她还在压抑心中的抱怨——她自己也很饿。她调整了一下孩子的位置,解开连体服的一根带子,让婴儿靠在自己胸前。她还要供养另外一条生命,这让她更加饿得厉害。在这条走廊上,果实曾经会擦到她的胳膊。有许多事会让她害怕,但空空的肚子从来不是其中之一。但现在,茂盛枝叶间的食物全都被抢光了,这些植物遭到践踏,还被人们强行据为己有。

里克森爬过栏杆,在第二排和第三排作物中搜索西红柿、黄瓜和浆果——那些浆果树的枝杈一直伸展到其他庄稼中间,弯弯曲曲的细枝和其他草木纠缠在一起。一阵窸窸窣窣的声音之后,里克森钻出来,将一颗小果实塞在汉娜的手里。那颗果子上有些地方已经变得很柔软,应该是落在地上太长时间了。"给。"他说了一声,就返回去继续搜索。

"他们为什么一次要摘那么多?"迈尔斯一边为自己找食物一边问。汉娜嗅了嗅里克森给她的小果子,感觉到一点被压碎以后腐烂的气味,但应该还没有成熟。远处的声音开始争吵。她咬了一小口。苦涩的味道让她打了个哆嗦。

"他们摘那么多,因为他们不是一家人。"里克森的声音从一株黑色的植物后面传来。那株植物在他走过的时候晃动了几下。

小迈尔斯将手电光对准里克森。后者两手空空地从一片玉米秆中走出来。"我们也不是一家人。"迈尔斯说,"并不真的是,但我们就从不会这样。"

里克森跳过栏杆。"我们当然是一家人。我们住在一起,一起工作。家人就是这样的。但那些人不是,你没有看见吗?他们穿的衣服都不一样,一看就不是在一起的,不会一起生活。那些陌生人会相互战斗,就像我们的父母一样。我们的父母也不是一家人。"里克森解开自己的头发,把脸上的散发拢在一起,重新系好,又压低声音,盯着不断有吵闹声传出来的黑暗远方。"他们会像我们的父母一样,为了食物和女人而争斗,直到全都死光。也就是说,如果我们想活下去,我们就不得不反击。"

"我不想争斗。"汉娜缩了缩身子,将婴儿从被咬痛的胸前挪开,又解开另一边的连体服。

"你不必战斗。"里克森帮她把衣服整理好。

"他们以前就没有动过我们。"迈尔斯说,"我们在这里已经住了好几年。他们只是来拿走他们需要的一切,并没有打过我们。也许这些人也是一样。"

"那是很久以前的事了。"里克森看了看依偎在妈妈怀中的婴儿,又翻过栏杆,继续在黑暗中寻找食物,"他们没有理我们,是因为我们很小,而且我们是他们的孩子。汉娜和我当时只有你这么大。你和你的哥哥刚刚会走路。无论战斗变得多么可怕,他们都没有动我们这些小孩子,任由我们自生自灭。他们抛弃了我们,这是他们能为我们做的最好的事。"

"但他们也经常会过来。"迈尔斯争辩说,"还会给我们带来各种东西。"

"就像伊莉斯和她的妹妹?"汉娜反问道。她和里克森都抚养过已经过世的兄弟姐妹。她意识到,这座大厅充满了死亡和失去,应该有许多灵魂从上面飘到这里。"一定会有许多争斗。"她告诉还在犹疑的迈尔斯,"里克森和我已经不是孩子了。"她晃动着怀里的婴儿。婴儿的吸吮在提醒她,他们早已经远离了童年时代。

"真希望他们能离开。"迈尔斯忧愁地说着,又敲了敲手电筒,手电光一下子又冒出来,就像一个婴儿打了个嗝。"真希望一切都能恢复正常,真希望马库斯在这里。没有了他,总是让人感觉不对。"

"一个西红柿。"里克森胜利地从阴影中钻出来,手中举着一颗红色的圆球。被迈尔斯的手电照得闪闪发光,也将一片红光映在他们的脸上。里克森拿出小刀,将这颗蔬菜切成三份。汉娜得到了第一份。红色的汁水像血一样从里克森手中、从汉娜嘴唇间、从小刀上滴下来。他们吃得很安静。走廊中的说话声遥远又可怕。小刀上能够滴下支持生命的汁水,也能滴下很糟糕的东西。

……………………

吉米一边爬楼梯,一边骂自己。他经常会这样骂自己,不过只有他自己能听见。这些责备的声音离开他的嘴唇,就只飘进了他的耳朵。他一边骂自己,一边大踏步地沿着楼梯绕了一圈又一圈,脚踩在台阶上,让台阶不住地随之颤抖。最近,他要不停地盯住伊莉斯,这已经让他感到有点烦躁了。只要视线朝旁边转一下,伊莉斯就不见了。就像所有种植灯突然全部亮起,阴影刹那间就完全消失了。

"不,和阴影不一样。"吉米又在嘟囔。阴影总是会在脚下。他常常被影子绊倒。伊莉斯则是完全不同的。

又走过一层。这里只有他孤零零的一个人。这种情景对吉米而言并不新鲜,伊莉斯的失踪也不突然。那个女孩永远都是随心所欲地上上下下。吉米以前也从没有为她担心过。毕竟那时候筒仓里根本没有其他人。但现在,他要重新考虑这里的危险。到底是什么会让一个地方变得更危险?也许和地方本身完全没有关系。

"你!"

吉米登上122层的楼梯平台。一个男人站在楼层口向他挥手。那个人穿着金色连体服。这种衣服颜色代表着某种意义——不过也只是在各种事情还有意义的时候。吉米上了十几层,才第一次看到一个人。

"你看见过一个女孩吗?"吉米没有理会那个人也想向他提出问题,而是抢先发问,同时将一只手在齐腰高的地方比画了一下,"这么高,七岁大,少了一颗牙齿。"他又掀起胡须,指了指自己的牙。

那个人摇摇头。"没有。你是原先就住在这里的人,对吗?是幸存者?"那个男人的手里拿着一把刀,刀刃上闪亮的银光就像水里的鱼。这时那个男人笑了两声,朝楼梯平台栏杆外面看了看。"我猜,我们都是幸存者,不是吗?"他伸手抓住了吉米和朱丽叶固定在墙上、抽走积水的橡胶软管。刀子一划,软管被割断了。他开始将下面一段软管提上来——这段软管晃晃荡荡,一直垂到下面很远的地方。

"那是抽积水用的……"吉米开口道。

"你一定知道很多这个地方的事。"那个人说,"抱歉啦。我的名字是特里。特里·哈尔森。我现在是计划委员会……"他斜睨了吉米一眼,"该死,你不知道什么是计划委员会,也不在乎,对不对?对你来说,我们都是从另一个筒仓来的人。"

"我叫吉米。"他说道,"我的名字是吉米,不过大多数人都叫我梭罗。那根管子……"

"你知道这里的电源在什么地方吗?"特里朝楼梯井下方的绿色应急灯点点头,"从这里要再向上四十层才有通电的无线电。这些一直延伸下来的电线中有的也有电。这是你做的?"

"其中一些是。"吉米回答,"有一些很早就这样了。一个叫伊莉斯的小女孩应该来过这里。你有没有……?"

"我认为电是从上面来的。但汤姆要我去下面看看。他说在我们的筒仓里,电都是从下面来的,这个筒仓应该也一样。毕竟这里的其他情况都和我们那里一样。但我看到了这里的积水线。也就是说,这个地方曾经直到这里都是积水。我可不觉得那时候电还能从下面来。这件事你应该清楚,对吧?这个地方有什么秘密?你能告诉我吗?我很想知道关于这里电力的情况。"

那段软管被盘卷起来,丢在那个男人脚边。他又拿出刀子,刀刃在他的手中闪闪发光。"想不想成为委员会的成员?"

"我要找到我的朋友。"吉米说。

刀子又开始切割。不过电线要比软管结实得多,毕竟它有一根铜芯。那个男人将黑色的电线在手中挽成环,把刀刃当成锯子在上面来回拉扯。粗大的肌肉在他的衣服下面鼓起来,衣服上出现了深色的汗渍。经过一番努力,刀刃终于挣脱出电线环,电线被割断了。

"如果你的朋友没有和农场的那些人在一起,她也许是在上面那些教徒那里。我下来的时候见过他们。他们找到了一座礼拜堂。"特里将刀子向上杵了杵,才收了起来,卷起电线扛到肩头。

"一座礼拜堂。"吉米知道那里,"谢谢你,特里。"

"你也帮了我。"那个男人耸耸肩,"感谢你告诉我电是从哪里来的。"

"电……?"

"是的,你说它是从上面来的,从第……"

"34层?我说了?"

那个男人微微一笑。"我相信你说了。"

第五十章

在筒仓底部、曾经被积水淹没的地方,伊莉斯看到了一些人。他们挖出一条隧道,来到这座筒仓,给这里通上电,让灯亮起来。她还在农场看到一些人,收割大量食物,让人们吃饱。现在她看见第三群人,他们摆设家具、清洁地面,将这里打扫得干干净净。她不知道这些人想要做什么。

最后看到小狗的那个好人正站在一旁,和另一个身穿白衣的人说话。穿白衣的人头顶有一片圆形的头皮,光秃秃没有一根头发,但他看上去很年轻,怎么都不像是到了秃头的年纪。他的衣服样式也很奇怪,像是披了一条床单,没有两条裤腿,只有很粗的一个直筒垂下来,遮住了他的双脚。那个留黑胡须的好人似乎正在争论。披白床单的人皱起眉头,一言不发地站着。两个人不时瞥一眼伊莉斯。伊莉斯担心他们在谈论她。也许他们在谈论该如何找到小狗。

家具被排列成一条条直线,全都面对着同一个方向。这里没有一张桌子。在农场深处的房间里,她会躲到桌子下面去吃饭,假装自己是一只老鼠,她的身边有一整个老鼠家族,它们全都在抖动着胡须,悄声聊天。这里只有椅子和长凳,面对着一堵墙。那堵墙上布满了彩色玻璃镶嵌的画面,其中一些玻璃已经碎了。一个穿连体服的人正在那堵墙后面工作。伊莉斯透过玻璃碎掉的地方能看见他。他移动到其他地方的时候,身影就变得一团模糊。他在对另一些人说话。那些人将一条黑色的绳子从门外拉进来。没过多久,房间里就出现了五颜六色的光。几个正在挪动家具的人停下脚步,盯着这些光。有些人在小声说话。听起来,他们似乎都在悄悄说着同一件事。

"伊莉斯。"

留着黑胡须的人跪在她身边。伊莉斯惊讶地看着这一切,将书包紧紧抱在胸前。"什么?"她的声音小得可怜。

"你有没有听说过《法案》?"那个人问道。头顶光秃秃、披着白床单的人站在那人身后,依旧紧皱着眉头。伊莉斯怀疑他从来没有笑过。

她点点头。"'饭'就是吃的,动物都要吃饭,人和小狗要吃,鹿和狗也要吃。"

男人微微一笑。"是《法案》,不是饭。"但在伊莉斯听来还是一样,"而且狗和小狗是同一种动物。"

伊莉斯不想纠正这个人。她在自己的书里和集市里都见过狗。狗让人害怕,小狗不让人害怕。

"你在哪里听说过鹿?"披白床单的人问,"你这里有儿童书吗?"

伊莉斯摇摇头。"我们有真正的书。我见过鹿。它们很高,有细长的腿,看起来有些奇怪。它们生活在森林里。"

穿橙色连体服的黑胡子似乎不在乎鹿。另外那个人显然也不在乎。伊莉斯看向门口,不知道她认识的大家都在哪里。梭罗在哪里?梭罗应该帮她找小狗的。

"《法案》是一份非常重要的文件。"穿橙色衣服的人说道。伊莉斯突然想起,他的名字叫拉什。他向伊莉斯做过自我介绍。只是伊

DUST / 335

莉斯很不擅长记名字。而且她知道的名字一直也只有那么几个。拉什先生对她非常好,这时他继续对伊莉斯说道:"《法案》就像一部书,只是更小一些,好比你像一个女人,但只是更小一些。"

"我七岁了。"伊莉斯已经不小了。

"不知不觉,你就会是十七岁了。"黑胡子伸手摸了摸伊莉斯的面颊。伊莉斯惊讶地后退一步。这让那个人皱起眉头,转身抬头看向披白床单的。后者正在审视伊莉斯。

"那些是什么书?"披白床单的人问,"那些有动物的书,它们在这座筒仓里吗?"

伊莉斯感觉到自己的双手落在书包上,按住自己的记忆书册,仿佛是要保护它。她非常确信,有鹿的那一页就在书册里。她喜欢绿色世界里的那些生灵,那里的鱼、动物,还有太阳和星星。她咬住嘴唇,什么都不让自己说。

黑胡子——拉什先生单膝跪在她身边,手里拿着一张纸和一根紫色的粉笔,将这两样东西放在伊莉斯腿边的长凳上,又将一只手放在伊莉斯的膝盖上。另一个男人也逼近过来。

"如果你知道这个地方有书,那么你就要本着对神明负责任的态度,告诉我们书在什么地方。"披床单的人说,"你相信神吗?"

伊莉斯点点头。汉娜和里克森教过她关于神明和晚祷者的事情。她眼前的世界变得模糊。她意识到自己的眼睛里有泪水。她将泪水抹去。里克森不喜欢她哭。

"那些书在哪里,伊莉斯?这里一共有多少书?"

"许多书。"伊莉斯想到所有那些被自己偷走书页的书。梭罗发现她从那些书中撕走图画和说明的时候,曾经非常生气。但那些说明教会了她更好的钓鱼方法。后来梭罗又教她如何将书页缝在一起。他们还一起钓鱼。

披白床单的男人也单膝跪在她面前。"那些书分散在这里的不同地方么?"

"这位是雷米神父。"拉什先生为秃头让出位置,并将他介绍给伊莉斯,"雷米神父将会引领我们走出这个困顿的时期。我们是牧群。我们曾经追随文德尔神父,但总有人离开牧群,也会有人加入牧群。就像你。"

"那些书。"雷米先生看上去很年轻,似乎还做不了父亲,看上去他比里克森也大不了多少,"它们离我们很近么? 我们在哪里能找到它们?"他一边问,一边挥手指向墙壁和天花板——多么奇怪的说话方式。一个响亮的声音出现在伊莉斯的胸膛里,那个声音让她很想回答这些问题。这个人的眼睛绿得就像她和梭罗曾经去钓鱼的积水,这也让她想要把实话说出来。

"全都在一个地方。"伊莉斯抽了抽鼻子。

"哪里?"这个人悄声问道。他握住伊莉斯的双手。黑胡子开始用一种怪异的眼神看着他。"那些书在哪里? 这很重要,吾女。你要知道,书只能有一本,其他都是谎言。现在告诉我,它们在哪里。"

伊莉斯想到自己袋子里的书。那不是谎言。但她不想让这个人碰她的书,也完全不想让这个人碰她。她想要把手抽走,但秃头的一双大手更加用力地攥住了她。有什么东西在那双绿眼睛后面晃动。

"34。"伊莉斯悄声回答。

"第34层?"

伊莉斯点点头。秃头松开她的手,向后退去。拉什先生立刻靠近过来,将一只手放在伊莉斯的手上,覆盖住被秃头捏痛的地方。

DUST / 337

"神父,我们能不能……?"拉什先生问。

秃头点点他的秃头。拉什先生从长凳上拿起那张纸。那张纸一面印着字,另外一面有手写的字。凳子上还有那根紫色的粉笔。拉什先生问伊莉斯会不会写字,能不能写出自己的名字。

伊莉斯点点头,再一次伸手按住她的书包,守护住自己的书。她识的字比迈尔斯多——汉娜确认过这一点。

"你能为我写一下你的名字吗?"黑胡子把那张纸摆在她面前。那张纸的底部画着线,上面已经写了两个名字。还有一条线是空着的。"就在这里。"他指了指那条线,将粉笔塞在伊莉斯的手里。伊莉斯读了一下纸上的内容,但那些字写得实在是潦草——一定写得很快,而且写字时垫在纸下面的东西一定很不平整,再加上现在眼泪让伊莉斯什么都看不清。"只要把名字写下来就好。"黑胡子催促道,"写出来让我看看。"

伊莉斯想要离开这里。她想要小狗和梭罗,还有珠珠,哪怕是里克森也好。她抹去泪水,咽下哽住喉咙的抽噎。如果她做了他们想要她做的,她应该就能走了。这个房间里的人越来越多。一些人在看着她窃窃私语。她听到一个男人在感叹另一个人真是走运,感叹这里的男人要比女人多,还感叹如果他们再不注意,就要被剩下了。人们都在看着她,都在等待。家具已经被摆得笔直,地板被擦得干干净净。一些从植物上摘下来的绿叶子被撒在一个台子周围。

"就在这里。"拉什先生握住伊莉斯的手腕,强迫伊莉斯手中的粉笔悬在空白的横线上,"你的名字。"所有人都在看。伊莉斯知道自己的名字要怎么写。她认的字比里克森还要多。但她几乎什么都看不见。她是一条鱼,就像她过去从水下面捉住的那些鱼一样,仰头看着所有这些饥饿的人们。她用印刷体字母写下自己的名字,希望这样就能让这些人走开。

"好女孩。"

拉什先生俯身亲吻她的面颊。人们开始鼓掌。刚才一直追问书籍所在的白床单开始像唱歌一样说了些话,声音响亮又动听。他的话音深深回荡在伊莉斯的胸膛中,宣布以《法案》的名义,某人和某人结为夫妻。

第四部
尘土

Silo 1

DUST

第五十一章

达西乘电梯来到军械库，收起装子弹样品的小口袋，将血样报告也塞进衣兜里，走出电梯，摸索着打开一连串电灯开关。他的脑子里有一个声音在告诉他，那个从应急人员区冷冻舱里失踪的飞行员就藏在这一层。他们也是在这一层找到的那个假冒牧羊人的家伙。大约一个月前，还有几名飞行员住在这里，完成了一系列行动。他和史蒂文斯还有另外几个人已经对这一层进行过几次搜索，但达西一直觉得这里的情况没那么简单——每次来到这一层的时候，电梯都需要重置安全密码，这件事让他很早就注意到了这一层。

只有位于权力顶层的少数几个人和安全部成员拥有这种重置权限。达西来到这里之后才明白是为什么——一箱箱枪械弹药排列在架子上。大片防水布下面罩着的似乎是军用无人机。还有堆成金字塔形状的无数炸弹。如果希望厨房里的人下楼去拿一罐土豆粉，却在电梯里按错电钮，不小心到达这一层——肯定不会有人希望发生这种事。

之前的搜索没有再找到别人，不过这些高大的货架和上面的大塑料箱能够提供成千上万处藏身之地。达西在这些架子之间四处窥看。头顶的灯光在不断闪烁。他想象自己就是那名飞行员，刚刚杀死了一个人，满身是血，乘电梯逃到这里，急着要找一个藏身之地。

他蹲下身,检查电梯外面光亮的水泥地面,又后退一步,歪过头审视照射下来的灯光。在电梯门前,地面上的反光比其他地方稍稍亮一点。也许是因为这里被鞋底摩擦得最严重。他凑到地面上,用力抽了抽鼻子,注意到有树叶和松树的气味,还有柠檬的气味,这些气味本属于一个被遗忘的时代,那时万物都在自由生长,世界充满了清新的味道。

有人清洁了这里的地板,而且就是在最近。达西继续蹲在地上,透过摆满武器和应急装备的货架向远处望去。他在这里并不孤单。他应该直接去找布雷瓦德,带更多人回来。这里有一个能够杀人的人,一个接受过军事训练的应急人员。那个人还能使用这些箱子里的每一样武器。但这个人已经受了伤,只是心惊胆战地躲藏在这里。现在去找后援似乎也不是一个好主意。

虽然这些线索是达西拼凑在一起的,但他并不执着于这份功劳。他只是越来越确信,这起杀人案和权力构架的顶层有直接关系。参与这件事的包括位阶最高的大人物。文件被篡改、深度冻结的人被叫醒。这两件事本来都是绝无可能的。他的直属上司可能已经参与到了这件事里。当真正的牧羊人将靴子踏在那个冒牌货身上的时候,搀扶那位老人的就是达西。那种行为不符合任何条例,完全是私人恩怨。他认识那个挨打的人,总是会在晚班时看到那个人,也不止一次和那个人说过话。他很难想象那个人会杀人。现在一切都在突然间颠倒过来了。

达西从腰间抽出手电,开始检查货架。他需要的不仅是一支能照明的手电筒,现在他还需要一些不会交给夜班警卫的装备。这些箱子上的铭牌都来自于另一段不同的人生,几乎已经无法被记起。

他撬开几只箱盖——每一个真空环境被打开,都会发出"啵"的一声轻响。终于,他找到了需要的东西:一把0.45英寸口径的H&K手枪,既现代又古老。当它离开工厂流水线时,它是第一流的武器,但现在那些工厂不过是记忆中的一点影子。他将弹匣塞进枪里,希望子弹没出问题。有了这把枪,他的信心又多了一些,随后便蹑手蹑脚地穿过仓库,朝新的目标逼近。这一次,他不会像前一天那样匆匆转上几圈就走。那时他们要搜索八十个楼层。

他查看过每一块防水布下面。在其中一块布底下,他找到了散落的工具和零件———架无人机被部分拆解,或者正在被修复。是最近的工作?他无法判断。因为被防水布遮住,这里没有灰尘。他在周围转了转,在地上寻找拆开天花板可能落下来的泡沫塑料颗粒,又搜查了最里面的办公室,在货架上寻找剐蹭的痕迹——他怀疑凶手可能会爬上去,躲进高处的大箱子里。最后,他转向营房那边,才第一次注意到那扇低矮的金属升降机门。

达西确认手枪保险栓已经打开,才抓住门把手,猛地将升降机门拉开,俯身将手电光和手枪同时对准了昏暗的升降机舱。

他差一点朝一堆被褥开了枪——那些凌乱的枕头和毯子乍看上去很像是一个人躺在里面。他看见了许多文件夹,就和他从旁边的会议室里收拾走的那些文件夹一样。也许这里就是他们搜捕的那个人躲藏的地方。他必须让布雷瓦德看一看,并对这个地方进行彻底清理。他无法想象一个人是如何住在这种地方的,就像老鼠一样。他关上升降机门,来到营房大门前,将门拽开一条缝,确认营房中的走廊是空的,随后悄无声息地从一个房间移动到另一个房间,确认每一个房间里的状况。宿舍中没有居住的痕迹。浴室寂静无声。整个营房弥漫着一种诡异的气氛。他没有查看女浴室,因为这时他似乎听到说话的声音,非常微弱,应该是从走廊尽头的那道门后面传出来的。

达西准备好手枪,站到走廊尽头。将耳朵贴在门上,仔细倾听。

有人在说话。他试了试门把手,发现门没有锁,便深吸一口气——如果看到门里面的人有一丝一毫要拿起武器的迹象,他就会开枪。他几乎能听到自己向布雷瓦德解释在这里发生的一切,他如何有一种直觉,追踪到一条线索,没有想要寻求支援,直接下来,找到了这个受伤流血的人,是这个人先拔出枪,他必须保护自己。死尸多了一具,一个案子结案。最糟糕的情况不过如此。当他推开门,举起枪的时候,所有这些以及其他很多事情都一股脑地闪过他的脑海。

一个人从房间最深处转过身。达西叫喊着让他停在原地不要动,自己慢慢凑了过去。他以前接受的训练根深蒂固,让他现在的动作就像心跳一样自然。"不许动。"他高喊道。那个人举起双手。那是一个年轻男人,穿着灰色连体服,一只手举过头顶,另一只手却只能无力地挨在身侧。

达西这时看出一个问题——一切都错了,这根本不是男人。

·ᴵᴵᴵᴵᴵᴵᴵᴵ··ᴵᴵᴵᴵᴵᴵᴵ··ᴵᴵᴵᴵᴵᴵᴵ·

"不要开枪。"夏洛特恳求道。她举起一只手,看着那个向自己逼近的男人,一支枪对准了她的胸口。

"站起来,从桌边走开。"男人说道。他的声音不容置疑。他用枪指了指墙壁。

夏洛特向无线电瞥了一眼。朱丽叶还在问她能不能听得见,要她把话说完。但夏洛特不敢伸手去按通话按钮,不敢测试这个男人

DUST / 345

的决心。她看着散落的工具、螺丝刀、剪线钳,回忆起昨天那场可怕的战斗。她的手臂在纱布下面一抽一抽地疼痛。哪怕只是将手举到肩膀的高度,她也觉得疼痛难忍。那个男人正在缩短他们之间的距离。

"两只手都举起来。"

这个男人的姿势——他举枪的方式——让夏洛特想起自己的基础训练。她丝毫不怀疑这个男人会向她开枪。

"我这只手已经举不动了。"她说道。朱丽叶再一次恳求她说些什么。男人的视线转向无线电。

"你在和谁说话?"

"另一个筒仓的人。"夏洛特缓慢地向音量调节伸出手。

"不要碰它。靠到墙边去,马上。"

夏洛特照男人的吩咐做了。她现在唯一的安慰就是这个男人有可能带她去见哥哥。至少她能知道他们对唐尼做了什么。她孤独和担忧的日子终于要结束了。被发现反而让她松了一口气。

"转过身,面对墙壁。把双手放在背后。手腕交叉在一起。"

她也照做了。不过她还是回头瞥了一眼,看到男人从腰带上扯出一根白色塑料绳。"额头贴在墙上。"他对夏洛特说。夏洛特感觉到他的接近,嗅到他的气味,听到他的呼吸,各种念头在她脑海中飞速旋转。当塑料绳在她的手腕上收紧,勒痛她的皮肤,一切转身反抗的念头都烟消云散了。

"还有其他人吗?"男人问。

夏洛特摇摇头。"只有我。"

"你是飞行员?"

夏洛特点点头。男人抓住她的手肘,让她转过身。"你在这里干什么?"看到夏洛特手臂上的绷带,他眯起眼睛,"埃伦射中了你。"

夏洛特没有回应。

"你杀死了一个好人。"

夏洛特感觉泪水涌进了眼眶。她只希望这个男人能把她带走,无论去哪里都好,让她回去睡觉,让她看一眼唐尼,无论怎样都好。"我不想那样做。"她只能为自己做出这种无力的辩护。

"你是怎么到这里来的?和其他飞行员一起过来的?只是……女人不应该……"

"我的哥哥唤醒了我。"夏洛特朝那个男人的胸口点点头,别在那里的保安徽章闪闪发亮,"你们抓走了他。"她想起他们来抓走唐尼的那一天,一个年轻人一直搀扶着瑟曼,就是眼前这个男人。她的眼睛里涌出了更多的泪水"他……还活着吗?"

男人的目光在片刻间转向一旁。"是的,还算是吧。"

夏洛特感觉到泪水沿着面颊在滑落。

男人再次盯住她的双眼。"他是你的哥哥?"

夏洛特点点头。她的双手被绑在身后,没办法擦一擦自己的鼻子,甚至没法把鼻子在肩头的连体服上蹭蹭。这个男人竟然一个人来找她,没有叫任何后援,这让她感到很惊讶。"我能看看他么?"她问道。

"我怀疑不能。他们今天要把他重新冻起来。"他的枪口对准了无线电。这时朱丽叶再次发出了请求回应的呼叫。"你知道,这样不好,无论你正在和谁说话,你都是在让这些人处于危险之中。你到底是怎么想的?"

夏洛特仔细端详着这个男人。他看上去刚刚三十来岁,和夏洛特年龄相仿,气质上更像军人而不是警察。"其他人在哪里?"她朝门

DUST / 347

口瞥了一眼,"为什么你不带我走?"

"我会的。但首先,我想要搞清楚一些事。你和你的哥哥是怎样……是怎样出来的?"

"我告诉过你,是他唤醒了我。"夏洛特向摆满唐尼笔记的桌面瞥了一眼。那些文件夹依然摊开着,最上面就是筒仓的分布地图,《法案》备忘录也一眼就能看到。男人走到桌前,一只手按在文件夹上。

"那么,是谁唤醒了你的哥哥?"

"为什么你不问问他?"夏洛特开始担心了。这个男人并没有将她押走——感觉上这不是什么好事,似乎这个男人不会按照规矩做事。她在伊拉克见过不按规矩做事的男人,那些人从来都不会做好事。"请带我去见我的哥哥。"她说道,"我投降,只要押走我就好。"

男人向她眯起眼睛,随后又将注意力转回到那些文件夹上。"这些都是什么?"他拿起那张地图仔细看了两眼,又将它放下,拿起另一张纸,"我们从另一个房间里拖走了成箱的这种东西。你们两个到底在干什么?"

"带我走就好。"夏洛特恳求道。她已经开始害怕了。

"等一下。"男人查看无线电,找到音量调节,把声音调低,转身靠在桌子上,持枪的手松弛地放在腰间。他要脱裤子——夏洛特明白。他要强迫夏洛特跪下。他已经有几百年没见过女人,而且他一定想知道该如何让女人醒过来。这就是他想要的。夏洛特想要冲向门口,希望他会向自己开枪,子弹或者打飞,或者正中……

"你叫什么名字?"男人又问道。

夏洛特感觉到泪水不断沿着脸颊滚落。男人要做恶心的事情之前大概都会这样问。

"在把你押走之前,我只想知道这里到底发生了什么。因为我今天看到的一切都在告诉我,和这件事有关系的人不止你和你的哥哥。我的职位其实也完全没资格管这件事。该死,按照我所知道的进行推测,当我把你送到办公室的时候,他们就会把我放回到冷冻舱里去,然后让你回来继续工作。"

夏洛特笑了。她转过头,在肩头抹去下巴上的泪水。"应该不会。"她开始有了一些希望。也许这个人真的不会伤害她。也许他真的只是对这个案件感到好奇。夏洛特的视线飘回到文件夹上。"你知不知道他们为我们准备的计划?"

"不好说。你杀死了一个非常重要的人。你不应该离开冷冻舱。他们也许会把你放进深度冻结区。到底会让你继续活着还是会处死你,我不知道。"

"不,不是他们会对我和我的哥哥做什么,而是他们对我们所有人制订了什么计划,在我们最后一次值班以后会发生什么。"

达西思考了片刻。"我……我不知道。我从没有想过这件事。"

夏洛特朝他身边的文件夹点点头。"全都在那里。如果我回去睡觉,无论是死是活就都不重要了。我将再也无法醒来。你的姐妹、母亲和妻子,还有所有人在这里的女性亲属都不会醒过来。"

达西朝文件夹瞥了一眼。夏洛特意识到,这个男人没有按照正常程序处置自己可能是一个机会,而不是灾难。正是因为如此,他们才不让任何普通人知道真相。如果人们知道了,他们肯定无法忍受这种真相。

"这些都是你编造的。"达西说,"你也不知道以后会发生什么……"

"问问你的老板,看他会怎么说,或者你老板的老板,一直向上

DUST / 349

问。也许他们会让你和我一起躺到深层冷冻区去。"

达西认真看了她一眼,放下手枪,解开自己连体服领口的扣子,然后是下一颗扣子,一直解到腰间。夏洛特知道自己是对的,知道这个男人要干什么。她准备好了扑向这个男人,一脚踢在他的两腿之间,咬他……

达西拿过那些文件夹,把它们插到背后,塞进自己短裤里,又把扣子一颗一颗系回去。

"我会看看它们。现在,我们走吧。"他拿起枪,朝门口指了指。夏洛特感激地喘了一口气。她一个个绕过无人机控制台,心中无比纠结。她刚才想要让这个男人把她押走,现在却想再和他说几句话。她本来很害怕这个男人,但现在忽然想信任他。如果她被逮捕,被送回去冬眠,也许算是一种救赎,但另一种救赎似乎就在她伸手可及的地方。

夏洛特进入走廊的时候,心跳变得飞快。达西关上控制室的门。夏洛特走过宿舍和浴室,在走廊尽头等待这个男人打开通向军械库的门。她的一双手被捆在身后,没办法推门。

"知道吗,我认识你的哥哥。"达西为她打开门,"他似乎从来都不喜欢这种事,看样子你也不喜欢。"

夏洛特摇摇头。"我从来都不想伤害任何人。我们只是在不断追寻事实。"她穿过军械库,朝电梯走去。

"这就是问题所在。"达西说,"骗子和诚实的人都宣称自己说的是事实。于是像我这样的人就陷入了困境。"

夏洛特停住脚步。她的动作似乎吓到了那个男人。男人后退一步,握紧手枪。"继续走。"

"等等,"夏洛特说,"你想知道事实吗?"她转身朝防水布下面的无人机点点头,"为什么不把所有你听到的话都丢到一边去?不用再挖空心思去思考该相信谁。我会让你亲眼看到,外面到底是什么样子。"

第五十二章

唐纳德的肋侧变成了一片紫色、黑色和蓝色的海洋。他将连体服解开到腰间,掀起衬衫,在浴室的镜子里看了看。在瘀伤的中心有一片橙黄色。他轻轻碰了一下这里——只是手指尖擦了一下,一阵电流就沿着双腿直接冲向膝盖,让他差一点瘫倒在地上。片刻之后,他才终于恢复呼吸,小心翼翼地放下衬衫,系好连体服的扣子,蹒跚着回到床边。

他的小腿也痛得厉害——当时他抬起小腿,挡住了瑟曼的许多次狠踢。他的前臂上有一个硬结,就像长出了另一个胳膊肘。每次咳嗽的时候,他都想要死。他努力想睡过去。睡眠是能够载着他穿越时间的一辆车,让他能够避开现在。抑郁症患者、住院的病人和垂死的人都可以躲进这辆小车里。唐纳德同时属于这三者。

他关掉小床旁边的灯,躺倒在黑暗中。他觉得,冷冻舱和轮班之间的漫长时间只是一种夸张的睡眠形式。和自然睡眠的区别只是程度不同。洞穴里的熊会冬眠一个季节。人类每天晚上都会冬眠。白天就是在值班。每一次冬眠和值班之间的轮换就像度过了生命的一个阶段。人在这些短暂的阶段中只会为下一段黑暗做些打算,几乎不会去思考该如何将许多个日子连缀在一起,形成一段有用的时光、一串宝贵的珍珠链。他们想的只是如何再多活一天。

咳嗽从不会停顿,给他的肋骨带来一阵又一阵剧痛,还让他的眼前不断闪过白光。唐纳德祈祷自己能晕过去,能就此不省人事,但管理他命运的众神非常懂得如何折磨一个人——痛苦要足够,但不能太多。不要杀死这个人,他仿佛能听到自己的伤口在彼此悄声交谈,我们需要他活着,这样他才能因为自己的所作所为而受苦。

咳嗽将铜锈的味道涂抹在他的嘴唇上。他的工作服上全是细小的血点,但他不在乎。他仰面朝天躺在床上,因为疼痛和抽搐而全身是汗,耳朵里只能听到无力的呻吟声从嘴唇间冒出来。

可能过去了几个小时、几天,也可能只有几分钟,门口传来一点声音,是金属的滑动,然后"咔哒"一声轻响,有人开了灯。可能是保安拿来了晚餐或者早餐,或者其他一些毫无意义的时间标志。也有可能是瑟曼又来教训他、盘问他,带他去冬眠。

"唐尼?"

是夏洛特。她身后的走廊还处于晚班时的昏暗状态。她一走进来,背后就有一个人填满了门框,一名保安。他们发现了夏洛特,把她也押上来了。不过他们至少给了他和妹妹告别的机会。唐纳德猛地坐起身,差一点失去平衡。不过兄妹两个的手臂搀扶在一起。他们两个都在拥抱中瑟缩了一下。

"我的肋骨。"唐纳德嘶声说。

"小心我的胳膊。"他的妹妹说。

夏洛特松开手,向后退去。唐纳德正要问她的胳膊怎么了,她却将一根手指竖在嘴唇前。"嘘,这边走。"

唐纳德的目光越过妹妹,看向门口的人。那名保安正在警戒走廊中的动静,似乎只是关心是否有别人过来,丝毫不在意他和妹妹要出去。唐纳德意识到发生了什么,肋侧的疼痛一下子减轻了。

DUST / 353

"我们要走了?"唐纳德问。

妹妹点点头,扶着他站起身。唐纳德跟随夏洛特走进走廊。

他有太多的问题,但现在最重要的是保持沉默,不要提任何问题。那名保安关上门,又把门锁住。夏洛特已经向电梯走去。唐纳德赤着脚,一瘸一拐地跟着她。每迈出一步,他的左腿都会发出一声哀鸣。他们在管理楼层。他经过了管理备用部件和物资的会计室;然后是几间档案室——每一座筒仓发生的重要事件都会被分门别类地输入这里的服务器;人口控制室,他的许多份报告都是在这里生成的。所有这些办公室都寂静无声,现在一定是凌晨时分。

安全闸门没有人值守。过了安全闸,电梯正在等待他们。因为被固定在这个楼层,电梯不断发出蜂鸣声。唐纳德注意到电梯里有一股强烈的清洁剂气味。夏洛特用力按下等待按钮,扫描了她的身份证,又按下军械库的楼层按钮。那名保安钻进正在关闭的电梯门。唐纳德注意到他的手里有枪,同时也意识到,这个人拿着枪不是因为害怕他们被发现。现在他和妹妹还没有真正获得自由。这个年轻人站在电梯另一侧,警惕地看着他和夏洛特。

"我认识你。"唐纳德说,"你一直在值晚班。"

"达西。"保安说道。他没有向唐纳德伸出手。唐纳德想到那个空荡荡的安全闸门,意识到这时这个人应该守在那里。

"达西,是的,出什么事了?"唐纳德转头问妹妹。夏洛特穿着短袖衬衫,露出了胳膊上的纱布。"你还好吗?"

"我没事。"夏洛特看着楼层灯不断变化,神情显得格外焦急,"我们又飞出去一架无人机,"她看向唐纳德,眼睛里仿佛在冒火,"它飞出去了。"

"你看见了?"唐纳德忘记了自己的伤痛,也忘记了那个持枪的人。自从第一架无人机让他瞥到了一眼蓝天之后,后面的无人机都失败了,再没有飞到过那么远的地方。他已经开始怀疑自己第一次是不是看错了,怀疑那一点希望从来就不曾存在过。电梯开始减速,到达了那座仓库。

"世界还在。"夏洛特向他证实,"被污染的只有我们这一小片。"

"我们先下电梯。"达西挥挥手里的枪,"然后我想搞清楚到底发生了什么。听着,在早班之前,我就会把你们两个都关押起来,而且我会否认和你们说过这些话。"

刚刚走进军械库,唐纳德就吃力地深吸了一口气,同时拍拍衣服里面的口袋,掏出手帕,开始咳嗽。他不得不弯下腰,好减轻肋骨承受的压力。不过一咳嗽完,他就立刻收起了手帕,不让夏洛特看见。

"我去给你弄些水吧。"夏洛特看着仓库的物资货架说道。

唐纳德摆摆手,又转向达西,用沙哑的声音问:"你为什么要帮我们?"

"我没有帮你们。"达西坚持说,"我只想听听你们会说什么。"他朝夏洛特点点头,"你的妹妹向我灌输了一些非常大胆的理论。她把她的鸟装配好的时候,我还读了一点东西。"

"我把你的一些笔记给了他。"夏洛特说,"无人机这次飞得很好。他帮助我让无人机成功起飞了。我操控无人机最终降落在一片草海上,唐尼,是真正的草地。当时无人机的信号传输又坚持了半个小时。我们只是坐在那里,盯着屏幕。"

"但不管怎样,"唐纳德依旧看着达西,"你不了解我们。"

"我也不了解我的老板们,是真的不了解。而且我看到了你被殴打,我觉得那很不对。你们两个在为某件事而争斗,那可能是很

DUST / 355

坏的事,一件我必须阻止的事。我已经注意到这个筒仓一些令人费解的地方,每当我提出职责以外的问题,都得不到任何答案。他们只想让我值好夜班,早上给他们煮一壶新鲜咖啡。但我明明记得在另一个不同的人生里,我还做过另外一些事情。我被教导要服从命令,但这是有限度的。"

唐纳德严肃地点点头。他有些好奇,这个年轻人是不是也曾经参与过海外的军事行动,是不是同样受到过创伤后应激障碍的折磨,一直在服用药物,所以这个筒仓剥夺记忆的"治疗"对他没有产生完全的效果,让他还保持着一些东西,比如良心。

"我可以告诉你这里正在发生着什么。"唐纳德领着他们离开电梯,向存放罐装水和军用口粮的货架走去,"我的旧老板——就是你看到给我带来这些伤的那个人,他曾经向我解释过一些事。那不是他有意而为之的。大部分信息还是我拼凑出来的,不过他为我填补了一些空白。"

唐纳德掀开一只木箱的盖子——这个盖子已经被他的妹妹撬开了。这个动作让他疼得瑟缩了一下,夏洛特急忙冲上去帮助他。他抓起一罐水,打开易拉盖,长长地喝了一口。夏洛特也拿出两罐水。达西把枪交到另一只手里,接过一罐。唐纳德感觉到了周围一箱又一箱的枪支。它们让他感到恶心。不过达西手里的那把枪已经不再让他感到害怕。他胸口的痛楚是另外一种枪伤。现在干脆地死去对他而言应该算是一种幸福。

"我们不是第一批试图帮助其他筒仓的人。"唐纳德说,"这是瑟曼告诉我的。现在我想清楚了很多事。来。"他领着他们走向另一个货架。一盏灯在他们的头顶上闪烁,看样子很快就要灭了。唐纳德怀疑根本不会有人来替换掉这里坏了的灯泡。他找到了那只塑料箱——它隐藏在其他许多塑料箱中间。唐纳德想把它拽出来,却感觉到肋骨在疯狂地惨叫,但他还是忍住疼痛,拽出了那只箱子。夏洛特也帮了他一把。他们一起把箱子抬进会议室。达西跟在他们身后。

"这是安娜的作品。"唐纳德喘着粗气把箱子抬到会议桌上。达西打开灯。桌面的一块厚玻璃板下面压着筒仓的分布图。这块玻璃上留下了一些陈旧的蜡笔记录,又被胳膊肘、文件夹和威士忌酒杯擦抹得模糊不清。唐纳德的其他笔记都不见了,不过没有关系,他要找的是一些陈旧的东西,来自于过去,是他以前值班时留下的。他从塑料箱中拿出几份文件夹,摊开在桌面上。夏洛特开始仔细查看它们。达西依然站在门边,偶尔会瞥一眼外面的地面——那里还有一些残留的血渍。

"曾经有一座筒仓被关闭,因为一段公共频道上的广播。那不是在我值班的时候。"唐纳德指着桌上的10号筒仓——那个圆环已经被画上了红叉,"一段出于良心的广播出现在几个频道上,然后它就被关闭了。但真正让安娜几乎忙了一年的是40号筒仓。"他找到了自己需要的文件夹,将它打开。看到安娜的笔记,他的视线一下子模糊了。犹豫片刻之后,他的手指掠过安娜的文字,同时脑海中浮现出自己做过的事。他杀死了想要帮助他的人,那个爱过他的人,那个向这些筒仓提供援助的人。这全都是因为他自己的负罪感和自我厌恶,因为他也爱她。"这就是这些事件的概要。"他忘记了自己在找什么。

"说重点。"达西说,"这些具体是怎么回事?我的值班时间只剩两个小时了。白昼很快就会到来。我要在那之前把你们两个锁起来,交上去。"

"马上就能找到了。"唐纳德揉揉眼睛,让自己镇定下来,又朝桌子一角挥挥手,"很久以前,那里的那些筒仓就都黑了,差不多有十几座。40号是第一座。它们一定进行了某种无声的革命。一种不流血的革命,因为我们从没有得到任何报告。它们没有过任何异常行为。其中许多就像现在的18号筒仓……"

"已经是过去了。"夏洛特说,"我听到了。他们的筒仓已经被关闭了。"

唐纳德点点头。"瑟曼告诉我了。的确已经是过去了。瑟曼还暗示说,他们最初计划建造的筒仓数量更少,不过后来一直在为了确保冗余度而增加筒仓数量。我找到的几份报告也表明了这一点。你知道我是怎么想的?我认为他们建造的数量太多了,这让他们无法同时严密监视所有筒仓。你可以在每一个街角都安装摄像头,但你没有足够的人手查看那些画面。于是,这一个就从栏杆下面溜了出去。"

"你说这些筒仓'黑了'是什么意思?"达西不知不觉来到了桌边,审视着玻璃下面的地图。

"所有摄像画面在同时消失。他们不回应我们的呼叫。按照《指令》的要求,我们关闭了他们的筒仓,以免他们会有进一步的不轨行为,也就是说,我们向那个地方释放了特殊气体,同时打开了他们的外门。然后又有一座筒仓黑了,紧接着是第三座。当时值班的领导者们认为,那些筒仓里的人不只是发现了监控摄像,还找到了气体管道。于是这些领导者向那些筒仓释放了崩溃代码……"

"崩溃代码?"

唐纳德点点头,用一口水压下咳嗽,又用袖子擦了擦嘴。桌面上的这些笔记让人不由得感到一阵舒心。所有这些拼图都合拢在一起了。

"这些筒仓在建造的时候就有让它们坍塌的计划,只有一座筒仓是例外。重力无法让它们坍塌,所以他们让我们进行了特别的设计——让楼层间的混凝土楼板变得格外厚重。"唐纳德摇摇头,"那时,我还不明白这样做有什么意义。这只会在建造筒仓时挖得更深,白白增加成本,为此使用的混凝土数量简直会令人发狂。当时我被告知,这是为了应对可能的钻地炸弹或者核泄漏,但实际情况要可怕得多——这样他们才能让筒仓坍塌得更加彻底。筒仓的墙壁塌不下来,它们都被大地牢牢束缚住了。"唐纳德又喝了一口水,"所以需要让那些形成地面的混凝土楼板能够顺利地落下去。因为要释放毒气的关系,他们不想设计电梯。我一直都没有搞清楚他们为什么要我把电梯取消。他们说是想让整个设计更'开放'。实际是因为,如果安装电梯,每个楼层就会相对变得封闭,那样不利于他们释放的气体扩散。"

唐纳德用臂弯捂住嘴,咳嗽了一阵,又伸出手指在桌面的一个地方画了一个圈。"这里的筒仓就像癌症肿瘤。40号一定已经和它的邻居取得了联系,或者是远程黑进了它们的系统,将它们的信号都切断了。为了处理这个麻烦,我们筒仓的领导者们开始唤醒其他人。崩溃代码没有生效,一切手段都宣告失败。安娜认为40号筒仓的人发现了炸药,并且封锁了信号频道——大概就是这样。"

他停顿片刻,回忆安娜的无线电中传出的那些静电噪声,还有安娜使用的那些术语——那些陌生的字眼让他感到头痛,却让安娜显得那样聪明而自信。他的目光落在房间一角。那里曾经放着一张小床。安娜曾经在午夜悄悄走过来,滑进他的臂弯。唐纳德喝完罐子里的水,只希望自己能够更强壮一点。

DUST / 359

"最后,她终于黑进了引爆系统,炸毁了那些筒仓。"唐纳德继续说道,"如果还不能成功,他们就要冒险派无人机飞过去,或者让步兵过去。这是《指令》最后一页的内容。"

"也是我们一直在做的事。"夏洛特说。

唐纳德点点头。"在我唤醒你之前,我甚至也做过这种事,那时这一层全都是飞行员。"

"所以这就是那些筒仓的下场?它们全都坍塌了?"

"安娜是这样说的。一切看上去都很顺利。这里掌权的人一直都在依赖她,接受她的说法。我们全都被送回去冬眠了。我以为那会是我最后一次入睡,从此我将再也不会醒来——深度冻结。但我又被唤醒,开始值班。人们用另一个名字称呼我。我醒来的时候,变成了另一个人。"

"瑟曼,"达西说,"牧羊人。"

"是的,只是我其实才是故事里的那只羊。"

"是你差一点翻过山丘?"

唐纳德看到夏洛特的身子变得僵硬。他只是让注意力回到文件夹上,没有回答达西的问题。

"你说的那个女人。"达西又问道,"就是她篡改了数据库?"

"是的,他们给了她全部权限,为了修正他们造成的问题。那时的问题的确相当严重。她的好奇心让她把鼻子探到了数据库中的其他地方,发现了她的父亲和其他人的计划,也就是这份笔记。她意识到,那些崩溃代码和毒气系统并非只是为了紧急情况而准备的。我们全都是已经启动的大型定时炸弹,每一个筒仓都是。她意识到,等她回到冷冻舱,就再也不会醒来。哪怕她能改变任何一个数据,她也无法改变自己的性别,无法让别人再将她唤醒。于是她寻求我的帮助,将我放在她父亲的位置上。"

唐纳德停顿片刻,努力抑制住自己的泪水。夏洛特伸手按在他的背上。房间里陷入了长久的寂静。

"但我那时还不明白她想要我做什么。我开始自己进行挖掘。与此同时,我们发现40号筒仓根本没有消失,而且依然在影响其他筒仓。我意识到这一点是因为又有一个筒仓变黑了。"唐纳德停顿片刻,"我在那时成为了领导一切的人——我真是糊涂。我签署了轰炸命令,不惜一切代价将那座筒仓摧毁。我不在乎是否会造成地震,是否会被发现,只是命令人们那样去做。我们把那边的一切都炸平了。无人机和炸弹会彻底铲除他们。"

"我记得,"达西说,"那时我已经开始值班了。自助餐厅里一直都有飞行员。他们在午夜时格外忙碌。"

"他们就在这里工作。结束任务之后,他们又都被冻起来。等到他们离开之后,我唤醒了我的妹妹。我不想丢炸弹,只想看看外面有什么。"

达西看了一眼墙上的时钟。"现在我们全看到了。"

"再过差不多两百年,所有筒仓就都会被摧毁。"唐纳德告诉他,"你有没有想过,为什么只有这座筒仓装了电梯,却没有楼梯?你想要知道为什么他们管这些电梯叫'快速电梯'?而你却要等上一个世纪才能等它到来,送你去别的地方?"

"我们也会被炸掉。"达西回答,"这里的每一层之间同样有非常厚的混凝土层。"

唐纳德点点头。这个孩子的脑子转得很快。"如果他们让我们走上一段楼梯,我们就会看出来,就会知道。有足够多的人知道这种设计是为了什么,意味着怎样的结局。那样他们就相当于是在每一张桌子上都摆了一台倒计时的时钟,人们会发疯的。"

"两百年。"达西说。

"对其他人而言,那是很长一段时间,但对我们无非是睡上几觉——但这才是问题所在。他们需要我们都死掉,这样才能彻底清除对过去的记忆。这一整个项目……"唐纳德向压在玻璃板下面的所有筒仓一挥手,"就像一台闹钟,或者是一部时间机器。彻底净化地球,让一些人进入未来,继承整个世界,对这些未来部落的选择差不多是随机的。"

"更像是把他们送回到过去。"夏洛特说,"回到某种原始状态。"

"没错,当我第一次知道这些纳米机器人的时候,据说伊朗人正在研究它们,它们将以某个特定的民族为目标。我们已经拥有了能够在细胞层面工作的机器。这只是下一步。对付一整个物种当然要比单独对付其中的一个分支更简单。小孩子都明白这个道理。厄斯金是提出这个项目的人。他说,迟早会有人释放出无差别杀戮的纳米机器人,制造出一种悄然无声的炸弹,灭绝全部人类,这一点不可避免。我认为他是对的。"

"所以,你要在这些文件夹里找什么?"达西问。

"瑟曼想要知道,安娜在这座军械库里工作的时候是不是离开过、去过别的楼层。我相信她有这样做。我在架子上找不到的东西应该就在这些文件夹里。瑟曼还说过一些关于输气管道的事情……"

"再过一个半小时,我就要把你们送回去了。"达西说。

"是的,好,我认为瑟曼在这个筒仓里发现了一些东西,和他的女儿有关,尤其是和她偷偷溜出这一层做的事情有关。我认为,除了我被唤醒以外,她还留下了另一个惊喜。当他们向18号筒仓灌注毒气的时候,瑟曼说,他们这一次是做对了。他们解决了某个人造成的麻烦。那时我以为他的意思是我造成的麻烦,是我为了拯救这个地方进行的抗争,但他说的其实是安娜改变了一切。我认为安娜改变了一些阀门,或者如果都是电脑控制的,安娜便是更改了一些代码。纳米机器人有两种,现在我的血液里这两种都有。一种一直在修复和维护我们的身体,就像冷冻舱里的那种;另一种则是筒仓外面的那些,也就是我们用来关闭其他筒仓的机器人。这是强者对付弱者的终极手段。我认为安娜是想要将这个手段反转过来,如果她的设置完成,当我们关闭下一个筒仓的时候,就会把这些机器人释放到我们的筒仓里。她是在细胞层面扮演罗宾汉。"

唐纳德终于找到了那份报告。印着报告的纸张显得相当破旧,一定已经被阅读过成百上千次。

"17号筒仓。"他说道,"那座筒仓被关闭的时候,我还在冬眠,但我仔细查看过那次关闭。那个地方被灌入毒气之后,曾经有一个人回应了呼叫。但我认为那里并没有被灌入毒气。我认为安娜在毒气管道里注入了冷冻舱里修复我们的那些机器人,把它们灌进了17号筒仓。"

"为什么?"夏洛特问。

唐纳德抬起头。"为了阻止世界终结,为了不让任何人被杀死,为了给予怜悯。"

"所以,17号筒仓里的人都还好好地活着?"

唐纳德迅速翻看那份报告。"没有。不知道是出于什么原因,她无法阻止气闸舱打开。关闭筒仓程序的这一部分发挥了效果。从外部进入的气体让他们依旧没有生存机会。"

"我和17号筒仓的人说过话。"夏洛特插口道,"你的朋友……

那位市长就在那里。那里还有人。她说他们挖了一条隧道,才到了那里。"

唐纳德微笑着点点头。"当然,当然。她想要我以为她是在朝我们挖隧道。"

"嗯,我认为她现在要来找我们了。"

"我们需要和她取得联系。"

"我们需要做的是,"达西说道,"开始考虑这个夜班该如何结束。再过一小时,我们就要有大麻烦了。"

唐纳德和夏洛特转向达西。达西站在门边,就在唐纳德被一次一次狠踢的地方。

"我的老板,"达西继续说道,"当他醒过来,发现一名囚犯在我值班的时候逃走了,他一定会气得发疯。"

17号筒仓

SILO 17

第五十三章

朱丽叶和拉夫在底层警署寻找步话机和多余的电池,这两样东西他们都没找到。充电架还挂在墙上,但没有连接从楼梯井临时拉过来的电线。朱丽叶考虑了一下是否值得留在这里给步话机充一下电,还是应该去中层警署或者技术部……

"嘿,"拉夫悄声说,"你有没有听到什么?"

朱丽叶将手电光指向警署办公室深处。她觉得自己听到有人在哭。"我们过去。"

她丢下充电器,朝拘留室走去。在最深处的牢房中,一个黑色的影子正在抽泣。一开始,朱丽叶以为那是汉克,毕竟汉克原先就住在18号筒仓的底层分警署里,而这个世界的样子当然会让人痛哭流涕。但那个人穿着长袍——是文德尔神父。他从铁栏杆后面看着朱丽叶和拉夫。闪动的火光照亮了他的眼泪。一支小蜡烛倒在他身边的长凳上,蜡油不断落向地面。

这间牢房的门没有关紧。朱丽叶将它拉开,走进去。"神父?"

这位老人看上去很糟糕。他的手里捧着一本残破不堪的旧书——不是书,只是一摞松散的纸张。凳子上和地板上散落着许多纸。朱丽叶用手电光扫了一下,发现自己正站在一片由精致的打印纸页铺成的地毯上。所有书页上都画满了粗黑的线条,覆盖住许多语句词语。朱丽叶见到过这本书。那时它被锁在一只笼子里,书页上的文字只有五分之一还能看到。

"别管我。"文德尔神父说。

朱丽叶很想丢下他不管,但她不能这么做。"神父,是我,朱丽叶,你在这里做什么?"

文德尔一边抽着鼻子,一边整理书页,仿佛在寻找什么。"以赛亚,"①他说道,"以赛亚,你在哪里?一切秩序都没了。"

"你信徒在哪里?"朱丽叶问。

"不再是我的信徒了。"他擦了擦鼻子。朱丽叶感觉到拉夫在拽她的胳膊肘,要她别管这个人。

"你不能留在这里。"朱丽叶说,"你有食物和水么?"

"我什么都没有。走吧。"

"我们走。"拉夫悄声说。

朱丽叶调整了一下背上沉重的袋子——那里面全都是炸药棒。文德尔从前至后一张张查看着书页,然后又一张张丢在脚边。

"下面的人正在计划再次进行挖掘。"朱丽叶对他说,"我要去给他们找一个更好的安身之处。他们会带我们的人离开这里。也许你可以和我们一起上去,在农场找找食物,看看你能不能帮什么忙。下面的事情你应该能帮上一把手。"

"要我做什么?"文德尔将一张书页拍在凳子上,另外几张纸纷纷掉落下去,"是让我带去地狱的火焰还是希望,你挑吧。不是这个就是那个,不是诅咒就是救赎。每一页,挑吧,挑吧。"他抬起头看着他们,仿佛是在恳求他们。

---

① 《圣经·旧约》中的人物,据传说是上帝耶和华的先知。

DUST / 367

朱丽叶晃晃水壶,打开壶盖,递给文德尔。凳子上的蜡烛"哗啵"作响,冒着烟,晃动的黑影时大时小。文德尔接过水壶,喝了一口,又递还给朱丽叶。

"我不得不亲眼去看。"他悄声说,"我走进黑暗,看见了魔鬼,是的。我走了又走,来到这里。另一个世界。我带着我的羊群走进神罚的地狱。"他将一张书页审视片刻,面孔扭曲,"或者是救赎,你选吧。"

他从凳子上拿起蜡烛,将书页凑到蜡烛前,好看得更清楚一些。"啊,以赛亚,你在这里。"他用主持礼拜的男中音朗诵道:"在我悦纳之时,我必应允你;在救赎的日子,我必济助你;我必保护你,使你作万民的约,使地重新昌盛,使人再次承受荒凉之地为业。"文德尔将那张纸的一角送进火中,又咆哮道:"以荒凉之地为业!"

书页开始燃烧。文德尔松开手指,让那一页纸在空中飘舞,如同一只不断缩小的橙色鸟雀。

"我们走吧。"拉夫这一次更加坚持。

朱丽叶抬手阻止拉夫,然后走到文德尔神父面前,蹲下身,一只手放在神父的膝盖上。因为马库斯之死,她对这个人曾经满心愤怒,现在怒意却已完全消失。她知道,这名神父曾经在人们心中燃起过怒火,煽动人们反对她和她的挖掘,但现在这些都已无足轻重。在朱丽叶的心里,愧疚取代了愤怒,因为朱丽叶现在知道,他们所有的恐惧和不信任都是有道理的。

"神父。"她说道,"我们如果留在这里,那将必死无疑。我帮不了他们,我要离开这里了。他们需要你的指引,那样能够帮助他们到达另一个地方。"

"他们不需要我。"文德尔说。

"他们需要。在这座筒仓深处,女人们正在为她们的婴儿哭泣;男人们在为他们的家园哭泣。他们需要你。"朱丽叶知道,自己说的是事实。在这种艰难的时刻,正是人们最需要神父的时候。"

"你会照顾他们。"文德尔神父说,"你会带他们过去。"

"不,我不会。你是他们的救赎。我要去找那些作恶的混蛋。我要把他们直接送进地狱。"

文德尔从自己的膝盖上抬起头。灼热的蜡油滴在他的手指上,他却仿佛浑然不知。纸张燃烧的气味充满了整间牢房,他将一只手放在朱丽叶的头上。

"如果是这样,我的孩子,我祝福你此行顺利。"

·······

带着这份祝福,沿楼梯井向上攀登的路程变得更加沉重——或者,也许只是她背上的炸药实在太多了。朱丽叶知道,这些炸药对于下面开掘隧道的工程会非常有用。它们完全可以被用来救人,而她却要用它们去制造毁灭。它们就像是文德尔的书页,既能提供救赎,也能变成地狱。在接近农场的时候,她提醒自己,是埃里克坚持要她带上这些炸药。现在有许多人都渴望看到她把毁灭带给他们的敌人。

一走进底层农场,她就知道出了问题。刚打开楼门,一股热浪便如怒火般扑面而来。她的第一个念头是着火了。之前在这座筒仓生活的经历让她明白,这里已经没有水管在工作,一旦着火,后果很可能无法收拾。幸好她看到的只是走廊和外部种植槽上明亮耀眼的一串串灯泡。

一个人躺在安全闸门前的地上,身体横在走廊中间,只穿着短裤和内衣,所以朱丽叶一直走到他面前,才认出是汉克副警长。看见汉克动了一下,她终于松了一口气。在明亮的灯光中,汉克抬手遮住眼睛,握紧胸前的手枪。汗水浸透了他的内衣。

"汉克?"朱丽叶问,"你还好吗?"她感觉到自己身上也在变得汗津津的,而可怜的拉夫仿佛要枯萎了。

副警长坐起身,揉搓着颈后,抬手朝安全门一指:"那里有一点阴影,待在下面能好受些。"

朱丽叶看向走廊里的那些灯。它们正在消耗巨大的能量。每一个种植槽都被照亮了。她甚至能闻到热浪的气味,还有植物正在被烤焦的气味。她有些担心楼梯井里那根纤细的电线能支撑多久。

"计时器都卡住了吗?这里出了什么事?"

汉克朝走廊深处点点头。"这里都被人们占了。昨晚发生了斗殴。你知道吉恩·桑普尔吧?"

"我认识吉恩。"拉夫说,"是公共卫生部的。"

汉克一皱眉头。"吉恩死了——那时灯都黑着。后来他们又为了埋葬他的权利而打斗。可怜的吉恩变成他们争夺的肥料。一些人联合起来,雇用我维持秩序。我要他们把灯全开着,直到情况稳定下来。"他又揉了揉后颈,"别打我,我知道这样做对庄稼不好,但能吃的东西已经被摘得干干净净。我只能希望让高温把这些人赶走,尽量让多一点人离开,给剩下的人一些喘息的空间。再过一天我就关灯。"

"再过一天,你就要让这个地方烧起来了,汉克。外面的电线承担了这么多电力,肯定已经非常烫。我甚至吃惊它能支撑到现在。等到三十几层的断路器出了事,你们这里很长时间就只会剩下一片黑暗。"

汉克又朝走廊里面望去。朱丽叶在很多门外面看到了果皮、果核和食物残渣。"他们用什么支付你报酬？食物？"

汉克点点头。"食物全都要坏了。他们摘光了一切。人们一到这里就开始发疯。我觉得有几个人继续向上去了，但所有人都说，这座筒仓的外门被打开了，如果向上走太远，就会死。但现在如果下去，也会死。现在有许许多多的谣言。"

"那么，你就需要消除这些谣言。"朱丽叶说，"我相信无论上去还是下去，都要比待在这里好。你有没有见到梭罗和那些孩子？就是以前这个筒仓的人？我听说他们到这上面来了。"

"嗯，在我把灯全部打开之前，那些孩子有几个就在这条走廊深处占了一小块地。不过他们几个小时以前就离开了。"汉克看了一眼朱丽叶的手腕，"现在几点了？"

朱丽叶也瞥了一眼自己的手表。"两点过一刻。"她看出汉克还没有搞清楚时间，又补充了一句，"下午。"

"谢谢。"

"我们要试着追上他们。"朱丽叶说，"你能处理好这些灯吗？你不能这么用电。让人们到上面去，中层农场的情况要比这里好得多，至少我上次在这里的时候是这样。如果你的人想找工作，他们可以在机械部找到很多要做的事。"

汉克点点头，努力站起身。拉夫已经向出口走去。他的连体服上出现了一片片汗渍。朱丽叶拍拍汉克的肩膀，也转身打算离开。

"嗨，"汉克喊道，"你只告诉了我时间，现在是哪一天了？"

朱丽叶在楼门口犹豫了一下，转头看到汉克正望着她，一只手依然遮着眼睛。"这重要吗？"朱丽叶反问道。汉克没有回答。于是朱丽叶认为这应该不重要。现在所有日子都一样，每一天都只是一个数字。

第五十四章

吉米决定继续向上走两层,如果找不到伊莉斯,他就会回头向下找。他已经开始怀疑自己错过了伊莉斯。可能那个女孩追着她的小狗跑进了某个楼层,或者是去找厕所了。更有可能是伊莉斯已经返回农场,和其他人会合在一起,而他依旧一个人在筒仓里上下乱跑。

到了下一个楼梯平台,吉米朝楼门里看了看。除了黑暗和寂静,他什么都没有发现。他喊了几声伊莉斯的名字,不知道是不是该继续向上。当他转身回到楼梯井里的时候,上方一道褐色的影子吸引了他的注意。他抬手遮住自己的一双老眼,在应急灯的绿光中向上观望,看见一个男孩正越过栏杆盯着他。那个男孩挥挥手。但吉米没有挥手回应。

他走向楼梯,想要回到下面的农场去。但他很快就听到轻快的脚步声盘旋下降,朝他跑过来。又一个要照顾的孩子——他心里想。他没有等那个男孩,只是继续向下走。又转了一个半弯,那个孩子才追上他。

吉米转过身,要把那个孩子轰走,命令他不许跟着自己。但他认出了这个来到自己面前的男孩。这身褐色的连体服、刚硬又浓密的玉米色头发,让吉米想起跟着伊莉斯穿过集市的那个男孩。

"嗨，"男孩嘶声说着，一边还喘着粗气，"你就是那个人。"

"我就是那个人。"吉米表示同意，"我估计你是在找食物。听着，我可没有……"

"不是。"男孩用力摇摇头。他一定有九岁或者十岁了，和迈尔斯的年龄差不多。"你必须跟我来。我需要你的帮助。"

所有人都需要吉米的帮助。"我有一点忙。"吉米说完又转身要走。

"是伊莉斯。"男孩说，"我跟着她到了这里。一直穿过那些矿井。这里有人不让她走。"他抬头瞥了一眼楼梯井，把声音压得很低。

"你见到伊莉斯了？"吉米问。

男孩点点头。

"你是什么意思？有人不让她走？"

"是从神堂来的那群人。我爸爸会去参加他们的礼拜。"

"你说，他们抓住了伊莉斯？"

"是的。我找到了她的狗。她的狗被困在下面几层一扇坏掉的门后面。我把它圈起来，这样它就不会跑丢了。然后我找到了他们囚禁伊莉斯的地方。我想要和她说话，却被赶了出来。"

"是在什么地方？"吉米问。

男孩向上指了指。"两层。"

"你叫什么名字？"

"肖。"

"干得好，肖。"吉米沿着楼梯井全速冲了下去。

"我说是向上。"男孩说。

"我需要拿一样东西。"吉米告诉他，"不太远。"

肖急忙追在他身后。"好吧,听着,先生,我想要你知道我有多饿,但我不会吃那条狗。"

吉米暂时停下脚步,让男孩跟上。"我觉得你不会的。"

肖点点头。"这样伊莉斯就能知道了。我想要确保让她知道,我永远都不会那样做。"

"我一定会让她知道。"吉米说,"好了,我们要快一些。"

向下跑了两层,吉米朝黑黢黢的走廊里望进去,又用手电照了一下周围的墙壁,然后满脸愧疚地转向跟在身后的肖,承认道:"跑得太远了。"

他又向上爬了一层,心中对自己感到气恼。他是那么努力记住自己把每一样东西放在什么地方。不过那实在是很久以前的事了。他曾经使用记忆术来记住存放物品的地点。在51层,他藏了一支步枪。之所以记得这一点,是因为握住步枪需要一只手,还需要一根手指扣动扳机,5和1。那支步枪被包裹在一条被子里,埋在一只旧箱子底下。不过他在这里也留了一支步枪。将这支枪带到物资部仿佛已经是上辈子的事了。应该也是在那次旅程中,他找到了小影。所以他没有将那支枪带上去,因为他没有多余的手。118层,就是那里,不是119层。他快步跑上楼梯平台,迈着开始感到酸痛的腿进入他和肖刚刚经过的走廊。

就是这里,一个公寓层。他在这里的许多房间中都留下了东西,大部分是大便。那时他不知道可以去给农场增添肥料。在后来的人生中,孩子们教给了他这个知识。是伊莉斯教他的。吉米想到有人正在对伊莉斯做坏事,又回忆起自己还是男孩时对一些人做的事。他自己学会开枪的时候还很年轻。他记得那时自己弄出的声音,记得他对空罐头盒和人做了什么。枪能让各种东西跳起来再落下,然后就一动也不动了。左手边第三间公寓。

"拿着这个。"他将手电筒塞给肖,自己迈步进了公寓。肖一直让手电光照在房间中央。吉米抓住靠在墙边的金属梳妆台,把它拽出来。就像他昨天刚刚来过。只是梳妆台顶上积了厚厚一层灰。他留下的脚印都不见了。他爬到梳妆台顶上,推开天花板,伸手向肖要手电。手电光照进天花板上方的隔间里,一只老鼠尖叫着逃走了。黑色的步枪在等他。吉米把它拿下来,吹掉了上面的灰。

伊莉斯一点也不喜欢自己的新衣服。他们剥去了她身上的连体服,说那颜色完全错了,又把她包裹在一条床单里——床单前面被粗糙地缝起来。伊莉斯连续几次要求离开,但拉什先生说她必须留下来。这条走廊的房间里摆着一些陈旧的床,每一样东西的气味都很糟糕,不过人们正在竭力将这里打扫干净,让情况好一些。伊莉斯只想见到小狗,还有汉娜和梭罗。她被带到一个房间里。人们告诉她,这里是她的新家。但伊莉斯一直住在野东西中间,从来都不想住在别的地方。

人们将她带回到那个她曾经签下名字的大房间里,让她坐在长凳上。如果她想走,拉什先生就会捏住她的手腕。她叫喊的时候,拉什先生会捏得更狠。他们还用另一个名字称呼伊莉斯坐的凳子。有一个男人在读一本书——那个穿白袍的秃头男人不在,是另一个男人站在他的位置上读书。一个女人和另外两个男人坐在读书男人的旁边。她看上去一点也不高兴。许多人坐在长凳上,看着这个女人,而不是看那个朗读的男人。

伊莉斯又困又不安。她只想离开这里,找一个地方打个盹儿。

这时，那个朗读的人闭了嘴，将书本举到空中，伊莉斯周围的每一个人都在说着同样的话，一些非常奇怪的话，仿佛他们事先就知道要这样说。他们的声音听起来古怪又空洞，就好像他们知道这些词句的发音，却不懂得它们的意思。

拿着书的人挥手示意身边的那两个男人和一个女人起身。那个女人仿佛是被两个男人架起来的一样。在后面那些被灯光穿透的彩色玻璃附近，有两张桌子被拼到一起。女人叫了一声，但还是被抬到桌子上。她和伊莉斯一样，身上披着一条床单，只是她的床单更大，让两个男人很容易就暴露出了她的腿。长凳上的人们都聚精会神地想要看仔细一些。伊莉斯感觉不像刚才那么困了。她悄声问拉什先生，那些人在做什么。拉什先生只是要她安静，不许说话。

拿着书的人从长袍中抽出一把匕首。一把很长的匕首，像明亮的鱼一样闪着光。

"你要生养众多。"他面对众人说道。女人在桌子上不停地来回挪动，却去不了其他任何地方。伊莉斯想求他们不要把她的手腕固定得那么紧。

"看啊，"那个人又在读书，"我与你立约，与你的后裔立约。"伊莉斯猜想他们是不是要把什么东西立起来。那人继续朗诵："凡有血气的，再也不能剪除。我使云彩遮盖大地的时候，必有刀剑现在云彩中。"

他将匕首举得越来越高。坐在长凳上的人们都在默默念诵着什么。就连一个比伊莉斯还年轻的男孩都知道那些含混不清的辞句，一双嘴唇像其他人一样不断翕动着。

那人举着匕首来到女人面前，但他没有将匕首交给女人。一个男人按住女人的双脚,另一个男人按住了她的手腕。女人也努力保持安静。伊莉斯知道他们要做什么了——就像她的妈妈和汉娜的妈妈一样。一声恐惧的尖叫从女人嘴里发出来。匕首落下。伊莉斯没办法让自己闭上眼睛。鲜血沿着女人的腿流下来。伊莉斯仿佛感觉到血也流淌在自己的双腿之间。她扭动双腿,想要获得自由,但她的手腕被抓住了。她知道有一天躺在桌上的会是她。尖叫声持续不断。那个人用匕首和手指又抠又挖,头顶全是汗水的反光。他在对按住女人的两个男人说话。那两个人快要按不住女人了。长凳上的人们在窃窃私语。伊莉斯感到全身发热。更多鲜血流出来。持刀的男人高喊一声,转身面对众人。他的手指间抓着一样东西。鲜血沿着他的手臂一直流到臂肘。他身上的床单敞开着,脸上带着笑容。而尖叫声已经停止了。

"看啊!"他喊道。

人们纷纷鼓掌。按住女人的两个男人给女人包扎伤口,把她抬下来。但女人几乎已经无法站立。伊莉斯看到讲台旁边出现了另一个女人。女人们正在那里排队。鼓掌声形成一种节律。就仿佛伊莉斯和双胞胎沿着台阶向上走的时候,脚掌一下一下落地的声音,"啪,啪"。这声音越来越响,直到"砰"的一声巨响让大厅瞬间寂静无声。听到那声音,伊莉斯的心脏差一点从胸腔里跳出来。

人们纷纷向大厅门口转过头。伊莉斯的耳朵还在因为巨大的震响感到疼痛。有人喊叫着,抬手指指点点。伊莉斯转身看见梭罗站在门口。白色粉末从天花板上洒落。他的手中拿着一件细长的黑色东西。肖站在他身边。那个男孩还穿着"奇市"上的褐色连体服。伊莉斯很好奇他怎么在这里。

"请原谅。"梭罗的目光扫过长凳,一看到伊莉斯,他的牙齿便在

DUST / 377

胡子后面闪了一下,"我要带那位年轻女士离开。"

许多人在叫嚷。男人从座位上站起身,一边挥手一边怒吼。拉什先生喊叫着说了些什么"妻子""拥有"之类的话,似乎是在指责梭罗怎么敢打扰他们。满手鲜血的持刀人更是怒不可遏,一下子冲下讲台。梭罗立刻将那根黑东西抵在肩头。

又是"砰"的一声巨响,仿佛神明用他最大的手掌狠狠拍下来。强烈的震动让伊莉斯的心脏都有些痛。紧接着是一阵刺耳的噪声——是玻璃破碎的声音。伊莉斯转过身,看见那些漂亮的玻璃窗比刚才更加破烂了。

人们都停止了喊叫,也不再向梭罗逼近。伊莉斯觉得这样非常好。

"过来,"梭罗对伊莉斯说,"快。"

伊莉斯从长凳上站起身,朝门口走去。但拉什先生依然抓着她的手腕,高声喊道:"她是我的妻子!"伊莉斯明白,这很不好。拉什先生的话意味着她没有办法离开这里。

"你们搞婚礼倒是很快。"梭罗朝鸦雀无声的人群挥了挥手里的黑东西,这东西似乎让所有人都非常紧张,"那么葬礼呢?"

那根黑东西指向了拉什先生。伊莉斯感觉到自己的手腕被松开了。她急忙向门口跑过去,远远离开那个手上还在滴血的男人,跑向梭罗和肖,跑进走廊。

第五十五章

朱丽叶又有了那种溺水的感觉。她能感觉到水充斥在喉咙里，刺痛她的眼睛，烧灼她的心口。当她沿着楼梯井向上爬的时候，旧日的积水再次将她淹没。真正让她无法呼吸的不是水，而是在楼梯井中回荡的那些声音，那些故意破坏和盗窃的迹象——拉下来的电线和管道失踪不见，被偷走的植物在台阶上留下了破碎的茎、叶和泥土。

朱丽叶希望甩掉这些随处可见的恶劣行径，远远避开这一阵文明最后的痉挛，不必见到混乱统治这里的样子。她知道，毁灭即将到来。随着她和拉夫逐渐向上，到处都能看见人们打开门户，进行探索和劫掠，宣布占据某一地区，在楼梯平台上大声呼喊，炫耀自己的发现或者提出问题。在机械部深处，她曾经为了幸存下来的人如此稀少而感到悲哀，而现在，她又觉得这里的人是这么多。

停下来制止这些恶行只会浪费时间。朱丽叶很担心梭罗和孩子们，又担心饱受蹂躏的农场。但背包中炸药的重量让她不断明确着自己的目标。周围的一场场灾难让她更加坚定自己的决心。她要出去，去确保这些可怕的事情再也不会发生。

"我觉得自己像是一名搬运工。"拉夫喘着气说。

"如果你要休息一下，我们在34层会合。两处中层农场应该都有食物。你可以从电泵那里取水。"

"我能跟上你。"拉夫坚持说,"我只是想说,这样抢别人的工作有点不得体。"

这名骄傲的矿工说的话让朱丽叶不禁笑出了声。她想要告诉拉夫,自己这样带着各种东西沿这道螺旋楼梯已经上下跑过多少次。以前每次,梭罗都会不紧不慢地跟在后面。如果她回头看,梭罗就会挥挥手,说自己能追得上。朱丽叶的思绪飞回到那些日子里。突然间,她觉得,她的筒仓依旧还活着,依旧生机勃勃,充满了文明气象,和她距离遥远,在没有她的情况下继续沿着旧日的轨道向前行进——但至少那里还活着。

那一切都不复存在了。

但现在这里还有其他筒仓,还有几十座,其中充满了生命和生活。还有父母在教训孩子;有年轻人在偷偷接吻;有热气腾腾的饭菜被端上餐桌;有纸张被回收成为纸浆,再被做成纸张;有石油被抽取出来,成为燃料;有废气被排进外面广阔无边的禁地。所有那些世界都在隆隆运转,不断前行,每一个都不知道还有其他世界存在。也许就在某个地方,一个敢于大胆梦想的人正要被送出去进行清洁;有人被埋入尘土,有人刚刚诞生。

朱丽叶想到17号筒仓的那些孩子,他们生于暴力,从不知道还有别的生活方式。现在,已经在这里死掉的暴力又回来了。一切都会重来一遍。她觉得自己也许错怪了计划委员会和文德尔神父的教团。难道她的机械师们没有使用暴力?她自己不就正要使用暴力吗?一群人不就是一群人吗?无论他们给自己加上什么样的头衔。而人和动物又有什么区别?和一听到靴子声音就会在恐惧中疯狂乱窜的老鼠有什么区别?

"……那我等一下再追你。"拉夫喊道。他的声音已经在很远的距离之外。朱丽叶意识到自己把拉夫甩在了后面。她放慢脚步,等待拉夫上来。眼下这种情况不适合孤身行动,在这道螺旋楼梯上最好有个伴。当这座筒仓依旧空旷荒凉的时候,她在这里爱上了卢卡斯。是卢卡斯的声音和灵魂让她能坚持下来。现在她比以往任何时候都更加想念他,想念得想要去死。希望早已被剥除得干干净净,愚蠢的希望。卢卡斯回不来了,他们再也不可能相见,哪怕朱丽叶确信无疑,自己很快就会去找他。

他们在中层比较高的第二农场中找到了一些食物。不过在这里寻找食物也远没有朱丽叶回忆中那么容易。拉夫的手电让他们看到了一些最近人们活动的迹象:有靴子印的泥泞还没有干;一根水管因为错误的取水而被破坏,不过里面还有一点水滴出来;一颗被踩扁的西红柿还没有被蚂蚁覆盖。朱丽叶和拉夫尽量拿上了他们找到的一切——青椒、黄瓜、黑莓、一颗珍贵的橘子、十来颗没熟的西红柿——够他们吃上几顿的。朱丽叶尽可能多地吃了一些黑莓。黑莓在旅途中很不容易携带。以前她总是会尽量避开这些黑紫色的小果子。她不喜欢自己的手指被它们弄脏。但现在能吃到它们,她已经感到格外庆幸了。这很可能是他们最后能找到的补给,他们没有更多时间,而且,现在这座筒仓里的几百人每一个都在拼命掠取更多东西,哪怕那些不是他们需要的,甚至不是他们真正想要的。

从这座农场到34层已经不远了。朱丽叶几乎有一种回家的感觉。她在那里能得到充足的电能、她的工具和小床、一台无线电,一个能够工作的场所。在这群将死之人最后的躁动中,她可以在那里思考、悔恨、加工最后一件防护服。她双腿和背部的疲惫在向她大声疾呼。朱丽叶意识到,自己的攀爬只是再一次逃亡。复仇可能只是她的一个借口。她在从朋友面前逃走,因为她辜负了那些朋友。她想要找一个能够钻进去的洞。不过她不是梭罗,不会真的只是藏在服务器下面的那个洞里。她依旧打算在另一些人的头顶上开出一个大洞来。

"朱莉?"

朱丽叶停下脚步,再走半段楼梯,就是34层的平台了。技术部的大门就在前面。拉夫已经到了这段楼梯的顶上。他跪倒下去,伸出手指在台阶上抹了抹,举起来让朱丽叶看。那根手指变成了红色。他将手指放到舌头上。

"西红柿。"他说。

已经有人到了这里。朱丽叶蜷缩在挖掘机肚子里哭鼻子的那一天被彻底浪费了。现在她只能为此而感到懊恼。

"不会有问题的。"她对拉夫说。她又想起自己追逐梭罗的那一天。她风风火火地跑下这些台阶,发现门被封住,为了进去不得不弄断了一根扫帚。这一次,这两扇门轻易就被打开了。里面的灯光依旧明亮,一个人影都看不到。

"我们进去。"她安静地快步前行。现在她不希望被不认识的人看到,更不想有这种人跟着她。她估计梭罗至少有足够的谨慎,会关闭服务器房的大门和密室地道顶上的格栅地板。但在走廊尽头,她看见服务器房的大门敞开着。不知什么地方传来说话的声音,还有焦臭的烟气。空气中弥漫着模糊的烟气。难道是她疯了?竟然想象出卢卡斯和管道里释放出的毒气?她是不是为了这个才来到这里？不是为了无线电，不是要为自己的朋友们找一个家，不是为了改造防护服，而是因为这里和她自己的家一样，因为她期待卢卡斯就在下面，在等她，还活在这个死亡的世界里……

她冲进服务器房。烟雾是真的。浓烟凝聚在天花板上。朱丽叶急忙穿过熟悉的服务器。这种烟和过热泵机中油脂燃烧的气味不同；和电气火灾也不一样；不是干转的叶轮中橡胶被点燃；不是引擎苦涩的废气。这只是一种干净的燃烧。她用臂弯捂住嘴，一边回想着卢卡斯告诉她烟气正在灌进来，一边快步冲进烟雾。

烟雾来自于通讯服务器后面的密室开口——一根烟柱正从那里冒出来。梭罗的旧窝在燃烧。也许是他的被褥被点着了，或者是他的食物。朱丽叶打开连体服，把被汗水浸透的内衣掀起来，捂住口鼻。她听见拉夫在高声要她回去，但她还是俯身抓住梯子，几乎是直接滑落下去，直到自己的靴子撞在金属格栅上。

她伏低身子，几乎没办法看穿浓重的烟气，只有耳边不断噼啪作响的燃烧声，听上去陌生而清脆。食物、无线电、电脑和墙上珍贵的地图……她匆忙地向前冲去，脑子里唯一没想到的宝物只有那些书。此刻正在燃烧的正是那些书。

一堆书，一堆空金属盒，一个穿白袍的年轻人正在将更多书本扔进火堆，散发出更多浓烟。他背对着朱丽叶，脑后一片光秃秃的头皮上闪烁着汗水的光泽。而他似乎根本不在意火焰的高温，反而让火势越烧越旺。这时，他又转向书架，想要拿更多的书来烧。

朱丽叶跑到他身后，从梭罗的床上拽下一条毯子。一只老鼠从床褥的褶皱中窜了出来。朱丽叶又冲到火堆前，忍着眼睛的刺痛和喉咙的烧灼，将毯子盖在火堆上。火头暂时被压了下去，但还是不断有火苗从毯子的缝隙下面蹿出来。毯子本身也开始冒烟了。朱丽叶隔着内衣不停地咳嗽,又向床垫跑去。她需要把火焰彻底扑灭。隔壁的蓄水池已经空了,这里的一切也都马上要化为灰烬。

当她抬起床垫的时候,穿白袍的人才看见她。那个人怪叫一声扑向朱丽叶。他们倒在床垫和一堆被褥上。一只靴子朝朱丽叶的脸上蹬过来。朱丽叶猛地向后一仰头。白袍男人又发出一阵尖叫,像集市上一只挣出笼子的白鸟,拍打着翅膀在人们头顶上乱飞。朱丽叶高声喝令他赶快离开。火舌跳得更高了。朱丽叶继续揪扯床垫。白袍男人则压在床垫上。朱丽叶把他掀下去。她必须立刻控制住火势,否则一切都将无可挽回。她没有时间把床垫拽过去,只好再抓住梭罗的一条毯子,用力扑打火焰。但她也不可能同时与火焰和那个男人作战。她没有时间了。她咳嗽着呼唤拉夫。白袍男人又挥舞着手臂向她扑过来,一双眼睛里的光芒变得格外狂野。朱丽叶伏低身子,躲过他疯狂抓挠的双手,肩膀用力顶在他的肚子上。那个男人被顶起来,从她背后翻过去,跌在地上的时候又抱住了朱丽叶的双腿,要把朱丽叶也拽倒。

朱丽叶努力想要挣脱男人的双臂,男人却从她的脚踝一路爬到她的腰间。火焰在男人身后升起。朱丽叶手中的毯子也着火了。男人发出疯狂的尖叫,就好像已经失去理智。朱丽叶推搡男人的肩膀,用力扭动身体想要甩开这个负累。现在她几乎无法呼吸,什么都看不清。趴在她身上的那个男人发出一声高过一声的尖叫。男人身上的白袍子也在燃烧。火焰很快就蹿上他的后背,向朱丽叶身上蔓延。朱丽叶仿佛又回到那个气闸舱,被一条毯子罩住头顶,马上就要被活活烧死。

一只靴子擦着朱丽叶的面颊踹在那名年轻牧师的身上。朱丽叶立刻感觉到紧紧抱住她的手臂失去了力量。那两只手还在背后拽她,被她抬脚踢开。浓烟完全遮住了她的眼睛,呛得她不受控制地咳嗽。她努力想要搞清楚周围的环境,想知道无线电在哪里,但她明白,无线电已经完了。有人把她拽进狭窄的走廊。她终于看见了拉夫苍白的面孔。在烟雾中,拉夫就像是一个幽灵,推着她爬上梯子。

服务器房里也全都是烟。下面的火焰会蔓延上来,把这里的一切都烧光,只留下焦黑的金属和熔化的电线。朱丽叶回身把拉夫也拽上来,又抓起格栅地板,扣在地道口上,但这无法阻止烟火冒出来。它只是一块该死的铁丝网。

拉夫跑到通讯服务器后面。"快!"他高声喊道。朱丽叶手脚并用地爬过去,发现拉夫正一只脚蹬在面前的服务器机柜上,用脊背拼命去推那台通讯器。

朱丽叶急忙过来帮他。她的肌肉在衣服下面鼓起、绷紧,火焰烧灼留下的痛楚变得更加强烈。终于,一动不动的铁柜子开始摇晃。朱丽叶隐约感觉到柜子底部被螺栓固定在地板上,但柜子巨大的重量帮了他们。金属呻吟的声音一阵阵响起。随着一声巨响,螺栓松开,高大的黑色柜子倾斜、颤动,最终重重地倒在地道口上,将地道彻底封死。

朱丽叶和拉夫也都倒在地上,咳嗽着,喘着粗气。房间里依旧烟气弥漫,但已经没有烟火从下面冒出来。来自遥远下方的尖叫声也终于安静了。

1号筒仓

SILO 1

第五十六章

无人机升降机外面有说话声和靴子撞击地板的声音。许多人走来走去,在寻找他们。

唐纳德和夏洛特在黑暗中相互依偎,躲在这个低矮狭小的空间里。夏洛特曾经想找办法把升降机门固定住,但这道门内侧是一片平整光滑的金属,只有一个很小的闩口。唐纳德努力压抑住咳嗽。刺痒的感觉却从他的喉头生长出来,最终覆盖了他的每一寸皮肤。他用两只手捂住嘴,倾听外面模糊的喊声:"没有人。""都没有人。"

夏洛特已经不再摸索门板。他们只是挤在一起,努力一动不动,只有沉重的脚步让地面微微颤动的时候,他们才会挪一下身子。他们已经在这个小升降机里待了一整天,等待搜索队回到这一层。达西直到所有人都醒过来的时候才离开这里继续去值班。唐纳德和他的妹妹在这漫长的一天里几乎没有怎么睡过觉。他知道,今天会有更多的人来这里搜索,而且每个人都会搜索得更加认真、更全力以赴。现在他们要找到一名在逃的杀手,还有一个逃脱了深层冻结的囚犯。唐纳德能想象瑟曼会有多么惊慌失措,也能想象如果他们被发现,自己又会遭受怎样的殴打。他只是祈祷那些靴子能够远远走开,但靴子声一直在他们耳边回荡,而且距离他们越来越近。

升降机的金属门"嘭"地响了一声,是一只愤怒的拳头捶在这道门上。唐纳德能感觉到夏洛特搂住自己脊背的手臂在收紧,压在他断裂的肋骨上。门动了一下。唐纳德想要把它推回到原位,但他很难把握好力度,而且满是汗水的手掌按在金属上很可能会发出尖厉的摩擦声。夏洛特想要帮忙,却已经有人打开了他们的藏身之地。一道手电光照亮了他们两个——直接射进他们的眼睛里。

"没人!"喊声随即传来。距离这么近,唐纳德能够嗅到达西呼吸中的咖啡味。门被猛地关上,一只手掌又在上面拍了两下。夏洛特瘫倒下去。趁着拍击声,唐纳德夸着胆子清了清喉咙。

他们终于从升降机中爬出来的时候,已经是晚餐之后。两个人都是又累又饿。军械库中又黑又静。达西说过,等到他值班的时候,他会试着回来,但他担心今天夜班不会像往时一样安静,他现在四处活动并不合适。

唐纳德和夏洛特急忙进入营房的男女厕所。唐纳德能听到妹妹冲水时管道的震动。他跑到水槽前,把血咳出来,看着猩红的丝线旋转着进入排水管,又从水龙头里喝了一口水,再吐出来,然后才上了厕所。

唐纳德来到走廊尽头的时候,夏洛特已经打开了无线电,正在向所有可能听到的人发出呼叫。唐纳德站在妹妹身后,看着她从18频道转到17频道,不断重复呼叫。没有人应答。最后夏洛特把无线电留在17频道,听着扬声器里的静电噪声。

"上一次你是怎样找到他们的?"唐纳德问。

"就是这样。"夏洛特盯着无线电愣了一会儿,转过座椅看着唐纳德,紧蹙的双眉间满是忧虑。唐纳德等着妹妹向他提出一连串问题:他们还有多久会被捉到?下一步该怎么做?该去哪里找一个安全的藏身之地?她应该问出一千个问题,但这些夏洛特都没有问,她只是伤心地悄声说:"你是什么时候出去的?"

唐纳德后退一步。他不确定该如何回答,只好反问了一句:"你是什么意思?"他知道妹妹在问什么。

"我听达西说,你差一点翻过一座山丘。那是什么时候?你还要出去吗?你离开我以后,就要去外面?你是不是因为这个才生了病?"

唐纳德颓然靠在一个无人机控制台上。"不。"他看着无线电,希望有声音能够穿透这一片静电噪声,拯救他。但他的妹妹还在等他回答。"我只出去过一次。我去……我再也不想回来了。"

"你出去是为了自杀。"

他点点头。夏洛特没有生他的气,没有怒吼和尖叫,没有做任何让他害怕的事情。他一直都没有将这件事告诉妹妹,就是因为害怕妹妹这样对他。而夏洛特只是站起身,跑过来将他抱紧。唐纳德哭了。

"为什么他们要对我们做这种事?"夏洛特问。

"我不知道。我想要阻止他们。"

"但你不能再那么做。"他的妹妹从他怀中退开,擦抹着眼睛,"唐尼,你必须答应我,不能再那么做了。"

他没有回答。他的肋骨还在因为妹妹的拥抱感到疼痛。"我想要见到海伦。"终于,他说道,"我想要看看她活过和死去的地方。那是……一段很糟糕的时光,和安娜一起被困在这里。"他回忆起自己那时对安娜的感觉,还有现在对安娜的感觉。那么多错误。他的每一次选择都是错的。所有这些事情让每一个人都很难做出决定,采取行动。

"一定有些事情是我们能做的。"夏洛特的眼睛亮起来,"我们可以让无人机的负载足够轻,载我们离开这里。那些钻地弹至少有60千克重。只要我们去掉无人机的全部负载,它就能带上你。"

"那又该怎样操纵它?"

"我会留在这里操纵它。"夏洛特看到哥哥紧锁的眉头,"我们之中能出去一个,总比都困在这里更好。你知道我是对的。我们可以在天亮之前起飞,把你送到尽可能远的地方。至少你可以在外面生活一天。"

唐纳德试着去想象趴在一只铁鸟的背上,强风抽打他的头盔,最后飞到崎岖不平的地面上方,跌跌撞撞地降落,躺在草地上,望着星空。他抽出手帕,在上面咳满了血,摇摇头,将手帕收起来。"我就要死了。"他告诉妹妹,"瑟曼说,我还有一两天能活。这句话是他在一两天以前告诉我的。"

夏洛特陷入沉默。

"也许我们可以再唤醒一名飞行员。"唐纳德提出新的建议,"我可以用枪指着他的头。那样我们就能让你和达西两个人离开这里。"

"我不会离开你。"他的妹妹说。

"但你宁可让我一个人离开这里吗?"

夏洛特耸耸肩。"我就是个搞双重标准的伪君子。"

唐纳德笑了。"这一定是他们雇用你的原因。"

他们都开始倾听无线电。

"你觉得,现在其他筒仓都在发生什么?"夏洛特问,"你和他们打过交道。那些地方也和这里一样糟糕吗?"

唐纳德考虑了一下:"我不知道。我相信,有些人还是快乐的。他们还在结婚,在生育后代。他们也有工作,并且不知道自己围墙以外的事情。所以我猜想,他们没有你和我感受到的压力。但我觉得他们也缺少我们拥有的一些东西,更不可能真正理解生活到底有什么问题。我们都被深埋在地下,我们明白这是为什么,并因此而感到窒息,而我相信,他们只能感到莫名的慢性焦虑。说实话,这些都只是我的猜测。"唐纳德耸耸肩,"我见过这里的人们因为结束轮班而高兴,也见过另一些人陷入疯狂,我过去……我过去经常会在楼上的电脑前一连玩几个小时的纸牌。只有那样,我的大脑才能摆脱现实,不感到悲哀,但那样的我也算不上是真正活着。"

夏洛特握住哥哥的手。

"我觉得,一些筒仓黑掉反而是他们最好的……"

"不要这样说。"夏洛特悄声制止哥哥。

唐纳德抬起头看着她。"不,不是那样,我不认为他们死了。他们都没有死。我认为他们之中有一些人躲藏了起来,正在按照他们想要的方式安静地生活。没有人会打扰他们。他们只想被遗忘,不想被控制。他们可以自由地选择生或者死。我认为安娜希望他们过上那样的生活。她在这一层活了一年,完全没办法离开这一层,但还是要想办法活下去,我认为就是那一年时间改变了她对这一切的看法。"

"或者,也许她所做的一切只是想要离开冷冻舱,哪怕只有很短一段时间。"夏洛特说,"也许她从一开始就不喜欢那种被关起来的感觉。"

"可能。"唐纳德表示同意。他再一次想到,如果自己在唤醒安娜的时候能够给安娜一点信任,现在的情况或许会完全不同。如果安娜能够帮助他们,一切肯定会变得更好。这让他感到痛苦。他在思念安娜,就像思念海伦一样。安娜拯救了他,还努力要拯救其他人。唐纳德却误解了安娜,因为安娜对自己和对其他人的拯救而恨她。

夏洛特松开唐纳德的手,再次去调节无线电,在两个频道中进行呼叫,不停地用手指梳理头发,从静电噪声中寻找人的声音。

"有一段时间,我以为这是在做好事。"唐纳德说,"以为他们是在拯救世界。他们让我相信,大规模灭绝不可避免,一场波及到所有人的战争势必会爆发。但你知道我是怎么想的?我认为他们知道,如果真的有一场战争在所有那些看不见的机器之间爆发,也终究会有少数一些人群在世界不同的地方幸存下来。所以他们才会建造这些。他们要实现彻底的毁灭,这样他们才能控制一切。"

"他们想要确保唯一幸存下来的人群就是他们的人群。"夏洛特说。

"正是。他们不是在拯救世界,他们只要拯救他们自己。就算我们都灭亡了,就算我们不复存在了,这个世界也还是会继续运转下去。大自然会自己找到出路。"

"人类也会找到出路。"夏洛特说,"看看我们两个。"她笑了一声,"我们就像野草,不是么?大自然会找到缝隙,重新成长、再次茂盛。我们就像那些不守规矩的筒仓。他们怎么能以为能够永远控制一切?以为这样的事情不会发生?"

"我不知道。"唐纳德说,"也许那些打算塑造世界的人总以为自己要比混沌本身更聪明。"

夏洛特来回更换频道,希望能有人回应她的呼叫。持续不变的静电噪声让她越来越焦急。"他们不应该再想要控制我们。他们应该住手,让我们该做什么就做什么。"

唐纳德猛地从椅子里站起来。

"怎么?"夏洛特再次向无线电伸出手,"你听到什么了?"

"就是这样,"唐纳德对妹妹说,"让我们该做什么就做什么。"他摸出手帕,又咳嗽了一阵。夏洛特也不再鼓捣无线电。"过来,"唐纳德朝桌面上挥挥手,"带上你的工具。"

"去改装无人机?"夏洛特问。

"不,我们需要再制作一件防护服。"

"再制作一件防护服?"

"出去,你说那些钻地炸弹的重量是60千克。1千克到底又是多少?"

第五十七章

"这不是一个好方案。"夏洛特收紧连在头盔上的呼吸装置,抓起一只大空气瓶,开始将软管安装在上面,"我们出去做什么?"

"死。"唐纳德只说了这么一个字,看到妹妹的眼神,他又解释说:"不过我们也许会有一个星期的时间,而且我们不会死在这里。"他已经安排好了一系列物资,现在开始满意地将它们塞进一只小军用背包里——军队口粮、水、一只急救包、一只手电筒、一把手枪和两个弹匣,以及更多子弹、打火石和一把匕首。

"你觉得这些空气能坚持多久?"夏洛特问。

"这些气瓶是为了送部队前往其他筒仓。所以它们必须能支持一个人到达离此最远的筒仓。我们只需要再向前走一点,而且我们也不必像士兵一样背负那么多装备。"他收紧背包带,将它放在另一只背包旁边。

"就和给无人机减重是一个道理。"

"没错。"唐纳德又拿起一卷胶带,从衣兜里掏出一张折叠起来的地图,开始把地图粘在一件防护服的袖子上。

"那不是我的防护服吗?"

唐纳德点点头。"你的方向感更好。我会跟着你。"

靠近电梯的货架另一边突然传来一阵声音。唐纳德丢下手中的事情，同时悄声催促夏洛特。两个人快步朝无人机升降机跑去。这时达西喊了一声，才让他们知道没有危险。达西从高大的货架后面走出来，怀里抱着许多东西，有干净的连体服，还有满满一大盘食物。

"抱歉。"达西这时才看出把两个人吓得有多么厉害，"我没法事先提醒你们。"他带着歉意递上托盘，"都是晚餐剩下的。"

他一放下怀里的东西，夏洛特就给了他一个拥抱。唐纳德明白，在绝望的时刻，人与人之间会多么迅速地建立起特殊关系。囚犯会因为自己没有挨打而拥抱一名守卫，哪怕自己得到的只有很少一点怜悯。唐纳德为第二件防护服感到高兴。这是一个好计划。

达西看着面前这一片散乱的工具和物资。"你们要干什么？"

夏洛特看了一眼哥哥。唐纳德摇摇头。

"听着，"达西说，"我对你们的境况深表同情，这一点没有错。但我也不喜欢这里发生的事情。我回想起来的事情越多，越明白我是谁，我就越认为应该和你们并肩作战。但我并不完全赞同你们。而这个……"他指着两件防护服，"在我看来，这不是什么好事，也并不聪明。"

夏洛特将一只餐盘连同叉子递给唐纳德，自己坐在一只塑料货箱上，开始拨弄一些看上去像是罐头烤肉、甜菜和土豆的东西。唐纳德坐在她身边，将叉子划过滑腻的烤肉，把它们切成小块，同时问达西："你还记得来到这里之前的事情？你想起来了？"

达西点点头。"想起一些。我已经停药了……"

唐纳德笑起来。

"什么？这有什么好笑的？"

"抱歉。"唐纳德一边道歉，一边摆摆手，"只是……没什么。这是一件好事。你在军队待过?"

"是的。时间不长。我觉得我应该加入过秘密部门。"达西看着他们吃东西,又过了一会儿才问道,"你们两个呢?"

"空军。"夏洛特又用叉子指了指满嘴食物的唐纳德,"众议员。"

"真的?!"

唐纳德点点头。"实际上,更像是一个建筑师。"他指了一下身边的仓库,"我上学的时候学的就是这个。"

"建造这种东西?"达西又问。

"建造这种东西。"唐纳德说着又吃了一口。

"真的?"达西又问了一遍。

唐纳德点点头,喝了一口水。

"那是谁这样安排了我们? 中国人?"

唐纳德和夏洛特对视了一眼。

"到底是怎么回事?"达西继续追问。

"是我们干的。"唐纳德说,"这个地方的建造不是为了以防万一。它最初设计的目的就是这个。"

达西来回看着这两个人,下巴耷拉下来很长一截。

"我还以为你知道。毕竟你拿了我的许多笔记。"不过你大概不知道应该怎么去看那些笔记,唐纳德心中想,而且,一件事写得太过直白明显,反而会让人看不明白。

"不,我还以为这里就像是夏延山的地堡,那种让政府能够继续存在……"

"的确如此。"夏洛特告诉他,"只不过他们还在这里加入了精确的时间设置。"

达西盯着自己的靴子,等唐纳德和他的妹妹把饭吃完。作为最后一餐，这些食物应该算是很不错了。唐纳德垂下目光，看了看自己的连体服袖子。这件衣服本来是夏洛特的。现在他才看见袖子上的弹孔。也许正是因为这个，当初他穿上这件衣服的时候，夏洛特看他的眼神就好像他发了疯。坐在对面的达西这时开始缓缓点头。"是了，上帝啊，是了，是他们干的。"他抬起头看向唐纳德，"我在两个班次之前深度冻结了一个人。他一直嚷嚷着各种疯话，是个统计部的。"

唐纳德放下餐盘，喝完杯子里的水。

"他没有疯，对不对？"达西问道，"他是个神志健全的人。"

"也许吧。"唐纳德说，"至少他的神志正在恢复健全。"

达西挠了挠自己的短发，注意力又回到那些零散的物资上。"这两件防护服，你们想要离开？因为你知道，我帮不了你们？"

唐纳德没有理会达西的问题，而是去了他们所在的货架过道尽头，推过来一辆手推车。他已经和夏洛特一起把钻地炸弹放在了上面。炸弹的圆锥形顶部挂着一个塑料拉环。夏洛特告诉过唐纳德，他必须拔掉这个拉环，才能让炸弹启动。夏洛特已经拆除了炸弹的测高仪控制和安全防护系统，做完这些之后，她管这颗炸弹叫"傻瓜炸弹"。唐纳德推着小车向电梯走去。

"嗨。"达西从箱子上站起身，挡在过道上。夏洛特咳嗽一声。达西转过头，看见夏洛特正用一把枪指着他。

"抱歉。"夏洛特说。

达西的手悬在自己一只鼓起的衣兜上。唐纳德将小车向他推过来。达西后退了一步。

"我们需要讨论一下这件事。"达西说。

"我们已经讨论过了。"唐纳德告诉他，"不要动。"他将小车停在达西身边,伸手到这名年轻保安的衣兜里,掏出了那里的手枪,塞进了自己的口袋,然后又向达西要身份证。年轻人将身份证交出来,也被唐纳德收走。随后,唐纳德提起车把,继续向电梯走去。

达西在后面跟着唐纳德。"等一下,你真的想用这个?别这样,伙计,放轻松一些,我们谈谈。这是一个重大决定。"

"我向你保证,这个决定不是我轻易做出的。下面的反应堆在给所有服务器供电,那些服务器控制着每一个人的人生。我们要让这些人自由,让他们按照自己的选择去活着,或者死亡。"

达西紧张地笑了一声。"服务器控制着他们的人生?为什么你会这样说?"

"彩票号码是服务器决定的。"唐纳德告诉他,"它们决定谁有足够的价值,可以把自己的人生传递下去。它们挑选和塑造,通过模拟战争来找出赢家。这种事不会再继续下去了。"

"好吧,但这里只有我们三个,我们没有资格决定这么大的事。好好想一想,伙计……"

唐纳德将推车停在电梯门口,向达西转过身,看到他的妹妹站在达西身边。

"你想要我说出历史上所有那些导致百万人死亡的独夫吗?"唐纳德问道,"而建造这里的计划只是出于十来个人,甚至只有五个人的决策。如果你仔细追究,会发现最初做决定的就是三个人。有谁知道是不是其中一个人影响了另外两个人?如果一个人就能建起这一切,那么决定毁掉它的人也不需要更多。重力是个混蛋,除非它站在你这一边。"唐纳德指着货架之间的过道说,"现在,坐下吧。"

达西没有动,唐纳德抽出枪——不是这名保安的,而是他另一个衣兜里的,因为他知道,自己的枪里有子弹,而且已经上了膛。年轻男人顺从地转过身，但他的脸上充满了失望和痛楚，就像被狠狠揍了一拳。唐纳德看着达西大步向过道走去，只留下夏洛特继续站在他面前。夏洛特刚要回身跟上达西，却被哥哥捉住手臂。唐纳德轻轻捏了她一下，在她的面颊上留下一个吻。"去把防护服穿上。"

夏洛特点点头，追上达西，坐到货箱上，开始把自己塞进防护服里。

"不能这样。"达西一边说，一边看着被夏洛特放到身边的手枪。

"想都不要想，"唐纳德告诫他，"实际上，你也应该赶快穿防护服了。"

年轻保安和夏洛特全都转过头，疑惑地看着唐纳德。夏洛特刚刚把两条腿伸进防护服里。"你在说什么？"她问道。

唐纳德从工具堆里拿起一柄锤子，向妹妹晃了晃。"我要确保它一定会炸。"

夏洛特想要站起来，但她的两条腿被防护服箍住了。"你说过，你有办法远距离引爆的！"

"我是说过，我会让它在远离你的地方爆炸。"他将枪口指向达西，"穿上防护服。你们有五分钟进入升降机……"

达西冲向夏洛特身边的手枪。夏洛特的速度更快。唐纳德看到妹妹向自己举起枪，不由得向后退了一步。"你穿上防护服。"夏洛特命令哥哥。她的声音在颤抖，眼睛里闪着光。"这不是我们讨论的结果。你答应过我的。"

"我是个骗子。"唐纳德用臂弯捂住嘴，咳嗽了一阵，嘴角却带着微笑，"你是一个伪君子，我是一个骗子。"他开始向电梯退过去，手中的枪依旧指着达西，同时对妹妹说："你不会向我开枪的。"

"把枪给我。"达西提醒夏洛特，"如果我拿着枪，他就会听话了。"

唐纳德笑了。"你也不可能向我开枪。那把枪里没有子弹。现在,把防护服穿好。你们两个离开这里。我会给你们半个小时。无人机升降机需要二十分钟升到筒仓顶。用空箱子就能顶住它的门,让门无法关死。我已经在那边放好一只了。"

夏洛特哭着拽起防护服的裤腿,努力想要站起身走过来。唐纳德知道,除非用一些强硬手段,否则妹妹不会离开他,一定会做出些蠢事来。她会跑过来抱住他,乞求他一起走,或者坚持留在这里,和他死在一块儿。现在只能让达西把她带走。那个年轻人是一个英雄,他会同时拯救他自己和夏洛特。唐纳德按下了慢速电梯的按钮。

"半个小时。"他重复了一遍。达西已经拉开了防护服的拉链,要钻进去了。夏洛特还在向他叫喊,一边想要站起来,结果差一点倒在地上。她开始把防护服踢掉,而不是继续穿好它。电梯门"叮"的一声打开了。唐纳德把手推车拽进电梯。看到自己让妹妹承受的痛苦,他的眼睛里涌出泪水。夏洛特沿着过道向他冲过来。电梯门开始关闭。

"我爱你。"唐纳德说道。他不知道妹妹是否听见了这三个字。电梯门在夏洛特面前关紧。唐纳德扫描了达西的身份证,按下一个按钮,电梯开始移动。

17号筒仓

SILO 17

第五十八章

　　通讯服务器的温度开始降低。但他们知道,下面的火还没有熄灭。仍然有丝丝缕缕的烟从服务器和地板之间的缝隙中冒出来。朱丽叶朝这台黑色大铁柜里面望进去,看见一堆坏掉的电路板。长长的一排耳机插孔都被震碎了。底部的几根电线也在柜子翻倒时被扯断。

　　"这火能烧完吗?"拉夫看着那一缕缕青烟问。

　　朱丽叶不停地咳嗽着。她依然能感觉到喉咙被烟气灼烧的疼痛。那些纸张被焚毁后的味道还停留在她的舌头上。"我不知道。"她承认。头顶上的灯光似乎还没有受到影响。"但这座筒仓的输电线就是从这下面经过的。"

　　"所以这座筒仓随时有可能变得像矿井里一样黑?"拉夫急忙站起身,"我要去找到我们的袋子,准备好手电筒。你需要喝些水。"

　　朱丽叶看他快步跑开,同时能感觉到那些书还在她的身子下面燃烧,无线电的连线在熔化。她不认为供电会中断——希望它不会中断,他们已经失去太多了。那幅巨大的筒仓分布图本来能够帮助她寻找挖掘方向,选择该联系哪座筒仓,朝哪座筒仓挖掘,但现在那张图已经变成了灰烬。

　　那些高大的机柜还在她周围嗡嗡作响,持续不断地运转着。这些方头方脑、不可撼动的巨人——不过已经有一个被撼动了。朱丽叶站起身,看着那台倒下的服务器。这些机器和筒仓之间的联系变得更加明显。这里就有一台机器倒塌了,就像她的家一样,就像梭罗的家一样。她抬起头,审视这一排排服务器,回忆起它们的布局就和筒仓的布局一样。拉夫拿着他们两个人的袋子回来了。他把朱丽叶的水壶递给她。朱丽叶喝了一口水,陷入沉思。

"我拿来了你的手电……"

"等等。"朱丽叶将水壶盖拧紧,在服务器之间走动,又来到一台服务器背后,仔细端详电线巢上方的银色铭牌。那块牌子上有一个筒仓的标志,三个尖朝下的三角形,中心是一个数字"29"。

"你在找什么?"拉夫问。

朱丽叶敲了敲那块铭牌。"卢卡斯曾经说过,他需要去看看6号服务器还是30号服务器,或者类似的话。我记得他向我展示过,这些柜子的位置就和筒仓一样。我们在这里就有一幅地图。"

她朝17和18号机柜走去。拉夫跟在她身旁。"我们要不要担心会断电?"

"对于供电,我们什么都做不了。下面的地板和墙壁应该不会热到把电线烧断。等火灭了,我们可以下去看看……"有什么东西引起了朱丽叶的注意——在服务器之间的格栅地板下面,有许多电线连接在机柜的底部,大部分都是黑色的,但夹杂在其中的一些红色电线让她不由得停下脚步。

"现在该怎么办?"拉夫看着她,忧心忡忡地问,"嗨,你还好吗?我见过不少矿工被石头砸到安全帽上,然后就会晕晕乎乎地一整天……"

"我没事。"朱丽叶盯住那些电线,想象它们将一台台服务器连接在一起,"地图。"

"是的,"拉夫表示同意,"地图。"他捉住朱丽叶的手臂,"为什么不坐下来歇一歇?你刚刚吸进了很多烟……"

"听我说。无线电里的那个女孩,那个1号筒仓的人。她说有一张地图上,就画着这样的红线。那时我刚刚告诉她挖掘机的事。她似乎很兴奋,说她明白了为什么所有那些线都会聚在一个点上。然后无线电就没声音了。"

"是嘛。"

"这些就是筒仓。"朱丽叶伸出双手指向那些高大的服务器,"到这边来,看。"她快步跑过一排服务器,目光扫过每一台服务器的铭牌。14号、16号、17号,"我们在这里。这就是我们开掘隧道的地方。这是我们原来的筒仓。"她指着下一台服务器说。

"所以你的意思是,我们能够选择距离我们最近的筒仓,用无线电联系他们?因为我们这里也有一张地图,就像下面埃里克的那张一样?"

"不,我的意思是,那个女孩地图上的红线就像这些电线一样。看到了吗?那些挖掘机在下面的地底深处挖隧道,但它们不是要连通不同的筒仓。鲍比告诉过我,那台挖掘机转向极为困难。它一开始就瞄准了某个方向。"

"瞄准了哪里?"

"我不知道。我需要地图告诉我。除非……"她转向拉夫。那名矿工苍白的面孔已经被烟尘熏黑了,"你也是挖掘组的。那台挖掘机的油罐里有多少油?"

拉夫耸耸肩。"我们从没有具体计算过它的加仑数,只是把它加满了。柯蒂曾经把那个油罐倾斜过几次,想看看我们消耗了多少燃油。我记得她说过,挖这么一段路绝对不可能用完那里面的油。"

"那是因为它本来就被设计成要挖得更远,比筒仓之间这点距离远得多。我们需要再次倾斜油罐,知道里面的燃油量。埃里克的地图上应该有挖掘机最初指向的位置。如果……"她打了个响指,"我们已经有了另一台挖掘机。"

"我不明白。为什么我们需要两台挖掘机?我们只有一台能够工作的引擎。"

朱丽叶捏了一下拉夫的胳膊。现在她完全能感觉到自己的神情有多么兴奋。一连串的想法在她的脑海中飞速旋转。"我们不需要另外一台挖掘机去挖洞,只要看看它指向哪里,在地图上绘制出那条线,和我们的挖掘机最初的指向延长线交叉在一起,我们就能知道我们的挖掘机应该挖到什么地方。如果油罐里的油能够和这段距离匹配,那么我们就能得到进一步证实。那个女孩告诉我,那个地方叫'种子',我们能够找出那颗种子在哪里,距离这里有多远。听起来,那里可能是另一座筒仓,那座筒仓周围的空气应该……"

房间另一边响起一阵声音。有人从走廊里进来了。朱丽叶拽着拉夫贴在一台服务器上,又伸出一根手指抵在嘴唇前。听声音,有人正直接朝他们这边走过来,还带着一阵微弱的咔哒声,仿佛有人在用指甲敲击金属。朱丽叶努力压抑住逃跑的冲动。就在这时,一个褐色的小东西从她的脚边冒出来。那东西抬起一条腿,随即就发出一阵嗞嗞声,一股尿液洒在她的靴子上。

"小狗!"朱丽叶听见伊莉斯在叫唤。

""""""""""""""""""""

朱丽叶和孩子们还有梭罗抱在一起。自从她的筒仓毁灭之后,她还没有和他们见过面。他们让她想起了自己为什么要这样做,是在为什么而战斗,还有这场战斗的价值是什么。她心中的怒火越烧越旺,让她只想着挖穿下面的大地,只想着从顶层出去,寻找答案,却忽视了所有这些值得拯救的人。她的一双眼睛只盯住了那些应该遭到天谴的罪犯。

当伊莉斯抱住她的脖子,梭罗的胡子轻轻蹭着她的脸,她的怒火消散了。还有人幸存下来,他们还有需要保护的东西,这比复仇更重要。这本来是文德尔神父发现的。但他一直在阅读错误的书页,一直盯着恨意,而不是希望。朱丽叶也像那位神父一样盲目,甚至打算鲁莽地冲出去,把大家全部丢在这里。

拉夫也来到她和孩子们身边。他们聚在服务器旁边,讨论在下面看见的种种暴行。梭罗带着一杆步枪。他一直在说,他们需要把大门锁上,需要到下面的密室去。

"我们应该藏在这里,等待他们自相残杀。"梭罗的目光中闪动着一丝狂野。

"你就是这样在这里活了这么多年?"拉夫问。

梭罗点点头。"我的父亲把我藏了起来。我躲了很长时间才走出这里。这样更安全。"

"你的父亲知道将会发生什么。"朱丽叶说,"他把你锁起来,让你躲过一切灾难。我们会生活在地下——我们所有人——过着这样的生活,也是出于同样的原因。很久以前,有人和你的父亲一样,将我们藏在这里,为了拯救我们。"

"所以我们应该再次躲起来。"里克森看着大家说,"对吧?"

"你的食品室里还有多少食物?"朱丽叶问梭罗,"如果下面的火灾没有烧毁它们的话。"

梭罗揪扯着胡须。"能吃三年,也许四年,如果只是我一个人吃的话。"

朱丽叶心算了一下。"如果说,有两百人过来了——我觉得没有那么多。够吃多久的?也许五天?"她吹了一声口哨。这让她明白了自己的旧家那些各种各样的农场到底能出产数量多么巨大的食物。连续几百年养活成千上万人,这种平衡必须进行非常精确的计算。"我们根本不需要躲藏。"她说,"我们需要……"她审视着这几个完全信任她的人,"我们需要一个市政厅。"

拉夫笑了。他以为朱丽叶是在开玩笑。

"一个什么?"梭罗问。

"我们需要召开会议。所有人都要参加。所有还活着的人。我们需要决定,到底是继续躲藏,还是走出这里。"

"我还以为,我们要向另一座筒仓挖掘,"拉夫说,"或者向另一个地方挖掘。"

"我不认为我们有时间进行挖掘。那需要几个星期。而这里的农场已经毁了。实际上,我还有一个更好的主意,一种更快的方式。"

"你带上来的炸药棒呢?我们不是打算去炸掉那些做坏事的人么?"

"那依旧是一个选项。听着,无论如何,我们都需要这样做。我们需要离开这里。否则,就会像吉米说的那样,我们将会自相残杀。所以我们需要把所有人都召集起来。"

"要开会,我们只能到下面的发电机室去。"拉夫说,"那里足够大。或者就去农场。"

"不。"朱丽叶转头扫视这个房间,目光经过一排排服务器,直到

DUST / 407

对面的墙壁。这里非常宽阔。"我们在这里开会,我们要让大家看到这个地方。"

"这里?"梭罗问,"两百人？这里？"他不停地用双手揪扯胡须,显然是在犹豫。

"大家要坐在哪里?"汉娜问。

"隔着服务器,他们该怎样看到彼此?"伊莉斯想知道。

朱丽叶审视着这座宽阔的大厅和矗立于其中的那些黑色机柜。它们之中有许多还在发出滴滴答答和嗡嗡的声音。许多电线从机柜顶部延伸进入天花板。朱丽叶追踪过自己旧家中的摄像头线路,知道这些机柜都相互连接在一起,也知道输电线如何连在它们底部,机柜侧面的壁板又该如何拆下来。她伸手抚摸一台服务器,那上面被梭罗留下了许多计算日子的刻痕。这些刻痕叠加在一起,代表着许多年的时光。

"去防护服实验室,拿我的工具袋来。"她对梭罗说。

"一个项目?"梭罗问。

朱丽叶点点头。梭罗立刻消失在高大的机柜之间。拉夫和孩子们都看着朱丽叶。朱丽叶向他们微微一笑。"你们这些孩子一定会喜欢这件事的。"

'''''|||...'''|||...'''|||...

服务器顶部的电线都被截断,底部的螺栓也被拆下,剩下的只需要用力一推——比朱丽叶和拉夫推倒通讯机柜的时候容易多了。朱丽叶满意地看着一台台服务器倾斜、晃动,随后地面遭受重击的颤抖就从她的靴底传来。迈尔斯和里克森的手掌拍在一起,男孩子破坏东西的欢呼声在大厅中回荡。汉娜和肖已经去拆卸下一台服务器了。伊莉斯拿着钢丝钳,依靠朱丽叶的托举爬到机柜顶上。小狗向她叫了又叫,提醒她注意安全。

"就像剪头发一样。"朱丽叶看着干活的伊莉斯说道。

"下次我们可以试试梭罗的胡子。"伊莉斯提出建议。

"我怀疑他不会喜欢。"拉夫说。

朱丽叶转过头,看到那名刚刚回来的矿工。"我留下了超过一百个纸条。"拉夫对她说,"我可写不了更多了,手都写抽筋了。我把纸条丢得到处都是,所以肯定会有一些落到下面去。"

"很好。你有没有写,上面有食物?足够每个人吃的食物?"

拉夫点点头。

"那我们就应该把挡住地道口的那个柜子搬开,确保能把食物拿出来。否则我们就要去劫掠上面的农场了。"

拉夫跟着她来到通讯机柜旁边,首先确认没有烟尘再飘上来。朱丽叶伸手到柜子底部,测试了一下温度。梭罗的密室墙壁、地板和天花板都是钢板,朱丽叶希望那堆书被烧光以后,火灾不会向外扩散太远。不过只有下去看了才能知道。随着一阵尖厉可怕的摩擦声,倒下的机柜被推到一旁。一团黑烟翻滚上来。

朱丽叶用力在面前挥了挥手,不停地咳嗽。拉夫跑到机柜的另一边,似乎是想把它推回来。"等等,"朱丽叶从黑烟中探出头,"下面没有火了。"

服务器室再次变得烟气弥漫,但冒出来的烟不算多,应该只是火灾的残留。拉夫马上就要进入地道口,但朱丽叶坚持自己第一个下去。她打开手电筒,钻进正在消散的烟尘中。

下了梯子,她伏低身体,用内衣捂住口鼻。手电光在她面前照射出去,仿佛一根固体的柱子。让她觉得如果有人向她扑过来,她甚至可以用这根光柱自卫。不过没有人出现。走廊中间趴着一团黑影,还在冒烟,散发出恐怖的气味。等到烟尘进一步散去,朱丽叶才叫拉夫下来。

当拉夫的靴子落在梯子横档上,发出"叮叮当当"的响声时,朱丽叶已经迈步跨过了那具尸体,开始查看密室中的损坏情况。这里的空气依旧闷热,就连喘一口气都很难。朱丽叶又想到了卢卡斯,想象他如何下到这里,在毒气中不断咳嗽。现在她眼睛里的泪水不只是因为烟雾的刺激。

"这些都是书。"

拉夫来到她身边,看着房间中央的一片乌黑。当时拉夫为了救她也来到过这里,见到过这里有多少书,而现在,这片黑沉沉的痕迹中一点书的影子都没有了。那些纸张全都飘进了空气里,飘进了他们的肺里。过往的回忆又让朱丽叶感到一阵窒息。

她来到墙边,仔细查看墙上的无线电。很久以前,她掰开了锁住这部无线电的金属笼子,现在那只笼子依旧是当时遭到强拆后的样子。她打开电源开关,但什么都没有发生。无线电上的塑料旋钮摸上去又黏又热,里面的橡胶和铜线大概已经凝固成一团了。

"食物在哪里?"拉夫问。

"那边。"朱丽叶说,"开门的时候记得用布垫着手。"

拉夫去查看里面的宿舍和食品室。朱丽叶先是看了一眼这里的办公桌——一台变形的电脑显示器摆在这张桌子的正中央,屏幕因为高温而碎裂。朱丽叶没有找到梭罗的铺盖,只看见一堆曾经用来收藏书籍的金属盒子,其中一些也被高温熔化了。她听见拉夫在隔壁房间里兴奋地高喊,便走过去,发现拉夫抱了满满一捧罐头,用下巴压住它们,才勉强没有让这么多金属小筒崩塌下去。他的脸上堆满了傻笑。

"那边的架子上全都是这些。"他说道。

朱丽叶走进食品室,用手电向周围扫了一圈。这是一间非常大的储藏室,里面零零星星地堆着一些罐头,不过更深处的货架上的确还有相当多的存货。"如果所有人都上来,我们只能坚持几天时间,不可能更多了。"

"也许我们不应该把所有人都叫上来。"

"不,事情该怎么做,我们就要怎么做。"她转头看了看墙边的小餐桌。火焰没有烧穿这里的屋门,那些毯子大小的筒仓蓝图还挂在墙上,完好无损。朱丽叶将它们翻看了一遍,找到自己需要的,把它们扯下来,叠好。这时,她听见头顶上传来一记沉闷的撞击声。大概是又有一台机柜被推倒了。

第五十九章

一开始，人们只是三三两两地上来，渐渐开始成群结队，很快，队伍规模就越来越大。34层走廊中稳定的灯光让大家都感到很惊讶。大家在各个办公室中串来串去，他们都从没有见过技术部里面的样子。除了清洁之后上来参观，他们几乎没有怎么在上层待过。一家又一家人在一个个房间中走来走去，孩子们手里抓着大把纸张。许多人都将拉夫叠好丢下去的纸条交给朱丽叶或者其他早就来到这里的人，并向他们讨要食物。只是短短几天时间，他们和刚刚离开18号筒仓的时候已经大不一样。连体服脏污破损，脸上满是胡楂，带着明显的憔悴，眼睛周围常常是一片乌青色。只是几天而已。朱丽叶看得出，他们必须在这几天就彻底解决眼前的问题，否则情况将变得不可收拾。每一个人都明白这一点。

最早上来的人都在帮忙准备食物和推倒最后一批服务器。加热蔬菜和汤的香气开始充满房间。两台温度最高的服务器——40号和38号被放倒时，上面连接的电线都被完好地保留下来。食品罐头被打开，排列在这两个机柜发热的一面，罐头里的汤水甚至会微微冒出气泡。他们没有足够的餐具，所以许多人都站在大厅里，直接喝下热罐头中的浓汤和蔬菜汁。

汉娜帮助朱丽叶安排集会，里克森照顾婴儿。已经有一张地图被挂在墙上。汉娜正在钉上其他地图。地图上被仔细绘制出指示线路。汉娜对朱丽叶用木炭绘制的线条反复进行检查。朱丽叶看着又一队人走进来,忽然意识到,这是她第二次举行市政厅全会。第一次会议进行得很不顺利,而这很可能是最后一次这种集会了。

聚集在这里的大部分人都是从农场过来的,不过人群中也渐渐出现了机械师和矿工。汤姆·希金斯和计划委员会的人都从中层警署上来了。朱丽叶看到他们的一名成员站在一台倒下的机柜上面,拿着炭条和一张纸,用手指点数聚集的人头数量,一边抱怨人们走来走去,让他总是数不清楚。朱丽叶笑了,然后才意识到这个人的工作其实很重要。他们需要知道具体的人数。一件防护服就放在朱丽叶脚边,是她要在会议中使用的道具。他们需要知道一共有多少人,才能确定应该改造多少套防护服。

柯特妮终于来了。她挤过人群,给了朱丽叶一个巨大的惊喜。朱丽叶立刻高兴地拥抱了她的朋友。

"你好像刚抽了烟。"柯特妮说。

朱丽叶笑了。"我还以为你不会来了。"

"纸条上说,这是生死攸关的大事。"

"是吗?"朱丽叶看向拉夫。

拉夫耸耸肩。"有一些上面可能是这么写的。"

"那么,到底是什么事?"柯特妮问,"要我们爬这么久,就是为了喝一罐汤?这里是怎么回事?"

"我马上就向所有人宣布。"然后朱丽叶又对拉夫说:"你能把大家都召集过来吗?还有,派迈尔斯和肖,或者是一名搬运工去楼梯井,看看是不是还有人在上来。"

拉夫去执行任务。朱丽叶注意到人们正在坐到服务器上,背对着背环绕在那些黑色的铁柜子周围,吃着罐头。更多的罐头还在不断从梭罗的大储藏室深处被搬出来。梭罗负责开罐头——他使用了一台专门做这件事的电器,那台电器的导线就插在这里地面的一个插口中。许多落座的人都在看着从食品室中搬出来的成堆食物。还有许多人在看着朱丽叶。窃窃私语的声音弥漫在整座大厅中,如同烧热的锅里冒出的蒸汽。

大厅里的人越来越多,朱丽叶开始焦躁不安地来回踱步。肖和迈尔斯回来向朱丽叶报告,楼梯井中听不到什么声音,也许还有几个人在上来。距离她和拉夫在下面与火灾搏斗似乎已经过去了一整天时间。朱丽叶不想去看自己的手表,不想知道真实的时间。她觉得非常累。尤其是这么多人坐在这里,仰头将罐头里的食物倒进嘴中,还不忘记敲敲罐底,又用袖子擦着脸,看着她,等待着。

食物让人们暂时恢复了平静和满足。罐头让他们的手和嘴都有事可做。这给朱丽叶赢得了一些喘息的时间。朱丽叶很清楚,成败在此一举。

"我知道,你们都在好奇,这到底是怎么回事。"她开口道,"我们为什么要来这里。"她提高声音,机柜周围的交谈声全都平息下来,"我说的不是这个地方,这个房间,而是这座筒仓。我们为什么要逃过来? 现在有各种各样的谣言,而我要把真相告诉你们。我把你们带进这个最秘密的房间,为的是让你们知道事实。我们的筒仓已经被毁了。那里充满了毒气。没有过来的人都死了。"

人们再次开始交头接耳。"是谁放的毒?"有人喊道。

"就是在几百年以前将我们藏在地底的人。我需要你们仔细听。请听我说。"

人群安静下来。

"我们的祖先被安排到地下生活,这样我们才能活下来,等待世界变得更好。你们之中许多人一定早就知道,我曾经走出过我们的家园。那时我们还拥有那个家园。我在外面对空气取样,那让我相信,距离这个地方越远,环境情况就越好——不仅是我们的测量结果在这样告诉我,我还从另一个筒仓得到消息,远处有蓝天……"

"胡说!"有人在叫嚷,"我听说过,那是谎话,出去清洁的人大脑中都会被植入那个谎言。"

朱丽叶找到叫嚷的人。那是一名上了年纪的搬运工。看来搬运工不仅会散播各种传闻,还隐藏着一些危险到不能出售的秘密。人们又开始悄声议论的时候,她看见一个新来的人拖着脚步走过厚重的金属大门,出现在大厅后面,是文德尔神父。他的双臂交叉抱在胸前,双手塞在袖子里。鲍比高声命令所有人闭嘴。人们慢慢安静下来。朱丽叶挥手向神父致意。人们全都向神父转过头。

"我需要你们相信我接下来要说的话。"朱丽叶说道,"因为我知道这些话千真万确。我知道:我们可以留在这里,努力生活,但我不知道这种生活能维持多久。而且这肯定会让我们一直活在恐惧之中,不只是恐惧彼此,还会恐惧随时可能降临的灾难。他们能够不经我们允许便打开筒仓外门,能够不通知我们就向我们的空气中放毒,能够让我们不知不觉间就被夺走生命。我不知道那会是什么样的生活。"

整座大厅陷入死一样的寂静。

"而我们还有另一条路。但如果我们选择了那条路,就不可能回头……"

"去哪里?"又有人喊道,"另一座筒仓? 如果那里的情况比这里更糟呢?"

"不是另一座筒仓。"朱丽叶来到墙边,将众人的目光吸引到地图上,"这就是全部筒仓,一共五十个。这一个曾经是我们的家。"她抬手一指。在一阵窸窣声中,人们纷纷挪动身体,想要看得更清楚一些。她向她的人民讲述事实——这其中巨大的喜悦和哀伤一下子勒紧了朱丽叶的喉咙,让她一时竟发不出声音。她将手指划向旁边的一座筒仓。"这是我们现在的位置。"

"这么多。"她听到有人在悄声惊叹。

"它们之间有多远?"又有人问。

"我画了一条线,就是我们到达这里的路径。"朱丽叶继续伸手在地图上指点,"后面的人可能会看不清。就是这条线,我们的挖掘机最初指向这里。"她的手指划出去,让大家能看到那个方向。手指离开地图,又在墙壁上划出一段。她向伊莉斯招招手,让女孩上来,按住被她标明的一点。

"这张地图显示了我们此刻所在的筒仓。"她移动到另一张图纸前,"这里的底层有另一台挖掘机……"

"我们不想要你的挖掘……"

朱丽叶转向听众们。"我也不想挖掘。说实话,我觉得我们的燃料也不够了。自从我们到这里以后,就一直在消耗挖掘机中的燃料。而且让它转向还要消耗不少燃料。我也不认为我们有能够支持一两个星期以上的食物。我们不会挖过去。但我们的地图上标出的挖掘机尺寸和位置同我们在原来的家里找到的机器完全符合,就连挖掘机所指的方向也丝毫不差。我还有这座筒仓的地图,上面同样标出了挖掘机。"她的手指落在另一张图纸上。然后,她回到大地图前面。"我画这条线的时候,就发现它没有触及任何其他筒仓,完全从它们的间隙中穿过去。"她在大地图上又画出一条线,直到手指尖和伊莉斯的手指尖碰在一起。伊莉斯向她露出欢快的笑容。

"我们能够精确地测定从我们的筒仓掘进到这里消耗的燃油,以及还有多少燃油存留。这样我们就能推算出最开始拥有的燃油量和燃油消耗的速率。我们能够确定的是,那台挖掘机能装载足够的燃油——也许会有10%的富余,将我们直接带到这一点。"她再次碰了碰伊莉斯的手指,"而且当时挖掘机的角度略微向上倾斜。我们认为那些人最初的计划就是要让我们离开这里,到达这个点。"她停顿了一下,"我不知道那些人什么时候会把这个计划告诉我们。也有可能他们根本不会告诉我们。但我要说,我们不能等待,我们要自己出去。"

"就这么出去?"

朱丽叶的目光扫过众人,看到说话的是计划委员会的一名成员。

"我认为,出去可能比留在这里更安全。我知道如果我们留下会发生什么。我想要看看,如果我们离开是不是会更好些。"

"只是你希望能够更安全。"有人说。

朱丽叶没有去找那个说话的人。她看得很清楚,这些人都在想着同样的事情,包括她自己。

"我希望这个决定是对的。我和一个陌生人说过话。那个人,我从没有见过。但我在心里感觉她是对的。我又在地图上画出了这两根线。如果你们认为这些证据还不够,我同意。我一辈子只相信我能看见的。我需要证据。我需要看到结果。而且我需要一而再、再而三地看见,才会明白真实的情况是什么样的。但有一件事我确信无疑——在这里等待我们的生活,是一种不值得去过的生活,而且我们有可能在其他地方找到更好的生活。我愿意出去看看,但前提是,你们之中有足够多的人愿意和我一起去。"

"我跟着你。"拉夫说。

朱丽叶点点头。大厅里出现了一点骚动。"我知道你会的。"朱丽叶对拉夫说。

梭罗举起手。他的另一只手还在撕扯胡须。朱丽叶感觉伊莉斯握住了她的手。肖抱着不断扭动的小狗,但还是努力举起了手。

"如果我们不是挖过去,又该怎么过去?"一名矿工高声问道。

朱丽叶弯腰拿起脚边的装备。她低下头的时候,抹去了眼睛里的泪水。然后她站起身,举起一套防护服——一只手拿着衣服,一只手拿着头盔。

"我们走出去。"

第六十章

随着工作的进行，食物也在不断减少。这是一种残酷的倒计时——罐头不断消失，农场的果实越摘越少。并非筒仓中的每一个人都参与了这次行动。有许多人根本没有来参加会议，还有许多人离开了。他们知道，如果快些行动，就能占据更多种植槽。几名机械师得到朱丽叶的允许，返回机械部，动员那些原先拒绝爬上来的人，尤其是想办法要把老沃克尔弄上来。想到会有更多的人加入，朱丽叶就感到欢欣鼓舞；但看到这些忙碌的人们，她心中的压力也越来越大。

服务器房变成了一个巨大的车间，就像物资部的大厅。几乎有一百五十件防护服被摆出来，全都需要调节尺寸和进行改装。朱丽叶看到留下来的人还不够这个数量，心中不由得感到悲伤，不过也多少有一点欣慰。如果是防护服的数量不够，那就很成问题了。

她向十几名机械师演示了该如何给防护服安装空气阀门，就像她和纳尔逊在防护服实验室做的那样。技术部的阀门数量不足，所以一些搬运工拿着样品，去物资部寻找更多存货。朱丽叶相信那里应该还有不少这样的部件，毕竟这种东西对于在筒仓中生存没什么用处。另外，他们还需要垫圈、热固胶带和封条。物资部和机械部的焊接工具也都被运送上来。朱丽叶向搬运工说明了乙炔瓶和氧气瓶的区别,叮嘱他们乙炔瓶完全不需要。

埃里克用挂在墙上的图表计算出他们需要行进的距离,又估算出大约十二个人可以共用一瓶氧气。朱丽叶决定10个人共用一瓶。大约有50人在改装防护服——被推倒的服务器成为工作台,大家都跪在或者坐在地上工作。朱丽叶又召集起一支小队伍,前往上方的自助餐厅。她知道,这是一个危险而艰巨的任务,所以这支小队里只有朱丽叶自己、她的父亲、拉夫、道森和两名年长的搬运工——朱丽叶估计这两位搬运工以前应该运送过尸体。在上去的路上,他们在农场下面稍作停留,去泵房后面的验尸官办公室,找到黑色袋子的储备仓库,拿出60只那种口袋。然后,他们一言不发地爬完了剩下的路。

17号筒仓已经没有了气闸舱。它的外门从数十年前筒仓被关闭时起就一直半敞开着。朱丽叶记得自己曾经两次从这道门缝中挤过去。第一次,她的头盔卡在了门缝里。他们和外部世界之间唯一的屏障就是气闸舱的内门和警长办公室的门。在一个死亡世界和一个濒死的世界之间形成了一层并不牢靠的屏障。

朱丽叶在大家的帮助下挪开胡乱堆在警长办公室门口的椅子。一个月以前,她进出这里的时候在这些椅子之间开出了一条狭窄的小路,但现在他们需要更多空间。她警告其他人,门对面的房间里有许多尸体。但他们在朱丽叶收集那些黑色袋子的时候就明白这次要做什么。几道手电光聚集在门板上,朱丽叶准备打开它。他们全都戴着面具和橡胶手套——这是朱丽叶父亲坚持要采取的防护措施。朱丽叶本来觉得,也许他们应该穿上防护服。

门后面的尸体就和朱丽叶记忆中一样：许多死气沉沉的灰色肢体。朱丽叶的面具中充满了带金属味道的污秽臭气。朱丽叶记得自己曾经把腐臭的菜汤倒在自己身上，用以洗净在外面沾染的空气。而充斥在这里的是死亡的气味，还有别的一些什么。

他们将尸体一具接一具地拖出来，放进裹尸袋。这是一桩非常可怕的工作。柔软的皮肉从骨头上剥落，就像被小火慢烤过一样。"抓住他们的关节。"朱丽叶提醒大家。她一开口说话，就向面罩里喷出一股股闷热的气息。"腋窝和膝盖。"

尸体只是勉强保持完整，筋腱和骨头好歹还是一体的。一只接一只的黑色袋被拉上拉链以后，大家才稍稍松了一口气，开始不停地咳嗽或者干呕。

警长办公室里的大部分尸体原先都堆积在门口，仿佛这些人在争先恐后地爬回来，想要进到门内，返回自助餐厅。另外一些尸体的状态则更加平静。在门户洞开的拘留室里，一个男人躺在单人床的残骸上。这张床只剩下生锈的骨架，床垫早就不见了。一个女人躺在角落里，双臂交叉在胸前，仿佛在睡觉。这是最后一具尸体了。朱丽叶和父亲一起把她搬起来。这时，她发现父亲正睁大了双眼盯着她。朱丽叶一边向后挪动脚步，离开警长办公室，一边朝父亲身后瞥了一眼——对面的气闸舱门正在等待他们，上面黄色的油漆一片片剥落，让那道门显得破败不堪。

"这不对。"父亲发出模糊的声音。他的面罩随着下巴的动作一下一下晃动着。他们将尸体塞进敞开的裹尸袋里，拉上拉链。

"我们会给他们一场庄重的葬礼。"朱丽叶向父亲保证——她以为父亲是不赞成这种处置尸体的方式，认为不应该像堆脏衣服一样把这些袋子胡乱堆在一起。

DUST / 421

父亲摘下手套和面罩,蹲在地上,用手背擦了擦额头。"不,我是说这些人。你说过,你最初到这里的时候,这地方已经没有活人了。"

"是的,只有梭罗和孩子们。这些人都已经死了很长时间了。"

"这不可能。"父亲说,"他们保存得太好了。"他的视线扫过那些裹尸袋,额头上全是皱纹,像是忧虑,又像是困惑,"从外表判断,他们的死亡时间应该只有三个星期,最多四五个星期。"

"爸爸,我到这里时,他们就躺在这个地方。我是从他们上面爬过去的。我也问过梭罗。他说他在很多年前就发现了他们。"

"这根本不可能……"

"也许是因为他们没有被埋葬,或者外面的毒气让这里没有虫子。这不重要,不是么?"

"如果发生这么反常的事情,那肯定是重要的。我要告诉你,这一整座筒仓都很不对劲。"他站起身,向楼梯井走去。拉夫正在那里把带来的水倒进从各处找来的杯子和罐头盒里。父亲拿起一只罐头盒,也递给朱丽叶一只。朱丽叶看得出来,父亲陷入了沉思。"你知道伊莉斯有一个双胞胎姐妹吗?"父亲忽然问。

朱丽叶点点头。"汉娜告诉过我。她小时候就死了。那时她的妈妈也去世了。这种事他们很少会提及,尤其是在她面前。"

"还有那两个男孩,马库斯和迈尔斯,也是一对双胞胎。年纪最大的里克森说,他记得自己也有一个兄弟,只是父亲从没有谈到过这件事,他也没办法向母亲问这件事,因为他从记事起就没见过母亲。"朱丽叶的父亲喝了一口水,看着手中的罐头盒。朱丽叶努力想用水把舌头上的金属味洗掉。道森还在搬运一只裹尸袋——他一边搬一边咳嗽,看上去好像要吐了。

"那时死了很多人。"朱丽叶嘴里附和着,心中却担忧父亲的思绪,不知道他到底会有什么想法。朱丽叶也曾经有一个弟弟。他们的谈论让她不禁回忆起自己失去的亲人。她仔细端详父亲的表情,不知道父亲是不是在怀念逝去的妻子和儿子,但父亲却像是在思索某种谜题。

"不,问题是有许多人活着。你没有看出来么?剩下的六个孩子里有三对双胞胎。而且那些孩子在没人照顾的情况下都很健康。你的朋友吉米的牙齿上连一个龋洞都没有,他甚至不记得自己上次生病是在什么时候。他们没有一个人生过病。你怎么解释这种事?你怎么解释这么多尸体就像几个星期以前刚刚死去的一样?"

朱丽叶的目光落在自己的手臂上。她喝下罐头盒里最后一口水,将白铁皮罐头盒递给父亲,卷起袖子。"爸爸,你还记不记得,我问过你关于伤疤的事?我们的伤疤会不会消失?"

父亲点点头。

"我的一些伤疤不见了。"她让父亲看自己的臂弯,仿佛父亲知道那里曾经有过什么,"卢卡斯告诉我的时候,我还不相信。但我这里的确有过一个伤痕,这里也有一道。你说过,我能从那种烧伤中活过来就是一个奇迹,对不对?"

"你在受伤以后迅速得到了妥善的照料……"

"我告诉菲茨,我潜入积水修好了抽水泵,菲茨完全不相信。他说他在积水的矿道里工作过,当时不止一个块头有我两倍大的男人只是因为在十米深的水下呼吸就得了病,潜入三四十米根本就不可能。他说,如果我那样做,只会是死路一条。"

"我对挖矿的事完全不知道。"父亲说。

"菲茨知道。他认为我早就应该死了。而你觉得这些尸体早就应该腐烂……"

"我可以告诉你,他们应该只剩下骨头。"

朱丽叶转身盯住那些黑掉的墙壁屏幕,心中寻思这会不会只是一场梦,也许将死之人就会产生这些幻觉?也许她只是在四处攀爬,寻找一个栖身之地,一个楼梯井中的角落,让她能躲进其中,不会坠落下去。也许她在出去清洁的时候就已经死在了筒仓外面的某座山丘上。她从来没有爱过卢卡斯,从来都不曾真正认识过那个男人。这里只是一片幽灵和虚幻之地,发生的所有事情不过是许多虚无缥缈的梦,是无数迷醉的意念在胡言乱语。她早就死了,只是现在才刚刚意识到……

"也许是这里的水中有什么东西。"父亲说。

朱丽叶从空白的墙壁前转回头,双手牵起父亲的胳膊,让父亲将自己抱进怀中,她也用双臂抱紧了父亲。父亲的胡楂轻轻蹭着她的面颊。她努力不让自己哭出来。

"没事了,"父亲说,"没事了。"

她没有死。但情况的确很不正常。

"不是在水里。"她说道。她没有少喝这座筒仓中的水,但她知道,水不是问题所在。她放开父亲,看着被堆在楼梯井中的第一批裹尸袋。人们正在将电线拧成绳子,把尸体从栏杆外面放下去。她明白,现在没人还会计较搬运工的工作权利。就连搬运工自己都说,让搬运法则滚一边去吧!

"也许问题出在空气里。"朱丽叶说,"也许是因为这里的空气不再被灌进毒气了。我不知道。但我赞同你的看法,这座筒仓有些地方不正常。我认为我们应该离开这里。"

父亲也喝光罐头盒里的最后一口水。"我们再过多久离开?你确定这是个好主意？"

朱丽叶点点头。"哪怕我们都死在这次冒险中，也好过在这里自相残杀。"她意识到，自己说话的口气就像是那些被送出去清洁的人，那些危险的梦想家和发疯的愚人，那些曾经被她嘲讽的人。她从来都不曾理解过他们。现在她一心只想着出去，就像是完全信任一台机器，却从不曾真正查看过这台机器内部的情况。她明明知道，对于一台从不曾接触过的陌生机器，首先要做的就应该是彻底把它拆成零件。

1号筒仓

SILO 1

第六十一章

夏洛特用手掌拍打电梯门。她的哥哥刚一消失,她的手指就戳在了电梯门框的按钮上,但还是太晚了。她现在一只脚站立着,只穿了一半的防护服挂在身上。过道另一端,达西正一边努力把自己塞进防护服里,一边喊道:"他真的要这样做?"

夏洛特点点头。他会的,他已经将另一套防护服给了达西。他从刚一开始就是这么计划的。夏洛特再次拍打电梯门,对她的哥哥破口大骂。

"你要把防护服穿好。"达西说。

她转过身,倒在地上,抱住自己的小腿,一动也不想动。她看着达西钻进防护服,头从颈环里钻出来,又伸手到背后,想要拉上拉链,努力一番之后还是放弃了。"我是不是应该先背上背包?"他抓起唐纳德收拾好的一只背包,打开包口,拿出一只罐头,又把它放进去,再拿出一支枪,把它留在外面,随后从防护服中把头和双臂退出来。"夏洛特,我们只有半个小时。我们要怎样离开这里?"

夏洛特擦了擦面颊,努力站起身。达西完全不知道该如何穿好防护服。她把自己的另一条腿也插进防护服里,让袖子和颈环依然挂在身前,便快步向达西走去。她身后响起"叮"的一声。她立刻停住脚步,转回身,以为唐纳德回来了,以为哥哥改了主意,但她忘记了,是自己按下了电梯门外的按钮。

两个穿浅蓝色连体服的人站在快速电梯的轿厢里,惊讶地看着她,其中一个人困惑地看了看电梯轿厢里面的楼层按钮,又看向了夏洛特——这个女人身上有一件穿了一半的银色防护服。然后,电梯门缓缓关闭。

"该死,"达西说,"我们真的要快点了。"

夏洛特心中升起一阵惶恐。一个计时器在她心中开始了倒数。她想起哥哥在电梯里看着她的样子,那时唐尼留给她一个吻,向她道别。她感觉自己的胸膛要爆炸了,但她只能以最快的速度跑到达西身边,帮助达西将胳膊先从防护服里退出来,背好背包。等到达西完全收拾好以后,她拉上了他背后的拉链。达西也帮助夏洛特穿好防护服,然后跟着她来到过道尽头。夏洛特指了一下低矮的无人机升降机,将两顶头盔都交给达西。唐尼准备的塑料箱就在升降机门旁边。"提起这道门,把箱子塞在下面。我去打开升降机。"

她猛地打开营房门,迈着笨重的步子冲进营房。厚实的防护服拘束住了她的膝盖。走进控制室,无线电依然打开着,发出"嗞嗞"的声音。她想起为了组装这个东西,他们浪费了多少时间和力气去收集零件,把它们拼在一起,最终它却没有起到半点作用,而现在,她要把它彻底丢弃了。她掀起升降机控制台上的塑料布,将主控制开关全部扳上去。这段时间应该足够达西把箱子塞进去。又是一连串笨拙的迈步,她沿着走廊返回去,经过营房宿舍——这痛苦的几个星期里,这个房间一直被她当作家。进入她的军械库地狱,她剩下的铁鸟都闷闷不乐地蹲伏在防水布下面。一阵电子铃声在仓库中响起,是电梯。随后是一连串靴子撞击地面的声音扑向他们。达西高声叫喊,让她赶快进升降机。

........｜｜｜｜｜｜........｜｜｜｜｜｜........

唐纳德乘着电梯逐渐接近62层，经过61层的时候，他按下紧急制动按钮。电梯猛然停住，开始发出警笛声。他稳住炸弹，掏出锤子，拔掉塑料拉环。如果在电梯里引爆炸弹，他不知道会造成多大的破坏，但无论是谁想要阻止他，他都打算立刻引爆炸弹。他想给妹妹足够的时间，只是毁掉这个地方才是第一位的，他愿意为此冒任何风险。他看着电梯面板上的时钟，等待着。现在他有足够的时间可以思考。15分钟过去了，他没有咳嗽一下，甚至不需要清一清嗓子。这让他笑出了声。也许他的身体情况正在好转。然后他回忆起自己的祖父和姑姑在去世的那一天身体状况都好了很多。可能他现在也是一样。

锤子渐渐变得沉重。站在一个蕴含着如此巨大破坏力的东西旁边，只要伸一下手，就能杀死那么多人，改变那么多事情，他觉得很不可思议。又有5分钟过去了。他应该行动了。他已经等了太久。推着小车到达反应堆也需要一些时间。他又等了一分钟。在他的大脑中，某个理性的部分知道他身体其余的部位要做什么。一些早已被埋葬的部分尖叫着要他重新考虑，要他理性一点。

唐纳德在失去勇气之前用力砸在制动按钮上。电梯晃动了一下。他只希望妹妹和达西能够顺利地离开。

........｜｜｜｜｜｜........｜｜｜｜｜｜........

夏洛特蹿进无人机升降机。她的头盔撞在升降机顶板上。背上的气瓶让她的身子侧翻过去。达西也将头盔扔进升降机，在她后面爬了进去。有人在军械库中高喊。夏洛特开始向外推那只塑料

DUST / 429

箱。只要把它推出去,升降机就会关闭,开始上升。达西和她一起推那只箱子,但箱子卡住了。又一阵喊声从外面传来。达西摸出在背包里找到的手枪,侧过身向外开枪。震耳欲聋的枪声在升降机的金属内腔中回荡。夏洛特看到穿银色连体服的人纷纷躲到无人机后面。又是一声枪响,升降机内随即发出"当"的一声震音。外面的人在还击。夏洛特调转身子,用脚去踢塑料箱,但升降机门卡在箱盖一处凸起的后面,让塑料箱变成一支楔子,只能进来,无论如何也出不去。她想要把箱子拽进来,但箱子上又没有任何方便抓住的地方。

达西大声让她不要动,自己用臂肘撑着身子爬出升降机门。他手里的枪"砰、砰、砰"地响个不停。那些人全都躲了起来。夏洛特缩起了身子。一钻出升降机,达西就开始把箱子朝升降机里面推。夏洛特要他别再推了,赶快回来。如果箱子被完全推进来,升降机门会立刻关死,他就进不来了。又是一声枪响,第二个子弹擦过他们身旁的什么东西,发出一声尖鸣。达西用脚踢那只箱子,箱子移动了几英寸。

"等等!"夏洛特高声呼喊,也向门外爬出去。她不想自己一个人走。"等等!"

达西又踢了箱子一脚。升降机晃了一下。只差几英寸,箱子就要被踢进来了。无人机后面又有人在开枪,这次没有子弹击中硬物的声音。达西"哼"了一声,跪倒在地,转身胡乱打了几枪。

夏洛特伸手拽住他的胳膊,拼命喊道:"进来!"

达西把她的手推进升降机,肩膀靠在箱子上,向她露出微笑。在把箱子完全推进来之前,他说道:"这样很好,我现在想起我是谁了。"

电梯缓缓到达反应堆楼层，电梯门打开，唐纳德抬脚踩在向前倾斜的手推车上，把车身扳平，推着炸弹向安全闸门走去。门旁的保安看着他过来，稍稍有些好奇地竖起眉毛。现在这里的一切都乱套了——唐纳德心中想。一名保安认不出一个杀手，因为这个杀手带着一枚炸弹。一个人挥舞着一张名字是"达西"的身份证，让绿灯亮起。而对这份没有尽头的工作早已厌烦的保安只是挥挥手，让他进去。这里的每一个人似乎都知道他们即将面临怎样的未来，却依然毫不在意地要让这里变成地狱。

"谢谢。"唐纳德也不着急，似乎就是想看看这名保安能不能把他认出来。

"祝好运。"

唐纳德还从没有见过反应堆。整个反应堆区被封锁在一道大门后面，一共占据了三个楼层的空间。无论何时，这里都有许多穿红色连体服的工人。穿其他各种颜色连体服的人也不少，不过总数一般只有红衣工人的一半。如果筒仓是一部没有灵魂的机器，那么这里就是这台机器的心脏，也是唯一能够对整部机器产生致命影响的器官。

他沿着一条弯曲的走廊一直向前走，这里能看见一些粗大的管道和电缆。他的身边又有两名穿红色连体服的人经过。他们都没有注意到他的连体服在肩头有一个窟窿，还有那些已经开始变成褐色的血污。他们甚至还向他点点头，飞快地瞥了一眼他的手推车，又以更快的速度将视线移开，以免他要他们帮忙。这时，手推车的一只轮子发出细长的尖叫，仿佛在抗议唐纳德的计划，不喜欢背负

DUST / 431

这样可怕的一份货物。

唐纳德在主反应堆室外面停住脚步。距离应该够了。他从衣兜里掏出锤子，掂了掂这件工具的分量。这时，他想起了海伦。他的妻子早已依照人类应有的方式死去——事情本就该是这样，你活着，你尽了全力，你鞠躬谢幕，让后来者自己做出选择，决定他们自己的道路，经历他们自己的人生，本就该是这样。

他双手举起锤子。一声枪响。他的胸口蹿进一股火焰。唐纳德慢慢转过身，手中的锤子当啷一声掉在地上。他的两条腿没有了力气，只能用手去抓炸弹，希望能够在倒下的时候让炸弹也摔在地上。他的手指找到了那枚圆锥体，又滑向一旁，终于握住了小车的手柄，把小车拽倒在地。唐纳德仰面躺在地上，炸弹掉到车外，发出响亮的撞击声，让他的脊背都感觉到震动。然后，炸弹缓缓向远处滚去，最终停在他伸出手也碰不到的墙边。

· · ·

无人机升降机在漫长和黑暗的爬升之后自动打开。夏洛特犹豫了一下。她还想将升降机降回去，但控制台已经在她下面一英里远的地方。她开始向外爬出去，背上粗大的空气罐不断撞击升降机顶部。达西不在了。她的哥哥也不在了。这不是她想要的。

头顶上方，黑色的云团在不断盘旋。她爬上一道斜坡。这里的一切她都很熟悉。她早就来过这里，尽管不是这样亲自爬上来。她一共四次透过无人机的摄像头看到过眼前的情景。每次，只要加大油门，她就会飞入那些乌云中，努力向上，飞向自由。

但这一次，她只能用疲惫的肌肉沿着坡道攀爬。到达坡道顶端之后，她就必须再爬到下面的混凝土台子上。她是一只圆胖的鸟，一个不会飞的旅人,只能沿着混凝土台子向下滑,落在土地上,仿佛一只从窝里滚落下来的小鸡。

一开始,她无法确定该向哪里走。她很渴,但她的食物和水在背包里,背包被封在防护服里。她来回转身,努力确定自己的方位,查看哥哥贴在她手臂上的地图,一边对哥哥感到愤怒——既愤怒,又感谢。这才是哥哥真正的计划。

对地图的研究也让她感到吃力,她早已习惯了数字地图、习惯了俯瞰全景、习惯了飞行计划。幸好她爬上来的斜坡能够帮助她确定北方在哪里。她的地图上的红线交会点就在那边。她开始迈着沉重的步伐朝山丘走去,希望在那里能够获得更好的视野。

她也记得这个地方,记得在一场雨后,这里的草坪变得湿滑,两道泥泞的轨迹在逐渐抬升的草地上仿佛一条棕色的花边。夏洛特记得自己从机场赶过来的时候已经迟到了。她曾经登上这座山丘的顶端。她的哥哥跑过来迎接她。那时世界还是完整的,抬起头就能看到大型客机的尾气痕迹在天空中一点点移动。人们还能开车去快餐店,给心爱的人打电话,这里还有一个平和安宁的世界。

她走过了和哥哥拥抱的地方。现在一切逃亡的计划都已化为泡影。她几乎没有心情再坚持下去。她的哥哥不在了,整个世界都不在了。就算她能活着看到绿草,再吃一份军用口粮,再一次因为从罐头里喝水而划破嘴唇……做这些又是为了什么?

她迟缓地走上山丘,继续向前迈步,只是因为一只脚已经迈了出去。泪水在她的脸上流淌。她完全不知道自己是为了什么。

.·''''ıllıe··''ıllıe··'''ıllıe··

唐纳德的胸口在燃烧。温热的血液在他的脖颈处汇成一小片池塘。他抬起头,看见走廊另一端的瑟曼正大步向他走来。两名保安部的人跟在他身边,也都拔出了枪。唐纳德从口袋中掏出手枪,但已经太晚了,实在是太晚了。泪水从他的眼睛里涌出,他在为生存于这个系统下的人类哭泣,几十万人生生死死,承受着这一切。他努力想要开枪,但手臂刚刚举到离地几英寸的地方就没了力气。这些人是来抓他的。他们也会去地表抓捕夏洛特和达西。他们会用无人机扫射他的妹妹,会关闭一个又一个筒仓,只剩最后一个。每个人的生命都将受到毫无缘由的审判,判官就是那些不知怜悯的服务器和没有灵魂的代码。

那些人的枪都对准了他,等待他采取行动,准备彻底结束他的生命。唐纳德用自己的全部力量举起手枪。他看着瑟曼向他走来——那个他曾经射杀过的人。他挣扎着举起枪,但他的手距离地面最多也没能超过六英寸。

不过已经足够了。

唐纳德的手猛然转向,瞄准了那颗硕大的锥形炸弹。它被设计出来,就是为了带走这样的怪物。他扣下扳机,听到一声脆响,但他不知道那声音是从哪里传来的。

""""""""""""""""""

大地猛地晃了一下。夏洛特向前扑倒,只能用双手和膝盖撑住身子。随后是一阵轰鸣撞在夏洛特的耳膜上,就像一颗手雷被扔进深深的湖里。整片山坡都在颤抖。

夏洛特转过身,朝山丘下面瞥了一眼。一道裂隙撕开地面,随后又是一道。洼地中心处的混凝土塔楼发生倾斜。随后大地突然破开,形成一个巨大的深坑。山丘之间的洼地迅速下陷,撕扯着周围的地面,将它们一并拽向地底深处,仿佛怪兽张开大嘴,要将这里的泥土全部吞入其中。大股的白色混凝土粉末从地面上的裂隙中喷射出来。

山丘发出一阵阵轰鸣。沙子和碎石纷纷向下滑落,争先恐后地冲向下方正在搅动的地面。夏洛特仰身倒在山坡上,匆忙间只能后退着向上攀爬,远离那个不断扩大的深坑。她的心中充满畏惧,在胸腔中跳得飞快。

终于,她转身站起,以最快的速度冲向山顶,弯着腰不断伸手抓挠面前的泥土。地面慢慢变得牢固,她一直爬上山顶。面对这场令人胆寒的毁灭,她早已不敢流泪哭泣。强风在抽打她。防护服冰冷又笨重。

她瘫软在山丘顶上,悄声说着:"唐尼。"当她转过身,再次望向下面那个大洞,那个带走她哥哥的世界,自己却只能躺在山丘上。尘土不断向她的防护服洒落,风在她的面罩前尖啸。她眼中的世界变得越来越模糊。尘土覆盖了一切。

乔治亚州，富尔顿县

第六十二章

朱丽叶还记得那个自己应该去死的日子。她在那一天被派出去进行清洁,被塞进一件防护服里——和今天这一件很像。那时她在面罩的一块小屏幕上看见了一个充满绿色和蓝色的世界,但那个世界实际上早已经不属于她。当她爬上一座山丘,那些美丽的颜色就都消失了,取而代之的是灰暗的真实世界。

现在,她在强风中穿行,听到砂砾击打在头盔面罩上的沙沙声,血管的搏动在她耳中形成一阵阵咆哮,沉重的呼吸声被困在半球形的头盔里,但她看到了灰褐色在一点点消散,向她的身后退去。

一开始,这种改变非常微弱,只是隐约可见的一点浅蓝色,甚至难以确定那到底是什么。她走在领头的队伍中,身边是她的父亲、拉夫和另外七个被防护服包裹的人。共用的氧气瓶就在他们中间。突然间,那一点点变化开始加剧,就像穿过了一堵墙。灰霾消失,一道光从天空中洒落,从四面八方抽打她的风停了,一片片色彩绽放在她的眼前——绿色、蓝色和纯粹的白色。朱丽叶走进了一个无比生动鲜活的世界,让她甚至无法相信自己的眼睛。褐色的草就像一排排枯死的玉米,拂过她的靴子,但这些是她视野中仅存的死物。稍远一点的地方,就有碧绿的草飘舞摆动。白云在天空中游弋。朱丽叶现在才知道,她小时候在书中看到的那些色彩鲜艳的画面实际上比真正的大自然要黯淡许多。

一只手按在她的背上。朱丽叶回过头看到她的父亲瞪大眼睛望着前方的景色。拉夫抬手遮住明朗的阳光,呼出的气在头盔面罩上形成一片片白雾。汉娜低头看着凸出在自己胸前的婴儿,脸上全是笑容。她的防护服袖子空空地挂在身侧,在微风中来回摆动。里克森抱住汉娜的肩膀,望着天空。伊莉斯和肖高举双手,仿佛能抓到那些洁白的云彩。一直抬着氧气瓶的鲍比和菲茨也暂时将重担放下,目瞪口呆地看着周围的一切。

另一队人从他们身后的尘土围墙中走出来,就像是穿透一层面纱。一张张疲惫不堪的面孔立刻闪耀起惊奇的神色,焕发出新的力量。他们之中有一个人由别人搀扶着,几乎可以说就是被其他人背着,这样的景色让那个人的双腿也有了新的力量。

朱丽叶抬起头向身后望去,看见一堵尘土凝聚的高墙直插苍穹。在地面上,靠近那堵高墙的生命全都变得枯萎破碎——青草化为粉末,偶尔一见的小花只剩下干枯的细茎。一只鸟在天空中盘旋,似乎正在研究这些穿着银色防护服、闪闪发光的闯入者,不过它很快就躲开危险的尘土高墙,振翅朝远方飞去,化作蓝天上的一个小点。

朱丽叶觉得自己也像那只鸟一样,正在受着某种力量的牵引,一心只想走向那些青草,远远离开身后的死亡之地。她向自己的小队挥挥手,用唇语示意大家跟上,又帮鲍比抬起氧气瓶。他们一起走下一片山坡。其他人也纷纷出现在他们身后。每一队人在刚走出尘土高墙时,都像朱丽叶刚才一样,停下来为眼前的风景感到惊叹——朱丽叶听说过,那些清洁者到了筒仓外面,也全都是这种样子。有一队人背着一个人从尘土高墙中出来。那个人始终都没有动一下。他的同伴们严肃的表情显示出发生了不幸的事情。不过人们普遍都是一副欣喜若狂的样子。朱丽叶的大脑同样感受到这种情绪,这让她很有些不知所措。只是在一天以前,她还在计划着如何去死,现在却有无数喜悦的火花在她的皮肤上跳跃,亲吻着已经被她忘记的伤疤,还有她筋疲力竭的双腿和双脚,现在她能够一直大步走到地平线去,甚至更远。

她挥手示意其他小队赶快下山。这时,她看见一个男人在摸索头盔的固定卡扣,便示意和他同队的人阻止他。手语被一队又一队人传递过去。朱丽叶依旧能听到氧气瓶向她自己的头盔注入氧气时发出的嗞嗞声,一种新的急迫感抓住了她的心——原来这真的不只是一个盲目的希望,现在他们的双脚已经走进了这个真实的未来。这是一个坚定的承诺,是无线电另一端的那个女人说出的肺腑之言。唐纳德是真心想要帮助他们。希望、真诚和信任为她的人赢得了生存的机会。只是她还不知道这个机会能持续多久,有可能只是短短一瞬。她从防护服上一个有清洁号码的袋子里拿出地图,研究了一下线路,又催促大家赶快向前走。

前方又是一片上坡——是一座坡度和缓的高大山丘。朱丽叶的目标就是那里。伊莉斯已经走到了她前面,一边揪扯着她的输气管,一边从超过她膝盖的蒿草中踢起许多受惊的昆虫。肖追在她身后。他们的输气管几乎要纠缠在一起。朱丽叶听到自己在笑,心中不禁好奇,自己上一次发出笑声是在什么时候?

他们奋力登上那座山丘,越向上,两侧的地面反而越发宽阔,一直向远方延伸出去。到达最高处,她看出这不只是一座山丘,而是又一个由许多隆起的土堆形成的环状高地。在这些土堆里面,地面凹陷,成为一个大盆地。朱丽叶环顾四周,看到这个单独的盆地和另外那五十个盆地完全分开。沿着她走过来的路线回望过去,在一座葱翠山谷的对面就是他们走出来的那道灰暗尘土形成的高墙。现在她才看出来,那其实不是一道墙,而是一座巨大的穹窿。那些筒仓都被那座尘土穹窿笼罩于其中。从朱丽叶所在的高地朝其他方向眺望,到处都是《遗产典籍》中所描述的森林,一直延伸到远方。一个个树冠仿佛数不清的西蓝花花冠,覆盖大地,根本望不到边际。

朱丽叶转向其他人,用手掌拍拍头盔,又指了指在天空中滑翔的一群黑色小鸟。她的父亲却抬手要她等一下。父亲知道她要做什么,抢先抬手去拨开自己头盔的锁扣。

朱丽叶感觉到了父亲的恐惧——她也很害怕自己所爱的人走在自己前面,不过她没有阻止父亲。拉夫在帮父亲——用戴着厚手套的手,几乎无法碰到那些锁扣。终于,头盔被摘下来。父亲试着吸了一口气,再次瞪大眼睛,微笑着又深深吸了一口。他的胸腔隆起,手指一松,头盔滚落在青草中。

人群爆发出一片骚动。人们纷纷去拨弄彼此的颈圈。朱丽叶将沉重的气瓶放在草地上,帮拉夫摘下头盔,然后是拉夫帮她。头盔咔哒一声离开颈环,她首先听到的就是父亲和鲍比的笑声,还有孩子们欢快的尖叫。扑面而来的气息让她仿佛置身于农场和水培花园。她甚至能感觉到健康的土壤正在滋养无数颗种子。明亮温暖的光线有些像是种植灯的灯光,向远方无限弥漫,让他们全都沐浴其中。他们的头顶除了高远的云朵,完全空无一物。

防护服的颈环叮当作响,那是人们拥抱时相互碰撞的声音。他们身后还在爬山的小队明显加快了速度。如果有人摔倒,就会立刻被扶起来。隔着头盔都能看到人们在欢笑中露出牙齿,还有湿润的眼睛和沿着面颊滑落的泪水。被遗忘的氧气瓶只是由软管拖在队伍身后。人们所背负的只剩下了那个不会动的同伴。

手套和防护服被撕扯开，丢在地上。朱丽叶明白，大家再也不想被这种东西包裹了。他们没有想到要在胸前绑一把小刀，方便割开防护服，甚至没有计划过该如何离开这些银色的坟墓。他们穿着这些清洁防护服离开筒仓的时候，其实和曾经的所有清洁者一样，都是因为被困在囚笼中的生活无法忍受，让他们渴望着翻过面前那座山丘，哪怕终点只有死亡。

鲍比终于用牙齿扯掉了自己的手套，让一只手恢复自由。菲茨很快也成功了。所有人都在欢笑，在汗流浃背地努力拉开彼此背上的拉链和尼龙搭扣，把手臂拽出来，摘下脖子上的颈环，再用力脱掉靴子。孩子们赤着脚，穿着各种颜色的脏内衣，灵巧地从防护服里钻出来，一个接一个地在草地上打滚。伊莉斯放下她的小狗——她一直将小狗抱在胸前，就像是抱着她的孩子。小狗一转眼就消失在高高的草丛里，惹得她发出一串尖叫，又把小狗重新抱起来。肖大笑着，将伊莉斯的书从自己的防护服中拿出来。

朱丽叶伸手抚过那些草叶。这很像是农场的野草，但更加茂密，草叶挤在一起，形成了一片厚实的地毯。她想起一些人装在防护服里面的水果和蔬菜——保存种子是非常重要的。他们的生活将超过这一天，甚至超过一个星期，想到这些，她的心一下子飞向了对未来的无限憧憬。

拉夫一脱下防护服，就抱住了朱丽叶，吻了一下她的面颊。

"这到底是什么地方？"鲍比挥舞着粗大的手臂和手掌，在原地不停地转圈，"到底是什么地方？"

朱丽叶抬手遮住眼睛，向面前的盆地望过去。盆地中央有一座绿色的土丘。不，不是土丘，是一座塔楼。那座塔楼没有天线，反而有一些银色的平顶凸出来，上面爬满藤蔓。高草丛遮住了大片混凝土墙。

现在这段环形山脊上已经全都是人和笑声。草地很快就铺上了一层靴子和银色的防护服。朱丽叶仔细端详那座混凝土塔楼，知道他们能在那里找到什么。这就是种子，一个新的开始。她提起自己的背包，里面装满炸药。她再次掂量了一下他们的救赎。

第六十三章

"不要多拿,够用就行。"朱丽叶不断叮嘱大家。不过她看得出,混凝土塔楼外面的地面很快就会堆积起他们根本拿不动的物资——衣服、工具、罐头食物、放在带标签的真空塑料袋里的种子——其中许多植物朱丽叶从没有听说过。伊莉斯在她的书中查询了一番,只找到很少几种植物的说明。在这些物资之间还散落着许多混凝土碎块——这里的门是被炸开的,因为它被设计成只能从里面开启。

在和塔楼有一段距离的地方,梭罗和沃克尔正抓挠着各自的胡须,为了某种帷幕和一堆杆子争吵,两个人各有一套关于如何将它们安装起来的理论。朱丽叶为现在沃克尔的积极状态表示吃惊。一开始,这位老工匠根本不想从防护服中出来,直到气瓶里的氧气耗尽,他才急忙气喘吁吁地离开了防护服。

伊莉斯一直待在梭罗和沃克尔身边,尖叫着在草丛中追逐她的小狗,或者也有可能是肖在追逐伊莉斯——这一点很难判断。汉娜和里克森一起坐在一只大塑料箱上,一边给孩子喂奶,一边看着天上的云。

加热食物的香气飘散在塔楼周围——菲茨用氧气瓶生起了火。朱丽叶觉得,这真是一种最危险的烹饪方式。她回身继续去整理各种装备。柯特妮从塔楼中走出来,一只手拿着手电筒,脸上带着微笑。朱丽叶刚想要问她找到了什么,就看见塔楼里面的灯亮了起来,看来柯特妮找到了电源。

"你是怎么做到的?"朱丽叶问。他们一起对塔楼下面进行过探索。这里只有二十层深,而且每一层的间距都非常小,以至于地下区域的整体高度差不多只有七层。在最下面一层,他们没有找到机械区,只看见一个非常高大空旷的洞窟,两道螺旋楼梯直接立在赤裸的岩石地面上。有人猜,这是挖掘机进入的地方。人们来到这里就可以沿着螺旋楼梯上去。但这里没有发电机,也没有电。不过楼梯和每一个楼层都装满了电灯。

"我沿着电线找了一下。"柯特妮说,"电线都连在塔楼顶部那些银色的金属板上。我让男孩子们把那些金属板清理干净,想看看它们是如何工作的。"

没过多久,楼梯井中间的一个移动平台能够工作了。它由一系列缆索、配重物和一个小马达牵动,可以自由上下。机械部的人都对这个设备的精巧赞叹有加。孩子们更是不愿意离开这件大玩具,总是要再乘坐它上下一次。人们用它将各种物资运送到外面的草地上,因此省了很多力气。不过朱丽叶一直觉得,他们应该给下一批来到这里的人留下足够的物资。也许他们不是唯一的幸运儿。

有些人想要在这里定居,他们不愿再去远方冒险了。这里有种子和不计其数的土地。那些储藏室都可以变成公寓。这里会是一个很好的家。朱丽叶只是在一旁倾听他们的争论。

最终解决这场纷争的是伊莉斯。她打开自己的书,让大家看其中的地图,指出太阳和北方,说他们应该向有水的地方移动。她还说自己知道该如何捕捉水里的鱼,梭罗能够将泥土中的虫子插在鱼钩上。她指着自己记忆书册中的一页,说他们应该走到海边去。

成年人开始认真考虑这些地图和这个决定。仍然有人坚持认为他们应该住在这里,但朱丽叶摇头说道:"这里不是家,只是一间库房。我们还想要住在那个阴影下面吗?"她朝地平线上的那个尘土穹窿点点头。

"如果其他人来到这里,我们又该怎么办?"又有人指出。

"有很多原因让我们不能留在这里。"里克森附和道。

又是一番争论。他们的人数刚刚超过一百。他们可以留在这里,开辟农田,在罐头食品耗尽之前收获庄稼;或者他们可以带上所需的一切,去找找传说中无穷无尽的鱼和一直延伸到天际的水,看看那些传说是不是真的。朱丽叶差一点向他们指出,其实这两件事他们都可以做。现在已经没有任何规则,而且他们还有足够的土地和空间。所有战斗都只在物料匮乏、资源稀缺时才会爆发。

"该怎么做,市长?"拉夫问,"我们是住下来,还是去远方?"

"看!"

有人向山丘上一指。十几个人同时转头去看。一个穿银色防护服的身影出现在山脊上,正跌跌撞撞地走下来。她脚下的青草已经被践踏过,变得有些湿滑。看样子,还留在17号筒仓的人里面有人改变了主意。

朱丽叶跑过草地。她丝毫不感到害怕,只是觉得好奇和担忧。被他们丢下的一个人一直跟着他们。朱丽叶很想知道是谁。

还没等朱丽叶接近,那个人已经倒在地上。戴着厚手套的手摸索着颈环,想要打开头盔。朱丽叶加快了速度。那个人的背上有一只大气瓶。但朱丽叶还是担心他的氧气会不够用,同时又很想知道那种气瓶是怎样安装在防护服上的,是如何使用的。

"别着急。"朱丽叶在那个挣扎的人背后俯下身,伸出拇指按开颈环锁扣。咔哒一声响,她将那人的头盔摘下,听到喘息和咳嗽的声音。那人向前弯着腰,不停地喘着气,头发都被汗水浸透了。是一个女人,朱丽叶完全不认识。朱丽叶伸手按在她的肩膀上,觉得她可能是教团或者中层的人。

"慢慢吸气。"朱丽叶抬起头,看见其他人正跑过来。看见这个陌生女人的面孔,他们全都停下了脚步。

陌生女人擦擦嘴,点了一下头,胸口随着深呼吸起伏了一下,又一下。然后她抹去脸上的乱发,喘着气说:"谢谢。"双眼望向天空和云朵,眼神中没有任何惊奇,只是充满了欣慰。她的眼睛很快就盯住一样东西,随着那东西不断移动。朱丽叶转过头,看见又有一只鸟在天空中慵懒地盘旋。其他人凑上来,依然和她们保持着距离。有人问新来的人是谁。

"你不是我们筒仓的,对不对?"朱丽叶猜测这个女人可能是附近筒仓的一名清洁者,看到了他们向这里行进,便跟上了他们。但她很快就意识到这不可能。不过实际上,她的猜测中有正确的成分。

"是,"女人说道,"我不是你们筒仓的。我来自……一个完全不同的地方。我的名字是夏洛特。"

还戴着厚手套的手伸向朱丽叶,同时还有一个疲惫的微笑。笑容中的暖意让朱丽叶放下心防。让朱丽叶惊讶的是,她对这个人没有任何愤怒和怨恨。是这个人告诉了她这个地方。也许她和他们有着相同之处。更重要的是,她给了他们一个全新的开始。朱丽叶恢复镇静,也向夏洛特报以微笑,握住她的手。"我是朱丽叶,我帮你从这里面出来。"

"你就是朱丽叶。"夏洛特露出笑容。她又将注意力转向周围的人们,还有那座塔楼和成堆的物资。"这是什么地方?"

"第二次机会。"朱丽叶回答,"不过我们不会留在这里。我们要去远方有很多水的地方。我希望你和我们一起去。我必须警告你,那是很长一段路。"

夏洛特伸手按住朱丽叶的肩膀。"很好,我已经走了很长的路了。"

尾声

拉夫有些犹豫。他反复掂量着手中的树枝。橙色和金色的火光不停地在他苍白的脸上跳动。

"把那该死的玩意丢进去就好。"鲍比喊道。

大家被逗笑了。拉夫却有些惶恐地皱起眉头。"这可是木料。"他又掂了掂这根树枝的重量。

"看看你周围。"鲍比又喊了一声,同时挥手指了指一直伸展到他们头顶上的那些深绿色枝条,还有那些粗大的树干,"这里的木头我们永远也用不完。"

"丢下去吧,小子。"埃里克将一根原木踢进火堆里,一团火星就像受到惊吓的小飞虫一样飘扬到半空中。拉夫终于将树枝也投进了火堆。那段木头立刻开始哔哔啵啵地爆出火星。

朱丽叶躺在自己的铺位上,看着这一切。森林里,一头野兽发出叫声,朱丽叶从不曾听到过那种声音,那就像是婴儿啼哭,只不过更加响亮和悲哀。

"那是什么?"有人问。

众人在黑暗中纷纷做出自己的猜测,回忆自己在儿童书中看到过的动物,还有梭罗讲述的许多昔日鸟兽——梭罗说他在《遗产典籍》中看到过那些动物。最后,他们都聚到伊莉斯周围,借着手电光端详她那本用线绳连缀起来的书。那本书中的一切是那样神秘又令人惊奇。

朱丽叶只是躺在铺位上,听着火焰的轻微爆响,火堆里的原木偶尔会发出比较响亮的爆裂声。火光带来的暖意落在她的皮肤上,让她感到喜欢。还有烤肉的香气,青草和这么多土壤散发出的特殊芬芳。透过头顶上的树木枝叶,她能看见星星在闪烁。傍晚时分,太阳隐没到云层里,但随着太阳落到山丘后面,天空中那些云团却被阳光照得无比明亮,现在那些云都被微风吹散了,向朱丽叶展现出上百颗闪闪发亮的小光点,或者足有上千颗。朱丽叶看得越久,就能看到越多光点,在天空中到处都是。它们在她充满泪水的眼睛里跃动,让她想起卢卡斯。是那个男孩重新唤醒了她心中的爱意。而现在,她能感觉到自己心中有一个地方变得坚强起来,让她紧咬住牙关,没有哭泣。她的生命有了新的目标,她要找到伊莉斯的地图上描绘出的那一大片水,将这些种子播种下去,在地面上建造起家园,生活在那里。

"珠珠?你睡了吗?"

伊莉斯站到她身边,挡住那些星星。小狗冰凉的鼻子抵在朱丽叶的面颊上。

"过来。"朱丽叶坐起身,拍了拍她的褥子。伊莉斯坐下来,靠在她身上。

"你在做什么?"伊莉斯问。

朱丽叶朝树冠上面指了指。"我在看星星。那些星星,每一颗都和我们的太阳一样。只是它们距离我们非常非常远。"

"我知道那些星星。"伊莉斯说,"它们之中有一些是有名字的。"

"是吗?"

"是的。"伊莉斯头枕在朱丽叶的肩膀上,和她一起凝望天空。森林里那头未知的野兽又在嚎叫。"看见那几颗星了吗?它们看起来像不像是小狗?"

朱丽叶眯起眼睛,仔细打量天空。"好像是,是的,看起来有些像。"

"我们可以叫它们'小狗星座'。"

"这是个好名字。"朱丽叶笑着抹去眼中的泪水。

"那个星座像一个人。"伊莉斯指着一大片星星,用手指描画它们的模样,"那是他的手臂和腿,那是他的头。"

"我看到了。"朱丽叶应和道。

"你可以给他命名。"伊莉斯给了朱丽叶这个许可。藏在密林深处的那只动物又发出叫声。伊莉斯的小狗也发出很相似的叫声。朱丽叶感觉到眼泪又滚落在面颊上。

"那一个不需要命名。"她低声说,"他已经有名字了。"

……

夜色渐深,篝火也渐渐暗下去。云层再次聚集,吞没星空,帐篷也把孩子们都吞了进去。朱丽叶看着人影在一顶帐篷里来回晃动。成年人同样都紧张得无法入睡。不知什么地方,还有人在烤肉——那是梭罗用他的步枪猎来的野兽,一头四肢修长的鹿。梭罗最近三天的变化也让朱丽叶感到惊叹。一个独自长大的男人现在成为了人们的领袖,对于在这个世界上生存,他比其他任何人都更有准备。朱丽叶很快就会再举行一次选举。她的朋友梭罗一定能够成为一位杰出的市长。

远处有一个人影站在一堆篝火前面,正在用一根木棍拨弄火堆,想要从灰烬中翻出更多热量。云团和火焰——这两样东西是他们一直在畏惧的。火焰在筒仓中意味着死亡,那些尘土的毒云会吞噬任何敢于离开筒仓的人。而现在,云就在他们的头顶上,火焰在高高跳跃,两者都让人感到安慰。这些云像是某种屋顶,下面的火焰让他们感到温暖。这里没有什么值得害怕的。当一颗明亮的星星透过云层间的空隙突然露出来,朱丽叶便又会想到卢卡斯。

卢卡斯曾经将他的星图铺开在他们做爱的床上,告诉朱丽叶,每一颗星星都有可能在照耀和他们一样的世界。朱丽叶当时完全不明白他的意思。这种说法太过惊世骇俗,太不可能了。虽然朱丽叶见到过另一座筒仓,见到过几十个盆地一直延伸到地平线,她还是无法想象有许多同样巨大到浩瀚无垠的世界存在于遥远的天空中。不过,朱丽叶自己也有过同样的经历——那时她出去清洁,活着返回筒仓,希望全筒仓的人都相信她说的话,同样惊世骇俗的话……

她身后响起拨弄火堆的噼啪声和树叶的窸窣声。她以为是伊莉斯跑过来抱怨自己睡不着,或者可能是夏洛特。刚才夏洛特一直和她一起坐在火堆旁,看上去有许多话想说,却一直默不作声。朱丽叶转过头,看到是柯特妮。她的手里还拿着一根冒白烟的树枝。

"介意我坐一会儿么?"柯特妮问。

朱丽叶为她的老朋友让出地方。柯特妮坐下来,递给朱丽叶一只冒热气的杯子。杯子里的饮料有些茶的气息……不过味道更加浓郁。

"睡不着?"柯特妮问。

朱丽叶摇摇头。"只是在想卢克。"

柯特妮抱住朱丽叶的后背。"我很难过。"

"没事,天上的星星能帮助我好好看待一切。"

"是吗,它们是怎么帮你的?我也想得到它们的帮助。"

朱丽叶思考了一下该如何把自己的想法表达出来,却发现这很难诉诸语言。她只是有一种感觉,这个无限辽阔的空间里,拥有无限多个世界、各种各样的可能,这让她的心中充满希望,而不是悲观和焦虑。但要将这种感觉说清楚,实在不容易。

"这几天,我们见到的所有这些地方。"她努力摸索自己的感觉,"这么大的世界,我们这么一点人,就算是用上全部时间也不可能将它填满。"

"这是一件好事,对不对?"柯特妮问。

"是的,我觉得是。我开始觉得,那些被我们派出去清洁的人,他们其实都是好人。我觉得还有许多像他们一样的好人,他们只是一直保持着沉默,害怕去行动。我觉得,没有哪一位市长不想为他的公民争取到更多空间,不想搞清楚外面的世界到底出了什么问题,不想停止那该死的生育彩票。但他们能做什么?哪怕他们是市长,又能做些什么?真正管理这一切的不是他们。他们不是幕后操纵者。真正的幕后操纵者一直在约束我们的探索精神。但他们没能约束住卢克。卢克也没有阻拦我。他支持我所做的一切,尽管他知道那非常危险。于是我们才能来到这里。"

柯特妮捏捏她的肩膀,响亮地喝了一口茶。朱丽叶也举杯和她同饮。热水一碰到朱丽叶的嘴唇,一股芬芳便在她的齿颊间爆发出来,馥郁浓香的感觉,就好像她正站在集市的鲜花货摊前,又像种植槽中肥沃的土壤在翻耕,像柠檬和玫瑰,像一片片火花绽放在她眼前,像甜甜的初吻。朱丽叶的心打了个哆嗦。

"这是什么?"朱丽叶用力喘了一口气,"是储存在这里的物资?"

柯特妮笑着靠在朱丽叶身上。"很好喝,对不对?"

"实在是太好喝……太惊人了。"

"也许我们应该回去再拿一份。"柯特妮说。

"如果我们再去拿,也许我就不会再带上其他任何东西了。"

两个人悄悄笑了一阵。她们坐在一起,凝望天空的云彩和偶尔显露的星星。她们身边的火堆哔哔剥剥地响着,不时会有几个火星跳起来。仍然有为数不多的一些人在低声交谈。轻柔的说话声飘进树林深处,和许多虫子的鸣唱融合在一起,还有看不见的野兽在长声嚎叫。

"你觉得我们能成功么?"柯特妮在沉默许久之后突然问道。

朱丽叶又喝了一口那种神奇的饮品,心中想象他们利用时间和各种资源建造的世界。那里没有规矩,只有最好的目标,最合适的方法,任何人都不必压抑自己的梦想。

"我相信,我们能成功。"朱丽叶说道,"我相信,只要是我们真心想做的事,无论多么困难,我们都能做成。"

致读者

　　2011年7月,我发表了一个短篇小说,这让成千上万的读者和我产生联系,也让我得以环游世界,巡回推广我的书。我的生活因此而改变。在我的《羊毛战记》刚刚出版的时候,我做梦也想不到会发生这些事。感谢你们,让我能够踏上这样的人生旅程,感谢你们一路的陪伴。

　　这当然不是终点。我们读过的每一个故事和看过的每一部电影都将在我们的想象中继续。一个个人物依然活着、变老、直至死亡,而新人又会降生在这个世界上。挑战突然出现,并被解决,其中有哀伤、喜悦、胜利和失败。一个故事的结尾不过是时间长河中的一张照片、一次停顿、一个情感闪耀的瞬间。而随后的道路会如何继续,完全取决于我们。

　　我唯一的心愿就是我们能够为希望留下空间。万事万物都有好的一面和坏的一面。我们找到的只是我们以为能找到的;我们看见的只是我们以为能看见的。我已经学会了一点,那就是,只要我以正确的角度歪过头,眯起眼睛,我眼前的世界就会变得美丽。未来是光明的,好事情一定会到来。

　　你看到了什么?

译后记

康德说:"人是目的,不是工具。"

中国也有一句很相似的老话——"命非草"。

哪怕面对茫茫宇宙、浩瀚沙漠,或是文明毁灭后的末世荒原,人也能够改造环境,利用一切材料为自己建造家园,营建起异星营地、沙漠小镇、与世隔绝的地下堡垒,甚而开发出潜入沙海、生存于太空、在封闭地堡中实现生态自循环的技术。

无论在什么样的环境里,人都会辛勤工作,努力地生存下去,通过建设让自己拥有不同于草木的生活。

直到他们被另一些人——被那些自诩为管理者和高等人类的人作为工具消耗干净,或者干脆毁掉。

但无论怎样,命非草,人不是工具。

休·豪伊讲述的,就是这样一些故事——建设超越毁灭,智慧、勇气和牺牲最终战胜看似无比强大的力量。世界可能变得灰暗,但总会有人性在发光,就如同黑色的宇宙中,一定有勇敢闪烁的点点繁星。

压垮我们的不是逆境,而是我们自己的忧虑和畏惧。这一点我们都知道,但知道不代表不会在畏惧和疑虑中泥足深陷。所以这些逆境中人们奋力前行的故事,或许会为我们增添一份心灵的力量。

李镭